本書系浙江省哲學社科青年項目"敦煌詩歌寫本整理與研究"
（項目批准號：22NDQN234YB）階段性成果

侯成成 著

中古時期敦煌文人詩歌傳播研究

A study on the dissemination issue of the Dunhuang writer poetry manuscripts in Medieval China

中国社会科学出版社

图书在版编目（CIP）数据

中古时期敦煌文人诗歌传播研究 / 侯成成著 . —北京：中国社会科学出版社，2023.1

ISBN 978-7-5227-0695-5

Ⅰ. ①中⋯　Ⅱ. ①侯⋯　Ⅲ. ①古典诗歌—传播—研究—中国—古代　Ⅳ. ①I207.22

中国版本图书馆 CIP 数据核字（2022）第 144935 号

出 版 人	赵剑英
选题策划	宋燕鹏
责任编辑	金　燕　史丽清
责任校对	李　硕
责任印制	李寡寡

出	版	中国社会科学出版社
社	址	北京鼓楼西大街甲 158 号
邮	编	100720
网	址	http://www.csspw.cn
发 行 部		010-84083685
门 市 部		010-84029450
经	销	新华书店及其他书店

印	刷	北京明恒达印务有限公司
装	订	廊坊市广阳区广增装订厂
版	次	2023 年 1 月第 1 版
印	次	2023 年 1 月第 1 次印刷

开	本	710×1000　1/16
印	张	15.75
插	页	2
字	数	243 千字
定	价	89.00 元

凡购买中国社会科学出版社图书，如有质量问题请与本社营销中心联系调换
电话：010-84083683
版权所有　侵权必究

目　　錄

緒　論 ·· （1）
 第一節　敦煌文人詩歌研究回顧 ······················ （1）
 第二節　選題緣起、術語釋義、研究對象、方法意義與校勘
    凡例 ·· （13）

第一章　唐以前漢文化在敦煌地區的生成 ············ （20）
 第一節　兩漢魏晉時期漢文化在敦煌地區的萌發 ······ （20）
 第二節　五凉時期漢文化在敦煌地區的初步興盛 ······ （23）
 第三節　北朝至隋時期敦煌地區的漢文化 ··············· （29）

第二章　唐前期文人詩歌在敦煌地區的傳播 ········· （32）
 第一節　唐前期抄寫的敦煌文人詩歌 ······················ （32）
 第二節　唐前期中原文人詩向敦煌的傳播 ··············· （35）
 第三節　唐前期敦煌本地文士對中原文人詩的接受 ··· （36）

第三章　吐蕃時期文人詩歌在敦煌地區的傳播 ······ （38）
 第一節　吐蕃時期抄寫的敦煌文人詩歌 ···················· （38）
 第二節　吐蕃時期中原文人詩向敦煌的傳播 ············ （46）
 第三節　吐蕃時期敦煌本地文士對中原文人詩的接受 ··· （68）

第四章　歸義軍時期文人詩歌在敦煌地區的傳播（上）
　　　　——歸義軍時期抄寫的敦煌文人詩歌 …………（77）
　第一節　敦煌文獻所見歸義軍時期抄寫的中原文人詩 …………（77）
　第二節　敦煌文獻所見歸義軍時期抄寫的敦煌本地文人詩 ……（160）

第五章　歸義軍時期文人詩歌在敦煌地區的傳播（下）…………（183）
　第一節　敦煌地區具備接受中原文人詩的條件 …………（183）
　第二節　中原文人詩傳入敦煌的途徑 …………（189）
　第三節　歸義軍時期敦煌本地文士對中原文人詩的接受 ………（195）

結　語 …………………………………………………………（198）

附錄一　敦煌 S.373 號寫卷敘錄與系年 …………………（200）

附錄二　敦煌 S.555 號寫卷敘錄與系年 …………………（207）

附錄三　敦煌本《證道歌》再探討 ……………………………（218）

附錄四　唐宋時期釋玄覺《證道歌》的版本與傳播
　　　　——以敦煌文獻、石刻資料為中心 …………………（230）

參考文獻 ……………………………………………………（241）

後　記 ……………………………………………………………（247）

緒　　論

第一節　敦煌文人詩歌研究回顧

由於在語言理解上的先天優勢，在敦煌文人詩歌研究領域，中國學者的研究，始終走在世界前列①。一百一十餘年的敦煌文人詩歌研究歷程，大致可以分爲如下四個階段：1909 年至 1924 年爲第一階段、1925 年至 1949 年建國前爲第二階段、1949 年新中國成立至 1977 年爲第三階段、1978 年至今的時間爲第四階段②。以下以時間先後爲序，略作回顧。

一　第一階段（1909—1924 年）

1909 年 9 月，法國漢學家伯希和來到京師，與羅振玉等中國學者有過交流。期間，伯希和將隨身攜帶的少量敦煌文獻進行展示，敦煌文人詩歌寫卷自此進入中國學者視野。敦煌文人詩歌研究的最初成果，也隨之出現。羅振玉在《敦煌石室書目及發見之原始》一文中，對《文選李善注》《故陳子昂集》《秦婦吟》和《敦煌廿詠》作了著錄③。該文發表不久，羅振玉又相繼發表《莫高窟石室秘錄》和《鳴沙山石室秘錄》兩文，對《敦煌石室書目及發見之原始》著錄的詩歌作品，又作校考④。

---

① 本書中的"敦煌文人詩歌"，特指敦煌文獻和莫高窟題壁中的漢文文人詩歌。
② 本書對於敦煌文人詩歌研究史的分期，借鑒了敦煌學名家郝春文先生對於敦煌學史的劃分。參看郝春文《敦煌文獻與歷史研究的回顧與展望》，《歷史研究》1998 年第 1 期。
③ 羅振玉：《敦煌石室書目及發見之原始》，《東方雜誌》1909 年第 10 期。
④ 羅振玉：《敦煌石室秘錄》，《東方雜誌》1909 年第 11 期；羅振玉：《鳴沙山石室秘錄》，《國粹學報》1909 年（或 1910 年）第 59 期。

伯希和在返回法國後，將自己先前在莫高窟搜集到的部分敦煌文獻的照片，郵寄給中國學者。受惠於這些照片，劉師培在《敦煌新出唐寫本提要》一書中，刊布了《詩經》《文選》等五種詩歌寫卷的影件①；羅振玉在《鳴沙石室佚書》《鳴沙石室古籍叢殘》兩書中，對伯希和所寄詩歌寫卷照片作了校勘。其中，羅振玉在《鳴沙石室佚書》一書中，將P.2567號唐詩寫本定名為"敦煌本唐人選唐詩"，並考證詩歌的作者、篇數，比勘寫本與今本之間的異同②；《鳴沙石室古籍叢殘》首開敦煌文書分類輯錄的先河，分"群經叢殘""群書叢殘"兩部分輯錄，其中就有《毛詩傳箋》與《玉臺新詠》的影本③。

這一階段，學界在敦煌《秦婦吟》寫卷研究上，取得了突出成績。1920年，王國維據日本學者狩野直喜在英國的抄錄，在《敦煌發見唐朝之通俗詩及通俗小說》一文中，斷定其中一件載有"內庫燒有錦繡灰，天街踏盡公卿骨"句的敦煌殘卷的文本內容，為早已失傳的晚唐韋莊《秦婦吟》④。1923年，伯希和將S.692、P.3381兩件《秦婦吟》寫卷錄文，寄給王國維、羅振玉。王國維據之對校狩野直喜的抄錄本，並於1924年發表了《韋莊的〈秦婦吟〉》⑤；羅振玉也在同年撰寫《〈秦婦吟〉校本及跋》，並在《敦煌零拾》中予以刊布⑥。

二 第二階段（1925年—1949年新中國成立前）

20世紀20年代，劉復、向達、王重民、于道泉、姜亮夫、王慶菽等學者遠渡重洋，調查、抄錄流散海外的敦煌文獻。受到當時學術風尚的影響，在這一時期的敦煌文人詩歌研究中，學者們將視野擴展到了底層文人創作的詩歌作品上。1929年，鄭振鐸在《敦煌的俗文學》一文中，

---

① 劉師培：《敦煌新出唐寫本提要》，《國粹學報》1909年第1—8期。
② 羅振玉：《鳴沙石室佚書》，1913年羅氏宸翰樓影印本。
③ 羅振玉：《鳴沙石室古籍叢殘》，1917年上虞羅氏影印刊行。
④ 王國維：《敦煌發見唐朝之通俗詩及通俗小說》，《東方雜誌》1920年第8期。
⑤ 王國維：《韋莊的〈秦婦吟〉》，《國學季刊》1924年第4號。
⑥ 羅振玉：《〈秦婦吟〉校本及跋》，收入《敦煌零拾》，1924年上虞羅氏影印刊行。

將敦煌詩歌分爲"民間雜曲""敘事詩""雜曲子"三類①。同時,鄭振鐸在該文中,對《秦婦吟》等詩歌作品的價值,給予充分肯定。

這一時期的研究,主要集中在韋莊《秦婦吟》上。重要的成果有:1931年,郝立權《韋莊〈秦婦吟〉箋》逐句釋讀《秦婦吟》寫卷的文本內容②。1933年,黄仲琴《〈秦婦吟〉補注》在補注史實的基礎上,解釋"吟"字的含義③。1934年,周云青《〈秦婦吟〉箋注》對《秦婦吟》全文作了詳盡箋注④。1936年,陳寅恪在《讀〈秦婦吟〉》中,結合王國維、羅振玉、周云青諸校本,對《秦婦吟》寫卷作了校釋,並對韋莊晚年諱言此詩的緣由進行分析,認爲其原因或在於該詩觸及了新朝宮闈隱情⑤。該文至今仍是《秦婦吟》寫卷研究的最重要成果之一。1941年,馮友蘭在《讀〈秦婦吟〉校箋》中,對韋莊自禁此詩的原因提出新解,認爲韋莊後來共事的新朝同僚中,有些來自原楊復光軍,而《秦婦吟》恰有指斥楊復光軍的嫌疑,韋莊爲求免禍而自禁此詩⑥。1944年,徐嘉瑞《〈秦婦吟〉本事》考證了韋莊生平⑦。1947年,劉修業《〈秦婦吟〉校勘續記》以P.2700、P.3381、P.3780、P.3953爲參校本,對英國翟理斯所作校勘記作了復校⑧。

三 第三階段(1949年新中國成立—1977年)

在這一時期的敦煌文人詩歌研究中,大陸學者在文人詩歌寫本的輯

---

① 鄭振鐸《敦煌的俗文學》首倡"敦煌俗文學"概念,並對"敦煌俗文學"的範圍和內涵作了界定。自此以後,"敦煌俗文學"這一概念,開始爲學界所接受。鄭振鐸:《敦煌的俗文學》,《小說月報》1929年第20卷第3號。

② 郝立權:《韋莊〈秦婦吟〉箋》,《齊大月刊》1931年第3期。

③ 黄仲琴:《〈秦婦吟〉補注》,《國立中山大學文史學研究所月刊》1933年第5期。

④ 周云青:《〈秦婦吟〉箋注》,商務印書館1934年版。

⑤ 陳寅恪:《讀〈秦婦吟〉》,《清華學報》1936年第11卷第4期。1940年,陳寅恪對該文作了增訂,將其改名爲《秦婦吟校箋》,並在昆明印行單行本。

⑥ 馮友蘭:《讀〈秦婦吟〉校箋》,《國文月刊》1941年第8期。

⑦ 徐嘉瑞:《〈秦婦吟〉本事》,《國文月刊》1944年第27期。

⑧ 劉修業:《〈秦婦吟〉校勘續記》,《學原》1947年第1卷第7期;後收入王重民《敦煌遺書論文集》,中華書局1984年版,第139—155頁。

錄方面取得了一些成果，海外華裔學者也成為重要的研究力量[①]。

早在20世紀30年代，王重民先生在海外為北京圖書館（今中國國家圖書館）攝製敦煌文獻影片時，就曾寫過有關敦煌四部文獻的敘錄，其中就包括文人詩歌寫卷。比如，《東皋子集》《李嶠雜詠注》《高適詩集》《故陳子昂遺集》《白香山詩集》《珠英學士集》等詩集或詩歌叢抄，以及《秦婦吟》等零散詩篇。1957年，王重民將自己撰寫的題記以及前人撰寫的題記，彙編為《敦煌古籍敘錄》[②]。

王重民是最早籌劃對敦煌文人詩歌寫卷進行系統整理的學者。早在1935年，他就著手敦煌文人詩歌寫本的輯錄工作。他在《補全唐詩·序言》中闡述了自己的設想："凡見《全唐詩》者校其異文，凡不見《全唐詩》者另輯為一集，以補《全唐詩》之逸。"[③] 經過二十餘年的努力，逸詩大致已經完成，這就是後來陸續發表的《補全唐詩》《敦煌唐人詩集殘卷》《〈補全唐詩〉拾遺》。

其中，《補全唐詩》一文在1963年發表。王重民的《補全唐詩》中，增補詩歌104首，涉及詩人50位。其中，見於《全唐詩》者31人、未見《全唐詩》者19人[④]。還有一部分作品，是在王重民去世後的1977年才發表。這部分作品，即為P.2555號寫卷抄寫的72首"陷蕃詩"。王重民生前，曾請王堯校閱。王重民逝世後，又經舒學整理，題為《敦煌唐人詩集殘卷》，發表在《文物資料叢刊》1977年第1期上[⑤]。

1965年，法國華裔學者吳其昱發表《李翔及其涉道詩》。該文從時代、家世、宗教、行跡等方面立論，認為P.3866抄寫的《涉道詩》的作

[①] 董康早在1926—1927年客居日本期間，就明確提出了彙集敦煌唐詩寫本的研究設想，但其研究計畫並未付諸實施。參見董康著、傅傑校點：《書舶庸譚》，遼寧教育出版社1998年版，第91頁。

[②] 王重民：《敦煌古籍敘錄》，商務印書館1958年版。

[③] 王重民：《敦煌遺書論文集》，中華書局1984年版，第22—24頁。

[④] 王重民：《補全唐詩》，《中華文史論叢》1963年第3輯；後收入王重民：《全唐詩外編》，中華書局1982年版，第1—46頁；又收入陳尚君：《全唐詩補編》，中華書局1992年版，第1—50頁。

[⑤] 王重民：《敦煌唐人詩集殘卷》，《文物資料叢刊》1977年第1期；後收入王重民：《全唐詩外編》，中華書局1982年版，第47—60頁；又收入陳尚君：《全唐詩補編》，中華書局1992年版，第85—88頁。

者，可能是曾任福建莆田尉的唐宗室李翔①。

　　同年，海外華裔學者巴宙的《敦煌韻文集》，從英藏敦煌文獻中輯錄出 120 余篇韻文作品②。其中，在甲篇"詩詞集"中，著錄了數量較多的文人詩歌。比如《趙嘏讀史編年詩》《敦煌廿詠》《贈李峰上人詩》《詠廿四氣詩》《詠貳師泉》等。

四　第四階段（1978 年至今）

　　改革開放以後，敦煌文獻利用條件的改善，極大推動了敦煌文人詩歌的整理與研究。那些以往被忽視的敦煌文人詩歌，開始受到學界關注。這一階段，較為重要的成果有：

　　1979 年，潘重規在巴黎閱讀法藏敦煌原卷時，參校王重民《敦煌唐人詩集殘卷》，對 P.2555 號寫卷中的 72 首"落蕃詩"作了校錄，並發表《敦煌唐人陷蕃詩集殘卷校錄》一文③。

　　1980 年，劉修業在整理王重民遺稿時，發現了《補全唐詩》漏收的李翔《涉道詩》、馬云奇詩 13 首等其他有作者姓氏的詩歌，以及一些原本計畫編入《補全唐詩》的"殘詩篇""單篇詩"和"敦煌人作品"。劉修業根據王重民擬定的計畫進行重新整理，經陰法魯先生校閱後，最終於 1981 年編成《〈補全唐詩〉拾遺》三卷④。算上已收入《敦煌唐人詩集殘卷》的馬云奇詩 13 首，《〈補全唐詩〉拾遺》共計輯得唐人佚詩 123 首。

　　1981 年，潘重規在《〈補全唐詩〉新校》中，據原卷對王重民《補全唐詩》作了校訂。該文發現一些不見於《全唐詩》的唐代詩人，"詩凡

---

　　① 吳其昱：《李翔及其涉道詩》，古岡義豐編《道教研究》第 1 編，昭森社 1965 年版，第 271—291 頁。
　　② 《敦煌韻文集》輯錄的韻文作品，是巴宙先生 1961 年在英國倫敦不列顛博物館親自選擇、繕寫、校輯。參見巴宙《敦煌韻文集》，佛教文化服務處 1965 年版，第 2 頁。
　　③ 潘重規：《敦煌唐人陷蕃詩集殘卷校錄》，《幼獅學志》1979 年第 15 卷第 4 期；此文後來作為一個章節，被收入《敦煌唐人陷蕃詩集殘卷研究》，《敦煌學》1988 年第 13 輯，第 79—94 頁。
　　④ 王重民輯錄，劉修業整理：《〈補全唐詩〉拾遺》，《中華文史論叢》1981 年第 4 輯；又收入陳尚君：《全唐詩補編》，中華書局 1992 年版，第 51—88 頁。

三十四首，增補約三分之一"①。除去《〈補全唐詩〉拾遺》已經輯補的馬云奇詩13首外，《〈補全唐詩〉新校》共計增補唐代佚詩21首。

1982年，高嵩《敦煌唐人詩集殘卷考釋》以王重民《敦煌唐人詩集殘卷》為底本，對P.2555所見72首"陷蕃詩"作了注釋，並從作品系年、字句補正、作者生年、文學價值、作者押解路線、地名、史實等方面進行考證。為撰寫此書，高嵩曾赴青海湖東側及河西走廊的武威、張掖等地實地考察。

同年，柴劍虹《敦煌唐人詩集殘卷（伯2555）初探》一文，以王重民《敦煌唐人詩集殘卷》為底本，對P.2555所見72首"陷蕃詩"的寫作背景等問題作了探討。該文認為，這些"陷蕃詩"的創作時間，是在吐蕃漸次佔領河隴，但西州、沙州尚未被攻佔之時②。

是年，項楚在《〈補全唐詩〉二種續校》中，對王重民《補全唐詩》《〈補全唐詩〉拾遺》中誤認或未能釋讀的文字作了校訂③。

1983年，柴劍虹據P.2555號寫卷的照片作了補錄④。該文揭示出，P.2555其實是一件內容豐富的寫卷，不僅有72首"陷蕃詩"，還有其他一些詩文。補錄後的P.2555號寫卷，共有詩190首、文2篇。

同年，柴劍虹在《〈秦婦吟〉敦煌寫卷的新發現》中，對新發現的S.5834號《秦婦吟》寫本作了校勘，並成功將其與P.2700號《秦婦吟》寫本綴合⑤。

1984年，柴劍虹在《敦煌P.2555卷"馬云奇詩"辨》中，對以往所普遍認為的"P.2555所見72首'落蕃詩'中有13首'馬云奇詩'"這一觀點提出質疑。該文認為，P.2555卷中的馬云奇詩，只有《懷素師草書歌》一首，其餘12首與另外59首的作者，很有可能是卷中《胡笳

---

① 潘重規：《〈補全唐詩〉新校》，《華岡文科學報》1981年第13期。
② 柴劍虹：《〈敦煌唐人詩集卷殘（伯2555）〉初探》，《新疆師範大學學報》1982年第2期。
③ 項楚：《〈補全唐詩〉二種續校》，《四川大學學報》1983年第3期。
④ 柴劍虹：《敦煌唐人詩文選集殘卷（伯2555）補錄》，《文學遺產》1983年第4期。
⑤ 柴劍虹：《〈秦婦吟〉敦煌寫卷的新發現》，《光明日報》1983年6月7日；後收入柴氏：《西域文史論稿》，國文天地雜誌社1991年版，第307—310頁；又收入柴氏：《敦煌吐魯番學論稿》，浙江教育出版社2000年版，第59—61頁。

第十九拍》的作者"毛押牙"①。

是年，潘重規在《敦煌寫本〈秦婦吟〉新書》中，對 P. 2700、P. 3381、P. 3780、P. 3910、P. 3953、S. 5476、S. 5477、S. 5834、Дх. 4568 等九個《秦婦吟》寫卷作了箋注②。

同年，林聰明在《敦煌本李翔涉道詩考釋》中，列舉了"原寫本不避唐宋諱，恐抄於五代時期，則作者必在此前"、"《涉道詩》所述道教神仙高士，晚至唐代為止，無五代以後人物，則其寫作恐在五代之前，且既述及本朝人物，自當作於中晚唐時"等四點理由，對吳其昱《李翔及其涉道詩》一文的觀點，作了補證。該文也認為，P. 3866《涉道詩》的作者，可能是曾官福建莆田尉的唐宗室李翔③。

1985 年，潘重規《敦煌唐人陷蕃詩集殘卷作者的新探測》一文，據 P. 2555 所見馬云奇《懷素師草書歌》以外的 71 首"陷蕃詩"，與《胡笳第十九拍》的筆跡相同，也推測"毛押牙"是這 71 首"陷蕃詩"的作者④。同年，蔣禮鴻在《〈補全唐詩〉校記》中，對王重民《補全唐詩》作了校訂⑤。

1986 年，黃永武以王重民《敦煌古籍敘錄》為基礎，在每種古籍之後，配以敦煌原卷的影本與研究目錄，出版了《敦煌古籍敘錄新編》一書⑥。該書極大方便了學者閱讀，同時提高了《敦煌古籍敘錄》的使用率。

1987 年，黃永武在《敦煌的唐詩》中，以敦煌文獻為底本，取諸家詩集的多種版本相對勘，以專文的形式，對李白、李昂、荊冬倩、丘為、

---

① 柴劍虹：《敦煌 P. 2555 卷"馬云奇詩"辨》，《中華文史論叢》1984 年第 2 輯。
② 潘重規：《敦煌寫本〈秦婦吟〉新書》，《敦煌學》1984 年第 8 輯。
③ 林聰明：《敦煌本李翔涉道詩考釋》，《敦煌學》1985 年第 7 輯。
④ 饒宗頤：《敦煌唐人陷蕃詩集殘卷作者的新探測》，《漢學研究》1985 年第 3 卷第 1 期；此文後來被作為一個章節，收入《敦煌唐人陷蕃詩集殘卷研究》，《敦煌學》1988 年第 13 輯，第 94—106 頁。
⑤ 蔣禮鴻：《〈補全唐詩〉校記》，甘肅省社會科學院文學研究所編《敦煌學論集》，甘肅人民出版社 1985 年版，第 73—80 頁。
⑥ 黃永武：《敦煌古籍敘錄新編》，新文豐出版公司 1986 年版。

陶瀚、常建、白居易、劉希夷等 29 位詩人的 166 首作品作了比較研究①。該書的創新之處在於，它不單單是在研究具體的文字異同，更是利用修辭學及句法習慣的觀點，詳細說明文字改動對於詩意的牽連影響，進而證明敦煌文人詩歌寫卷對於唐詩研究的價值。

1988 年，黃永武《敦煌本唐詩校勘舉例——試校敦煌伯二五五五號卷子中的二十七首唐詩》，從 P. 2555 號寫卷中檢出張謂、岑參、高適、蔣維翰、王昌齡、劉商、孟浩然、朱灣等八位詩人的 27 首至今尚存於諸家詩集中的詩作，以敦煌寫卷與諸家詩集相對勘，不僅說明文字的異同，而且討論異文的是非②。

1989 年，黃永武與他的學生施淑婷合著《敦煌的唐詩續編》③。該書由黃永武所作《敦煌所見李嶠十一首的價值》《敦煌斯五五五號背面三十七首唐詩的價值》，以及施淑婷碩士論文《敦煌寫本高適詩研究》三篇文章結集而成。黃永武因循自己在《敦煌的唐詩》中的研究方法，對 S. 555、P. 3738 號寫卷所見李嶠等人的 48 首作品進行比較研究。施淑婷對敦煌文獻中的高適詩，進行輯佚、辨僞、校勘等方面的研究。

1991 年，張湧泉在《〈補全唐詩〉二種補校》中，對《補全唐詩》《〈補全唐詩〉拾遺》二文中的校錄未精之處，作了校訂④。

同年，熊飛《〈敦煌唐人詩集殘卷（伯 2555）補錄〉校勘斠補》，對柴劍虹《敦煌唐人詩集殘卷（伯 2555）補錄》中的一些漏校、誤校之處，作了補正⑤。

1992 年，李正宇《敦煌遺書宋人詩輯校》對敦煌文獻保存的宋代文人詩歌作了校輯，共輯錄宋代文人詩歌 45 首、作者 13 家⑥。

1993 年，項楚在《敦煌詩歌導論》第一章"文人詩歌"中，對敦煌

---

① 黃永武：《敦煌的唐詩》，洪範書店 1987 年版。
② 黃永武：《敦煌本唐詩校勘舉例——試校敦煌伯二五五五號卷子中的二十七首唐詩》，《國文天地》1986 年第 18 期。
③ 黃永武、施淑婷：《敦煌的唐詩續編》，文史哲出版社 1989 年版。
④ 張湧泉：《〈補全唐詩〉二種補校》，《敦煌學輯刊》1991 年第 2 期。
⑤ 熊飛：《〈敦煌唐人詩集殘卷（伯 2555）補錄〉校勘斠補》，《敦煌研究》1991 年第 2 期。
⑥ 李正宇：《敦煌遺書宋人詩輯校》，《敦煌研究》1992 年第 2 期。

文獻中保存的中原文人創作的詩歌作了整體討論，詳細闡釋了"今存詩篇""失傳詩篇"的價值，並對敦煌本中原文人詩的特點作了總結，認為敦煌本中原文人詩"以初盛唐詩歌為主""與邊疆有關的詩歌引人注目"。該書雖然並未明確的將敦煌本地詩人作品，納入"文人詩歌"的範疇，但在第四章"鄉土詩歌"中，對這類詩歌作品作了概括性介紹。

同年，徐俊在《王重民〈補全唐詩〉二種校補》中，對《補全唐詩》《〈補全唐詩〉拾遺》二文中的誤錄、漏錄及失考之處，作了校補①。

1994年，汪泛舟《敦煌僧詩校輯》一書，從敦煌文獻中輯錄六百餘首僧詩，是當時收錄敦煌僧詩最多的一部著作。該書收錄的範圍，不限於那些與一般文人詩歌無異的敦煌僧詩，還包括了許多釋氏偈讚頌銘②。

1995年，張錫厚在《敦煌本唐集研究》中，對敦煌文獻中的《王績集》《故陳子昂集》《高適詩集》《李白詩集》《白香山詩集》等作了專題研究③。該書在著錄每個卷號所包含內容的基礎上，探討它們的版本源流，進而揭示其文獻價值。該書在討論敦煌本《故陳子昂集》時，還探討了陳子昂的生卒年問題。

同年，張先堂《敦煌唐人詩集殘卷（伯2555）新校》一書，在已有研究成果的基礎上，據縮微膠捲對P.2555抄寫的190首詩重新校勘，為P.2555所抄詩歌作品的研究，提供了一個新的校錄本④。該文對已有錄文中的誤錄、誤校、漏校，以及校錄歧異者，作了校訂。

1996年，陳國燦在《敦煌五十九首佚名氏詩歷史背景新探》中，細緻探討了P.2555號寫卷正面所抄59首"陷蕃詩"的作者身份、歷史背景、詩人南行任務等問題。該文認為，這59首詩的作者是為了尋求援兵而於910年冬出使吐蕃的；它們不僅反映了詩人途中見聞、感受，而且反映出吐蕃、西漢金山國與甘州回鶻之間的政治關係⑤。

---

① 徐俊：《王重民〈補全唐詩〉二種校補》，《北京圖書館館刊》1993年第2期。
② 汪泛舟：《敦煌僧詩校輯》，甘肅人民出版社1994年版。
③ 張錫厚：《敦煌本唐集研究》，新文豐出版公司1995年版。
④ 張先堂：《敦煌唐人詩集殘卷（伯2555）新校》，《敦煌研究》1995年第3期。
⑤ 陳國燦：《敦煌五十九首佚名氏詩歷史背景新探》，《敦煌吐魯番研究》第2卷，北京大學出版社1996年版，第87—100頁。

1997年，張湧泉在《敦煌寫本〈秦婦吟〉匯校》一文中，對P. 2700、P. 3381、P. 3780、P. 3910、P. 3953、S. 5476、S. 5477、S. 5834、Дх. 4568等九個《秦婦吟》寫卷作了匯校①。

1999年，榮新江、徐俊在《新見俄藏敦煌唐詩寫本三種考證及校錄》中，對如下三組寫卷作了綴合並校錄：Дх. 3861、Дх. 3872、Дх. 3874，P. 2492、Дх. 3865，P. 2492、Дх. 3865②。同時該文認為，Дх. 3861+3872+3874為蔡省風《瑤池新詠》，P. 2492+Дх. 3865是詩歌叢抄，而非白居易詩集。

同年，胡大浚、王志鵬合著的《敦煌邊塞詩歌校注》，對敦煌文獻所見三百餘首反映邊塞生活的文人詩歌作了輯錄與校注③。

2000年，徐俊《敦煌詩集殘卷輯考》一書，在全面普查當時已經公佈的敦煌文獻基礎上，對四百多件敦煌詩歌寫本作了整理、綴接和匯校。其中，上編《敦煌詩集殘卷輯考》共厘定詩集詩抄63種，詩1401首（包括重出互見詩71首），下編《敦煌遺書詩歌散錄》輯錄詩歌524首（句），兩者共計為1925首（句）④。該書在整理及編纂方式上，採取以寫本為單位的敘錄加全卷校錄的整理方式，較好地保持了敦煌詩歌寫本的原有形態，並最大限度地顯示了敦煌詩歌寫本所含有的研究資訊。該書是敦煌詩歌研究史上的一部里程碑式著作。

2001年，日本學者荒川正晴在《論敦煌本〈涉道詩〉的作者問題》中，對P. 3866所抄28首李翔《涉道詩》的作者問題作了再探討⑤。該文在釐清唐代佛道思想傳播趣向的基礎上，依據作品描述的具體地理環境，考以《宋高僧傳》《景德傳燈錄》《佛祖統紀》等史料，認為所謂"李翔"者，應為"李翱"的訛寫，這28首詩的作者，極有可能是韓愈的門

---

① 張湧泉：《敦煌寫本〈秦婦吟〉匯校》，《中國典籍與文化論叢》第8輯，中華書局1997年版，第311—341頁。
② 榮新江、徐俊：《新見俄藏敦煌唐詩寫本三種考證及校錄》，《唐研究》第5輯，北京大學出版社1999年版，第59—80頁。
③ 胡大浚、王志鵬：《敦煌邊塞詩歌校注》，甘肅人民出版社1999年版。
④ 徐俊：《敦煌詩集殘卷輯考》，中華書局2000年版。
⑤ 荒川正晴：《論敦煌本〈涉道詩〉的作者問題》，《復旦學報》2001年第3期。

人李翱。

　　同年，徐俊在《唐蔡省風編〈瑤池新詠〉重研》中，據當時新出版之《俄藏敦煌文獻》第 13、15 册中的 Дx. 6654、Дx. 6722、Дx. 11050 等三件《瑤池新詠》殘片，對敦煌本《瑤池新詠》作了綴合與校錄①。是年，徐俊又在《敦煌先唐詩考》中，對《詩經》《楚辭》《文選》《玉臺新詠》等經典文獻以外的先唐詩作了全面輯錄，輯得先唐詩 73 首②。

　　2002 年，汪泛舟在《敦煌石窟僧詩校釋》中，分"節錄詩""雜詠詩""修禪詩""其他詩"等章節，從敦煌僧詩中遴選一些作品進行校釋③。

　　同年，王卡在《唐代道教女冠詩歌的瑰寶——敦煌本〈瑤池新詠集〉校讀記》中，對敦煌本《瑤池新詠集》作了釋錄④。與以往的研究相比，該文新發現了 Дx. 3927A《瑤池新詠集》殘片。

　　是年，徐俊在《敦煌寫本詩歌續考》中，成功將 Дx. 4568（右）《秦婦吟》寫卷與 Дx. 10740（4－2）、Дx. 10740（4－3）寫卷中的五件《秦婦吟》殘片作了綴合，綴接后的卷號順序為 Дx. 4568(右)＋Дx. 10740(4－3，中)＋Дx. 10740(4－3，右)＋Дx. 10740(4－3，左)＋Дx. 10740(4－2，左)＋Дx. 10740(4－2，右)⑤。

　　2003 年，徐俊《隋魏澹〈鷹賦〉校訂》一文，在 Дx. 6176 號折頁裝散頁中，探尋到第十一件《秦婦吟》寫本，並指出其文本內容與 P. 3910 卷基本相同⑥。

　　2006 年，張錫厚主編的《全敦煌詩》，收錄了幾乎所有可被歸入

---

① 徐俊：《唐蔡興風編〈瑤池新詠〉重研》，《唐研究》第 7 輯，北京大學出版社 2001 年版，第 125—144 頁。
② 徐俊：《敦煌先唐詩考》，《國學研究》第 8 卷，北京大學出版社 2001 年版；該文在增加《俄藏敦煌文獻》第 11 卷至第 14 卷中的新見內容後，又發表於《鳴沙習學集》，中華書局 2016 年版，第 24—48 頁。
③ 汪泛舟：《敦煌石窟僧詩校釋》，香港和平圖書有限公司 2002 年版。
④ 王卡：《唐代道教女冠詩歌的瑰寶——敦煌本〈瑤池新詠集〉校讀記》，《中國道教》2002 年第 4 期。
⑤ 徐俊：《敦煌寫本詩歌續考》，《敦煌研究》2002 年第 5 期。
⑥ 徐俊：《隋魏澹〈鷹賦〉校訂——敦煌文學文獻零劄之一》，《文獻》2003 年第 2 期。

"敦煌詩歌"的作品。該書不僅在校記中對詩歌的諸家校勘成果做了細緻考辨，而且詳細記述了詩歌的抄寫存佚狀況和詩歌寫卷的寫本形態，是目前輯錄規模最大、最為齊備的敦煌詩歌總集①。然而，該書的不足之處在於，收錄的範圍過於寬泛，甚至於曲子詞、俚曲小調、兒郎偉、詩體勸善文、邈真讚等，也一併被收入。

2011年，張新朋《敦煌詩賦殘片拾遺》一文，對Дх.10740號寫卷中的五件《秦婦吟》殘片作了排序，並成功將其與Дх.4758綴合②。同年，張湧泉對先前發表的《敦煌寫本〈秦婦吟〉匯校》作了修訂，並將S.692、杏雨書屋藏羽57R作了綴合③。

2015年，汪泛舟在《敦煌詩解讀》中，分"回歸與正統詩""佛教與民族和解詩""佛教與濟人苦難詩""道教與學閑詩""其他別體詩"等章節，選收一些文人詩歌，並進行校錄與解讀④。

同年，田衛衛在《〈秦婦吟〉之敦煌傳播新探——學仕郎、學校與詩學教育》中，根據《秦婦吟》寫本的題記，梳理了《秦婦吟》在敦煌地區的傳播情況，分析其作為教育內容進行傳播的範圍和原因⑤。該文認為，敦煌的學校教育，促進了《秦婦吟》在敦煌地區的傳播；當《秦婦吟》傳入敦煌以後，首先成為學士郎群體的抄寫對象，在學校範圍內廣為傳播；此後，其流傳範圍才不斷向校外擴散，甚至代代相傳。

2017年，蘭州大學張利亞的博士學位論文《唐五代敦煌詩歌寫本及其傳播、接受》，對敦煌詩歌寫本的抄寫人、敦煌詩歌寫本傳播的載體、敦煌詩歌寫本的主要傳播者，以及敦煌地區對唐詩的接受等問題作了系統考察。該文認為，唐五代時期，敦煌民間抄寫人已經開始有詩歌體裁和題材的模糊分類意識；驛館題壁、金石碑刻、書法字帖、酒瓶類瓷器，都有可能是唐詩傳入敦煌的載體；僧侶、使者，是敦煌詩歌寫本的最主

---

① 張錫厚：《全敦煌詩》，作家出版社2006年版。
② 張新朋：《敦煌詩賦殘片拾遺》，《敦煌研究》2011年第5期。
③ 張湧泉：《張湧泉敦煌文獻論叢》，上海古籍出版社2011年版。
④ 汪泛舟：《敦煌詩解讀》，世界圖書出版公司2015年版。
⑤ 田衛衛：《〈秦婦吟〉之敦煌傳播新探——學仕郎、學校與詩學教育》，《敦煌研究》2015年第5期。

要傳播者；敦煌本地人士對於律詩創作的學習，為敦煌地區對唐詩的接受提供了文化土壤。該文的一些觀點，頗具啟發性。

2018 年，伏俊璉在《寫本時期文學作品的結集——以敦煌寫本 Дх. 3871 + P. 2555 為例》中，從寫本時期文學作品結集的角度，對 Дх. 3871 + P. 2555 進行考察。該文認為，P. 2555 正面抄寫的 59 首"陷蕃詩"，是毛押牙根據自己的痛苦經歷創作的；Дх. 3871 + P. 2555 寫本是毛押牙陷蕃歸來後結集的產物，毛押牙是在借用 Дх. 3871 + P. 2555 寫本中的不同作品，表達自己的思想和情緒①。

敦煌文人詩歌作品，其文學價值或許不高，但歷史、文化意義巨大。經過一百一十餘年的不懈努力，在敦煌文人詩歌研究領域，前賢時彥已經取得了豐碩成果。"中古時期敦煌文人詩歌傳播研究"這一課題，雖然已有學者觸及，但不夠全面系統，實有深入拓進的必要。

第二節 選題緣起、術語釋義、研究對象、方法意義與校勘凡例

一 選題緣起

根據書寫介質與方式的不同，詩歌傳播大致經歷了如下四個階段：口傳時代、寫本時代、刻本時代和數字時代②。古典文獻學對於古代文人詩歌的研究，是建立在刻本詩集基礎上的。因此，刻本時代文人詩歌的傳播過程，已然明晰。但過去由於研究材料的匱乏，寫本時代文人詩歌的傳播情形，還不清楚。20 世紀初莫高窟藏經洞發現的文人詩歌寫本，

---

① 伏俊璉：《写本时期文学作品的结集——以敦煌写本 Дх. 3871 + P. 2555 为例》，《文學評論》2018 年第 6 期。

② 2013 年，張湧泉先生在《敦煌寫本文獻學》（甘肅教育出版社 2013 年版）一書中，將我國古代文獻傳播體式的演進分為銘刻、抄寫、印刷三個階段。2015 年，郝春文先生在《敦煌寫本學與中國古代寫本學》（《中國高校社會科學》2015 年第 2 期）一文中，又增加了一個電子文本階段。同年，伏俊璉先生在其主持的國家社科重大招標項目"5—11 世紀中國古代文學寫本整理、編年與綜合研究"的開題報告中提出，銘刻也是一種抄寫，不應將銘刻作為一個單獨的階段，從抄寫階段中剝離出來，而且在將獸骨、金石等作為銘刻的載體之前，無疑還有一個口耳相傳的階段。

為這一問題的探討，提供了寶貴的第一手資料①。

敦煌文獻存見的為數眾多的古代文人詩歌作品，均是以手寫紙本形態呈現在世人面前，其中尤以中古時期（指"唐五代宋初"）作品最多。這些中古時期的敦煌文人詩歌寫本，直觀地反映出中古時期文人詩歌在敦煌區域社會傳播的情形。尤其是，敦煌文獻中還有大量內容豐富的世俗文書、宗教經典，以及其他類型的文學寫本。這些都為我們瞭解中古時期敦煌地區文人詩歌傳播的過程與現場，提供了珍貴材料。

然而，在敦煌文人詩歌研究領域，至今未有學者對中古時期文人詩歌在敦煌地區的傳播問題進行過專題研究。因此，筆者不揣淺陋，試圖根據敦煌區域社會歷史發展的特點，對中古時期文人詩歌在敦煌地區的傳播問題進行分期考察，進而揭示出中古時期文人詩歌在敦煌地區傳播的規律，以及敦煌本地文人詩與中原文人詩之間的關係。

二　術語釋義

為了更加清晰地呈現出本書的框架結構和研究意圖，以下依次對中古時期敦煌的歷史分期、敦煌的地域範圍，以及"敦煌文人詩歌"與"傳播"的概念，略作闡釋。

治敦煌學者一般將中古時期（唐五代宋初）的敦煌歷史，分為"唐前期""吐蕃時期"和"歸義軍時期"三個階段，並將唐德宗貞元二年（786）吐蕃攻陷敦煌這一歷史事件，作為前兩個階段的分界。但從中原文人詩西傳的視角上看，從唐代宗廣德二年（764）吐蕃攻佔涼州開始，

---

① 敦煌文獻的寫本特徵已成為學界關注熱點，潘重規、金榮華、林聰明、榮新江、張湧泉、黃征、郝春文、鄭阿財、伏俊璉等學者對此均有探討。參見潘重規《敦煌俗字譜》、金榮華《敦煌俗字索引》、張湧泉《漢語俗字研究》與《敦煌俗字研究》、黃征《敦煌俗字典》等論著，相繼揭示出敦煌寫本的文字特徵；林聰明《敦煌文書學》、榮新江《敦煌學十八講》、張湧泉《敦煌寫本文獻學》分別提出了"敦煌文書學""敦煌寫本學""寫本文獻學"概念，對敦煌文獻的寫本特徵進行系統探討；郝春文在《敦煌寫本學與中國古代寫本學》一文中認為，榮新江宣導的"敦煌寫本學"名稱更能涵括敦煌寫本研究各方面的內容；鄭阿財《論敦煌俗字與寫本學之關係》充分論證了敦煌俗字與寫本時代、寫本真偽之間的關係。

中原文人詩①向敦煌的傳播，已進入一個完全不同的新時期。因此，本書採納伏俊璉、朱利華二位先生的觀點，將廣德二年吐蕃佔領涼州，作為"唐前期"與"吐蕃時期"的分界②。

伴隨著政治、軍事形勢的變化，敦煌的地域範圍會適時伸縮。根據前賢的研究，我們現在已經知道，吐蕃管轄敦煌以前，敦煌有"沙州""敦煌郡"等名稱，其管轄範圍包括"敦煌""壽昌"兩縣，大致和現在的敦煌市所轄面積一致；吐蕃管轄敦煌期間，敦煌受到吐蕃新設置的"瓜州節度使"管轄，其轄下的敦煌地域範圍目前還不清楚，但應不超過此前的瓜、沙二州的範圍；唐宣宗大中二年（848）張議潮率眾起義後，敦煌的地域範圍，是指歸義軍所轄以沙州為中心的地域。

目前所見中古時期在敦煌地區傳播的文人詩歌作品，集中見於敦煌文獻和莫高窟題壁。實質上，它們是當時沿絲綢之路西傳到敦煌的中原文人詩歌作品，被敦煌當地民眾所接受的歷史遺存。這些文人詩歌作品雖然數量眾多，然而由於一部分詩歌作品的抄寫時間無從考證，因此本書以抄寫時間可考者為樣本開展研究。在具體論述過程中，會適當延伸至抄寫時間無考者。

文人詩歌在敦煌地區的傳播，是一個雙向的動態過程。既有中原文人詩歌作品向敦煌地區的"傳入"，也有敦煌本地文人詩歌作品向敦煌以外區域的"傳出"。如果僅有中原文人詩歌作品的傳入，而沒有敦煌本地文人詩歌作品的傳出，那麼就會產生兩個新的問題：中原文人詩歌作品是如何傳入敦煌的，以及中原文人詩歌作品如何被敦煌本地人士所接受的。

在寫本時代，文人詩歌在某地的被接受，直觀地有兩種表現：一是

---

① 項楚先生在《敦煌詩歌導論·緒論》中，將敦煌文獻或莫高窟題壁所見詩歌作品，分為"敦煌詩歌""中原詩歌"兩類（項楚《敦煌詩歌導論》，中華書局2019年版，第1—5頁）。本書借鑒了項先生的觀點，將敦煌文獻或莫高窟題壁所見文人詩歌，分為"敦煌本地文人詩""中原文人詩"兩類。不過，需要強調的是，本書所言"中原文人詩"，其作者不僅有以洛陽、開封等地為核心區域的中原地區詩人，也有關隴、江左等地的詩人。

② 伏俊璉、朱利華：《吐蕃攻佔時期的敦煌文學》，《天水師範學院學報》2012年第4期；後收入伏俊璉：《敦煌文學總論（修訂本）》，上海古籍出版社2019年版，第30—39頁。

被當地人士傳誦、閱讀或抄寫，二是當地人士在其影響下，從事到文人詩歌創作中。因此，本書在"中古时期"這一大的時空背景下，著重探討不同歷史發展階段裏，敦煌地區文人詩歌的"傳入"與"傳出"情況。如果僅有"傳入"而無"傳出"，還將進一步探討"如何傳入"以及"如何被接受"的問題。

三　研究對象

敦煌文人詩歌的概念，可以有多種理解。為使研究對象明確而集中，下列作品不屬於本書的討論範圍：

（一）敦煌本《燕子賦》、敦煌本《季布罵陣詞文》等說唱文學作品，雖然被有的研究者稱為"五言詩"和"唐代第一長詩"，但畢竟與文人詩歌不同，因而不屬於本書的研究範疇。不過，劉希夷《死馬賦》（P.3916）、署名"江州刺史劉長卿"的《高興歌》等被認為是其他體裁文學作品的文人詩，本書不能遺漏①。

（二）曲子詞及民間俗典等韻文作品，自有其特殊體制，與"文人詩歌"有著明顯區別，本書不予討論。但蘇頲《清明日登張女郎神》（P.3619、P.3885）等作為文人詩歌在敦煌傳播者，或哥舒瀚《破陣樂》（P.3619）等在前人著述中被誤作歌辭者，則是本書的研究對象②。

（三）離合詩、方角詩等雜體詩，因其特殊的解讀方法，以及強烈的文字遊戲性質，故與一般文人詩歌不同，本書不予討論。但業已被解讀的雜體詩，不應被忽視。比如，S.3835卷背所載四幅詩圖，其中第一件詩圖的解讀，就出現在P.3597。解讀後的詩圖，實際上是一首五言詩。

（四）學郎詩、王梵志詩、釋道詩。在學士郎群體中傳抄的學郎詩，文學意味極為淡薄；王梵志詩大多宣揚宗教義理，往往被視作與"文人

---

①　劉希夷《死馬賦》（P.3916）被認為是俗賦，收入《敦煌賦集》；作者署名為"江州刺史劉長卿"的《高興歌》（P.2488、P.2544、P.2555、P.2633、P.3812、P.4993、S.2049），既被認為是歌辭，收入《敦煌歌辭總編》，也被認為是俗賦，收入《敦煌賦集》。實際上，它們都是七言歌行。

②　哥舒瀚《破陣樂》（P.3619）是和其他唐詩叢抄在一起，因此在抄寫者看來，是一般意義上的文人詩。

詩歌"相對的民間詩歌①；《心海集》《證道歌》等釋門偈頌，宗教色彩濃厚，幾乎沒有文學性。它們與一般意義上的文人詩歌不同，不予討論。

但學士郎所作《唾落煙塵氣》《男兒屈滯不須論》（P. 3305v），金髻、利濟、志貞、法舟等人所作慶賀義井落成之作（P. 3052、Дх. 153），悟真受牒及兩街大德之間的贈答詩（P. 3720、S. 4654），以及吟詠道教名勝的李翔《涉道詩》（P. 3866）等，與一般文人詩歌無異者，屬於本書的研究對象。

四 研究方法

本書主要運用文獻學的方法開展研究。但在研究過程中，將突出寫本學的方法、敦煌文人詩歌文獻與傳世詩學文獻相結合的方法，以及敦煌文人詩歌文獻與其他敦煌文獻相結合的方法：

一是寫本學的方法。敦煌文人詩歌文獻的寫本特徵，集中表現出文人詩歌在敦煌地區傳播的過程與現場。只有準確把握敦煌文人詩歌的寫本特徵，分析其裝幀形式、題署方式、行款、題記、雜寫、其他文本內容，以及同一寫卷不同文本內容之間的關聯，才能確定敦煌文人詩歌的抄寫時間，並從中尋找出與文人詩歌在敦煌地區傳播問題相關的有價值信息。

二是敦煌文人詩歌文獻與傳世詩學文獻相結合的方法。中古时期的敦煌文人詩歌寫本，雖然在時代上要早於傳世文獻中的文人詩集，但其可信度不能被盲目誇大。挖掘敦煌文人詩歌寫本所藴含的學術價值，離不開經漫長歲月累積下來的傳世詩學文獻。我們應該以敦煌文人詩歌寫本為基礎，結合傳世文獻中的資料，努力尋找敦煌文人詩歌寫本與傳世詩學文獻之間的聯繫。

三是敦煌文人詩歌文獻與其他敦煌文獻相結合的方法。在數量多達七萬餘件的敦煌文獻中，詩歌寫卷只是其中很小的一部分，而文人詩歌

---

① 項楚先生就認為："文人詩歌的長處，突出了王梵志詩的弱點；文人詩歌的弱點，又突出了王梵志詩的長處。他們之間的強烈反差，造成了一種對比和互補的關係。王梵志詩正好是在文人詩歌最薄弱的環節，取得了令人矚目的藝術成就。"參見項楚《王梵志詩校注·前言》，上海古籍出版社 2010 年版，第 29 頁。

寫卷又僅占全部詩歌寫卷的百分之六十五左右。文人詩歌寫本以外，不僅有民間和宗教詩歌寫本，還有大量的社會歷史文獻，以及其他體裁的文學寫本。它們之間有著千絲萬縷的關聯。只有對它們進行綜合性的比較研究，才能全面認識敦煌文人詩歌寫本。

總之，本書嘗試著運用寫本學、敦煌文人詩歌文獻與傳世詩學文獻相結合，以及敦煌文人詩歌文獻與其他敦煌文獻相結合等文獻學的方法，對中古時期文人詩歌在敦煌地區的傳播問題，進行專題研究。

五 研究意義

一是豐富敦煌詩歌研究的內容。在敦煌詩歌的輯錄方面，已有一些成果。尤其是徐俊先生歷時十餘年撰寫的《敦煌詩集殘卷輯考》，體大思精、嘉惠學林。然而，由於受到歷史條件的限制，該書在輯錄敦煌詩歌文獻時，部分敦煌文獻尚未刊布，還有少量敦煌詩歌作品被遺漏。另外，該書對於敦煌詩歌文獻的釋錄也有瑕疵，對其寫本特徵關注的還不夠細緻，手寫紙本所蘊含的學術信息尚有待進一步挖掘。尤其是，該書在資料的搜集和使用上，忽略了石刻文獻。對於傳世文獻中的相關資料，該書也未能網羅無遺。因此本書的探討，可以豐富敦煌詩歌的研究內容。

二是探索敦煌文學研究的新視角。在敦煌文學一百一十餘年的研究歷程中，國內外學者在敦煌文學文獻研究領域，已經取得了豐碩成果。敦煌文人詩歌研究忝列其中，研究成果也可稱宏富。當前的敦煌文學研究，已進入瓶頸期。敦煌文人詩歌研究的突破與轉型，是不得不正視的問題。絲綢之路不僅是一條"金石之路""寫本之路"，同時也是一條"詩歌傳播之路"。但是，從絲綢之路上詩歌交流與傳播的視角研究敦煌文人詩歌，卻長期沒有得到學界足夠的重視。本書嘗試為敦煌文學研究探索一個新的視角，以促進敦煌文學研究的視野走向寬廣。

六 校錄凡例

敦煌文獻是本書最主要的研究材料。對於敦煌文人詩歌寫卷的校錄，是本書的重要內容。故有以下校錄體例，需詳加說明：

（一）見於傳世文獻的詩歌作品，據傳世本擬題。不見於傳世文獻的詩歌作品，如果原卷有詩題，則據原卷擬題；如果原卷無詩題，則據首句擬題；如果首句殘缺，則據次句擬題，依此類推。

（二）諸家校本中，以徐俊《敦煌詩集殘卷輯考》（中華書局2000年版）和郝春文《英藏敦煌社會歷史文獻釋錄》（社會科學文獻出版社2001—2022年版）最為通行，故以《敦煌詩集殘卷輯考》、《英藏敦煌社會歷史文獻釋錄》為主要參校本。

（三）底本中文義可通者，以底本為準；若底本有誤，則保留原文，在錯誤文字后用（ ）注出正字；如底本有脫文，可據他本或上下文義補足，但需將所補之字置於［ ］內；改、補理由均見校記。因殘缺造成缺字者，用囗表示，缺幾個字，用幾個囗；不能確知缺幾個字的，上缺用▃▃表示，中缺用▃▃表示，下缺用▃▃表示；凡缺字可據別本或上下文義補足時，將所補之字置於囗內，并在校記中說明理由。

（四）俗體、異體字，徑改為通行繁體字；筆誤、筆畫增減、缺筆避諱字，徑行改正；塗改、旁書，以及有倒字、廢字、重疊等符號者，徑錄訂正后的文字，並在校記中說明；衍文不錄，亦在校記中說明。

（五）本書涉及的敦煌文獻，在標明其出處時，使用學界通行的略寫中文詞和縮寫英文詞，比如："S"：英藏敦煌文獻編號；"P"：法藏敦煌文獻編號；"BD"，中國國家圖書館藏敦煌文獻編號；"Дx"：俄羅斯東方研究所聖彼得堡分所藏敦煌文獻編號；"北大"，北京大學藏敦煌文獻編號；"上圖"，上海圖書館藏敦煌文獻編號等。

第一章

唐以前漢文化在敦煌地區的生成

西漢元狩二年（前121）春夏，漢武帝派軍兩次進擊河西。同年秋，匈奴渾邪王率眾投降。至此以後，匈奴遁去。漢武帝設置武威、張掖、酒泉、敦煌等河西四郡，以及陽關、玉門關，敦煌遂成為中原通往西域的門戶，以及絲綢之路的咽喉之地。

第一節 兩漢魏晉時期漢文化在敦煌地區的萌發

為充實河西，漢武帝幾次從內地移民到此。其中，那些被遷移到敦煌地區的漢族人口，給敦煌帶來了先進的漢文化。

一 兩漢魏晉時期敦煌的大族與學術

西漢末期，敦煌地區就已經出現潛心向學的學者，《後漢書》有傳的侯瑾，即是一例。據《後漢書·文苑傳》載："侯瑾字子瑜，敦煌人也。少孤貧，依宗人居。性篤學，恒傭作為資，暮還輒燃柴以讀書。常以禮自牧，獨處一房，如對嚴賓焉。州郡累召，公車有道征，並稱疾不到……而徙入山中，覃思著述。"① 侯瑾著述，可知者有"《漢皇德紀》三十卷"②、"《侯瑾集》二卷"③。可見，至遲在西漢末期，嚴謹而崇高的學術，已在敦煌產生。

---

① （南朝宋）范曄：《後漢書》，中華書局1965年標點本，第2649頁。
② （唐）魏徵：《隋書》，中華書局1973年標點本，第961頁。
③ （後晉）劉昫：《舊唐書》，中華書局1975年標點本，第2055頁。

中原學術是如何傳入敦煌的呢？我們知道，在中古時期敦煌的歷史發展進程中，大族發揮了重要作用。敦煌大族中的曹氏、索氏、氾氏，早在西漢時期就已遷入敦煌。其中，漢武帝開拓河西時，曹氏先祖已西遷到敦煌，而索氏是漢武帝時因獲罪而西遷到敦煌的大族，氾氏是西漢末年因避難而西遷到敦煌的大族。這些出於拓邊、獲罪、避難等原因而遷徙到敦煌的大族，應該就是中原學術傳入敦煌的最初而且是最主要的載體。

據《郃陽令曹全碑》載，曹全乃敦煌人，從他的高祖父曹敏開始，曹氏接連三世被舉為孝廉、出任官職；曹全本人"童齔好學，甄極毖緯，無文不綜"，而且"賢孝之心，根生於心"，以致"鄉人為之諺曰'重親致歡曹景完'"①。可見，敦煌的曹氏家族在兩漢時期，已顯現出孝悌傳家、重視儒學的家族文化特徵。《郃陽令曹全碑》中對於曹全的記敘，說明曹全繼承並發揚了曹氏家族的家族傳統。

東漢時期的索氏家族子弟中，索展"師事太尉楊賜展"、索翰"師事司徒王即（朗）"、索宜"清靈潔淨，好黃老，沉深篤學，事繼母以孝聞"，更有索靖"鄉人號曰府曰儒"，且與"鄉人張齟、索紾、氾衷、索綰等五人，俱遊太學，號稱'敦煌五龍'"②。其中，索展、索翰從學於太尉楊賜與司徒王朗，盡得弘農楊氏學術真傳；索靖、索綰、索紾與敦煌張氏大族張齟、敦煌氾氏大族氾衷，一起遊學西晉太學，與中原保持學術交流。可以想見，正是由於家族文化的影響，索氏子弟才有了後來的求學與遊學。

漢晉時期的氾氏家族子弟中，氾異"高才，通經史"；氾孚"通經篤行"，"下惟（帷）潛思，不窺門庭，或半年百日。吟詠古文，欣然猶笑。精黃老術"；氾咸"弱冠從蒼梧太守同郡令狐溥受學，明通經緯，行不苟合"。此外，還有氾緒，"敦方正直，嘗於當郡別駕令孤（狐）富授

---

① （清）王昶：《金石萃編》卷18，中國書店1985年版，第289頁。
② 錄文參見唐耕耦、陸宏基：《敦煌社會經濟文獻真跡釋錄》第1輯，書目文獻出版社1986年版，第103頁。

(受)《春秋》、《尚書》"①。可見，漢晉時期的氾氏家族，呈現出以儒學為本、兼習黃老的文化特徵。氾氏家族子弟正是在這種文化傳統的熏陶下，傳承著由其祖輩傳入敦煌的中原學術。

需要強調的是，氾氏家族的子弟氾咸、氾緒，就分別受學於令狐家族的令狐溥、令狐富。其中，令狐溥教授氾咸經緯之學，令狐富教授氾緒《春秋》與《尚書》。這說明，敦煌大族之間存在著學術互授現象，大族的學術傳承並不具有排他性。

二 兩漢魏晉時期敦煌的文學

伴隨著漢族人口的大量遷入，中原文學作品也西傳到敦煌。這一點，被漢塞烽燧中發現的簡牘文書證實。我們在簡牘文書中覓得的中原文學作品，雖然數量不多，但其中既有詩歌作品，也有其他體裁文學作品。

《敦煌漢簡》第2253號詩歌簡，簡文曰："日不顯兮黑云多月不可視兮風非沙從恣蒙水誠江河州流灌注兮轉揚波辟柱楨忘相加天門徠小路彭池無因以上如之何興章教誨兮誠難過。"② 李正宇先生點校作："日不顯兮黑云多，月不可視兮風非沙。從恣蒙水誠江河，州流灌注兮轉揚波。辟柱楨到忘相加，天門徠小路彭池。無因以上如之何？興章教誨兮誠難過。"③ 這首吟詠風雨變幻的騷體詩，立意高遠、文辭典雅，顯然是內地傳入敦煌的中原詩歌作品。

《敦煌漢簡》第2289號《田章故事》簡（以下簡稱《田章簡》），簡文曰："'……為君子？'田章對曰：'臣聞之：天之高萬萬九千里，地之廣亦與之等。風發綌（豀）穀，雨起江海，震……。'"④ 張德芳先生認為，《田章簡》中的"田章"，就是西漢東方朔所著《神異經》中那位巧

---

① 郝春文：《英藏敦煌社會歷史文獻釋錄》第8卷，社會科學文獻出版社2012年版，第177—181頁。

② 吳礽驤：《敦煌漢簡釋文》，甘肅人民出版社1991年版，第244頁。

③ 李正宇：《試釋敦煌漢簡〈教誨詩〉》，載《轉型期的敦煌語言文學——紀念周紹良先生仙逝三周年學術研討會論文集》，甘肅人民出版社2010年版，第69—72頁。

④ 裘錫圭：《田章簡補釋》，《簡帛研究》第3輯，廣西教育出版社1998年版，第455—458頁。

言善辯、博聞多識的"陳章"①。

《神異經》"荒荒經"章記載了這樣一則故事："南方蚊翼下有小蜚蟲焉，目明者見之，每生九卵，復未常有鷇，復成九子，蜚而俱去，蚊遂不知。亦食人及百獸。事者知，言蟲小，食人不去也。此蟲既細且小，因曰細蠛。陳章對齊桓公曰：'小蟲是也。'"② 在這則故事中，陳章告訴齊桓公，其所疑之物，乃寄居在南方蚊蟲翅膀下的一種不易被觀察到的小飛蟲。

西晉張華曾給《神異經》作註，並在註文中言："陳章鷦鷯巢蚊睫，事見《晏子春秋》。"《晏子春秋》所載，主要是春秋時期齊國上大夫晏嬰的故事，但內容上多為附會，與真實有較大出入。據吳則虞先生考證，《晏子春秋》的成書時間，大致是在秦統一六國以後③。由於《晏子春秋》的成書時間最早，我們可以大膽的推測，《晏子春秋》應即是《田章簡》《神異經》所載"田章故事"的源頭。漢塞烽燧中發現的《田章簡》，應即是從內地傳入敦煌的文學作品。

從漢武帝"列四郡，據兩關"開始，敦煌地區就被納入中原政權的政治版圖。兩漢魏晉時期，中原政權對敦煌地區進行了長期的政治經營，這為漢族人口的遷入奠定了基礎。伴隨著大量漢族人口的遷入，中原地區的學術與文學也傳入敦煌，進而改變了敦煌地區此前的文化荒漠狀態。

第二節 五涼時期漢文化在敦煌地區的初步興盛

五胡亂華、晉室南遷以後，中國北方進入十六國時期。敦煌的歷史，步入到"五涼時期"。該時期的敦煌，先後受到前涼、前秦、後涼、西涼、北涼等五個地方割據政權的統治。

一 五涼時期敦煌的大族、教育與學術

十六國時期的中國北方，"學在家族"的文化特徵明顯。這一特徵，

---

① 張德芳：《淺談河西漢簡與敦煌變文的淵源關係》，《敦煌學輯刊》2005年第2期。
② （漢）東方朔：《神異經》，中華書局1991年標點本，第14—15頁。
③ 吳則虞：《晏子春秋集釋》，中華書局1982年標點本，第514頁。

同樣適用敦煌。據趙以武先生在《五涼文化述論》第二章《河西學者及其著述》中的統計，五涼時期的河西儒林人物共有三十人。其中，敦煌籍學者十七人，占到同期河西儒林人物總數的半數以上①。這些敦煌籍學者中，除郭瑀、劉昞、闞駰、趙歐四人外，其餘均為敦煌大族子弟。因此可以說，五涼時期敦煌大族的學術造詣，代表了敦煌學術的整體水準。

　　十三位世家大族出身的敦煌學者中，就有九人（索襲、索紞、索綏、索敞、索暉、張湛、張諮、張資、張穆）出自索氏、張氏等傳統舊族，四人（宋纖、宋繇、陰澹、陰興）出自宋氏、陰氏等新興家族。

　　出自索氏家族的索襲，被前涼敦煌太守陰澹，請為"三老"、視作"儒賢"，著有"天文地理十餘篇"②。索綏，前涼張重華時，曾與重華往返問答，講論經義。張玄靚時，任儒林祭酒。後以著述之功，封平樂亭侯，著有《涼國春秋》五十卷③。索敞，前涼時，為大儒劉昞助教，"專心經籍。盡能傳昞之業"，著有《喪服要記》《名字論》④。索暉，曾任前涼建康太守，著有《涼書》⑤。索紞，少時遊學洛陽，受業太學，博綜經籍，後來成為通儒⑥。

　　出自張氏家族的張湛，弱冠時即已知名河西，好學善屬文。曾仕於前涼沮渠蒙遜。入北魏後，曾與司徒崔浩論《易》。崔浩將其與宗欽、段承根一起，並稱為"儒者""俊才"⑦。張穆，先仕於後涼。後涼亡後，為南涼所得。北涼沮渠蒙遜時，"擢拜中書侍郎，委以機密之任"⑧。張

---

① 趙以武：《五涼文化述論》第二章《河西學者及其著述》，甘肅人民出版社1989年，第19—43頁。
② （唐）房玄齡：《晉書》，中華書局1974年標點本，第2448—2449頁。
③ （唐）劉知幾著，（清）浦起龍通釋，王煦華整理：《史通通釋》，上海古籍出版社2009年版，第337頁。
④ （北齊）魏收：《魏書》，中華書局1974年標點本，第1162—1163頁；（唐）李延壽：《北史》，中華書局1974年標點本，第1270頁。
⑤ （唐）劉知幾：《史通》，上海古籍出版社2008年版，第256頁。
⑥ （唐）房玄齡：《晉書》，中華書局1974年標點本，第2494—2495頁。
⑦ （北齊）魏收：《魏書》，中華書局1974年標點本，第1153—1154頁；（唐）李延壽：《北史》，中華書局1974年標點本，第1265—1266頁。
⑧ （唐）房玄齡：《晉書》，中華書局1974年標點本，第3148、3195頁。

諸，前涼張軌時任著作郎，後入前燕，仕右僕射，著《涼記》八卷①。張資，後涼呂光時任中書監，著有《涼州記》十卷②。

綜上所述，漢晉時期已忝列敦煌大族的索氏、張氏，到了五涼時期依然興盛。其子弟不但在胡漢割據政權中擔任官職，而且家學不廢、學人輩出，在經學和史學領域頗有建樹。

根據殷光明、馮培紅等學者的研究，敦煌宋氏、陰氏大概在東漢時期遷入敦煌，五涼時期開始崛起③。那麼，宋氏、陰氏等新興大族的學術傾向，又是怎樣的呢？我們可以在《魏書》《北史》《晉書》《隋書》等史籍中找到線索。

據《魏書》與《北史》宋繇本傳載，宋繇自其曾祖宋配始，世仕前涼政權。其父宋寮為張邕所誅，家道中落。為振興門戶，曾到酒泉"追師就學，閉室誦讀，晝夜不倦，博通經史，諸子群言，靡不覽綜"。先後受到後涼呂光、西涼李暠、北涼沮渠蒙遜父子重用。雖然厯位通顯，但家無餘財，"雅好儒學，雖在兵難之間，講誦不廢"④。

據《晉書》宋纖本傳載，前涼張祚時，宋纖為前涼政權的統治者尊崇。敦煌太守楊宣畫其像於閣樓上，並作《宋纖畫像頌》以詠之。酒泉太守馬岌更是讚其"人中之龍"，並銘詩於石壁上，是為《題宋纖石壁詩》。張祚篡位後，遣使強征至武威。張祚遣太子太和親自拜訪，纖稱疾不見。後來雖任太子太傅，但沒過多久，就絕食而死。宋纖其人，"明究經緯"，喜好儒學，曾為《論語》作注，又有"詩頌數萬言"⑤。

據《晉書·張軌傳》《隋書·經籍志》載，前涼張軌在西晉末年保據河西時，陰澹即為其四名"股肱謀主"之一。張茂時，任敦煌太守，興

---

① （清）張澍：《續敦煌實錄》，甘肅人民出版社 1985 年版，第 17 頁。
② （梁）釋慧皎：《高僧傳》，中華書局 1992 年版，第 51 頁；（後晉）劉昫：《舊唐書》，中華書局 1975 年標點本，第 1993 頁。
③ 殷光明：《西州大姓敦煌宋氏研究》，《中國魏晉南北朝史學會論文集》，齊魯書社 1991 年版，第 166—177 頁；馮培紅：《漢晉敦煌大族略論》，《敦煌學輯刊》2005 年第 2 期。
④ （北齊）魏收：《魏書》，中華書局 1974 年標點本，第 1152—1153 頁；（唐）李延壽：《北史》，中華書局 1974 年標點本，第 1270—1271 頁。
⑤ （唐）房玄齡：《晉書》，中華書局 1974 年標點本，第 2453 頁。

修水利、熱心文教，與學人索襲、索紞相友善，著有《魏紀》十二卷①。陰興，在北涼沮渠牧犍時，擔任劉昞助教，協助劉昞授業②。陰興作為大儒劉昞的助教，其學術專長，自然是儒學。

由此可見，五涼時期宋氏、陰氏等新興大族，也以儒學相標榜，甚至將其視為振興門戶的重要途徑。那麼，敦煌大族的家學傳習，是否是五涼時期敦煌地區學術傳承的唯一方式呢？答案是否定的。我們在傳世史籍中，見到了另外一種傳承方式——學校教育。

據《晉書·涼武昭王李玄盛傳》載，西涼政權在遷都酒泉前，李暠曾在敦煌城內興辦學校，"立泮宮，增高門學生五百人"③。可見，在五涼時期，官學教育確實在敦煌存在。我們雖然沒有找到官學中教授儒學的直接證據，但官學的存在無疑有助於學術傳承。

宋纖、郭瑀、劉昞等人，則代表了另一種學校教育——私學教育。私學教育，甚至要比官學教育更有效果。這既體現在授業弟子的數量上，也體現在後繼者的學術開拓上。

私學的學生數量，要遠遠多於官學。根據《晉書·隱逸傳》《魏書·劉昞傳》中的記載，宋纖少時隱居於酒泉南山，不應州郡辟命。授徒講學，"弟子受業三千餘人"。郭瑀少時東至張掖，師事經學世家出身的郭荷，"盡傳其業"。後隱居臨松薤谷潛心著述，"弟子著錄千余人"。前秦時，敦煌太守辛章選派書生三百人，受業於郭瑀④。劉昞早年就學於郭瑀，後隱居酒泉，開辦私學，"弟子受業者五百餘人"⑤。

有的學人甚至通過私學教育，培養出自己的學術繼承人，比如郭瑀的弟子劉昞。據《魏書·劉昞傳》載，劉昞學術造詣很高，他在西涼李暠時，任儒林祭酒、從事郎中，"雖有政務，手不釋卷"。北魏滅北涼，拓跋燾"夙聞其名"，拜其為樂平王從事郎中。他著述宏富，遍涉經、

---

① （唐）房玄齡：《晉書》，中華書局1974年標點本，第2221、2222頁；（唐）魏徵：《隋書》，中華書局1974年標點本，第957頁。
② （北齊）魏收：《魏書》，中華書局1974年標點本，第1160—1161頁。
③ （唐）房玄齡：《晉書》，中華書局1974年標點本，第2259頁。
④ （唐）房玄齡：《晉書》，中華書局1974年標點本，第2454—2455頁。
⑤ （北齊）魏收：《魏書》，中華書局1974年標點本，第1160頁。

史、子、集。拓跋燾在詔書中,讚其"德冠前世,蔚為儒宗"①。

陳寅恪先生在《隋唐制度淵源略論稿》中評價道:"蓋張軌領涼州之後,河西秩序安定,經濟豐饒,既為中州人士避難之地,復是流民移徙之區,百餘年間紛爭擾攘固所不免,但較之河北、山東屢經大亂者,略勝一籌。故托命河西之士庶猶可以蘇喘息長子孫,而世族學者自得保身傳代以延其家業也。"② 此一語,可作五涼時期敦煌學術的絕好注腳。

二 五涼時期敦煌的文學

俄藏敦煌文獻中有兩件五涼時期抄寫的中原文學作品:一件是 Дх.11414 + Дх.02947《前秦擬古詩》,另一件是 Дх.12059 + Дх.12213《後漢秦嘉徐淑夫妻往還書》。這兩件敦煌本中原文學作品,證實了五涼時期存在中原文學作品傳入敦煌的情況。不僅如此,五涼時期的敦煌,還湧現出了大量本地文學作品。敦煌本地文士從事文學創作,是五涼時期敦煌地區最突出的文學現象。

五涼時期,敦煌地區先後受到漢族、氐族、盧水胡等多個民族政權的統治。那麼,不同民族政權統治下的敦煌,在本地文學創作的繁榮程度上是否會有差異呢?為更好地呈現五涼時期不同政權統治下,敦煌地區本地文學創作的繁榮程度,試列下表:

政權名稱	建立者	民族	傳世文獻中所見重要的本地文學作品
前涼	張軌	漢族	謝艾《謝艾集》、索綏《六夷頌》與《符命傳》、張斌《葡萄酒賦》、宋纖《上疏辭張祚》及"詩頌數萬言"、馬岌《宜立西王母祠》與《題宋纖石壁詩》、楊宣《宋纖畫像頌》等。

---

① (北齊)魏收:《魏書》,中華書局1974年標點本,第1160—1161頁。
② 陳寅恪:《隋唐制度淵源略論稿》,生活·讀書·新知三聯書店2009年版,第30頁。

续表

政權名稱	建立者	民族	傳世文獻中所見重要的本地文學作品
前秦	苻堅	氐族	無
後涼	呂光	氐族	無
西涼	李暠	漢族	李暠《靖恭堂頌》、《呈東晉王朝表文》、《槐樹賦》、《大酒容賦》、《述志賦》、《誡勸諸子手令》、《上巳日曲水詩宴序》、《留顧命長史宋繇遺囑》、《吊辛景、辛恭靖》、《辛夫人誄》、《賢明魯顏回頌》、《麒麟頌》及其他"詩賦數十篇"，劉昞《靖恭堂銘》、《酒泉頌》、《槐樹賦》等。
北涼	沮渠蒙遜	盧水胡	張穆《玄石神圖賦》

據上表可知，傳世文獻所見重要的敦煌本地文學作品，絕大多數出現在漢族政權統治時期。可惜的是，上表所列敦煌本地文學作品中，僅有馬岌《題宋繊石壁詩》、楊宣《宋繊畫像頌》和李暠《述志賦》《呈東晉王朝表文》等少數作品存世，其餘均已佚失。而在馬岌、楊宣、李暠三人中，李暠的地位最為顯赫，他是西涼政權的建立者。

據《晉書·涼武昭王李玄盛傳》載，李暠曾創作《槐樹賦》《大酒容賦》《述志賦》等三篇賦作。至於創作緣由，《晉書》載之甚詳："先是，河右不生楸、槐、柏、漆，張駿之世，取於秦隴而植之，終於皆死，而酒泉宮之西北隅有槐樹生焉，玄盛又著《槐樹賦》以寄情，蓋歎僻陋遐方，立功非所也。亦命主簿梁中庸及劉彥明等並作文。感兵難繁興，時俗喧競，乃著《大酒容賦》以表恬豁之懷。"① "玄盛以緯世之量，當呂氏之末，為群雄所奉，遂啟霸圖，兵無血刃，坐定千里，謂張氏之業指期而成，河西十郡歲月而一。既而禿髮傉檀入據姑臧，且渠蒙遜基宇稍廣，於是慨然著《述志賦》焉。"②

《槐樹賦》《大酒容賦》《述志賦》三篇賦作中，僅有《述志賦》一篇，幸賴《晉書》的記載而流傳至今。李暠《述志賦》寫於西涼政權內

---

① （唐）房玄齡：《晉書》，中華書局1974年標點本，第2259、2264、2267頁。
② （唐）房玄齡：《晉書》，中華書局1974年標點本，第2265頁。

外交困之時，全文長達近千字。他在《述志賦》中，從自己幼年時的文化修養說起，回憶了自己過往人生中的挫折辛酸，最後以堅定的語氣，抒發了自己統一河西、恢復中原的志向。據蔡丹君在《鄉里移民社會與"五涼"文學物質的形成——西晉末年北方文學存續之一例》一文中的考察，李暠《述志賦》在文體上沿襲了東漢抒情小賦的文學傳統，在內容上大量使用比興手法和神話傳說，保留了某些西晉文學特徵①。

儘管同時期的中國北方其他地區陷入動盪，但中原文學作品在五涼時期向敦煌地區的傳播並沒有中止。同時，在中原文學的長期孕育下，五涼時期的敦煌本地文學，儘管呈現出胡漢政權統治下的不均衡性，但已正式成為一種獨立的文學現象。

第三節　北朝至隋時期敦煌地區的漢文化

敦煌的"北朝至隋時期"，與中原王朝的歷史分期稍有不同，是從太平真君五年（444）北魏直接統治敦煌算起，歷經北魏、西魏、北周、隋四個朝代更迭，時間長達近二百年②。

一　北朝至隋時期敦煌地區佛教的興盛

北朝至隋，佛教在敦煌地區極為盛行，且盛行的表現，見諸史籍僧傳。以下簡要羅列數端，以資說明。

北魏時，敦煌"村塢相屬，多有塔寺"③。敦煌的地方長官元榮，是虔誠的佛教徒，曾出資抄經，並營造莫高窟第285窟。北周于義在任職敦煌期間，弘揚佛法，開窟造像④。武周聖曆元年（698）《李君重修莫高窟佛龕碑》，在追溯莫高窟開鑿歷程時，將元榮、于義開鑿敦煌大窟的事

---

① 蔡丹君：《鄉里移民社會與"五涼"文學物質的形成——西晉末年北方文學存續之一例》，《中國典籍與文化》2015年第2期。
② 拓跋鮮卑建立的北魏政權名義上佔領敦煌，是在北魏太平真君四年（443）左右。但直到太平真君五年（444）李寶被召入朝，敦煌才開始受到北魏政權的直接控制。
③ （北齊）魏收：《魏書》，中華書局1974年標點本，第3032頁。
④ （唐）魏徵：《隋書》，中華書局1973年標點本，第1145—1146頁。

蹟，視為莫高窟史上的標誌性事件①。

隋朝開皇年間（581—600），僧人善喜在莫高窟營造講堂，《莫高窟記》將其與樂僔法良創窟、建平東陽各造大窟以及唐代修建兩大像等事蹟相等同②。仁壽元年（601）隋文帝頒舍利於天下，詔三十州起塔供養舍利，遣僧人智嶷持詔至"瓜州崇教寺"③。彼時的敦煌佛教，已經在全國範圍內佔有重要地位。

北魏至隋時期，敦煌地區佛教的盛行，為以後佛教文學和佛教詩歌在敦煌的傳播奠定了一定的文化基礎。

二　北朝至隋時期敦煌的人口遷徙、學術與文學

北魏在消滅北涼後，為鞏固統治，"徙涼州民三萬余家於京師"④。這包括許多敦煌人士，其中就有宋繇、索敞、張湛等著名學者。這些被遷往平城的敦煌人士，只有少數人境遇較好。

比如，索敞在遷入平城以後，"以儒學見拔"，官至中書博士。他在京師講授十餘年，權貴子弟"敬憚威嚴，多所成益"，顯達者數十人。《魏書·索敞傳》載曰："涼州平，入國，以儒學見拔，為中書博士。篤勤訓授，肅而有禮。京師大族貴遊之子，皆敬憚威嚴，多所成益，前後顯達、位至尚書牧守者數十人，皆受業與敞。敞遂講授十餘年。"⑤宋繇的兒子宋超，官至尚書度支郎；另一個兒子宋稚，官至青州、渤海太守⑥。張湛的侄子張廣平，官至高平縣令⑦。

但大多數人境遇不佳。曾與索敞"文才相友"的陰世隆，在被遷入

---

① 《李君重修莫高窟佛龕碑》是關於修建莫高窟第332窟的功德記。原碑現僅餘碑陽一方，碑文見於P.2551卷背。錄文參見鄭炳林《敦煌碑銘讚輯釋》，甘肅教育出版社1992年版，第9—15頁。
② 《莫高窟記》分別見於莫高窟第156窟前室北壁及P.3720v，後者實為前者的副本或底本。錄文參見馬德：《〈莫高窟記〉淺議》，《敦煌學輯刊》1987年第2期。
③ （唐）道宣：《續高僧傳》，中華書局2014年版，第376頁。
④ （北齊）魏收：《魏書》，中華書局1974年版，第90頁。
⑤ （北齊）魏收：《魏書》，中華書局1974年標點本，第1162—1163頁。
⑥ （北齊）魏收：《魏書》，中華書局1974年標點本，第1153頁。
⑦ （北齊）魏收：《魏書》，中華書局1974年標點本，第1154頁。

平城後，"被罪徙和龍，屆上穀，因不前達，土人徐能抑掠為奴"。太平真君五年（444），"敞因行至上谷，遇見師隆，語其由狀，對泣而別。敞為訴理，得免"①。有一位名為"氾潛"的敦煌氾氏家族子弟，入魏後竟然以釀酒為業②。五涼時期被前涼、北涼統治者所推崇的敦煌大儒劉昞，共有五個兒子，其中三人被遷往平城。劉昞的這三位兒子境遇也不好，甚至淪落到了沒有職務、沒有俸祿的地步。後來，在尚書李沖的奏請下，劉昞的一個兒子，才得以出任鄴州云陽縣的縣令③。

北魏佔領敦煌以後，在敦煌施行的強制移民政策，對敦煌的學術與文學產生了較強的衝擊和破壞。以往對敦煌的學術與文學產生過重大影響的敦煌大族銷聲匿跡，敦煌地區的學術衰落無聞、文學作品乏善可陳。我們現在所能見到的北朝至隋時期的敦煌文學作品，只是敦煌文獻所存文學色彩並不濃厚的佛教應用文。

從敦煌地區學術與文學的整體發展歷程上看，早在五涼時期漢文化已經牢固的紮根在敦煌，北朝至隋時期漢文化在敦煌雖然沒有獲得大的發展，但並沒有改變漢文化在敦煌的主體地位。漢文化在敦煌地區的這種主體地位，為中古時期文人詩歌在敦煌地區的傳播，提供了厚重的文化土壤。正是基於這種牢固的漢文化土壤，敦煌迎來了漢文詩歌盛行的新時期。

---

① （北齊）魏收：《魏書》，中華書局 1974 年標點本，第 1163 頁。
② （北齊）魏收：《魏書》，中華書局 1974 年標點本，第 1151 頁。
③ （北齊）魏收：《魏書》，中華書局 1974 年標點本，第 1161 頁。

第 二 章

唐前期文人詩歌在敦煌地區的傳播

第一節　唐前期抄寫的敦煌文人詩歌

經筆者輯考，抄寫時間可系年到唐前期的敦煌文人詩歌作品僅有區區2首，且均爲見於經頭卷尾的零散詩篇。這2首敦煌零散文人詩，分別是：抄寫在 P. 2530 號寫卷上的《吳山下淚洽》，以及抄寫在 P. 5557 號寫卷上的《謬作曹南客》。

1. 抄寫在 P. 2530 號寫卷上的《吳山下淚洽》，共計三行、書法潦草，无題无署，詩曰："無（吳）山下淚洽①，秦地斷長川。語似青（清）江上②，分首共妻（淒）然③。相馮（逢）盡今日④，後語不知年。願君寮（聊）住馬⑤，差諭欲動□⑥。"

原卷在詩前，抄有王弼注《周易卷第三》，楷書精抄，行款嚴謹，筆跡與《吳山下淚洽》詩全然不同；在詩後，抄有兩則筆跡與《吳山下淚洽》詩相同的題記，其中一則作："（顯慶）五年（660）六月十一日造此□□一首。"據文義及殘筆畫，題記中所缺二字應作"五言"，所指即爲此詩。可以推知，抄寫在王弼注《周易卷第三》末尾的《吳山下淚洽》

---

① "無"，應作"吳"，據文義校改，"無"爲"吳"之借字。
② "青"，應作"清"，據文義校改，"青"爲"清"之借字。
③ "妻"，應作"淒"，據文義校改，"妻"爲"淒"之借字。
④ "馮"，應作"逢"，據文義校改，"馮"爲"逢"之借字。
⑤ "寮"，應作"聊"，據文義校改，"寮"爲"聊"之借字。
⑥ "差"，《敦煌詩集殘卷輯考》未能釋讀。

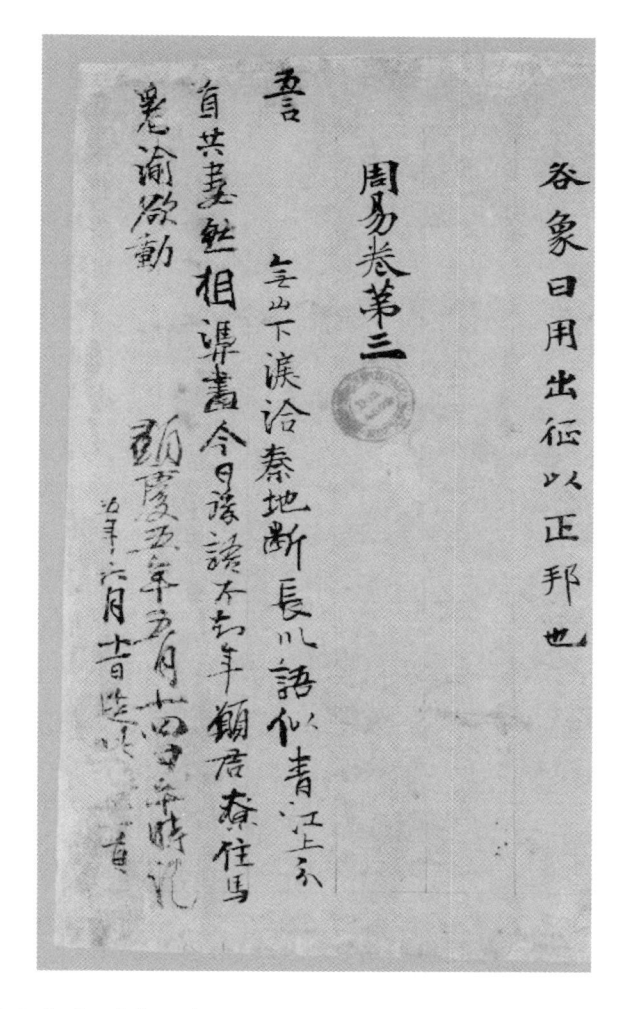

一詩，應是唐高宗顯慶五年（660）P. 2530 號寫卷所抄《周易卷第三》的敦煌閱讀者所作，屬敦煌本地文人詩。

2. 抄寫在 P. 5557 號寫卷上的《謬作曹南客》，共計四行，書法潦草，无題无署，詩曰："謬作曹南客，方從鞏北歸。離亭花始舞，別路柳初飛。酣酒唅春酌，芳時昔（惜）暮輝①。故人留野賤（餞）②，戴（載）

---

① "昔"，應作"惜"，據文義校改，"昔"為"惜"之借字。
② "賤"，應作"餞"，據文義校改，"賤"為"餞"之借字。

喜息征騑①。"

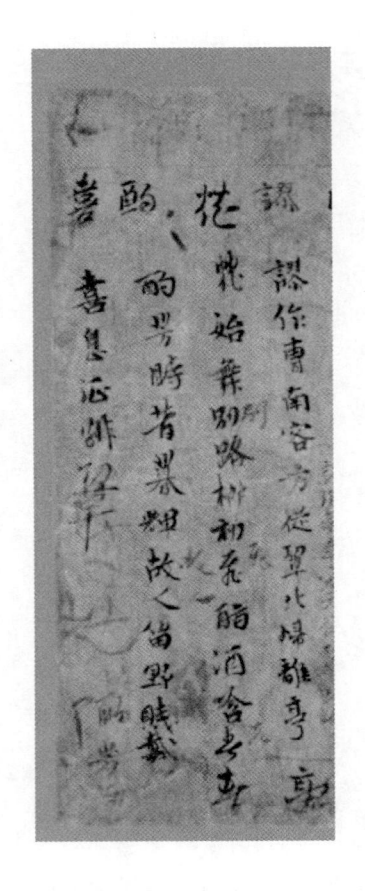

原卷在此詩前，抄寫有題記："天寶二年（743）八月十七日寫了也。"原卷在題記前，抄寫有孔安國傳《古文尚書胤征》。詩、題記與孔安國傳《古文尚書胤征》，三者筆跡相同。可見，此詩應是天寶二年（743），由同卷孔安國傳《古文尚書胤征》的抄寫者，利用紙張的末尾空白處續抄而成。此詩是一首離別詩，首聯中的"曹南""鞏北"，顯然不在敦煌地區，因此應是一首傳入敦煌地區的中原詩。

敦煌文獻中的中原詩《謬作曹南客》，證實了唐前期存在著中原文人詩向敦煌地區西傳的現象。因此，唐前期文人詩歌在敦煌地區的傳播問

---

① "戴"，應作"載"，據文義校改，"戴"為"載"之借字。

題，實質上就是中原文人詩如何傳入敦煌地區，以及敦煌本地人士如何接受中原文人詩的問題。

第二節　唐前期中原文人詩向敦煌的傳播

中原文人詩向敦煌地區的傳播，無疑與絲綢之路的暢通與否密切相關。武德二年（619）唐高祖戰勝了據有河西的李軌政權，整個河西自此開始受到唐朝的統治。但由於河西西部的局勢不穩，武德二年以後的較長時間里，唐朝關閉了西北關津。當時去往天竺求法的玄奘，就是通過偷渡的方式離開國境的。直到貞觀十四年（640）唐太宗滅了高昌，在高昌故地、天山北的北庭、西州交河縣，分別設立了西州、庭州和安西都護府，中原與西域諸地之間的往來，才開始有了可靠的政治保障①。可以想見，武德二年至貞觀十四年間，中原文人詩向敦煌地區的流傳，實際上是處於蟄伏狀態，即使有也應是極富偶然性的。

貞觀十四年以後，經敦煌的絲綢之路日漸暢通，中原與西域諸地的民間交流自不待言，即使唐朝與天竺等國的官方使節往來，也時常見於史籍或碑刻。據榮新江先生在《貞觀年間的絲路往來與敦煌翟家窟畫樣的來歷》②中的爬梳，貞觀十四年，唐太宗命元武壽出使西方諸國。元武壽此次出使，前後長達五年有餘，最遠處到達了蔥嶺以西的古大宛地。貞觀十五年（641），天竺使者朝貢，唐朝禮尚往來，先後以梁懷璥、李義表等人為使出使天竺。貞觀二十二年（648），唐太宗以王玄策為主使第三次出使天竺。但由於天竺內亂，這次原本以通好天竺為目的的外交行動，卻意外轉變成為一場聲勢浩大的軍事行動。王玄策率兵平定了天竺內亂，並俘天竺亂臣以歸。

尤其是在唐高宗顯慶二年（657），唐朝滅掉西突厥汗國，蔥嶺東西各國、各地轉歸唐朝控制，唐朝的政治版圖得到空前擴大，中原與蔥嶺

---

① （宋）司馬遷：《資治通鑒》，中華書局1956年標點本，第6150、6154—6156頁。
② 榮新江：《貞觀年間的絲路往來與敦煌翟家窟畫樣的來歷》，《敦煌研究》2018年第1期。元武壽、梁懷璥、李義表、王玄策等人的出使事迹，筆者參看了榮先生此文。

東西各國、各地之間的往來，有了如同高昌故地以及天山北的北庭、西州交河縣等地一樣的可靠政治保障。進入開元以後，唐朝國力發展到巔峰，溝通中原與西域、唐朝與西方諸國的絲綢之路更加暢通，絲綢之路上的貿易更加繁榮。唐朝詩人張籍在其《涼州詞》中，用"邊城暮雨燕飛低，蘆筍初生漸欲齊。無數鈴聲遙過磧，應馱白練到安西"的詩句，生動描繪了開元年間絲綢之路上繁榮的貿易場景。

與武德二年至貞觀十四年間相比，貞觀十四年以後的唐前期，才是中原文人詩向敦煌地區傳播的黃金時段。在這一時段里，絲綢之路再次出現了過去人員往來如織的景象。西行的僧侶、商人、使節、軍人等中原人士在駐足敦煌時，有可能將自己喜好並隨身攜帶的中原文人詩歌作品留在敦煌；那些曾經到過中原地區的敦煌人士，在中原詩歌風尚的影響下，也有可能將中原盛行的文人詩歌作品帶回敦煌。

作為連通中西的交通網絡，"絲綢之路"上流通和承載的，不僅是絲綢、器皿等實實在在的物質，而且還有文學與文化等精神層面的財富。所以，從這個意義上講，"絲綢之路"也是一條"文學與文化傳播之路"，更是一條中原文人詩歌作品的西傳之路。抄寫在 P.5557 號寫卷上的《謬作曹南客》詩只是零光片羽，更多的中原詩歌作品，則淹沒在歷史長河中。

第三節　唐前期敦煌本地文士對中原文人詩的接受

唐前期，敦煌地區處於唐朝的直接管轄之下，其行政制度與內地州郡完全一樣。在"科舉取士"的制度安排下，敦煌當地的學校理應將"詩學教育"作為重要的教學內容。也許，正是憑藉敦煌學校的詩學教育，中原文人詩才逐步被敦煌本地文士所接受。他們不僅會抄寫中原文人詩，而且還會在中原文人詩的熏陶下，從事詩歌創作。

王弼注《周易》、孔安國傳《古文尚書》，都是經過官方認定的"五經"之一，自然會是敦煌學校的教科書。王弼注《周易卷第三》（P.2530）的閱讀者，以及孔安國傳《古文尚書胤征》（P.5557）的抄寫者，應該就是敦煌學士郎。他們極有可能是出於科舉應試的目的，分別對王弼注《周易卷第三》、孔安國傳《古文尚書胤征》進行了閱讀和抄寫的。

《吳山下淚洽》一詩，應該是敦煌學士郎，在閱讀完 P. 2530 號寫卷中的王弼注《周易卷第三》以後創作的。而《謬作曹南客》一詩，應是敦煌學士郎，抄寫完孔安國傳《古文尚書胤征》以後，在卷末空白處續抄的。前者從敦煌學士郎進行詩歌創作的層面，說明了學士郎群體對於中原文人詩的接受；後者則從敦煌學士郎抄寫中原文人詩的層面，說明了學士郎群體對於中原文人詩的接受。

敦煌的學士郎群體，應該是唐前期文人詩歌最主要接受者。學士郎的活動區域主要在學校和家庭，因此學校和家庭自然也就成為唐前期文人詩歌最主要的流通場所。

第 三 章

吐蕃時期文人詩歌在
敦煌地區的傳播

第一節　吐蕃時期抄寫的敦煌文人詩歌

抄寫時間可系年到吐蕃時期的敦煌文人詩歌寫本，僅輯得如下三件：P. 3252v、P. 3608v、P. 3967。這三件寫本均為卷軸裝，且均有殘損。它們中，P. 3252v、P. 3608v，雖然不能前後相接，但實為同一件寫卷[①]。P. 3252v、P. 3608v 的拼合卷，以及 P. 3967 號殘卷，共計抄寫 18 首文人詩歌作品。其中，中原文人詩 5 首，敦煌本地文人詩 13 首。

一　P. 3252v、P. 3608v 的拼合卷

原卷首尾均殘，且斷裂為二，中間不能前後相接。正面抄寫《職制户婚廄庫律》，背面為內容豐富的匯抄，依次有《咒願新婦文》《願文》《昔歲泛仙查》《咒願文》《大唐隴西李氏莫高窟修功德記》《寒食篇》《夜燒篇》《諷諫今上鮮於叔明令狐峘等請試僧尼及不許交易書》等。正反兩面的內容，抄寫筆跡相同，顯然出於一人之手。背面《咒願新婦文》後抄有 11 首詩，其中，見於 P. 3252 背面者 8 首，見於 P. 3608 背面者 3 首。

P. 3252 背面的 8 首婚嫁詩接續抄寫：

（1）前兩首詩以"催妝"為詠，兩詩之間空四字。此二詩共計抄寫

---

① 劉俊文：《敦煌吐魯番唐代法制文書考釋》，中華書局 1989 年版，第 41 頁。

三行，無作者署名，詩曰："今霄（宵）□女降人間①，對鏡勻妝計已閑。自有夭桃花菡萏②，不須脂粉汙容顏。""雨心他自早相知，一過遮闌故作遲。更轉只愁奔兔月，情來不要畫蛾眉。"首行頂端，書有詩題："催妝二首。"

（2）第三首詩以"去花"為詠，抄寫三行，無作者署名，詩曰："神仙本自好容華③，多事傍人更插花④。天漢坐看星月曉，紛紛只恐入云霞。"第二首詩末尾空四字處，書有詩題："去花一首。"

（3）第四首詩以"去扇"為詠，抄寫兩行，無作者署名，詩曰："閨里紅顏如蕣花，朝來行雨降人家⑤。自有云衣五色暎，不須羅扇百重遮。"第三首詩的末尾空四字處，書有詩題："去扇。"

（4）第五首詩以"去襆頭"為詠，抄寫兩行，無作者署名，詩曰："擎卻數枚花⑥，他心早一家。何須作形跡，更用襆頭遮。"第四首詩的末尾空三字處，書有詩題："去襆頭。"

（5）第六首詩以"合髮"為詠，抄寫一行，無題無署，詩曰："昔日雙蟬鬢⑦，尋常兩髻垂。今霄來入手⑧，結髮赴佳期。"

（6）第七首詩以"脫衣"為詠，抄寫一行，無題無署，詩曰："既見如花面，何須著繡衣。終為比翼鳥，他日會雙飛。"

（7）第八首詩以"合髮"為詠，抄寫一行，無題無署，詩曰："綠鬢蟬雙入，青眉應二儀。盤龍今夜合，交頷定相宜。"

P.3608 背面的 3 首文人詩接續抄寫：

（1）第一首詩，抄寫兩行，無題無署，詩曰："昔歲泛仙查，逍遙遠

---

① "霄"，《敦煌詩集殘卷輯考》校改作"宵"，"霄"通"宵"。"□"，《敦煌詩集殘卷輯考》釋作"仙"。
② "有"，《敦煌詩集殘卷輯考》釋作"前"。"萏"，《敦煌詩集殘卷輯考》釋作"顏"。
③ "自"，《敦煌詩集殘卷輯考》釋作"身"。
④ "傍"，《敦煌詩集殘卷輯考》校改作"旁"，"傍"通"旁"。
⑤ "降"，《敦煌詩集殘卷輯考》釋作"至"。
⑥ "枚"，《敦煌詩集殘卷輯考》釋作"牧"。
⑦ "雙"，《敦煌詩集殘卷輯考》釋作"髮"。
⑧ "霄"，《敦煌詩集殘卷輯考》校改作"宵"，"霄"通"宵"。

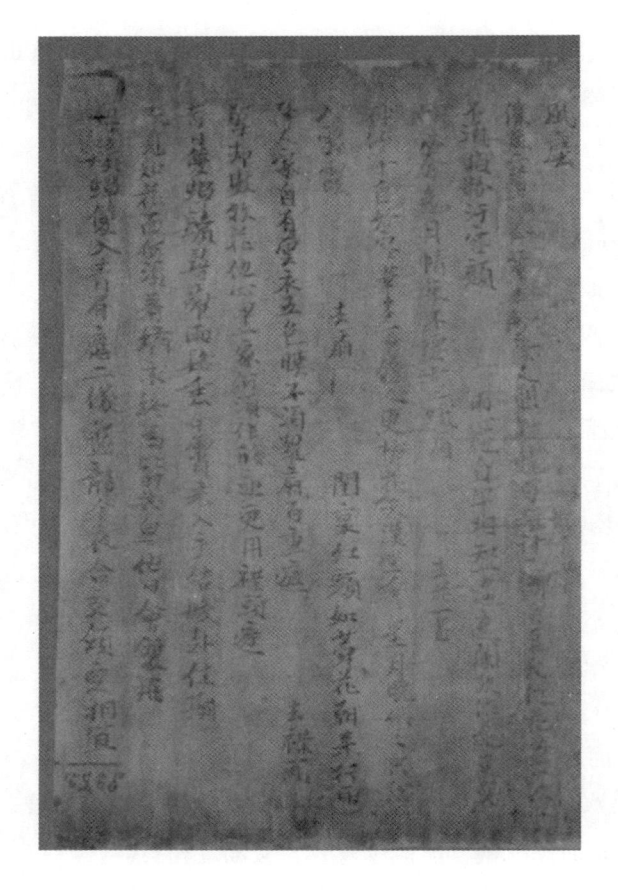

别家。煉丹隨玉羽，餌術向金華①。庭景消殘雪②，春風圻柳花。何當來汲引，他日佇牛車。"

（2）第二首詩，抄寫十五行，無作者署名，詩曰："天運四時成一年，八節相迎盡可憐。秋貴重陽冬貴臘，不如寒食在春前。禁火初從太原起，風俗流傳幾千祀。籌取去年冬至時，一百五日今朝是。今年寒食勝常春，總緣天子在東巡③。能令氣色隨河洛④，斗覺風光競逐人。上陽

---

① "餌"，《敦煌詩集殘卷輯考》釋作"餌"。
② "雪"，《敦煌詩集殘卷輯考》據殘筆劃及文義補。
③ 原卷在"天子"二字前，留有一個字的空格，以示尊敬。
④ "河洛"，原卷書作"洛河"，"洛""河"二字之間有倒乙符號，徑改。

遙望青春見①，洛水橫流繞城殿。波上樓臺列岸明，風光所吹皆流遍。畫閣盈盈出半天②，依稀云裏見鞦韆。來疑神女從云下，去似恒娥到月邊。金閨待看紅粧早，先過陌上垂楊好。花場共鬪汝南雞，春遊遍（偏）在東郊道③。千金寶帳綴流蘇，簾環還坐錦筵鋪。莫愁光景重窗闇，自有金瓶照乘珠。心移向者遊遨處，乘舟欲騁凌波步。池中弄水白鷴飛，樹下拋毬彩鴦去④。別殿前臨走馬臺⑤，金鞍更送彩毬來。毬落畫樓攀柳取，枝搖香徑踏花回⑥。良辰更重宜三月，能成晝夜芳菲節，今夜無明月作燈，街衢遊賞何曾歇。南有龍門對洛城，車馬傾都滿路行。縱使遨遊今日罷，明朝上（尚）自有清明⑦。"首行書有詩題："寒食篇。"

原卷在此詩後，接抄有格調相同的王泠然《夜燒篇》，王重民《補全唐詩》"因疑《寒食篇》亦王泠然作"⑧。徐俊認為，詩中"今年寒食勝常春，總緣天子在東巡"句，或即指開元五年春玄宗幸東都事，而是年王泠然進士及第，因此也疑此詩乃王泠然佚詩⑨。

（3）第三首詩，抄寫七行，無作者署名，詩曰："遊人夜到汝陽間，夜色冥蒙不解顏。誰家暗起寒山燒，因此明中得見山。山頭山下須臾滿⑩，歷險緣崖無蹔斷。熛聲散著羣樹鳴，炎氣傍流一川暖。是時西北多海風，吹起連天光更雄。濁煙熏月黑，高焰燹云紅。初謂練（煉）丹仙竈裏⑪，還疑鑄劍神溪中。劃為飛電來照物，乍似流星迸入空。西山草盡

---

① "青春"，原卷書作"春青"，"春""青"二字之間有倒乙符號，徑改。
② "盈盈"，第二個"盈"字，原卷作重文符號。
③ "遍"，當作"偏"，《敦煌詩集殘卷輯考》據文義校改，"遍"為"偏"之借字。
④ "毬"，《敦煌詩集殘卷輯考》釋作"球"，"毬"通"球"。
⑤ "馬"，原卷書寫在"臺"字的右上側，且墨色更淡、字體更小，為抄寫者補寫。
⑥ "枝"，《敦煌詩集殘卷輯考》釋作"技"。"徑"，《敦煌詩集殘卷輯考》釋作"俓"。
⑦ "上"，當作"尚"，《敦煌詩集殘卷輯考》據文義校改，"上"為"尚"之借字。
⑧ 王重民：《補全唐詩》，收入陳尚君輯校《全唐詩補編》，中華書局1992年版，第23頁。
⑨ 徐俊：《敦煌詩集殘卷輯考》，中華書局2000年版，第221頁。
⑩ 第一個"山"，原卷因涉上一句末尾的"山"字，而作重文符號。
⑪ "練"，當作"煉"，《敦煌詩集殘卷輯考》據文義校改，"練"為"煉"之借字。"丹"，原卷中"練""仙"二字前後相接，"丹"字書寫在"練""仙"二字的右側，且字體更小，是抄寫者補寫。

看已滅，東頂熒熒猶未絕①。沸傷（湯）穿谷數道冰②，融盡陰崖幾年雪。兩京貧病若為居，四壁皆成鑿照餘。未得貴遊同秉燭，希將半景借披書。"首行頂端，書有詩題："夜燒篇。"此詩見於《搜玉小集》《全唐詩》卷一一五。

P. 3252v、P. 3608v 的拼合卷所抄上述 11 首詩中，末尾兩首（《寒食篇》《夜燒篇》）是傳入敦煌的王泠然詩。其餘 9 首，均為敦煌當地婚嫁儀式誦讀之用，故應為敦煌本地人士創作的婚嫁詩③。

P. 3252v、P. 3608v 的拼合卷在《寒食篇》前，抄有筆跡與之有異的《大唐隴西李氏莫高窟修功德記》。《大唐隴西李氏莫高窟修功德記》後，有紀年題記："時大唐大曆十一年（776）龍集景辰八月旬有十五日辛未建。"題記中出現的"大曆十一年八月十五日"紀年，可被視作此卷 11 首文人詩歌抄寫時間的上限。此卷正面內容，屬武則天時期的垂拱律。敦煌當地書手對於垂拱律的抄寫，自然應在貞元二年（786）吐蕃攻佔敦煌前。因此，背面 11 首文人詩歌的抄寫時間，應是在 776—786 年。

二 P. 3967

原卷首尾殘損，中間有紙張黏連痕跡。正面抄寫 7 首文人詩歌；背面原本有詩三行，後用墨蹟抹去。背面所抄三行詩，實為正面所抄第一首、第三首的刪改本與全本④。此卷正反兩面的內容，筆跡相同，為同一人所抄。

（1）第一首詩，原卷抄寫十五行，無題無署，詩曰："（前缺）□□翻陷重圍裏⑤，却遣吾曹泣塞門⑥。覽史多矜兩相伐，披書憤惋吟秋月。曉夕

---

① 第二個"熒"字，原卷作重文符號。
② "傷"，當作"湯"，《敦煌詩集殘卷輯考》據文義校改，"傷"為"湯"之借字。
③ 武勝文：《文人詩歌與唐代社會儀式——以敦煌寫卷 P. 3608、P. 3252 為例》，《天水師範學院學報》2012 年第 3 期。
④ 徐俊：《敦煌詩集殘卷輯考》，中華書局 2000 年版，第 444、445 頁。
⑤ "裏"，原卷書寫在此句"圍"字，與下句"却"字中間的右側，系補寫。
⑥ "塞"，原作"虜"，"塞"書寫在"塞"的右側，且字體相對較小，系改寫。

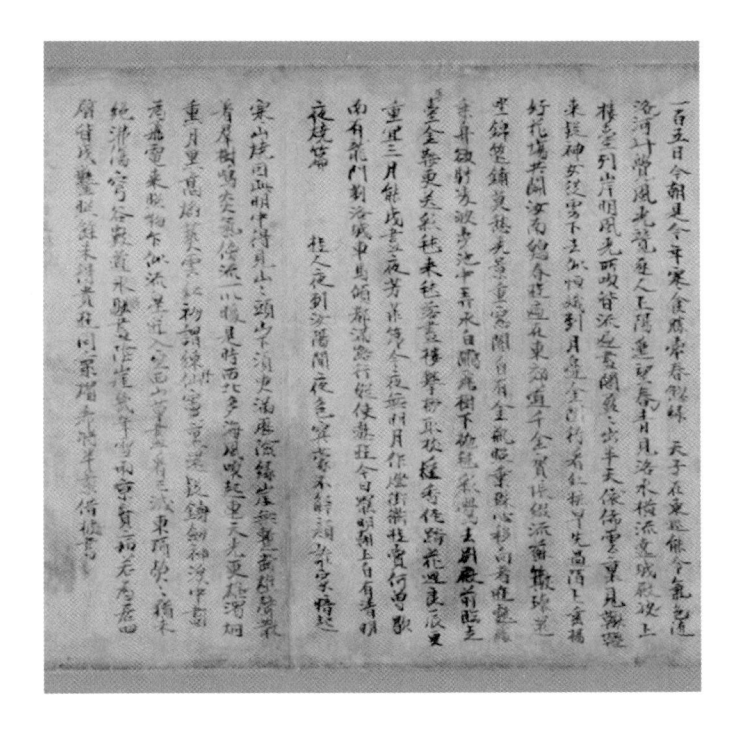

第三章　吐蕃時期文人詩歌在敦煌地區的傳播　◂◂　43

祇望白髦頭①，何時再覩黃金鈬。星霜累換意難任，風送笳聲轉苦心②。北胡不為通京國，南雁猶傳帝里音③。壞壘狐狸焉自樂，同究無情懼鵰鶚。歸途已被龍虵閉，心魂夢向麒麟閣④。上人清海變霓裳⑤，弱水凌晨且洗腸。莫望（忘）逍遙齊物志⑥，終須振鷺到仙鄉。殊俗蓬頭安可居，每啼朱淚灑穹廬。懷書十上皆遺棄，未解提戈空羨魚。危山峰峇潛龍虎，流沙忽震如鞞鼓。松竹雖堅不寄生，四時但見愁云吐。敦煌易主鎮天涯⑦，梅杏逢春舊地花。歸期應限羝羊乳，收取神駒養渥洼⑧。"

（2）第二首詩，原卷抄寫八行，無作者署名，詩曰："斂袂辭仙府，

---

① "髦"，《敦煌詩集殘卷輯考》校改作"旄"，"髦"通"旄"。
② "心"，《敦煌詩集殘卷輯考》據殘筆畫及文義補。
③ 原卷在"帝里音"三字前，留有三個字的空格，以示尊敬。
④ 原卷在"麒麟閣"三字前，留有兩個字的空格，以示尊敬。
⑤ 原卷在"上人"二字前，留有兩個字的空格，以示尊敬。
⑥ "望"，應作"忘"，《敦煌詩集殘卷輯考》據文義校改，"望"為"忘"之借字。
⑦ 原卷在"主"字前，留有兩個字的空格，以示尊敬。
⑧ "渥"，《敦煌詩集殘卷輯考》據殘筆畫及文義補。

投冠入正真。廣開方便品，務欲接迷津。袖裏南都［□］①，將呈北座親②。往來馹馬請，光照墨池姻。叨謁陪初地，忻情未再陳。惠風搖去蓋，花散路傍春。執錫論虞芮（芮）③，何時結善鄰。烏啼悲不語，鷪囀怨離秦（情）④。玉塞分心苦，金經禦寶輪。一朝談相國，誰念失鄉賓。"首行書有詩題："送令狐師回駕青海。"

（3）第三首詩，原卷抄寫六行。其中，第一行、第二行，抄寫在正面；第三行到第六行，抄寫在背面。正面所抄第二行殘存右側小半，僅"歸"、"墨池花酒懶"等字尚可識讀。背面所抄四行，恰與正面殘存的字句比接，因此可據之校錄此詩。此詩原卷有題有署，文曰："凌冬走馬歸，再行還拂衣。急驛郊邊立，王程不敢違。墨池花酒懶，無暇洽春暉。彩云凝古戍，祇怨苦分飛。"正面所抄此詩的第一行，書有詩題："送張三再赴涼州。"背面所抄此詩的四行前，有"周卿"署名，但"卿"字僅存左側。"周卿"二字的筆跡與詩相同，應即為此詩的作者。

（4）第四首詩，原卷抄寫一行，最後七個字殘損右半邊，但可以識讀。此詩原卷無題無署，文曰："▢▢舟。淑氣薰閭井，和風媚古丘⑤。煙凝花似笑⑥，愛景且忘憂⑦。"

（5）第五首詩，原卷抄寫六行，無題無署，文曰："律移當仲呂，攀陟屆茲樓。邊樹花開□，危山伏似秋⑧。孤城新化理，月殿舊朋遊⑨。三教興千古，一乘今獨流。初鐘□萬象，再扣息冥幽。冪冪生鄉思，漣漣淚不休。"首行書有詩題："初夏登金光明寺鐘樓有懷奉呈。"

（6）第六首詩，原卷抄寫五行，有題有署，文曰："瓊樹芳幽院，奇

---

① "□"，此處漏一字。
② 原卷在"北座親"三字前，留有一個字的空格，以示尊敬。
③ "芮"，應作"芮"，《敦煌詩集殘卷輯考》據文義校改，"芮"為"芮"之增筆俗字。
④ "秦"，《敦煌詩集殘卷輯考》據文義校改作"情"，"秦"為"情"之借字。
⑤ "丘"，原卷僅存"丘"字之左半邊，《敦煌詩集殘卷輯考》據殘筆畫及文義補。
⑥ "似"，原卷殘缺右半邊之"人"部，《敦煌詩集殘卷輯考》據殘筆畫及文義補。
⑦ "愛景且忘憂"一句五字，原卷均僅存字之左半邊，《敦煌詩集殘卷輯考》據殘筆畫及文義補。
⑧ "伏"，《敦煌詩集殘卷輯考》釋作"狀"。
⑨ "朋"，《敦煌詩集殘卷輯考》據殘筆劃及文義補。

形異眾林。花濃春日 暖①，葉茂夏成陰。風止香猶散，煙 凝 綠飄深②。四時榮法宇，六部 起 歸心③。"首行書有詩題："同前寺奇樹。"詩題下空三字處，署名"周卿"。

（7）第七首詩，原卷抄寫五行，有題有署，文曰："獨立悲鄉思，登臨望遠天。樹濃春色媚，山淨野花鮮。簷下三光滿， 窗 中萬象懸④。鴻鐘吟掌內，樓觀聳祇園。溪水流□□⑤，孤峰戴（帶）夕煙⑥。罕陪高 此 □⑦，□□□□□⑧。"首行書有詩題："題金光寺鐘樓。"詩題中應脫一"明"字，實作《題金光明寺鐘樓》。"題金光寺鐘樓"詩題下空兩字處，署名"秦法師"⑨。

此卷所抄第一首詩"卻遣吾曹泣塞門"句中的"塞"字，原寫作"虜"，後改為"塞"。項楚先生認為，抄寫者將"虜"字改為"塞"，應是有所避忌而然⑩。據敦煌歷史發展的特點判斷，抄寫者所避忌的，應是吐蕃統治者。故此卷7首文人詩，應是吐蕃管轄敦煌時期（786—848）抄寫的。

第一首詩中有"□□翻陷重圍里""歸途已被龍蛇閉""歸期應限羯羊乳"等句，第五首詩中有"冪冪生鄉思"句、第七首詩中有"獨立悲鄉思"句，從句中"重圍""歸途""歸期""鄉賓""鄉思"等用詞上看，這三首詩的作者應是滯留敦煌的中原人士，因此應被視作中原文人詩。第二首詩、第三首詩、第四首詩、第六首詩，詩句中未見對故土的思念情緒，這一點與第一首詩、第五首詩、第七首詩迥然不同，因此應被視作敦煌本地文人詩。

---

① "暖"，《敦煌詩集殘卷輯考》據殘筆劃及文義補。
② "凝"，據殘筆劃及文義補。
③ "起"，《敦煌詩集殘卷輯考》據殘筆劃及文義補。
④ "窗"，《敦煌詩集殘卷輯考》據殘筆劃及文義補。
⑤ "□□"，原卷中有點、撇等殘筆畫，但漫漶難辨。
⑥ "戴"，應作"帶"，據文義校改，"戴"為"帶"之借字。
⑦ "此"，《敦煌詩集殘卷輯考》據殘筆劃及文義補。
⑧ 此句中的五字，原皆尚存右側殘筆畫，但漫漶難辨。
⑨ "秦"，《敦煌詩集殘卷輯考》釋作"秦"。
⑩ 項楚：《敦煌詩歌導論》，中華書局2019年版，第193頁。

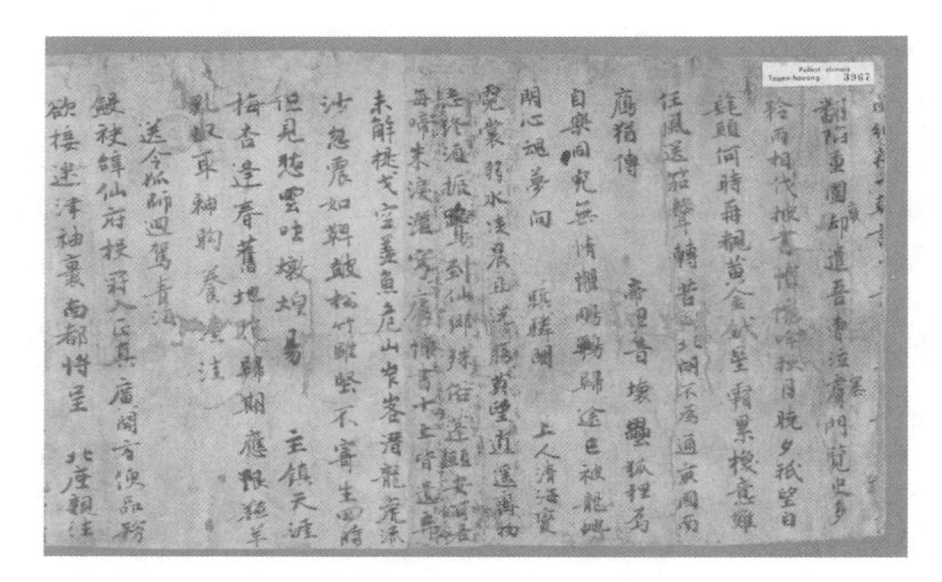

吐蕃時期抄寫的上述 13 首敦煌本地文人詩，僅見於敦煌文獻。可見，從現有資料上看，我們並沒有找到能夠證明吐蕃時期敦煌本地文人詩向內地流傳的實例。那麼，抄寫時間可系年到吐蕃時期的 5 首中原文人詩，是否會是吐蕃時期從中原傳入敦煌的呢？

第二節　吐蕃時期中原文人詩向敦煌的傳播

根據上一節的輯考，抄寫時間可確考到吐蕃時期的中原文人詩，僅有如下五首：《寒食篇》（P.3608v）、《夜燒篇》（P.3608v）、《卻遣吾曹泣塞門》（P.3967）、《初夏登金光明寺鐘樓有懷奉呈》（P.3967）、《題金光明寺鐘樓》（P.3967）。前兩首的抄寫時間是在廣德二年到貞元二年間，即 776—786 年間；後三首的抄寫時間是在吐蕃管轄敦煌時期，即 786—848 年間。雖然它們的抄寫時間是在吐蕃時期，但卻並非是吐蕃時期傳入敦煌的。

一　《寒食篇》《夜燒篇》應是在廣德二年前傳入敦煌

抄寫在 P.3608 號寫卷背面的《寒食篇》《夜燒篇》，後者原卷雖無作

第三章　吐蕃時期文人詩歌在敦煌地區的傳播

者署名，卻見於傳世文獻，是盛唐詩人"王泠然"的詩作；前者原卷既無作者署名，又不見於傳世文獻，王重民、徐俊、張錫厚等學者在各自的研究中，均系於"王泠然"名下。"王泠然"究竟是何許人呢？《舊唐書》卷一百《王丘傳》、千唐志齋藏《唐右威衛兵曹參軍王府君墓誌銘並序》，對其生平事蹟有所涉及。

《舊唐書》卷一百《王丘傳》："開元初，累遷考功員外郎。先是，考功舉人，請托大行，取士頗濫，每年至數百人，丘一切覆其實材，登科者僅滿百人。……典選累年，甚稱平允，擢用山陰尉孫逖、桃林尉張鏡微、湖城尉張晉明、進士王泠然，皆稱一時之秀。"① 可見，開元初，王泠然登進士第。

《唐右威衛兵曹參軍王府君墓誌銘並序》："公諱泠然，字仲清，太原人也。……而禄不家食，行必先人，方冀濟川，胡甯逝水，以開元十二年十二月十八日不禄於位，享年卅有三。"② 可見，王泠然卒於開元十二年（724）十二月十八日。

據上述文獻中的記載，王泠然，字仲清，太原（今屬山西）人，開元初登進士第，曾擔任過東宮校書郎、右威衛兵曹參軍等官職，開元十二年十二月卒於右威衛兵曹參軍的任上。

根據《千唐志齋藏志》的記敘，《唐右威衛兵曹參軍王府君墓誌》高、寬各44.5釐米，二十二行，每行二十三個字，隸書，而《唐右威衛兵曹參軍王府君墓誌銘》的撰寫時間是在天寶元年（742）正月三十日。根據《唐右威衛兵曹參軍王府君墓誌銘》中的記載，王泠然生前才學出眾，"學為儒宗，文為詞伯"，"所著篇什，到今稱之，洛陽猶為之紙貴"。《唐右威衛兵曹參軍王府君墓誌銘並序》中的"洛陽猶為之紙貴"之語，雖不免過譽，但也說明，王泠然的作品在天寶元年以前，就已經廣泛流傳。

貞觀十四年（640），唐太宗派侯君集率軍滅掉麴氏高昌王國以後，

---

① （後晉）劉昫：《舊唐書》，中華書局1975年標點本，第3132頁。
② 河南省文物研究所、河南省洛陽地區文管處等編：《千唐志齋藏志》，文物出版社1984年版，第797頁。

經敦煌的絲綢之路恢復暢通。顯慶二年（657）唐高宗滅掉了西突厥汗國以後，蔥嶺東西各地也轉歸唐朝控制，被納入唐帝國的統治秩序中。廣德二年吐蕃佔領涼州前，絲綢之路上的交通往來暢通無阻，P. 3608 號寫卷背面的《寒食篇》與《夜燒篇》，極有可能是在廣德二年吐蕃佔領涼州前傳入敦煌的。鑒於《唐右威衛兵曹參軍王府君墓誌銘並序》中"所著篇什，到今稱之，洛陽猶為之紙貴"的敘述，這兩首王泠然詩作，甚至有可能是在王泠然去世後的開元年間，就已經傳入敦煌。

二　《卻遣吾曹泣塞門》《初夏登金光明寺鐘樓有懷奉呈》《題金光明寺鐘樓》並非是在廣德二年以後傳入敦煌

《卻遣吾曹泣塞門》（P. 3967）、《初夏登金光明寺鐘樓有懷奉呈》（P. 3967）、《題金光明寺鐘樓》（P. 3967），這三首中原文人詩的抄寫時間雖然是在吐蕃時期，但其既非貞元二年吐蕃佔領敦煌以後傳入敦煌者，也非廣德二年（764）吐蕃佔領涼州至貞元二年吐蕃佔領敦煌間傳入敦煌者，而應是受吐蕃對河西諸州戰爭影響而流寓敦煌的中原人士，在敦煌當地創作產生者。

安史之亂爆發後，哥舒翰悉調河、隴兵東守潼關，河西防務空虛，吐蕃乘虛而入。代宗廣德二年，吐蕃佔領涼州；永泰二年（766），甘州陷落；大曆十一年（776），瓜州也被吐蕃攻陷。至此，河西只有沙州還未被吐蕃佔領。敦煌軍民經過十年的抵抗，直到貞元二年（786）才被吐蕃攻佔。

廣德二年吐蕃佔領涼州以後，敦煌與中原的交通往來事實上已經中斷。一些廣德二年以前就已經來到敦煌的中原人士，不得東返。《卻遣吾曹泣塞門》（P. 3967）、《初夏登金光明寺鐘樓有懷奉呈》（P. 3967）、《題金光明寺鐘樓》（P. 3967）的作者，實際上應該就是這些滯留敦煌的中原人士。

《卻遣吾曹泣塞門》詩中有"曉夕祇望白旄頭，何時再觀黃金鉞"、"北胡不為通京國，南雁猶傳帝里音"、"壞壘狐狸焉自樂，同究無情懼雕鶚"、"歸途已被龍蛇閉，心魂夢向麒麟閣"、"敦煌易主鎮天涯，梅杏逢春舊地花"、"歸期應限羝羊乳，收取神駒養渥窪"等句，這些詩句形象地表達出，這位滯留敦煌的中原作者渴望東返而不可得的怏怏不快。

項楚在《敦煌詩歌導論》一書中對該詩作了詳盡分析，項先生認為，

"曉夕祇望白旄頭，何時再覿黃鉞"句，"白旄"與"黃鉞"皆為皇帝之儀仗，此句用《書·牧誓》中"王左杖黃鉞，右秉白旄以麾"的典故，表達作者對唐朝故國的思念；"北胡不為通京國，南雁猶傳帝里音"句與"歸途已被龍蛇閉，心魂夢向麒麟閣"句，"京國""帝里"皆指唐都長安，"龍蛇"指吐蕃，"麒麟閣"指唐廷，此兩句寫出了敦煌與中原之間的交通往來已被阻斷的現實處境；"敦煌易主鎮天涯，梅杏逢春舊地花"句，"敦煌易主"表明作者創作此詩時吐蕃已經佔領了敦煌，作者正處於吐蕃的管轄之下；"歸期應限羝羊乳，收取神駒養渥窪"句，用《漢書·蘇武傳》中的典故，句中的"羝羊乳"，喻為不可能發生的事情，此句表明作者對重返唐朝故國已經絕望①。

《初夏登金光明寺鐘樓有懷奉呈》詩、《題金光明寺鐘樓》詩，都是寫金光明寺的。金光明寺是唐五代宋初的敦煌大寺，可見這兩首詩都是在敦煌本地創作產生的。前一首詩既不見於傳世文獻，敦煌文獻中又未見署名，是佚名詩人的作品；後一首詩雖不見於傳世文獻，但敦煌文獻中署名"秦法師"。而"秦法師"其人，生平事蹟不詳。

不過，據《初夏登金光明寺鐘樓有懷奉呈》詩中的"冪冪生鄉思，漣漣淚不休"句，以及《題金光明寺鐘樓》詩中的"獨立悲鄉思，登臨望遠天"句看，前一首詩的佚名作者、後一首詩的作者"秦法師"，均為被迫滯留敦煌的中原人士。他們在登上金光明寺鐘樓後環顧四周風景，聯想到自己渴望返回故鄉而不可得的境遇時，不禁傷感起來。《初夏登金光明寺鐘樓有懷奉呈》一詩的作者甚至"漣漣淚不休"。

三 其他由滯留敦煌之中原人士創作的文人詩歌

《卻遣吾曹泣塞門》（P.3967）、《初夏登金光明寺鐘樓有懷奉呈》（P.3967）、《題金光明寺鐘樓》（P.3967），這三首詩並非孤例。在敦煌文獻中，還可以找到如下一些由滯留敦煌的中原人士創作的文人詩歌作品：

---

① 項楚：《敦煌詩歌導論》，中華書局2019年版，第193頁。

《閨情為落殊蕃陳上相人》二首（P.3812）、"陷蕃詩" 71 首（P.2555）①。

（一）P.3812 正面抄寫的《閨情為落殊蕃陳上相人》二首

此二詩原卷共計抄寫五行，書法精美，且第二首詩的首行，接抄在第一首詩的末尾。由於此二詩以外，P.3812 還抄有其他詩作，因此《伯希和劫經錄》《敦煌遺書總目索引新編》《法藏敦煌西域文獻》，均未對此二詩進行單獨著錄，而是將 P.3812 正面抄寫的詩作做了統一著錄。

第一首《閨情為落殊蕃陳上相知人》，原題，原卷抄寫三行，無作者署名，詩曰："自從淪落到天涯，一片真心戀著查。憔悴不緣思舊國，行涕（啼）只是為冤家②。"

第二首《閨情為落殊蕃陳上相知人》，原卷抄寫三行，有題無署，詩曰："相隨萬里泣胡風，疋偶將期一世終③。早知中路生離別，悔不深憐沙磧中。"首行書有"同前"二字，指此詩與上一首詩同題。

此二詩不僅敦煌文獻中未有作者署名，而且傳世文獻中也未見記載。不過，從詩中"憔悴不緣思舊國""相隨萬里泣胡風"等句表達的思想情感看，此二詩的作者，應是某位跟隨自己的丈夫來到敦煌，但因戰亂而不得東返的中原女子。

（二）P.2555 抄寫的 71 首"陷蕃詩"

P.2555 是一件內容豐富的寫卷，其正反兩面共計抄有 72 首被學界稱為"陷蕃詩"的詩作。但背面抄寫的馬云奇《懷素詩草書歌》並非陷蕃人詩，因此"陷蕃詩"實際上僅有 71 首。這 71 首詩可以分為兩部分：

---

① 學界一般認為 P.2555 號寫卷抄寫 72 首"陷蕃詩"，但實際上，馬云奇《懷素詩草書歌》並非陷蕃人詩，故稱"陷蕃詩" 71 首。
② "涕"，應作"啼"，《敦煌詩集殘卷輯考》據文義校改，"涕"為"啼"之借字。
③ "偶"，《敦煌詩集殘卷輯考》釋作"緺"。

一部分是抄寫在 P. 2555 正面的《冬出敦煌郡入退渾國朝發馬圈之作》及其以下 58 首佚名詩，另一部分是抄寫在 P. 2555 背面之馬雲奇《懷素詩草書歌》後面的 12 首詩。

1. P. 2555 抄寫的《冬出敦煌郡入退渾國朝發馬圈之作》及其以下 58 首佚名詩。原卷筆跡相同，為同一人抄寫。

此 59 首詩原卷大多數有詩題，但並無作者署名。作者究系何人？學界尚存爭議。柴劍虹、潘重規等學者認為，其作者可能是同卷所抄《胡笳第十九拍》的作者"毛押牙"；王重民、劉修業、高嵩、項楚等學者認為，作者可能是一位被吐蕃拘禁的敦煌使臣；陳國燦先生認為，作者是唐王朝滅亡後，歸義軍張承奉稱君王時"入戎鄉"的敦煌人士①；伏俊璉先生繼承了陳國燦的觀點，並進一步認為，這位敦煌人士就是歸義軍的下層官吏毛押牙②。

《夢到沙州奉懷殿下》詩中的"將謂飄零長失路，誰知運合至流沙"句，說明作者是流落到敦煌且不得東返的中原人士；《久憾縲紲之作》詩中的"一從命駕赴戎鄉"句，說明作者後來承擔著某項使命離開了敦煌；缺題詩《縲紲戎庭恨有餘》中的"一介恥無蘇子節，數回羞寄李陵書"句，作者離開敦煌以後，不知何故被囚禁，並最終被迫屈節，他因自己沒有蘇武那般堅貞不屈的節操而感到自責。結合唐五代宋初敦煌歷史發展的特點推測，這位中原人士，最有可能是受廣德二年到貞元二年間吐蕃對河西諸州戰爭的影響，流落到敦煌且不得東返者。

《冬出敦煌郡入退渾國朝發馬圈之作》及其以下 58 首佚名詩，記述了這位中原人士作為使節從敦煌出發，經過墨離海、青海、赤嶺、白水，直到在臨蕃停留的經過。其中，前 23 首是途中紀行詩，後 36 首是在臨蕃所作。詳見下表：

---

① 陳國燦：《敦煌五十六首佚名氏詩歷史背景新探》，《敦煌吐魯番研究》第 2 卷，北京大學出版社 1997 年版，第 87—100 頁。

② 伏俊璉：《寫本時期文學作品的結集——以敦煌寫本 Дх. 3871 + P. 2555 為例》，《文學評論》2018 年第 6 期。

次序	行款	原卷詩題	內容
1	3行	冬出敦煌郡入退渾國朝發馬圈之作	西行過馬圈,北望近陽關。回首見城郭,黯然林樹間。野煙暝村墅,初日慘寒山。步步鍼(緘)愁色①,迢迢惟夢還。
2	3行	至墨離海奉懷敦煌知己	朝行傍海涯,暮宿幕為家。千山空皓雪,萬里盡黃沙。戎俗途將近,知音道已賒。回瞻云領(嶺)外②,揮涕獨諮差(嗟)③。
3	3行	冬日書情	殊鄉寂寞使人悲,異域留連不暇歸④。萬里山河非舊國,一川戎俗是新知。寒天落景光陰促,雪海穹廬物色稀⑤。為客終朝長下泣,誰憐曉夕老容儀。
4	3行	登山奉懷知己	開步陟高岡,相思淚數行。陣云橫北塞,煞氣暝南荒。極目愁無限,誰(椎)心恨未遑⑥。黯然鄉國處,空見路茫茫。
5	2行	夏中忽見飛雪之作	三冬自北來,九夏未南迴。青溪雖鬱鬱,白雪尚皚皚。海闊山恒暝,愁霧云不開⑦。唯餘鄉國意,朝夕思難栽(裁)⑧。
6	2行	冬日野望	出戶過河梁,登高試望鄉。云隨愁處斷,川逐思彌長。晚吹低蘘草⑨,遙山落夕陽。徘佪(徊)喧不語⑩,空使淚霑裳⑪。

---

① "鍼",應作"緘",《〈補全唐詩〉拾遺》據文義校改,"鍼"為"緘"之借字。
② "領",應作"嶺",《敦煌學海探珠》據文義校改,"領"為"嶺"之借字。
③ "差",應作"嗟",《敦煌學海探珠》據文義校改。
④ "留",《敦煌學海探珠》校改作"流",按"留連"在古籍中頗有用例,不煩校改。
⑤ "廬",《敦煌唐人陷蕃詩集殘卷研究》釋作"盧","廬"通"盧"。
⑥ "誰",應作"椎",《敦煌邊塞詩歌校注》據文義校改,"誰"為"椎"之借字。
⑦ "愁霧云",《敦煌詩集殘卷輯考》釋作"云愁霧"。
⑧ "栽",應作"裁",《敦煌學海探珠》據文義校改,"栽"為"裁"之借字。
⑨ "蘘",《全敦煌詩》校改作"叢","蘘"為"叢"之異體字。
⑩ "佪",應作"徊",據文義校改,"佪"為"徊"之借字,《敦煌學海探珠》徑釋作"徊"。
⑪ "霑",《〈補全唐詩〉拾遺》釋作"沾",二字同。

续表

次序	行款	原卷詩題	內容
7	2行	夏日途中即事	何事鎮駈駈①，馳驂傍海隅。溪邊論宿處，澗下指湌廚。萬里山河異，千般物色殊。愁來竟不語，馬上但長吁。
8	3行	青海臥疾之作	數日穿廬臥疾時，百方投藥力將微②。驚魂漫漫迷山際③，怯魄悠悠傍海涯。旋知命與浮云合，可歎身同朝露晞。男兒到此須甘分，何假含啼枕上悲。
9	2行		邂逅遇迍（屯）蒙④，人情詎見通。昔時曾虎步，即日似禽籠。有命如朝露，無依類斷蓬。緬懷知我者，榮辱杳難同。
10	2行	秋夜	一夜秋聲傍海多，五更寒色早來過。自然羈旅腸堪斷，況復猜嫌被網羅。
11	3行	青海望敦煌之作	西北指流沙，東南路轉遐。獨悲留海畔，歸望阻天涯⑤。九夏無芳草⑥，三時有雪花。未能刷羽去⑦，空此羨城鴉⑧。
12	3行	首秋聞雁並懷敦煌知己	戎庭節物由來早，倏忽霜風被寒草⑨。旅雁嗹嗹□□□⑩，羈人夜夜心如擣。與君離別恨經年，何事音書遂黯然。腸斷祗今□□□，空知西北泣云煙。

---

① "駈駈"，《敦煌學海探珠》校改作"驅驅"，"駈"同"驅"。
② "百"，《敦煌學海探珠》釋作"日"。"方"，《敦煌唐人詩集殘卷（考釋）》釋作"萬"。
③ "際"，《敦煌詩集殘卷輯考》釋作"路"。
④ "迍"，應作"屯"，《敦煌詩集殘卷輯考》據文義校改，"迍"為"屯"之增旁俗字。
⑤ "阻"，《敦煌學海探珠》釋作"主"。
⑥ "無"，《〈補全唐詩〉拾遺》《敦煌唐人詩集殘卷考釋》釋作"呈"。
⑦ "羽"，《敦煌學海探珠》未能釋讀。
⑧ "城"，《敦煌唐人詩集殘卷考釋》未能釋讀。
⑨ "風"，《敦煌學海探珠》據殘筆劃及文義補。"寒"，《敦煌邊塞詩歌校注》釋作"塞"，《敦煌唐人詩集殘卷考釋》釋作"野"。
⑩ "嗹嗹"，《敦煌學海探珠》據殘筆劃及文義補，《敦煌唐人詩集殘卷考釋》未能釋讀，《敦煌詩集殘卷輯考》補作"時時"。

续表

次序	行款	原卷詩題	內容
13	2行	秋中雨雪	趁趨雨雪下長川，浩蕩風波近海□①。鄉國祇今迷所在②，音書縱有遺誰傳③。
14	3行	臨水聞雁	□來臨水吊愁容，忽覩愁容淚滿胸。肝膽隳離凡幾度，云山阻□況千重④。心殊語異情難識，東步西馳意不從。羇縶祇今腸自斷，更聞哀雁叫嗺嗺。
15	3行	秋中霖雨⑤	寒雨霖霖竟不停，羇愁寂寂夜何寧。山遙塞闊阻鄉國，草白風悲感客情。西瞻瀚海腸堪斷，東望咸秦思轉盈。才薄孰知無所用，猶嗟戎俗滯微名⑥。
16	6行	夢到沙州奉懷殿下	一從淪陷自天涯，數度栖（恓）惶怨別家⑦。將謂飄零長失路，誰知運合至流沙。流沙有幸逢人主⑧，唯（惟）恨無才遇尚賒⑨。日夕恩波霑雨露，縱橫顧盼益光華。光華遠近誰不羨，常思刷羽搏風。忽使三冬告別離，山河萬里誠難見。昨來魂夢傍陽關，省到敦煌奉玉顏。舞席歌樓似登陟⑩，綺延（筵）花柳記躋攀⑪。總緣宿昔承言笑，此夜論心豈暫閑。睡里不知迴早晚，覺時祇覺淚斑斑⑫。

---

① "波"，《敦煌唐人詩集殘卷考釋》未能釋讀。"海"，據殘筆劃及文義補。"□"，《敦煌唐人陷蕃詩集殘卷研究》疑作"壩"。
② "國"，《敦煌學海探珠》釋作"同"。
③ "遺"，《敦煌邊塞詩歌校注》釋作"遺"。
④ "□"，《敦煌學海探珠》據殘筆劃補作"以"，《敦煌唐人陷蕃詩集殘卷研究》補作"隔"。"況"，《敦煌學海探珠》釋作"萬"。
⑤ "秋"，《敦煌詩集殘卷輯考》據殘筆劃及文義補。
⑥ "猶"，《〈補全唐詩〉拾遺》《敦煌唐人詩集殘卷考釋》釋作"獨"。
⑦ "栖"，應作"恓"，《敦煌詩集殘卷輯考》據文義校改，"栖"為"恓"之借字。
⑧ "逢"，《敦煌學海探珠》據殘筆劃及文義補。
⑨ "唯"，應作"惟"，"唯"為"惟"之借字，《敦煌詩集殘卷輯考》徑釋作"惟"。
⑩ "席"，《敦煌唐人詩集殘卷考釋》釋作"習"。
⑪ "延"，應作"筵"，《敦煌學海探珠》據文義校改，"延"為"筵"之借字。
⑫ "斑斑"，《敦煌唐人陷蕃詩集殘卷研究》釋作"班班"。

第三章　吐蕃時期文人詩歌在敦煌地區的傳播　　55

续表

次序	行款	原卷詩題	內容
17	2行	秋夜望月	皎皎山頭月欲低①，月厭（壓）羈愁睡轉迷②。忽覺淚流痕尚在，不知夢里向誰啼。
18	2行		愁眠枕上淚痕多，況復寒更月色過。與君萬里難相見，不然一度夢中羅。
19	6行	夏日非所書情	自從去歲別流沙，猶恨今秋歸望賒③。將謂西南窮地角，誰言東北到天涯。山河遠近多穿帳，戎俗迢觀少物華④。六月尚聞飛雪片，三春豈見有煙花。凌晨倏閃奔雷電，薄暮斯須斂霽霞。傍對崇山刑（形）屹屹⑤，前臨巨壑勢呀呀。昨來羈思憂如搗，即日愁腸亂似麻。為客已遭迍（屯）否事⑥，不知何計得還家。
20	1行	憶故人	別君彼此兩平安，別後栖（恓）惶凡幾般⑦。誰（雖）然更寄新書去⑧，憶時捻取舊詩看⑨。
21	1行		一更獨坐淚成河⑩，半夜相思愁轉多。左右不聞君語笑，縱橫祇見唱戎歌。
22	3行	夜度赤領（嶺）懷諸知己⑪	山行夜忘寐，拂曉遂登高。回首望知己，思君心鬱陶。不聞龍虎嘯，但見豺狼號。寒氣凝如練，秋風勁似刀。深溪多綠水，斷岸饒黃蒿。驛使□靡歇⑫，人疲馬亦勞。獨嗟時不利⑬，詩筆唯然操⑭。更憶綢繆者，何當慰我曹。

---

① "月"，《敦煌學海探珠》釋作"勻"。
② "厭"，應作"壓"，《敦煌唐人陷蕃詩集殘卷研究》據文義校改，"厭"為"壓"之借字。
③ "猶"，《〈補全唐詩〉拾遺》釋作"獨"。
④ "迢"，《敦煌學海探珠》釋作"追"。
⑤ "刑"，應作"形"，《敦煌學海探珠》據文義校改，"刑"為"形"之借字。"屹屹"，《敦煌學海探珠》釋作"呀呀"。
⑥ "迍"，應作"屯"，《敦煌詩集殘卷輯考》據文義校改，"迍"為"屯"之借字。
⑦ "栖"，應作"恓"，《敦煌詩集殘卷輯考》據文義校改，"栖"為"恓"之借字。
⑧ "誰"，應作"雖"，《敦煌詩集殘卷輯考》據文義校改，"誰"為"雖"之借字。
⑨ "詩"，《敦煌詩集殘卷輯考》校改作"書"，文義可通，不煩校改。
⑩ "一更"，《敦煌唐人詩集殘卷考釋》釋作"更一"。
⑪ "領"，應作"嶺"，"領"為"嶺"之借字，《敦煌詩集殘卷輯考》徑釋作"嶺"。
⑫ "使"，《敦煌詩集殘卷輯考》據殘筆畫及文義補。
⑬ "嗟"，《敦煌邊塞詩歌校注》釋作"歎"。
⑭ "唯"，《〈補全唐詩〉拾遺》校改作"雖"，文義可通，不煩校改。

续表

次序	行款	原卷詩題	內容
23	3 行	晚次白水古戍見枯骨之作	深山古戍寂無人，崩壁荒丘接鬼鄰。意氣丹誠□□□①，唯餘白骨變灰塵②。漢家對壘徒千所，失守時更曆幾春。比日羈愁腸自斷③，□□到此轉悲新（辛）④。
24	3 行	晚秋至臨蕃被禁之作⑤	一到荒城恨轉深，數朝長歎意難任。昔日三軍雄鎮地，今時百草遍誠（城）陰⑥。隤塘窮巷無人跡，獨樹孤墳有鳥吟。邂迨（逅）流移千里外⑦，誰念栖（悽）惶一片心⑧。
25	3 行	晚秋登城之作	孤城落日一登臨，感激戎庭萬里心。鄉國雲山遮不見，風光慘澹益愁深。漂流空歎東溪水，倏忽仍嗟西嶺陰。留滯秖（祇）今寒暑變⑨，誰憐客子獨悲吟。
26	3 行		東山日色片光殘，西嶺云象暝草寒⑩。谷口穹廬遙邐迤，磧邊牛馬暮盤跚。目前愁見川原窄，望處心迷興不寬。鄉國未知何所在，路逢相識問看看⑪。
27	2 行	秋夜聞風水	夜來枕席喧風水，忽坐長歎恨無已。為客愁多在九秋，況復淪流更千里。

---

① "誠"，《敦煌學海探珠》釋作"城"，校改作"誠"可文徑釋。
② "白"，《敦煌學海探珠》釋作"古"，校改作"枯"。
③ "比"，《〈補全唐詩〉拾遺》、《敦煌邊塞詩歌校注》釋作"此"。"斷"，《敦煌學海探珠》據殘筆劃補。
④ "□□"，《敦煌詩集殘卷輯考》疑作"今時"。"新"，應作"辛"，《敦煌學海探珠》據文義校改，"新"為"辛"之借字。
⑤ "蕃"，《敦煌學海探珠》釋作"番"，校改作"蕃"，按寫本"蕃""番"形近易混，可據文義徑釋。
⑥ "百"，《〈補全唐詩〉拾遺》釋作"百"，校改作"白"。"誠"，應作"城"，據文義校改，《敦煌詩集殘卷輯考》徑釋作"城"。
⑦ "迨"，應作"逅"，據文義校改，《敦煌詩集殘卷輯考》徑釋作"逅"。
⑧ "栖"，應作"悽"，據《敦煌詩集殘卷輯考》據文義校改，"栖"為"悽"之借字。
⑨ "秖"，應作"祇"，據文義校改，《敦煌詩集殘卷輯考》徑釋作"祇"。
⑩ "象"，《敦煌學海探珠》釋作"眾"，校改作"象"，按寫本"眾""象"的繁體字形近易混，可據文義徑釋。
⑪ "逢"，《敦煌邊塞詩歌校注》釋作"途"。

续表

次序	行款	原卷詩題	內容
28	2行	望敦煌	數回瞻望敦煌道，千里茫茫盡白草。男兒留滯蹔時間，不應便向戎庭[老]①。
29	7行	晚秋羈情	悄焉獨立思疇昔，忽爾傷心淚旋滴。常時游涉事文華②，今日羈縲困戎敵③。知音好識竟何在，黯然已矣山河隔。吊影慼魂嗟一身，夕往朝朝絕三益④。非論邂迮（迣）離朋友⑤，抑亦淪流彫羽翮。自憐銷瘦衣漸寬，誰念悑惶心轉窄。近來殊俗盈衢路，尚見蒿萊遍街陌⑥。屋宇摧殘無箇存，猶是唐家舊蹤城（跡）⑦。城邊谷口色蒼茫，木落霜飛風析（淅）瀝⑧。淩晨煞氣半天紅，薄暮寒云滿山白。羈緤時深情憤怒⑨，漂泊鄉遙心感激。不憂懦節向戎夷，秖（祗）恨更長愁寂寂⑩。
30	2行	國中登山	戎庭悶且閑，誰復解愁顏。步步或登嶺⑪，悠悠時往還。野禽噪河曲⑫，村犬吠林間⑬。西北望君處，躊躇日暝（瞑）山⑭。

---

① "老"，《敦煌詩集殘卷輯考》據殘筆劃及文義補。

② "華"，《敦煌邊塞詩歌校注》釋作"筆"，《敦煌學海探珠》釋作"莘"，校改作"華"。

③ "日"，《敦煌邊塞詩歌校注》釋作"爾"。

④ 第二個"朝"，《〈補全唐詩〉拾遺》《敦煌詩集殘卷輯考》校改作"來"。

⑤ "迮"，應作"迣"，據文義校改，《〈補全唐詩〉拾遺》、《敦煌詩集殘卷輯考》徑釋作"迣"。

⑥ "蒿"，《敦煌邊塞詩歌校注》釋作"蓬"。

⑦ "城"，應作"跡"，據文義校改，《敦煌詩集殘卷輯考》徑釋作"跡"。

⑧ "風"，《敦煌唐人陷蕃詩集殘卷研究》漏錄。"析"，應作"淅"，《〈補全唐詩〉拾遺》《敦煌詩集殘卷輯考》據文義校改，"析"為"淅"之借字。

⑨ "憤"，《敦煌學海探珠》釋作"填"。

⑩ "秖"，應作"祗"，據文義校改，《敦煌詩集殘卷輯考》徑釋作"祗"。

⑪ "登"，《敦煌唐人詩集殘卷考釋》、《敦煌邊塞詩歌校注》未能釋讀。

⑫ "河"，《敦煌唐人陷蕃詩集殘卷研究》釋作"何"，校改作"河"，按"何""河"形近易混，可據文義徑釋。

⑬ "間"，《敦煌學海探珠》釋作"聞"，校改作"間"，按"間""聞"形近易混，可據文義徑釋。

⑭ "暝"，應作"瞑"，據文義校改，《敦煌詩集殘卷輯考》徑釋作"瞑"。

续表

次序	行款	原卷詩題	内容
31	2行	有恨久囚	人易（已）千般去①，余嗟獨未還。空知泣山月，寧覺鬢蒼班（斑）②。
32	3行	冬夜非所	長夜閉荒城，更深恨轉盈。星流數道赤，月出半山明。不聞村犬吠，空聽虎狼聲。愁臥眠難着，時時夢里驚。
33	2行	忽有故人相問以詩代書達知己兩首	忽聞數子訪羈人，問着感言是德鄰。與君咫尺不相見，空知日夕淚霑巾。
34	1行		自閉荒城恨有餘，未知君意復何知。非論阻礙難相見，亦恐猜㾕（嫌）不寄書③。
35	2行	得信酬迴	人迴忽得信，具委書中情。羈思頓雖豁，憶君心轉盈④。自憐漂泊者⑤，邂逅（逅）閉荒城⑥。欲識肝腸斷，更深聽叫聲。
36	3行	聞城哭聲有作	昨聞河畔哭哀哀，見說分離凡幾迴。昔別長男居異域，今殤小子瘞泉臺⑦。羈愁對此腸堪斷，客舍聞之心轉摧。漂泊自然無限苦，況復存亡有去來。
37	3行	除夜	荒城何獨淚潸然，聞說今霄（宵）是改年⑧。親故暌攜長已矣，幽縲寂寞鎮愁煎。更深腸絕誰人念，夜永心傷空自憐。為恨漂零無計力，空知日夕仰穹天。

---

① "易"，應作"已"，《敦煌詩集殘卷輯考》據文義校改，"易"為"已"之借字。
② "班"，應作"斑"據文義校改，"班"為"斑"之借字，《敦煌詩集殘卷輯考》徑釋作"斑"。
③ "㾕"，應作"嫌"，《敦煌詩集殘卷輯考》據文義校改，"㾕"為"嫌"之借字。
④ "心"，《敦煌唐人詩集殘卷釋》釋作"思"。
⑤ "漂"，《敦煌詩集殘卷輯考》釋作"飄"。
⑥ "逅"，應作"逅"，據文義校改，《敦煌詩集殘卷輯考》徑釋作"逅"。
⑦ "泉"，《敦煌唐人陷蕃詩集殘卷研究》漏錄，《敦煌邊塞詩歌校注》釋作"黃"。
⑧ "霄"，應作"宵"，《敦煌詩集殘卷輯考》據文義校改，"霄"為"宵"之借字。

第三章　吐蕃時期文人詩歌在敦煌地區的傳播　　59

续表

次序	行款	原卷詩題	内容
38	2行	春霄（宵）有懷①	獨坐春霄（宵）月漸高②，月下思君心鬱陶。躊躇不覺三更盡，空見犲（豺）狼數遍號③。
39	3行	久憾縲絏之作	一從命駕赴戎鄉，幾度躬先互法梁④。吐納共飲江海注，蹤（縱）橫競揖慧風颺⑤。今時有恨同蘭艾⑥，即日無辜比冶長。點虜莫能分玉石，終朝誰念淚霑裳。
40	4行	非所寄王都護姨夫	敦煌數度訪來人，握手千迴問懿親。蓬轉已聞過海畔，萍居見說傍河津⑦。戎庭予予（余余）皆違意⑧，虜口朝朝計苦辛。縲緤儻逢恩降日，宿心言豁在他辰。
41	3行	哭押牙四寂⑨	哀哉存歿苦難量，共恨淪流處異鄉。可歎生涯光景促，旋嗟死路夜何長。空令肝膽摧林竹，每使心魂痛渭陽。縲絏時深腸自斷，更聞凶變淚霑裳。

---

①　"霄"，應作"宵"，《敦煌詩集殘卷輯考》據文義校改，"霄"為"宵"之借字。
②　"霄"，應作"宵"，《敦煌詩集殘卷輯考》據文義校改，"霄"為"宵"之借字。"漸"，《敦煌唐人詩集殘卷考釋》釋作"見"。
③　"犲"，應作"豺"，《敦煌詩集殘卷輯考》據文義校改，"犲"為"豺"之借字。"數"，《敦煌學海探珠》校改作"久"，不必。
④　"躬"，《敦煌唐人陷蕃詩集殘卷研究》未能釋讀。
⑤　"蹤"，應作"縱"，《敦煌詩集殘卷輯考》據文義校改，"蹤"為"縱"之借字。"競"，《敦煌詩集殘卷輯考》釋作"竟"。
⑥　"艾"，《敦煌唐人詩集殘卷考釋》《敦煌邊塞詩歌校注》釋作"芝"。
⑦　"萍"，《〈補全唐詩〉拾遺》《敦煌詩集殘卷考釋》釋作"莎"。
⑧　"予"，應作"余"，據文義校改，"予"為"余"之借字，《敦煌詩集殘卷輯考》釋作"食"。
⑨　"寂"，《敦煌邊塞詩歌校注》釋作"叔"，《敦煌唐人陷蕃詩集殘卷研究》釋作"寂"，校改作"叔"，不必。

续表

次序	行款	原卷詩題	内容
42	2行	原卷無詩題	白日走風沙，黃昏飛雪花。愁云闇［□］畔①，寒色瞑（暝）天涯②。纆縰今將久③，歸期恨路賒。時時眠夢裹，往往見還家。
43	2行	感蓁草初生	羇客絕知聞，急難阻投扙（杖）④。淚與泉俱流，愁將草齊長。纆縰淹歲年，歸期唯夢想。春色縱芳菲，片心終鬱怏。
44	4行	春日羇情	鄉山臨海岸，別業近天堄（倪）⑤。地接龍搥（堄）北⑥，川連雁塞西。童年方剃削，弱冠導群迷。儒釋雙披翫⑦，聲名獨見躋。須緣隨想請⑧，今乃恨暌携。寂寂空愁坐，遲遲落日低。觸槐常有志，折檻為無蹊。薄暮荒城外，依稀聞遠雞。
45	2行	原卷無詩題	恨到荒城一閉關，鄉園阻隔萬重山⑨。咫尺音書猶不達，夢魂何處得歸還。
46	2行	原卷無詩題	憤悶屢蹤（縱）橫⑩，愁深百計生。相思凡幾度，慷慨至三更。虜塞饒白刺，戎鄉多紫荊⑪。關山爾許遠，魂夢若為行。

---

① "□"，《敦煌邊塞詩歌校注》補作"海"。
② "瞑"，應作"暝"，據文義校改，《敦煌詩集殘卷輯考》徑釋作"暝"。
③ "今"，《敦煌學海探珠》釋作"令"。
④ "扙"，應作"杖"，據文義校改，《敦煌詩集殘卷輯考》徑釋作"杖"。
⑤ "業"，《敦煌詩集殘卷輯考》校改作"葉"，按寫本"業""葉"的繁體字形近易混，可據文義徑釋。"堄"，應作"倪"，《敦煌詩集殘卷輯考》據文義校改，"堄"為"倪"之借字。
⑥ "搥"，應作"堄"，《敦煌詩集殘卷輯考》據文義校改，"搥"為"堄"之借字。
⑦ "披"，《敦煌詩集殘卷輯考》釋作"柀"，校改作"披"，按寫本"扌""木"不分，可據文義徑釋。
⑧ "須"，《敦煌唐人陷蕃詩集殘卷研究》校改作"雖"，文義可通，不煩校改。
⑨ "園"，《敦煌詩集殘卷輯考》釋作"國"。
⑩ "悶"，《敦煌唐人詩集殘卷考釋》釋作"心"。"蹤"，應作"縱"，《敦煌詩集殘卷輯考》據文義校改，"蹤"為"縱"之借字。
⑪ "紫"，《敦煌唐人詩集殘卷考釋》釋作"柴"。

续表

次序	行款	原卷詩題	內容
47	2行	晚秋	戎庭縲絏向窮秋，寒暑更遷歲欲周。斑斑淚下皆成血①，片片云來盡帶愁。朝朝心逐東溪水，夜夜魂隨西月流。數度恓惶猶未了，一生榮樂可能休。
48	2行	原卷無詩題	天涯地角一何長，雁塞龍搥（堆）萬里強②。每恨淪流經數載，更嗟縲絏泣千行。
49	2行	原卷無詩題	縲絏戎庭恨有餘，不知君意復何如？一介恥無蘇子節，數迴羞寄李陵書。
50	2行	原卷無詩題	髮為多愁白，心緣久客悲。更遭縲絏事，因此改容儀。
51	2行	原卷無詩題	春來漸覺沒心情，愁見犴（豻）狼夜叫聲③。君促（但）遠聽腸應斷④，況僕羈縲在此城。
52	1行	原卷無詩題	日月千迴數，君名萬遍呼。睡時應入夢，知我斷腸無⑤？
53	2行	原卷無詩題	白日歡情少，黃昏愁轉多。不知君意裏，還解憶人摩⑥？
54	2行	逢故人之作	故人相見淚龍鍾，總為情懷昔日濃。隨（垂）頭盡見新日髮⑦，何曾有箇舊顏容。

---

① "斑斑"，《敦煌唐人詩集殘卷考釋》釋作"班班"，《敦煌唐人陷蕃詩集殘卷研究》校改作"斑斑"，按寫本"斑""班"形近易混，可據文義徑釋。

② "搥"，應作"堆"，《敦煌詩集殘卷輯考》據文義校改，"搥"為"堆"之借字。"強"，《〈補全唐詩〉拾遺》《敦煌唐人詩集殘卷考釋》釋作"彊"。

③ "見"，《敦煌唐人詩集殘卷考釋》釋作"聞"。"犴"，應作"豻"，《敦煌詩集殘卷輯考》據文義校改，"犴"為"豻"之借字。

④ "促"，應作"但"，據文義校改，《敦煌詩集殘卷輯考》徑釋作"但"。

⑤ "斷腸"，《〈補全唐詩〉拾遺》《敦煌邊塞詩歌校注》《敦煌詩集殘卷輯考》釋作"腸斷"。

⑥ "摩"，《敦煌唐人陷蕃詩集殘卷研究》疑作"麼"。

⑦ "隨"，應作"垂"《敦煌唐人陷蕃詩集殘卷研究》據文義校改"隨"為"垂"之借字。

续表

次序	行款	原卷詩題	內容
55	4行	題故人所居	與君昔離別，星歲為三周。今日觀顏色①，蒼然雙鬢秋。茅居枕河潊，耕鑿傍山丘。往往登憔（樵）迋②，時時或飯牛。一身尚栖屑，庶事安無憂③？相見未言語，唏吁先淚流。
56	3行	非所夜聞笛	夜聞嗟（羌）笛吹④，愁雜犴（豻）狼□⑤。涕淚落如雨，肝腸痛似刀。更深新月沒⑥，坐久明星高。感激不遑寐，連霄（宵）思我曹⑦。
57	4行	感興臨蕃馴鷹⑧	感茲馴鷹色蒼蒼⑨，徘佪（徊）顧步貌昂昂⑩。不見銜蘆避矰繳⑪，空聞落翩困堤塘。差池為失衝（衡）陽伴⑫，邂迏（逅）飄零虜塞傍⑬。引頸長鳴望云路，何時刷羽接歸行。
58	2行	閨情	千迴萬轉夢難成，萬遍千迴睡裏驚⑭。總為相思愁不寐，縱然愁寐忽天明。
59	1行		百度暑（看）星月⑮，千迴望五更。自知無夜分，乞願早天明。

---

① "覩"，《〈補全唐詩〉拾遺》《敦煌唐人詩集殘卷考釋》《敦煌邊塞詩歌校注》《敦煌詩集殘卷輯考》釋作"覩"，按寫本"觀"的繁體字與"覩"形近易混，可據文義徑釋。
② "憔"，應作"樵"，《敦煌詩集殘卷輯考》據文義校改，《〈補全唐詩〉拾遺》《敦煌唐人詩集殘卷考釋》釋作"慜"，《敦煌學海探珠》校改作"摧"，《敦煌邊塞詩歌校注》徑釋作"樵"。
③ "庶"，《敦煌詩集殘卷輯考》釋作"底"。
④ "嗟"，應作"羌"，《敦煌詩集殘卷輯考》據文義校改。
⑤ "犴"，應作"豻"，《敦煌詩集殘卷輯考》據文義校改，"犴"為"豻"之借字。"□"，《敦煌詩集殘卷輯考》疑作"號"或"嚎"。
⑥ "沒"，《敦煌詩集殘卷輯考》釋作"落"。
⑦ "霄"，應作"宵"，《敦煌詩集殘卷輯考》據文義校改，"霄"為"宵"之借字。
⑧ "鷹"，《敦煌詩集殘卷輯考》釋作"雁"。
⑨ "鷹"，《敦煌詩集殘卷輯考》釋作"雁"。
⑩ "佪"，應作"徊"，據文義校改，"佪"為"徊"之借字，《敦煌詩集殘卷輯考》徑釋作"徊"。
⑪ "矰"，《敦煌唐人陷蕃詩集殘卷研究》釋作"矰"。
⑫ "衝"，應作"衡"，《敦煌詩集殘卷輯考》據文義校改，"衝"為"衡"之借字。
⑬ "迏"，應作"逅"，據文義校改，《敦煌詩集殘卷輯考》徑釋作"逅"。
⑭ "睡"，《敦煌詩集殘卷輯考》釋作"夢"。
⑮ "暑"，應作"看"，據文義校改，《敦煌詩集殘卷輯考》徑釋作"看"。

2. P. 2555 背面抄寫在馬雲奇《懷素師草書歌》後面的 12 首詩：《白雲歌》《送遊大德赴甘州口號》《九日同諸公殊俗之作》《俯吐蕃禁門觀田判官贈向將軍真言口號》《題周奉卿》《贈鄧郎將四弟》《同前以詩代書》《途中憶兒女之作》《至淡河同前之作》《被蕃軍中拘系之作》《諸公破落官蕃中製作》《贈樂使君》。此 12 首詩，原卷均無作者署名。

（1）《白雲歌》，原卷抄寫二十行，詩曰："遙望白雲出海灣，變成萬狀須臾間。忽散鳥飛趁不及，唯祇清風隨往還。生復滅兮滅復生，將欲凝兮旋已征。因悟悠悠寄寰（寰）宇①，何須擾擾徇功名。滅復生兮生復滅，左之盈兮右之缺。從來舉事皆爾為，何不含情自怡悅。殊方節物異長安，盛夏云光也自寒。遠戍只將煙正起②，橫峰更似雪猶殘③。白雲片片暎（映）青山④，白雲不盡青山盡。展（輾）轉霏微度碧空⑤，碧空

---

① "寰"，應作"寰"，《敦煌詩集殘卷輯考》據文義校改，"寰"為"寰"之借字。
② "遠"，《敦煌詩集殘卷輯考》釋作"繞"。
③ "更"，《敦煌詩集殘卷輯考》據殘筆畫及文義補。
④ "暎"，應作"映"，據文義校改，"暎"為"映"之借字。
⑤ "展"，應作"輾"，據文義校改，"展"為"輾"之借字。

不見浮雲近①。漸覺云低駐馬看，聯綿縹眇（緲）拂征鞍②。一不一兮幾紛紛③，散不散兮何漫漫。東西南［北］比年馳④，上下高低恣所宜。影碧池冰（水）螢底一⑤，光浮綠樹霰凝枝。欲謂白云必從龍，飛來飛去龍不見。欲謂白云不從龍，乍輕乍重誰能變。一重未過一重催，一畔縈巖一畔開。欒巴喙酒應隨去⑥，子晉吹笙定伴來。被（披）襟引袖遽迎風⑦，欲為吹云置袖中⑧。云飛入袖將為滿，袖卷看云依舊空。雷殷殷兮雨朦朦（濛濛）⑨，成陰潤下云之功。倏然云晴銷四極，所潤寧知白云力。大賢濟世徒自勞，一朝運否誰相憶。不知白云何所以，年年歲歲從山起。云收未必歸石中，石暗翻埋在云裏。世人遷變比白云，白云無心但氛氲。白云生滅比世人，世人有心多苦辛。旋生旋滅何窮已，有心無心只如此。當須體道有貞素，不用浮榮說非是。望白云，白云遼（繚）亂滿空山⑩，高低賦象非情欲，余遂感之心自閑⑪。望白云，白云天外何悠揚，既悲出塞復入塞，應亦有時還帝鄉。"此詩的首行頂端，原卷書有詩題"白云歌"，且詩題後小字注有"予時落殊俗隨蕃軍望之感此而作"。

（2）《送游大德赴甘州口號》，原題，原卷抄寫三行，詩曰："支公張掖去何如，異俗多嫌不寄書。數人四海皆兄弟，為報慇懃好在無。"此詩的詩題，書寫在首行頂端，且詩題後小字注有："此便代書寄呈將軍。"

（3）《九日同諸公殊俗之作》，原題，原卷抄寫四行，詩曰："一人

---

① "不"，《敦煌詩集殘卷輯考》據殘筆畫及文義補。
② "眇"，應作"緲"，據文義校改，"眇"為"緲"之借字。
③ "兮"，《敦煌詩集殘卷輯考》據殘筆畫及文義補。
④ "北"，原卷脫，《敦煌詩集殘卷輯考》據文義補。"年"，《敦煌詩集殘卷輯考》未能釋讀。
⑤ "冰"，應作"水"，據文義校改。"一"，《敦煌詩集殘卷輯考》未能釋讀。
⑥ "喙"，《敦煌詩集殘卷輯考》釋作"酥"。
⑦ "被"，應作"披"，據文義校改，"被"為"披"之借字，《敦煌詩集殘卷輯考》徑釋作"披"。
⑧ "為"，《敦煌詩集殘卷輯考》未能釋讀。
⑨ "朦朦"，應作"濛濛"，《敦煌詩集殘卷輯考》據文義校改，"朦"為"濛"之借字。
⑩ "遼"，應作"繚"，《敦煌詩集殘卷輯考》據文義校改，"遼"為"繚"之借字。
⑪ "之"、"心"，《敦煌詩集殘卷輯考》據殘筆畫及文義補。

第三章　吐蕃時期文人詩歌在敦煌地區的傳播　◀◀　65

歌唱數人啼，拭淚相看意轉迷。不見書傳清海北①，祇知魂斷隴山西。登高乍似云霄近，寓目仍驚草樹低。菊酒何須頻勸酌②，自然心醉已如泥③。"

（4）《俯吐蕃禁門觀田判官贈向將軍真言口號》，原題，原卷抄寫三行，詩曰："恠來偏得主君憐，料取分明在眼前。說相未應驚鷓頷④，看心且愛直如弦。"

（5）《題周奉卿》，原題，原卷抄寫三行，詩曰："明王道得腹心臣⑤，百萬人中獨一人。階下往來三遶跡，門前桃李四時春。"

（6）《贈鄧郎將四弟》，原題，原卷抄寫三行，詩曰："把袂相歡意最濃，十年言笑得朋從。憐君節操曾無易，秖（祇）是青山一樹松⑥。"

（7）《同前已（以）詩代書⑦》，原題，原卷抄寫三行，詩曰："故（古）來同病總相憐⑧，不似今人見眼前。且隨浮俗貪趨世，肯料寒灰亦重然⑨。"

（8）《途中憶兒女之作》，原題，原卷抄寫三行，詩曰："髮為思鄉白，形因泣淚枯。爾曹應有夢，知我斷腸無？"

（9）《至淡河同前之作》，原題，原卷抄寫三行，詩曰："念爾兼辭國，緘愁欲渡河。到來河更闊，應為涕流多。"

（10）《被蕃軍中拘繫之作》，原題，原卷抄寫四行，詩曰："何事逐漂蓬，悠悠過鑿空。世窮徒運榮（策）⑩，戰苦不成功。淚滴東流水，心遙北翥鴻。可能忠孝節，長遣闉（困）西戎⑪。"

---

① "北"，《敦煌詩集殘卷輯考》據殘筆劃及文義補。
② "菊"，《敦煌詩集殘卷輯考》據殘筆劃及文義補。
③ 此句後，原卷尚有"太常妻曰'一日不齋醉如泥'"句，似衍自類書。
④ "頷"，《敦煌詩集殘卷輯考》據殘筆劃及文義補。
⑤ "得"，《敦煌唐人陷蕃詩集殘卷研究》釋作"德"。
⑥ "秖"，應作"祇"，據文義校改，"秖"為"祇"之借字。
⑦ "已"，應作"以"，《敦煌詩集殘卷輯考》據文義校改，"已"為"以"之借字。
⑧ "故"，應作"古"，《敦煌詩集殘卷輯考》據文義校改，"故"為"古"之借字。
⑨ "然"，《〈補全唐詩〉拾遺》校改作"燃"，"然"為"燃"之古字。
⑩ "榮"，應作"策"，《敦煌詩集殘卷輯考》據文義校改。
⑪ "闉"，應作"困"，《敦煌詩集殘卷輯考》據文義校改，"闉"為"困"之借字。

（11）《諸公破落官蕃中製作》，原題，原卷抄寫三行，詩曰："別來心事幾悠悠，恨續長波曉夜流。欲知起坐相思意①，看取山云一段愁②。"

　　（12）《贈樂使君》，原題，原卷抄寫三行，詩曰："知君桃李遍成蹊，故托喬林此處栖。雖然灌木凌云秀，會有寒鴉（鴉）夜夜啼③。"

　　上述十二首詩的作者問題，前輩學者已經做了較多的討論。其作者，有人認為是"馬云奇"，有人認為是"毛押牙"，也有人認為是一位不知姓名的落蕃人。

　　持第一種觀點的學者，以王重民為代表。王重民先生認為，原卷在這十二首詩前抄寫署名"馬云奇"的《懷素師草書歌》，這十二首詩的作者應該就是馬云奇④。

　　持第二種觀點的學者，以柴劍虹、潘重規為代表。柴、潘二位先生首先否定了"馬云奇"是這十二首詩作者的可能性。柴劍虹先生認為："《白云歌》等十二首抄於《懷素師草書歌》之左，並無署名，而且馬上改變了抄寫格式，字體也縮小了一倍，詩題頂格。《白云歌》詩題下有作者自序云：'予時落殊俗，隨蕃軍望之感此而作。'這十二首詩，從抄寫格式到內容、風格均與馬云奇《懷素師草書歌》迥異。""馬云奇"不可能是這十二首詩的作者⑤。

　　潘重規先生也認為："懷素如果生於開元十三年（925），到建中二年（781）陷蕃時，年已五十有七，作歌相贈稱'懷素才年三十余'的馬云奇，如年長五歲或十歲，便是六十二歲或六十七歲的老人。統觀七十餘首陷蕃詩沒有一首夠得上稱為六十老人的作品……其實，第一首馬云奇草書歌，風格與後十二首詩風格大不相同。可以肯定的說，馬云奇在江南送懷素的作品，既非陷蕃之詩；在江南作詩的馬云奇也不是陷蕃詩人。"⑥那麼，這十二首詩的作者究竟是誰呢？柴、潘二位先生都認為，

---

　　①　"坐"，《〈補全唐詩〉拾遺》釋作"望"。
　　②　"山云"，《敦煌唐人詩集殘卷考釋》釋作"云山"。
　　③　"鴉"，應作"鴉"，據文義校改，"鴉"為"鴉"之借字。
　　④　王重民：《敦煌唐人詩集殘卷考釋》，《中華文史論叢》1984年第2輯。
　　⑤　柴劍虹：《敦煌 P.2555 卷"馬云奇詩"辨》，《中華文史論叢》1984年第2輯。
　　⑥　潘重規：《敦煌唐人陷蕃詩集殘卷作者的新探測》，《漢學研究》1985年第3卷第1期。

很可能是 P.2555 正面所抄"胡笳第十九拍"的作者"毛押牙"。

持第三種觀點的學者，以伏俊璉為代表。伏俊璉先生認為，這十二首詩的作者，有可能是一位姓名未知的落蕃人①。

我們傾向於項楚先生的觀點。項先生認為其作者可能是某位因戰敗而被吐蕃從敦煌押送到安西的中原人士。其理由主要有如下三點：一者，第一首詩《白云歌》中有"殊方節物異長安，盛夏云光也自寒"句，以及"既悲出塞復入塞，應亦有時還帝鄉"句。在第一句中，作者將殊方異鄉節令中的景物或事物，與長安的景物或事物作比較。在第二句中，作者所思念的，是"帝鄉"長安。因此，作者無疑應是中原人士。二者，第九首詩《至淡河同前之作》，從詩題看，此詩是作者行至淡河時創作的。據《新唐書·地理志》載："又西南百四十五里，經新城館，渡淡河，至焉耆鎮城。"可見，作者的下一站就是焉耆，其具體行程應是從敦煌出發，到安西某地。三者，第十首詩《被蕃軍拘系之作》中有"戰苦不成功"句，據"戰苦不成功"句可知，作者是因戰敗而被吐蕃拘系的②。

綜上所述，P.3608v 抄寫的《寒食篇》與《夜燒篇》，應是在廣德二年吐蕃攻佔涼州前傳入敦煌的；P.3967 抄寫的《卻遣吾曹泣塞門》《初夏登金光明寺鐘樓有懷奉呈》《題金光明寺鐘樓》，與 P.3812 抄寫的《閨情為落殊蕃陳上相人》二首、P.2555 抄寫的"陷蕃詩"71 首一樣③，都是由滯留敦煌的中原人士創作，並非是廣德二年以後的吐蕃時期傳入敦煌者。

不過，即便沒有找到吐蕃時期從內地傳入敦煌的中原文人詩，也還有廣德二年以前就已傳入敦煌的《寒食篇》（P.3608v）、《夜燒篇》（P.3608v），以及由流寓敦煌的中原人士創作的《卻遣吾曹泣塞門》（P.3967）、《初夏登金光明寺鐘樓有懷奉呈》（P.3967）、《題金光明寺鐘

---

① 伏俊璉：《寫本時期文學作品的結集——以敦煌寫本 Дx.3871 + P.2555 爲例》，《文學評論》2018 年第 6 期。
② 項楚：《敦煌詩歌導論》，中華書局 2019 年版，第 194—205 頁。
③ 學界一般認為 P.2555"陷蕃詩"共有 72 首，但我們認為，其中的馬云奇《懷素詩草書歌》，並非陷蕃人作，故稱 71 首。

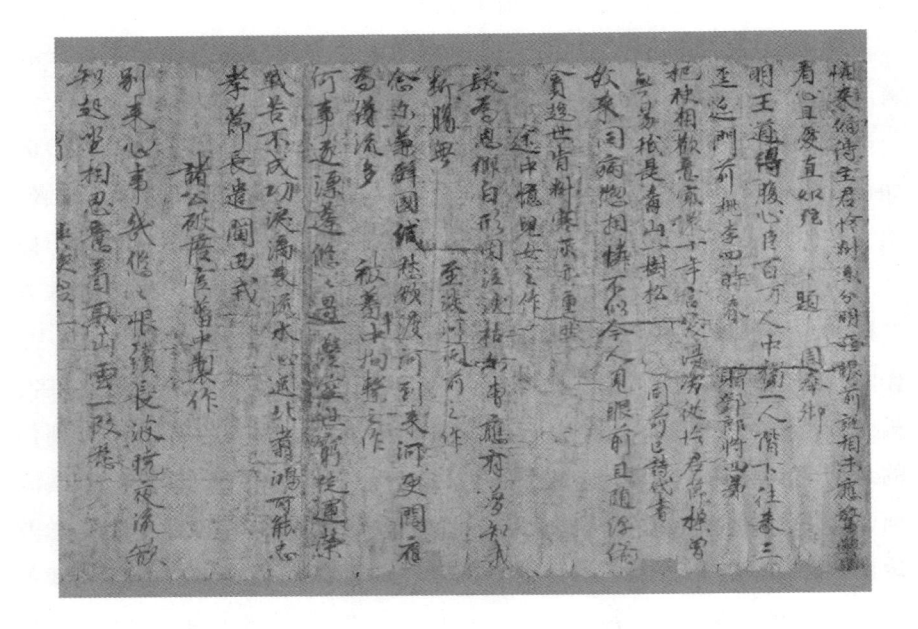

樓》（P. 3967）等中原文人詩歌作品在敦煌地區傳播。因此，依據目前所能見到的資料，吐蕃時期敦煌地區文人詩歌的傳播問題，實際上就是同時期敦煌本地文士如何接受這些中原文人詩的問題。

第三節　吐蕃時期敦煌本地文士對中原文人詩的接受

　　廣德二年吐蕃佔領涼州以後，直到貞元二年才攻佔敦煌。吐蕃佔領敦煌以前，敦煌原有的社會秩序並沒有受到破壞，因此，該時期敦煌本地文士對於中原文人詩的接受，應與廣德二年以前的唐朝時期無異。因此，本節著重對吐蕃管轄敦煌時期敦煌本地文士對中原文人詩的接受進行討論。

　　廣德二年前傳入敦煌的《寒食篇》與《夜燒篇》（此二詩均抄寫在 P. 3608v），以及廣德二年後由流寓敦煌的中原人士創作的《卻遣吾曹泣塞門》（P. 3967）、《初夏登金光明寺鐘樓有懷奉呈》（P. 3967）、《題金光明寺鐘樓》（P. 3967），由於其抄寫者與閱讀者無從考證，因此只能從吐蕃管轄敦煌時期進行詩歌創作的敦煌本地文士群體入手，對同時期敦煌本地文士對於中原文人詩的接受情況進行考察。

抄寫時間可以確考是在吐蕃管轄敦煌時期的敦煌本地文人詩有如下 11 首：《催妝二首》（P. 3252）、《去花一首》（P. 3252）、《去扇》（P. 3252）、《去襆頭》（P. 3252）、《昔日髪蟬鬢》（P. 3252）、《既見如花面》（P. 3252）、《綠鬢蟬雙入》（P. 3252）、《昔歲泛仙查》（P. 3608）、《送令狐師回駕青海》（P. 3967）、《淑氣薰閭井》（P. 3967），但其作者皆不可考。

不過，敦煌文獻中還有一些敦煌本地文人詩，雖然其抄寫時間難以確考，但卻是在吐蕃管轄敦煌時期創作的。經輯考，這類吐蕃管轄敦煌時期由敦煌本地文士創作的文人詩歌有如下 20 首，它們是討論吐蕃管轄敦煌時期敦煌本地文士詩歌創作問題時，不應被忽略的研究材料：

1. S. 2689v 抄寫的《玉顔思不見》。此詩原卷抄寫在粘貼於 S. 2689 背面的小殘片上，共計兩行，无題有署，詩曰："玉顔思不見，悶坐歎文章。秋恨鄉思照（早）①，更逢孤夜長。邊庭衣□冷②，憶□□中香。客語何慢處③，交兒□□□。"原卷在此詩後，還有一小殘片，上書："僧日進文"，且筆跡與此詩相同，"僧日進"應即為此詩的作者。

2. S. 6631v 抄寫的《羅什法師讚》。原卷抄寫四行，无題有署，詩曰："誕跡本四方，利化遊東國。毗讚士三千，摳衣四聖德。內鏡操瓶裏，洗滌秦王或（惑）④。吞針縻鉢中，機戒（誡）第（弟）子色⑤。傳譯草堂居，避地蔥山側。馳譽五百年，垂範西方則。"此詩原卷題作"詩"，抄寫在釋金髻《羅什法師讚》末句的後面，內容均是在讚頌鳩摩羅什。比如，詩中的"洗滌秦王惑"句，就是在讚頌鳩摩羅什幫助秦王姚興解除

---

① "秋"，《敦煌詩集殘卷輯考》釋作"愁"。"鄉"，《英藏敦煌社會歷史文獻釋錄》疑作"相"，"鄉""相"音近，可通假。"照"，應作"早"，《敦煌詩集殘卷輯考》據文義校改，"照"為"早"之借字，《英藏敦煌社會歷史文獻釋錄》釋作"淚"。

② "□"，《英藏敦煌社會歷史文獻釋錄》疑作"服"。

③ "何"，《英藏敦煌社會歷史文獻釋錄》疑作"陪"。"慢"，《敦煌詩集殘卷輯考》釋作"以"。

④ "或"，應作"惑"，《敦煌詩集殘卷輯考》據文義校改，"或"為"惑"之借字。

⑤ "戒"，應作"誡"，《敦煌詩集殘卷輯考》據文義校改，"戒"為"誡"之借字。"第"，應作"弟"，《敦煌詩集殘卷輯考》據文義校改，"第"為"弟"之借字。

困惑的事蹟。可見，此詩應是釋金髻所作讚頌鳩摩羅什者。

3. P. 3052 抄寫的《流沙即夕有雙賢》《良牧思弘化》。原卷共計抄寫十二行，書法精美，為同一人所抄。

（1）第一首詩，原卷抄寫七行，詩曰："流沙即夕有雙賢，牧伯吾師應半千①。法王契理青蓮喻②，多君瞻仰白牛前③。韶光來照傳燈座，春風往往送香煙④。寮吏咸歡因驥尾，誰知今日遇彌天。"首行書有"僧金髻"，應即作者。首行在"僧金髻"名前，還書有"同前"二字，應即詩題。但此詩的前一首詩原卷不存，因此詩題難以考知。

（2）第二首詩，原卷抄寫五行，詩曰："良牧思弘化，吾師重契經⑤。欲聞三草喻⑥，先列四花名。瑞色浮春日，和風引梵聲。坐承方便理，咸得悟無生。"首行書有"僧利濟"，應即作者。首行在"僧利濟"名前，還書有"同前"二字，應為詩題。但如同前一首詩那樣，此詩的詩題難以考知。

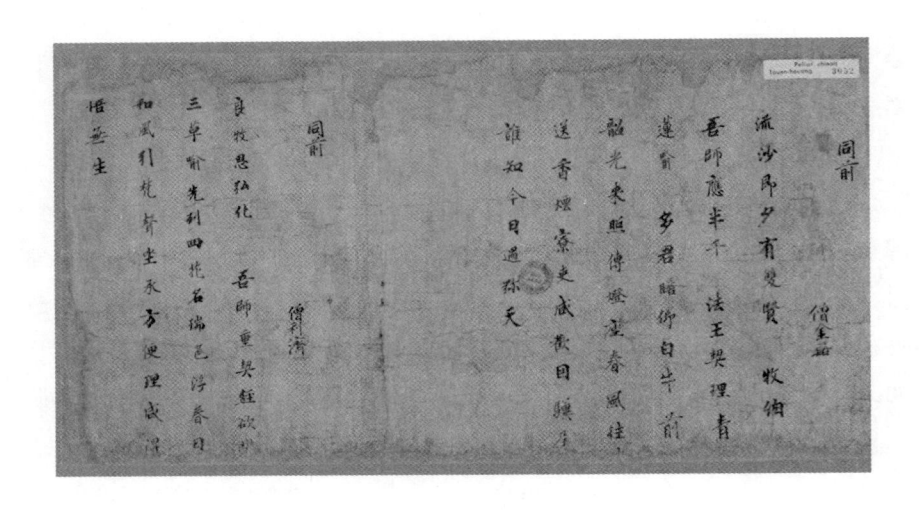

---

① "牧伯"，原卷在此二字前有空格，以示尊敬。
② "法王"，原卷在此二字前有空格，以示尊敬。
③ "多君"，原卷在此二字前有空格，以示尊敬。
④ 第二個"往"字，《敦煌詩集殘卷輯考》據殘筆畫及文義補。
⑤ "吾師"，原卷在此二字前有空格，以示尊敬。
⑥ "聞"，《敦煌詩集殘卷輯考》釋作"開"。

4. P. 3619 抄寫的《登靈嚴寺》。此詩原卷抄寫三行，詩曰："靈岳多奇勢，茲山負聖圖。谷中清溜響，峰際白云孤。石壁連霄漢①，長松落澗枯。澄心香閣下，煩慮寂然無。"首行書有"登靈嚴寺"，即是詩題。詩題下空一字處，書有"沙門日進"，應即作者。

5. P. 3676v 抄寫的《同前餞達法師之相幕》《奉餞達上人之相衙》《同前送達上人》《重贈》《奉餞赴東衙謹上》《奉餞赴東衙闡揚感興》。此六首詩原卷共計抄寫 23 行，且每首詩均有題無署。

（1）第一首詩，原卷抄寫四行，詩曰："法將立當年，名偲物外傳。七支徹見底，八藏妙窮源。故得三臺召②，文驂馴馬筵。幾時迴雁駕③，莫使眾心懸。"首行書有"同前餞達法師之相幕"④，即為詩題。

（2）第二首詩，原卷抄寫四行，詩曰："志調青云上，留情釋氏家。藏鋒經歲久，縮穎已年賖⑤。振翮朝金殿，磨霄謁相衙⑥。扶搖今日便，脫躧棄流沙。"首行書有"奉餞達上人之相衙"⑦，即為詩題。

（3）第三首詩，原卷抄寫五行，詩曰："法將英靈意氣殊，奇才學海富明珠。目覽千行如舊誦，流沙一郡世將無。名傳萬里聞衙幕⑧，驛騎飛龍駕草車。緇素執辭郊境外，未知何日再來居。"首行書有"同前送達上人"，即為詩題。

（4）第四首詩，原卷抄寫四行，詩曰："國相召高賢，昏衢化大千。戒珠將比雪，篲軝（缽）透耆園⑨。秋雁來南地，春鳥去北天。與君從此別，早晚重歸旋。"首行書有"重贈"，即為詩題。

（5）第五首詩，原卷抄寫五行，詩曰："眾僧合邑敬如仙，法海通流

---

① "連"，《敦煌詩集殘卷輯考》據殘筆畫及文義補。
② "三臺"，原卷在此二字前有空格，以示尊敬。
③ "雁"，《敦煌詩集殘卷輯考》釋作"象"。
④ "達法師"，原卷在此三字前有空格，以示尊敬。
⑤ "縮"，《敦煌詩集殘卷輯考》釋作"宿"。
⑥ "相衙"，原卷在此二字前有空格，以示尊敬。
⑦ "達上人"，原卷在此三字前有空格，以示尊敬。
⑧ "衙幕"，原卷在此二字前有空格，以示尊敬。
⑨ "軝"，應作"缽"，《敦煌詩集殘卷輯考》據文義校改，"軝"為"缽"之借字。

遍大千。奉謁清顏未終始①，無才握手淚涓涓。孤雁南飛悲切切，龍塠（堆）霧氣助秋煙②。前逞（程）倘若騰榮日③，專心駐目望迴鞭④。"首行書有"奉餞赴東衙謹上"⑤，即為詩題。

（6）第六首詩，原卷僅存詩題，詩題作："奉餞赴東衙闡揚感興。"

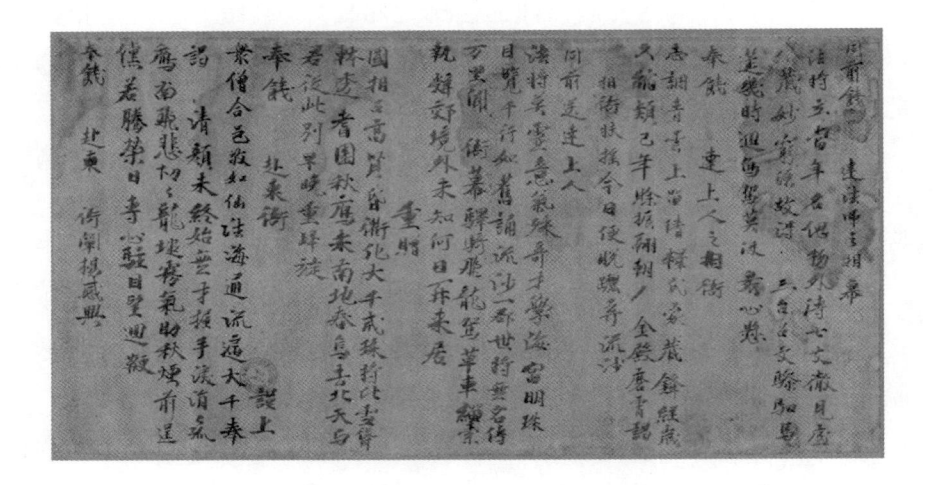

6. P. 3677 抄寫的《吊守墓弟子承恩諸孝子》。此詩原卷抄寫三行，詩曰："擗踴下頭巾，荒迷不顧身。茹荼何足苦，銜蓼未為辛。兩目恒流涕⑥，雙眉頷頏嚬⑦。唯餘林里鳥，朝夕助啼人。"首行書有"吊守墓弟子承恩諸孝子"，即是詩題。原卷在此詩的末尾，書有："前沙州法曹參軍璆琳述。""璆琳"，應即此詩的作者。

7. Дx. 105 + Дx. 10299 抄寫的《妙理光含秀》《良牧申三請》。Дx. 105、Дx. 10299 可上下綴合，Дx. 105 在上，Дx. 10299 在下⑧。此二首

---

① "清顏"，原卷在此二字前有空格，以示尊敬。
② "塠"，應作"堆"，據文義校改，"塠"乃"堆"之借字。
③ "逞"，應作"程"，《敦煌詩集殘卷輯考》據文義校改，"逞"乃"程"之借字。
④ "駐"，《敦煌石窟僧詩校釋》釋作"注"。
⑤ "赴東衙""謹上"，原卷在此兩詞前有空格，以示尊敬。
⑥ "恒"，《敦煌詩集殘卷輯考》釋作"惟"。
⑦ "頷"，《敦煌詩集殘卷輯考》釋作"領"。
⑧ 柴劍虹：《俄藏敦煌詩詞寫卷經眼錄（一）》，《敦煌吐魯番研究》第 1 卷，北京大學出版社 1996 年版，第 101—110 頁。

詩原卷共計抄寫八行。

（1）第一首詩，原卷抄寫四行，無題有署，詩曰："□□高倚馬前。□□□□□，□□□祇園①。妙理光含秀，□□□□□。□中居上首，葉裏坐青蓮。"此詩的首行書有"僧志貞"，應即作者。

（2）第二首詩，原卷抄寫四行，無題有署，詩曰："良牧申三請，靈山湧法泉。眷（春）光寒尚在②，溪柳愴含煙。諸子三車引，庭前駟馬喧。故來聞奧義，從此悟心猿。"原卷中此詩的首行書有"同前　僧法舟"，"僧法舟"應即作者，"同前"即指詩題。然而前一首詩的詩題原卷不存，此詩的詩題也難以考知。

8. Дх.153 抄寫的《義井生菡草》《寒泉深數丈》《玉井休微忍草省》。此三首詩原卷共計抄寫十五行。

（1）第一首詩，原卷抄寫四行，無作者署名，詩曰："義井生菡草，嘉禾滿一州③。白花呈瑞色，綠水傍根流。露滴芉茸潤，霜飛葉帶秋。暫來觀洞裏，戀此遂忘憂。"首行書有"同前"，即指詩題。前一首詩的詩題原卷不存，故此詩的詩題難以考知。

（2）第二首詩，原卷抄寫六行，無作者署名，詩曰："寒泉深數丈，忍草生半空。不近往來所，常居汲引中。青青純一色，靄靄茂三冬。勿改天然綠，無窺桃李紅。有時潤甘露，曉夕聞香風。祇慕蓮花德④，非求蘭蕙蘘。托根臨定（宕）水⑤，布葉垂龍宮。豈憚嚴霜拂，依依向井桐。"首行書有"同前"，即指詩題。正如前一首詩那樣，此詩的詩題無從得知。

（3）第三首詩，原卷抄寫五行，詩曰："玉井休微忍草生，金園祥瑞覺花榮。詰旦浮雲千里蓋，薄暮炎光一郡明。青藻孤標隱穪池，白茅獨□臨水湄。三春綠色何□改，九月飛霜葉□□。□□吾師徐步向雲□□。"首

---

① "祇"，《敦煌詩集殘卷輯考》據殘筆劃及文義補。
② "眷"，應作"春"，《敦煌詩集殘卷輯考》據文義校改。
③ "禾"，據殘筆畫及文義補。
④ "慕"，《敦煌詩集殘卷輯考》據殘筆畫及文義補。
⑤ "定"，應作"宕"，《敦煌詩集殘卷輯考》據文義校改。

行書有"同前　釋金髻","釋金髻"即為作者,"同前"即指詩題,但詩題無從得知。

9. P. 2555 抄寫的毛押牙《胡笳第十九拍》。原卷抄寫三行,詩曰:"去年骨肉悲[離]坼①,不似今年苦為客。失土翻同落水瓶,歸蕃永作投河石。他鄉人物稀相識,獨有夫君沈(沉)憐惜②。歲暮態情生百端,不覺愁牽加一拍。"

此詩原卷抄寫在劉商《胡笳十八拍》之後,且其首行和第二行分別書有:"落蕃人毛押牙遂笳(加)一拍因為十九拍"③,"第十九拍"。可見,"毛押牙"即為作者,此詩是落蕃人毛押牙在閱讀劉商《胡笳十八拍》後補寫的第十九拍,故以"胡笳第十九拍"題之。

10. P. 4640v 抄寫的《往河州蕃使納魯酒迴賦此一篇》。原卷抄寫四行,詩曰:"驛騎駸趨謁相回,笙歌爛奏漫傾柸(杯)④。食客三千躡珠履,美人二八舞金臺。西園明月劉貞(楨)賦⑤,南楚雄風宋玉才。慕德每思門下事,興嗟世上乏良媒。"

原卷中此詩的首行,書有"竇驥往河州蕃使納魯酒回賦此一篇","竇驥"即為作者,"往河州蕃使納魯酒回賦此一篇"即為詩題。822 年前後,竇驥曾到河州拜謁宰相尚綺心兒。竇驥返回敦煌後,為表達自己願效勞蕃相卻無良媒的遺憾,寫下了此詩⑥。

11. P. 4660 抄寫的《夙植懷真智》。原卷抄寫三行,詩曰:"夙植懷真智,髫年厭世華。不求朱紫貴,高謝帝王家。削髮清塵境,被緇躡海涯。蒼生已度盡,寂嘿入蓮花。"

在上述 20 首吐蕃管轄敦煌時期創作產生的敦煌本地文人詩中,我們共計可以找到下列 9 位敦煌本地詩人:日進、金髻、利濟、志貞、法

---

① "離",原卷脫,《敦煌唐人陷蕃詩集殘卷研究》據文義補。
② "沈",應作"沉",據文義校改,"沈"為"沉"之借字,《敦煌詩集殘卷輯考》徑釋作"沉"。
③ "笳",應作"加",據文義校改,"笳"為"加"之借字。
④ "柸",應作"杯",《敦煌詩集殘卷輯考》據文義校改,"柸"為"杯"之借字。
⑤ "貞",應作"楨",《敦煌詩集殘卷輯考》據文義校改,"貞"為"楨"之借字。
⑥ 朱利華、伏俊璉:《敦煌文人竇良驥生平考述》,《敦煌學輯刊》2015 年第 3 期。

舟、璆琳、竇驥、善來、毛押牙。根據前人的輯考，這 9 位敦煌本地詩人，他們的具體身份如下：日進、志貞、法舟是龍興寺的僧人；金髻、利濟是金光明寺的僧人；璆琳是報恩寺的僧人；善來初為开元寺的僧人，后為报恩寺的主持；竇驥是平民；毛押牙是吐蕃官吏。

唐代，學子就讀於山林寺院，成為一時之風尚①。唐代大的寺院，往往設有教授經、律、論的"三學院"，除了教授佛教《經》《律》《論》以外，還教授世俗外典。比如，S. 397《五臺山行記》即載有："寺後有三學院，內長有諸方聽眾，經、律、論進業者共八十人。院主講《唯識論》、《因明論》、《維摩經》。六時禮懺，……有寺主大德賜紫講《維摩經》及文章。"②

在吐蕃佔領敦煌以後，一些唐朝官吏遁入敦煌寺院，將世俗學問帶入了寺院的三學院，進而提高了敦煌寺學的教育水準。与之相适应的，一些敦煌世俗人士，也被送入敦煌寺院接受教育。比如，P. 3620《無名歌》卷末有紀年題記："未年三月十五日學生張議潮寫。"③ BD4584《觀世音經》卷末亦有紀年題記："辛醜年七月二十八日學生童子唐文英為妹久患寫畢功。"④ 李正宇先生在《唐宋時代的敦煌學校》一文中提出，這兩則題記中的"未年""辛醜年"，分別為吐蕃管轄敦煌時期的 815 年與 821 年，而"張議潮""唐文英"二人均為敦煌寺學學生⑤。

同時，吐蕃佔領敦煌以後，原有的州學、縣學，不再見記載。寺學取而代之，承擔起文化教育職能。各種類型的文學訓練，自然是敦煌寺學的教學內容。日進、金髻、利濟、志貞、法舟、璆琳、善来等 7 位僧人身份的敦煌本地詩人，很有可能是在寺學接受詩學教育的過程中，接

---

① 嚴耕望：《唐人讀書山林寺院之風尚——兼論書院制度之起源》，《民主評論》1959 年第 5 卷第 23 期；後收入嚴耕望：《唐史研究論叢》，新亞研究所 1969 年版，第 367—424 頁。
② 郝春文：《英藏敦煌社會歷史文獻釋錄》第 2 卷，社會科學文獻出版社 2003 年版，第 288 頁。
③ 上海古籍出版社、法國國家圖書館等編：《法國國家圖書館藏敦煌西域文獻》第 26 卷，上海古籍出版社 2002 年版，第 113 頁。
④ 中國國家圖書館編：《國家圖書館藏敦煌遺書》第 61 卷，北京圖書館出版社 2007 年版，第 285 頁。
⑤ 李正宇：《唐宋時代的敦煌學校》，《敦煌研究》1986 年第 1 期。

觸到中原文人詩歌作品，並在中原文人詩的影響下，掌握了詩歌創作技能，並實踐到詩歌創作中去。

不過，"竇驤"這位平民身份的敦煌本地詩人，以及"毛押牙"這類官吏身份的敦煌本地詩人，說明在吐蕃管轄敦煌時期，僧人群體並非中原文人詩的唯一接受者。除了這些僧人以外，還有一些世俗人士。中原文人詩的傳播場所，也並非完全局限在寺院和家庭，中原文人詩還會在寺院和家庭以外的場所流通。與貞元二年吐蕃佔領敦煌以前的時期相比，吐蕃管轄下的敦煌地區，中原文人詩不僅沒有被排斥，其接受群體反而有所擴大，其傳播範圍反而有所擴展。

第 四 章

歸義軍時期文人詩歌在
敦煌地區的傳播（上）

——歸義軍時期抄寫的敦煌文人詩歌

一般意義上的"歸義軍時期"，是以大中五年（851）唐廷設歸義軍為開始，以北宋景祐三年（1036）西夏佔領敦煌為結束。但是，由於大中二年張議潮起義以後，敦煌實際上已經脫離了吐蕃的統治，且敦煌文獻中年代最晚的紀年是"咸平五年（1002）"，咸平五年以後的歸義軍史料、文人詩歌和其他文學作品銷聲匿跡①。因此，本書借鑒伏俊璉先生的觀點，將"歸義軍時期"界定在唐大中二年到北宋咸平五年間②。

由於敦煌文獻所存這一時段的材料相對比較豐富，故分為上、下兩章。本章主要對歸義軍時期抄寫的文人詩歌資料進行討論。

第一節　敦煌文獻所見歸義軍時期抄寫的中原文人詩

現知抄寫時間可系年到歸義軍時期的中原文人詩共有286首，其中涉

---

① 俄藏 Φ032 號寫本是北宋咸平五年（1002）曹宗壽編造的帙子寫經，其題記曰："施主敦煌王曹宗壽與濟北郡夫人氾氏，同發信心，命當府匠人，編造帙子及添寫卷軸，入報恩寺藏訖，維大宋咸平五年（1002）壬寅歲五月十五記。"《俄藏敦煌文獻》第1卷，上海古籍出版社1992年版，第321—322頁。

② 伏俊璉先生在討論敦煌文學的分期問題時，認為應將1002年視作敦煌文學下限的觀點。參見伏俊璉：《歸義軍時期的敦煌文學》，《河西學院學報》2012年第6期；收入伏俊璉：《敦煌文學總論》，甘肅教育出版社2013年版。

及寫卷最多的作品是韋莊《秦婦吟》。該詩作，分別見於 S.5476、S.5477、P.3910、P.2700＋S.5834、P.3381、P.3780、P.3953、P.3910、Дх.4568、Дх.6176、Дх.10740（6—11）＋Дх.4758、羽57R＋S.692 等敦煌寫卷①。孫光憲《北夢瑣言》卷六載："蜀相韋莊應舉時，遇黃寇犯闕，著《秦婦吟》一篇。"②"黃寇"，指的是黃巢起義軍。此詩即為黃巢起義軍進入長安前後所作。敦煌文獻中的《秦婦吟》寫卷，自然是在歸義軍時期抄寫的。

其餘 285 首中原文人詩中，見於英藏敦煌文獻者 81 首、見於法藏敦煌文獻者 203 首、見於北京大學藏敦煌文獻者 1 首③。下文即對這 285 首中原文人詩依次進行考釋。

一　英藏敦煌文獻所見歸義軍時期抄寫的中原文人詩

英藏敦煌文獻中，共有 81 首抄寫時間可系年到歸義軍時期的中原文人詩。其中，釋弘遠詩 1 首、崔輔國詩 1 首、韋蟾詩 1 首、釋法宗詩 1 首、釋彥楚詩 1 首、釋子言詩 1 首、釋建初詩 1 首、釋太岑詩 1 首、釋棲白詩 1 首、釋有孚詩 1 首、釋可道詩 1 首、釋景導詩 1 首、釋道鈞詩 1 首、楊庭貫詩 1 首、沈宇詩 1 首、李存勗詩 1 首、沈佺期詩 10 首、李適詩 3 首、崔湜詩 9 首、劉知幾詩 3 首、王無競詩 8 首、馬吉甫詩 3 首、翁郜詩 29 首④，餘下 1 首詩的作者難以確考。具體如下：

1. S.223 抄寫的釋弘遠《讚六宅王坐化詩》。此詩原卷抄寫四行，詩曰："郎君坐化儼同生，夜啟金門奏內庭。宣賜法衣從潤澤，殊奇剃髮為

---

① 田衛衛：《〈秦婦吟〉敦煌寫本新探——文本概觀與分析》，《敦煌研究》2015 年第 5 期。
② （北宋）孫光憲：《北夢瑣言》，中華書局 1960 年版，第 51 頁。
③ 在這 285 首中原文人詩中，有 6 首既見於英藏敦煌文獻，又見於法藏敦煌文獻。這 6 首詩為：釋彥楚詩 1 首、釋子言詩 1 首、釋建初詩 1 首、釋太岑詩 1 首、釋棲白詩 1 首、釋有孚詩 1 首。其中，釋彥楚《五言述瓜沙州僧獻款詩一首》見於 S.4654v、P.3720、P.3886v，釋子言《五言美瓜沙僧獻款詩一首》、釋建初《感聖皇之化有敦煌都法師悟真上人持疏來朝因成四韻》、釋太岑《五言四韻奉贈河西大德》、釋棲白《奉贈河西真法師》、釋有孚《立贈河西悟真法師》見於 S.4654v、P.3886v。
④ 翁郜詩 29 首分別見於 S.6234、P.5007、P.2672，但由於 S.6234、P.5007、P.2672 三卷原為斷裂分置者，因此本書姑且將這 29 首詩系為英藏敦煌文獻所見者。

魂靈。"此詩原卷上署下題。首行頂格書有"右街內供奉賜紫大德弘遠"，即是作者。首行在署名下接書有"讚六宅王坐化詩"，即為詩題。釋弘遠生平事蹟無從考證，但據署名前的銜名可知，其為京師長安右街的高僧大德。

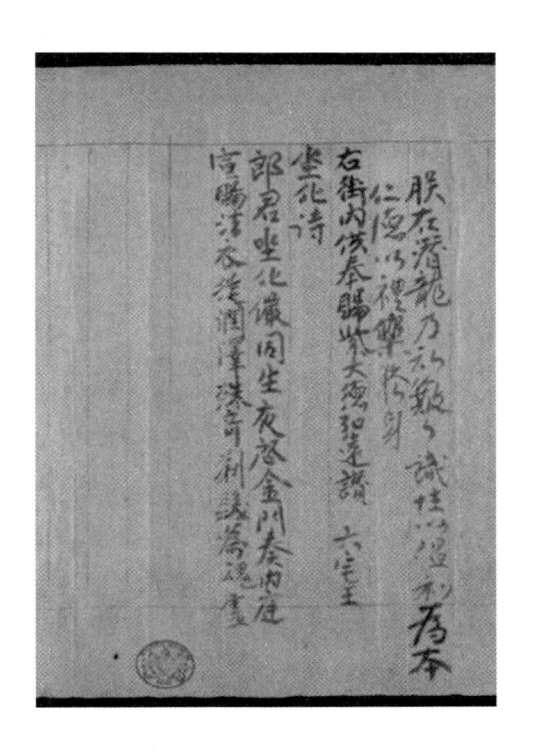

原卷在此詩前抄寫有筆跡不同的《天王文》，文中有"大唐聖主，表（爰）及司空，及至百官，興廣大願，造立形像，建飾伽藍，誦持經法"，以及"大唐聖主，壽逾南嶽，福及西冥……公卿將相，及我司空，百位諸寮，願靈覺回光，常垂照燭"等語[1]。郝春文先生認為，文中的"司空"，應是歸義軍首任節度使張議潮[2]。此詩接抄在《天王文》的後面，那麼應是在歸義軍時期所抄。

---

[1] 郝春文：《英藏敦煌社會歷史文獻釋錄》第1卷（修訂版），社會科學文獻出版社2001年版，第573—574頁。

[2] 郝春文：《英藏敦煌社會歷史文獻釋錄》第1卷（修訂版），科學出版社2001年版，第574頁。

2. S. 361v 抄寫的《長信草》。此詩原卷抄寫一行，無題無署，詩曰："長新（信）窮（宮）中草①，年年愁處生。惟親（侵）珠治（履）七（跡）②，段（不）事（使）玉皆（堦）行③。"

此詩見於《河岳英靈集》卷下、《全唐詩》卷一一九，實為崔輔國《長信草》。原卷在此詩前有筆跡相同的"維大唐乾寧二年（895）三月廿二日"紀年，故此詩的抄寫時間，應系於乾寧二年三月廿二日。彼時，張承奉為歸義軍節度使。

3. S. 373 抄寫的《皇帝癸未年迎太后七言詩》。此詩原卷抄寫六行，無作者署名，詩曰："禁煙節假賞幽閒④，迎奉傾心樂貴顏。鶯語雕樑聲猗狔，鸚吟淥（綠）樹韻開（間）關⑤。為安家國千戰場，思憶慈親兩鬢斑。孝道未能全報得，直須頂戴遶彌山。"此詩的首行和第二行，相繼書有"皇帝癸未年膺運滅梁再興""迎太后七言詩"，即為詩題。

《全唐文》卷一〇四載有李存勖所作《親至懷州奉迎太后敕》。李存勖在該文中言，自己理應到汾州親迎太后，但不得已只好到懷州迎接⑥。劉銘恕在《斯坦因劫經錄》中，據之將此詩系入李存勖名下⑦。鄭炳林提出了不同的觀點，認為此詩為後唐時期某位經敦煌去印度求經的僧人⑧。

---

① "新"，應作"信"，《敦煌詩集殘卷輯考》據《河岳英靈集》校改，"新"為"信"之借字。"窮"，應作"宮"，《敦煌詩集殘卷輯考》據《河岳英靈集》校改，"窮"為"宮"之借字。

② "親"，應作"侵"，《敦煌詩集殘卷輯考》據《河岳英靈集》校改，"親"為"侵"之借字。"治"，應作"履"，《敦煌詩集殘卷輯考》據《河岳英靈集》校改。"七"，應作"跡"，《敦煌詩集殘卷輯考》據《河岳英靈集》校改，"七"為"跡"之借字。

③ "段"，《英藏敦煌社會歷史文獻釋錄》疑作"沒"，《河岳英靈集》作"不"，據《河岳英靈集》校改。"事"，應作"使"，《敦煌詩集殘卷輯考》據《河岳英靈集》校改，"事"為"使"之借字。皆，《河岳英靈集》作"堦"，《英藏敦煌社會歷史文獻釋錄》、《敦煌詩集殘卷輯考》校改作"階"，"堦"與"階"同。

④ "假"，《敦煌詩集殘卷輯考》、《英藏敦煌社會歷史文獻釋錄》校改作"暇"，文義可通，不煩校改。

⑤ "淥"，應作"綠"，《敦煌詩集殘卷輯考》、《英藏敦煌社會歷史文獻釋錄》據文義校改，"淥"為"淥"之借字。"開"，應作"間"，《敦煌詩歌導論》據文義校改。

⑥ 周紹良：《全唐文新編》，吉林文史出版社 2000 年版，第 1198 頁。

⑦ 劉銘恕：《斯坦因劫經錄》，《敦煌遺書總目索引新編》，中華書局 2000 年版，第 12 頁。

⑧ 鄭炳林：《敦煌文書 S373 號李存勖唐玄奘詩證誤》，《敦煌學輯刊》1991 年第 1 期。

徐俊考證，此詩的作者，確為後唐莊宗李存勖①。詩題中的"癸未年"，應為李存勖即位時的後唐同光元年（923）。此詩的抄寫時間，無疑是在923年以後的曹氏歸義軍時期。

4. S.2717v抄寫的37首文人詩。這37首文人詩中，除第一首《帝京篇》的作者無考外，其餘36首詩的作者，均可據原卷得知。這36首詩，分別為：通事舍人吳興沈佺期詩10首、前通事舍人李適詩3首、左補闕清河崔湜詩9首、右補闕彭城劉知幾詩3首、右臺殿中侍御史內供奉琅邪王無競詩8首、太子文學扶風馬吉甫詩3首。這37首詩，詳見下表：

次序	行款	作者	原卷詩題	內容
1	5行	俟考②	帝京篇一首五言	神皋唯帝里，壯麗擬仙居。珠缺臨清渭，銀臺入翠虛③。新豐喬樹蜜（密）④，長樂遠鍾疏。三市年華泛，前門麗日初。浮云驊[驪]馬⑤，流水鳳皇車。薄晚章臺路，繽紛軒冕度。緹綺（騎）[□]鳴鑾⑥，仙管吟芳樹。花鳥曲江前，風光昭綺筵。迴[□]冶神袖⑦，飛鶴繞驕弦。獨有揚雄宅，簫（蕭）然草太玄⑧。

---

① 徐俊：《敦煌詩集殘卷輯考》，中華書局2000年版，第489—490頁。
② 此詩原卷無作者署名，傳世文獻失載，王重民《補全唐詩》亦失收。
③ "入"，《敦煌詩集殘卷輯考》釋作"人"，校改作"入"，按"人""入"形近易混，可徑釋作"入"。
④ "蜜"，《敦煌詩集殘卷輯考》據文義校改作"密"，"蜜"為"密"之借字。
⑤ "驪"，《敦煌詩集殘卷輯考》據《文選》補，《英藏敦煌社會歷史文獻釋錄》補作"騄"。
⑥ "綺"，《敦煌詩集殘卷輯考》據文義校作"騎"，"綺"為"騎"之借字。
⑦ "神"，《英藏敦煌社會歷史文獻釋錄》未予釋錄。
⑧ "簫"，《敦煌詩集殘卷輯考》據文義校改作"蕭"，"簫"為"蕭"之借字，《英藏敦煌社會歷史文獻釋錄》徑釋作"蕭"。

续表

次序	行款	作者	原卷詩題	內容
2	4行	沈佺期①	駕幸香山寺應制一首七言	南山弈弈通丹禁，北闕峨峨連翠云。嶺上樓臺十地起，城中鍾皷（鼓）四天聞②。旃檀曉閣金與（輿）度③，鸚鵡晴林採（綵）眊分④。長願醍醐參聖酒，身身（聲聲）歌賦幸金［□］⑤。
3	4行	沈佺期	原卷無題	鑿井邁古墳，墳櫬［□］淪沒。誰家青銅鏡，送此長彼（夜）月⑥。長夜何冥冥，千歲光不教（竭）⑦。玉匣歷窮泉，金龍潛幽窟。鑿組已銷散，錦衣亦虧闕。莓苔翳清池，蝦蟆蝕明月。埋落今如此，煙心未當歇。願垂拂拭恩，為君鑑云髮。
4	2行	沈佺期	朝鏡一首	靡靡日搖蕙，騷騷風灑蓮。時芳固相奪，俗態豈恒堅。怳惚夜川裹，蹉跎朝鏡前。紅顏與壯志，太息此流年。

---

① 原卷中，此詩的首行書有："通事舍人吳興沈佺期十首。"可見，本表第2到第11首詩的作者，均為"沈佺期"。

② "皷"，應作"鼓"，據文義校改，"皷"為"鼓"之借字，《英藏敦煌社會歷史文獻釋錄》徑釋作"鼓"。

③ "與"，《敦煌詩集殘卷輯考》據《文苑英華》校改作"輿"，"與"為"輿"之借字。

④ "採"，《英藏敦煌社會歷史文獻釋錄》據《文苑英華》校改作"綵"，"採"為"綵"之借字。"眊"，《敦煌詩集殘卷輯考》釋作"眊"。

⑤ "身身"，《敦煌詩集殘卷輯考》據文義校改作"聲聲"，"身"為"聲"之借字。

⑥ "彼"，《敦煌詩集殘卷輯考》據文義校改作"夜"。

⑦ "千"，《敦煌詩集殘卷輯考》釋作"行"。"教"，《英藏敦煌社會歷史文獻釋錄》據文義校改作"竭"。

第四章　歸義軍時期文人詩歌在敦煌地區的傳播(上)　83

续表

次序	行款	作者	原卷詩題	內容
5	7行	沈佺期	辛丑歲十月上幸長安時云卿從在西嶽作一首五言	西鎮何穹崇，壯裁（哉）信靈造①。諸嶺皆峻秀，中峰持（特）美好②。傍見巨掌存，勢如拓東倒。頗聞首陽去，闔圻此何（河）道③。磅薄壓洪源，巍峨戴清昊。云泉紛亂暴（瀑）④，天磴（磴）屺橫抱⑤。子先呼其巔，宮女世［不］老⑥。下有府君廟，歷載傳灑掃。皇明應天遊，十月戒鄷鎬。微末忝閑從，兼得事蘋藻。宿心愛此山，意欲拾靈草。陰壑已冰閉⑦，云竇絕探討。芬月期再來，迴策思方浩。
6	5行	沈佺期	古新別一首	白水東悠悠，中有西行舟。舟行有返棹，水去無還流。秦（奈）何生別者⑧，戚戚懷遠遊。遠遊誰當情（惜）⑨，所悲會難收。自君間芳躅，青陽四五逍。皓月抽（掩）蘭室⑩，光風虛蕙樓。相思無明晦，長歎累冬秋。離居久遲暮，高駕何淹留。

① "裁"，《敦煌詩集殘卷輯考》、《英藏敦煌社會歷史文獻釋錄》據文義校改作"哉"，"裁"爲"哉"之借字。
② "持"，《敦煌詩集殘卷輯考》據文義校改作"特"，《英藏敦煌社會歷史文獻釋錄》逕釋作"特"。
③ "何"，《敦煌詩集殘卷輯考》、《英藏敦煌社會歷史文獻釋錄》據文義校改作"河"，"何"爲"河"之借字。
④ "暴"，《敦煌詩集殘卷輯考》、《英藏敦煌社會歷史文獻釋錄》據《文苑英華》《全唐詩》校改作"瀑"，"暴"爲"瀑"之借字。
⑤ "磴"，《英藏敦煌社會歷史文獻釋錄》據《文苑英華》《全唐詩》校改作"磴"，《敦煌詩集殘卷輯考》釋作"鐙"，校改作"磴"。
⑥ "不"，原卷脱，《敦煌詩集殘卷輯考》《英藏敦煌社會歷史文獻釋錄》據《文苑英華》《全唐詩》補。
⑦ "冰"，《敦煌詩集殘卷輯考》釋作"水"，校改作"冰"。
⑧ "秦"，《敦煌詩集殘卷輯考》《英藏敦煌社會歷史文獻釋錄》據《文苑英華》《全唐詩》校改作"奈"。
⑨ "情"，《英藏敦煌社會歷史文獻釋錄》據《文苑英華》、《全唐詩》校改作"惜"，《敦煌詩集殘卷輯考》逕釋作"惜"。
⑩ "抽"，《敦煌詩集殘卷輯考》《英藏敦煌社會歷史文獻釋錄》據《文苑英華》《全唐詩》校改作"掩"。

续表

次序	行款	作者	原卷詩題	內容
7	3行	沈佺期	古意一首七言	盧家小婦鬱金堂，海鷰雙棲[玳]瑁梁①。九月寒砧催下葉，十年征戍憶遼陽。白狼何（河）北軍書斷②，丹鳳城南秋夜長。誰忍含愁獨不見，使妾明月對流黃。
8	5行	沈佺期	古意一首雜言	八月涼風動高閣，千金麗人卷綃幕。已憐池上歇芳菲，今（不）願君恩復搖落③。世[上]榮枯如轉蓬④，旦時阡陌暮云中。飛鷰恃寵昭陽殿，班姬飲恨長信宮。長信宮，昭陽殿，春來歌舞妾自知，秋至簾櫳君不見。古時嬴（嬴）女厭世[紛]⑤，學鳳吹簫乘綵云。含情轉睞向仙史⑥，千歲童顏持贈君。
9	2行	沈佺期	邙山一首七言	北邙山上列墳塋，萬古千[秋]對洛城⑦。城中日夕歌鍾起⑧，山上唯聞松柏聲。

---

① "玳"，原卷脫，《敦煌詩集殘卷輯考》《英藏敦煌社會歷史文獻釋錄》據《文苑英華》《全唐詩》補。

② "何"，《敦煌詩集殘卷輯考》《英藏敦煌社會歷史文獻釋錄》據《文苑英華》《全唐詩》校改作"河"，"何"為"河"之借字。

③ "今"，《敦煌詩集殘卷輯考》《英藏敦煌社會歷史文獻釋錄》據《文苑英華》《全唐詩》校改作"不"。

④ "上"，原卷脫，《敦煌詩集殘卷輯考》《英藏敦煌社會歷史文獻釋錄》據《文苑英華》《全唐詩》補。

⑤ "嬴"，《敦煌詩集殘卷輯考》《英藏敦煌社會歷史文獻釋錄》據《文苑英華》《全唐詩》校改作"嬴"，"嬴"為"嬴"之借字。"紛"，原卷脫，《敦煌詩集殘卷輯考》《英藏敦煌社會歷史文獻釋錄》據《文苑英華》《全唐詩》補。

⑥ "史"，《英藏敦煌社會歷史文獻釋錄》釋作"吏"，據《文苑英華》《全唐詩》校改作"史"，不煩校改，可徑釋。

⑦ "秋"，原卷脫，《敦煌詩集殘卷輯考》《英藏敦煌社會歷史文獻釋錄》據《文苑英華》《全唐詩》補。

⑧ "鍾"，《敦煌詩集殘卷輯考》釋作"鐘"。

续表

次序	行款	作者	原卷詩題	内容
10	2行	沈佺期	長門怨一首	月皎（皎）風冷冷（泠泠）①，長門次披庭。玉階聞墜葉，羅幌見飛螢。君恩若流水，妾怨似繁星。黃金盡詞賦，自（白）髮空帷屏②。
11	2行	沈佺期	原卷無題	憶昔王子晉，鳳笙遊云空。揮手弄白日，安能戀青宮。豈舞（無）嬋娟子③，結念羅惟（帷）中④。憐壽不貴色，身世兩無窮。
12	5行	李適⑤	汾陰後土祠作一首五言	昔予讀書史，遍覬漢世君。武皇實稽古，建兹百代勳。號令垂懋典，舊經備缺文。南巡曆九疑（嶷）⑥，[舳] 艫被江濆⑦。勒兵十八萬，旌騎何紛紛。謁來茂陵下，英威不復聞。我[行]歲方晏⑧，極望山河分。神光終宜（冥）澳（漠）⑨，鼎氣獨氤氲。攬涕涉睢上⑩，登高見彼汾。雄圖今安在，飛飛有白云。

---

① "皎"，應作"皎"，據文義校改，"皎"為"皎"之借字，《敦煌詩集殘卷輯考》徑釋作"皎"。"冷"，《敦煌詩集殘卷輯考》據文義校改作"泠"，《英藏敦煌社會歷史文獻釋錄》徑釋作"冷"。

② "自"，《敦煌詩集殘卷輯考》據文義校改作"白"，《英藏敦煌社會歷史文獻釋錄》釋作"白"，但言底本字形介於"白""自"之間。

③ "舞"，《敦煌詩集殘卷輯考》《英藏敦煌社會歷史文獻釋錄》據《文苑英華》《全唐詩》校改作"無"，"舞"為"無"之借字。

④ "惟"，應作"帷"，據《文苑英華》《全唐詩》校改，"惟"為"帷"之借字，《敦煌詩集殘卷輯考》《英藏敦煌社會歷史文獻釋錄》徑釋作"帷"。

⑤ 原卷中，此詩的前一行書有："前通事舍李適三首。""通事舍"後脫一"人"字，本表第12到第14首詩的作者均為"李適"。

⑥ "疑"，《敦煌詩集殘卷輯考》《英藏敦煌社會歷史文獻釋錄》據《文苑英華》《全唐詩》校改作"嶷"，"疑"為"嶷"之借字。

⑦ "舳"，原卷脫，《敦煌詩集殘卷輯考》《英藏敦煌社會歷史文獻釋錄》據《文苑英華》《全唐詩》補。

⑧ "行"，原卷脫，《敦煌詩集殘卷輯考》《英藏敦煌社會歷史文獻釋錄》據《文苑英華》《全唐詩》補。

⑨ "宜"，《敦煌詩集殘卷輯考》、《英藏敦煌社會歷史文獻釋錄》據《文苑英華》《全唐詩》校改作"冥"。"澳"，應作"漠"，據《文苑英華》《全唐詩》校改，《敦煌詩集殘卷輯考》徑釋作"漠"。

⑩ "涉"，《英藏敦煌社會歷史文獻釋錄》釋作"泚"。

续表

次序	行款	作者	原卷詩題	內容
13	6行	李適	答宋之問入崖口五渡一首五言	聞君訪遠山，躋險造幽絕。眇然青云意，觀奇彌年月。登嶺亦泝溪①，孤舟事沿越。崿嶂傳綵翠，崖磴生敧缺②。石林上攢叢，金澗下明滅。捫壁窺丹井，梯苔瞰乳穴。忽枉巖中贈，對翫未嘗輟。殷勤獨往事，委曲練藥說。迨予名山期，從爾泛海瀁。歲晏秉宿心，期（斯）言非徒設③。
14	4行	李適	送友人向括州一首五言	委迤吳山云，演漾洞庭水。青佩（楓）既愁人④，白頻（蘋）亦靡靡⑤。送君出京國，孤舟眇江汜。浮陽忽芳歲，況乃別行子。括蒼漲海壖。斯路天臺[□]⑥。我有巖中念，遙寄四明裏。
15	7行	崔湜⑦	責躬詩一首五言	嘗聞古人說，正直神不欺。忠義恒獨守，堅貞每自持。效官已十載，理劇猶未苴。獄聽除苛慘，形（刑）章息滯疑⑧。豈得保世業，諒以答明時。顧無白玉玷，忽負蒼蠅詩。肩固（錮）非所恥⑨，幽冤誰為辭。楚囚應積[□]，秦繫亦銜悲。永夜振衣坐，故人不在茲。流靈自蕪漫，芳草獨葳蕤。日月行無舍，平生志莫追。山林如道喪，州縣豈心期。助思紛何在，清神悵不怡。自憐暗成事，感歎興此詞。

---

① "泝"，《敦煌詩集殘卷輯考》釋作"圻"，校改作"泝"。

② "敧"，《敦煌詩集殘卷輯考》釋作"欹"，《英藏敦煌社會歷史文獻釋錄》釋作"敧"。

③ "期"，《敦煌詩集殘卷輯考》《英藏敦煌社會歷史文獻釋錄》據《文苑英華》《全唐詩》校改作"斯"。

④ "佩"，《敦煌詩集殘卷輯考》據文義校改作"楓"，"佩"為"楓"之借字。

⑤ "頻"，《敦煌詩集殘卷輯考》據文義校改作"蘋"，"頻"為"蘋"之借字。

⑥ "路"，《敦煌詩集殘卷輯考》釋作"如"。

⑦ 原卷中，此詩的首行書有："左補闕清河崔湜九首。"可知，本表第15到第23首詩的作者均為"崔湜"。

⑧ "形"，《敦煌詩集殘卷輯考》據文義校改作"刑"，"形"為"刑"之借字。

⑨ "固"，《敦煌詩集殘卷輯考》據文義校改作"錮"，"固"為"錮"之借字。

第四章　歸義軍時期文人詩歌在敦煌地區的傳播（上）　　87

续表

次序	行款	作者	原卷詩題	內容
16	3行	崔湜	登總持寺浮圖一首五言	宿雨清龍界，晨暉滿鳳城。升攀重閣迥，憑覽四郊明。井邑周秦地，河山今古情。紆餘二水合，寥落五陵平。處處風煙起，欣欣草樹榮。故人不可見，冠蓋滿東京。
17	3行	崔湜	暮秋書懷一首五言	首夏別京輔，杪秋滯三河。沉沉蓬萊閣，日夕鄉思多。霜剪涼堰蕙，風捎幽渚荷。歲芳坐淪歌（歇）①，感此戒（式）微歌②。
18	3行	崔湜	雜詩一首	鵲巢惡木巔，常竄一枝息。寧知椅（倚）梧鳳③，亦欲此栖宿。嗸嗸多好音，矯矯奮輕翼。上林豈不茂，胡為戀幽仄。處陋仍莫保，居華固陵偪。下流不可居，斯言可佩服。
19	6行	崔湜	九龍潭作一首五言	弱齡聞茲山，夢寐嘗所適。迨［□］此躋覽，依然是疇昔。結侶尋絕侄（徑）④，周流觀奇跡。茲逢世所希⑤，環合𢫾（抱）穿壁⑥。上有龍泉湧，百丈［□］潹射。伏溜轉陰溝，盤渴

① "歌"，《敦煌詩集殘卷輯考》《英藏敦煌社會歷史文獻釋錄》據《全唐詩》校改作"歇"。
② "戒"，《英藏敦煌社會歷史文獻釋錄》據《全唐詩》校改作"式"，《敦煌詩集殘卷輯考》徑釋作"式"。
③ "椅"，《英藏敦煌社會歷史文獻釋錄》據文義校改作"倚"，"椅"為"倚"之借字。
④ "侄"，應作"徑"，據文義校改，《敦煌詩集殘卷輯考》《英藏敦煌社會歷史文獻釋錄》徑釋作"徑"。
⑤ "逢"，《敦煌詩集殘卷輯考》釋作"蓬"，校改作"逢"，不煩校改，可徑釋。
⑥ "合"，《敦煌詩集殘卷輯考》據《補〈全唐詩〉校記》釋作"令"，校改作"合"。"𢫾"，《敦煌詩集殘卷輯考》據《補〈全唐詩〉校記》、《英藏敦煌社會歷史文獻釋錄》據《〈補全唐詩〉二種續校》校改作"抱"。

续表

次序	行款	作者	原卷詩題	內容
19	6行	崔湜	九龍潭作一首五言	（渴）沸嵌石①。逶迤環汀嶼，熠爁（淪）洞金碧②。石蔓下離縷，云蘿上綿冪。翫極不云厭，徘佪忽惡夕③。清籟充絲篁，茂草代茵席。泠然聞鳳吹④，髣髴觀云籍⑤。顧謂攜手人，誰為挂冠客？
20	3行	崔湜	酬杜麟臺春思一首五言	春還上林苑，花滿洛陽城。鴛衾夜凝思，龍鏡曉含情。憶蔓（夢）殘燈落⑥，離魂暗鳥驚。可憐朝與暮，樓上獨盈盈。
21	4行	崔湜	同李員外春怨一首	落日啼連夜，孤燈坐着明。卷簾雙鷰出，披幌百花驚。隴外寒應晚，機中織未成。管弦愁不記，莊（妝）梳嬾無情⑦。去歲聞西伐，今年首北征。容顏離別盡，流恨滿長城。
22	2行	崔湜	班婕妤一首五首	不分君恩斷，新莊（妝）視鏡中⑧。容華尚春日，嬌愛已秋風。枕席臨燈曉，帷屏向月空。年年後庭樹，榮落在深宮。

---

① "渴"，《敦煌詩集殘卷輯考》據《補〈全唐詩〉校記》、《英藏敦煌社會歷史文獻釋錄》據《〈補全唐詩〉二種續校》校改作"渦"。

② "爁"，《敦煌詩集殘卷輯考》《英藏敦煌社會歷史文獻釋錄》據《〈補全唐詩〉二種續校》校改作"淪"。

③ "惡"，《敦煌詩集殘卷輯考》未能釋讀。

④ "泠"，《敦煌詩集殘卷輯考》釋作"冷"，校改作"泠"，不煩校改，可徑釋。

⑤ "籍"，《敦煌詩集殘卷輯考》釋作"藉"，據《補〈全唐詩〉校記》校改作"籍"，不煩校改，可徑釋。

⑥ "蔓"，《英藏敦煌社會歷史文獻釋錄》據《全唐詩》校改作"夢"，《敦煌詩集殘卷輯考》徑釋作"夢"。

⑦ "莊"，應作"妝"，據文義校改，"莊"為"妝"之借字，《敦煌詩集殘卷輯考》釋作"粧"。

⑧ "莊"，應作"妝"，據文義校改，"莊"為"妝"之借字，《敦煌詩集殘卷輯考》釋作"粧"。

第四章　歸義軍時期文人詩歌在敦煌地區的傳播（上）　89

续表

次序	行款	作者	原卷詩題	內容
23	5行	崔湜	塞垣行一首五言	疾風度溟海，萬里揚沙礫。仰望不見天，昏昏竟朝夕。是時軍兩進，東拒復西敵。蔽山張旗鼓，聞（間）道瀝（潛）鋒鏑①。精騎突曉圍，奇兵襲暗壁。十月塞寒總，四山沍陰積②。雨雪應（雁）南飛③，風塵景西迫。昔我事論詩，未嘗怠經籍。一朝棄筆硯，十載操矛戟。客邀黃河誓，須勒燕山石。可嗟牧羊臣，海上久為客。
24	6行	劉知幾④	次河神廟虞參軍船先發餘阻風不進寒夜泊一首	朝謁馮夷詞（祠）⑤，夕投孟津渚。風長川淼漫，河闊舟容與。回首望歸途，連山曖相拒。落帆遵迴岸，輟榜亦孤嶼。復值驚彼（波）息⑥，戒徒候前侶。川路雖未遙，心期頓為阻。沉沉落日暮，切切涼飆舉。白露濕寒葭，蒼煙晦平楚。啼猨響巖谷，唳鶴聞河漵。此時懷故人，依然愴行旅。何當欣既覯，鬱陶共君敘。

---

① "聞"，《敦煌詩集殘卷輯考》《英藏敦煌社會歷史文獻釋錄》據《全唐詩》校改作 "間"。"瀝"，應作 "潛"，據《全唐詩》校改，《敦煌詩集殘卷輯考》釋作 "潨"，校改作 "潛"，《英藏敦煌社會歷史文獻釋錄》逕釋作 "潛"。

② "沍"，《敦煌詩集殘卷輯考》釋作 "冴"，校改作 "冴"。

③ "應"，《敦煌詩集殘卷輯考》《英藏敦煌社會歷史文獻釋錄》據《全唐詩》校改作 "雁"。

④ 原卷中，此詩的首行書有："右補闕彭城劉知幾三首。"可知，本表第24到第26首詩的作者均為 "劉知幾"。

⑤ "詞"，《敦煌詩集殘卷輯考》據文義校改作 "祠"，"詞" 為 "祠" 之借字。

⑥ "彼"，《敦煌詩集殘卷輯考》據文義校改作 "波"。

续表

次序	行款	作者	原卷詩題	內容
25	5行	劉知幾	讀漢書作一首	漢王有天下，欻起布衣中。奮飛出草潭，嘯咤馭群雄。淮陰既附鳳，黥彭亦攀龍。一朝逢運會，南面皆王公。魚得自忘筌，鳥盡必藏弓。咄嗟罷鼎俎，赤族無遺蹤。智裁（哉）張子房①，處世獨為工。功成薄愛（受）賞②，高舉追赤松。知正（止）信無辱③，身安道亦隆。悠悠[千]載後④，擊秄（抃）仰遺風⑤。
26	5行	劉知幾	詠史一首	汎汎水中莕⑥，離離岸傍草。逐浪高復下，從風起還倒。人生不若茲，處世安可保？蘧瑗仕衛國，屈伸隨世道。方朔隱漢朝，易農以為寶。飲啄得其性，從容成壽考。南國有狂生，形容獨枯槁。作賦刺椒蘭，投江溯流潦。達人無不可，委軍（運）推蒼昊⑦。何為明白（自）銷⑧，取譏於楚老。
27	2行	王無競⑨	詠漢武帝一首五言	漢家中葉盛，六世有雄才。厩馬三十萬，國容何壯裁（哉）⑩。東歷琅邪郡，北上單於臺。好儻復寵戰，莫救茂陵隈。

① "裁"，《敦煌詩集殘卷輯考》據文義校改作"哉"，"裁"為"哉"之借字。
② "愛"，《敦煌詩集殘卷輯考》據文義校改作"受"，形近致誤。
③ "正"，《敦煌詩集殘卷輯考》據文義校改作"止"，形近致誤。
④ "千"，原卷脫，《敦煌詩集殘卷輯考》據文義補。
⑤ "秄"，《敦煌詩集殘卷輯考》據文義校改作"抃"，《英藏敦煌社會歷史文獻釋錄》徑釋作"抃"。
⑥ "莕"，《敦煌詩集殘卷輯考》釋作"莕"，校改作"莕"，不煩校改，可徑釋。
⑦ "軍"，《敦煌詩集殘卷輯考》據文義校改作"運"，"軍"為"運"之借字。
⑧ "白"，《敦煌詩集殘卷輯考》據文義校改作"自"，形近致誤。
⑨ 原卷中，此詩的前一行和首行書有："右臺殿中侍御史內供奉琅邪王無競八首。"可知，本表第27到第34首詩的作者均為"王無競"。
⑩ "裁"，《敦煌詩集殘卷輯考》據文義校改作"哉"，"裁"為"哉"之借字。

第四章　歸義軍時期文人詩歌在敦煌地區的傳播(上) ◀◀　91

续表

次序	行款	作者	原卷詩題	内容
28	1行	王無競	別潤州李司馬一首五言	詩缺
29	4行	王無競	原卷無題	秦世築長城，長城無極已。暴師四十萬，興功九千里。死人如亂麻，白骨相撐委。彈（殫）弊未云語①，窮毒豈知止。胡塵未北滅，楚兵遂東起。六國復囂［囂］②，兩龍鬭鬐鬐③。卯金竟握讖，反壁（璧）俄渝祀（杞）④。仁義寢邦國⑤，狙暴行終始。一旦咸陽宮，翻為漢朝市。
30	5行	王無競	駕幸長安奉使先往檢察一首五言	奉使至京邑，戒塗歷險夷。首旬發定鼎，再信過灞池。何（河）山壯關輔⑥，金火遞（迤）雄雌⑦。文物淪霸運，靈符啟聖期。宸扆闊臨御，巡幸順謳思。城闕生光彩，草樹含榮滋。緹綺（騎）紛杳襲⑧，翠旗曳葳蕤。童幼問明主，耆老感盛儀。輪袂交隱隱，塵陌滿熙熙。微臣昧所識，觀俗書此詞。

---

① "彈"，《英藏敦煌社會歷史文獻釋錄》據《文苑英華》《全唐詩》校改作"殫"，"彈"為"殫"之借字，《敦煌詩集殘卷輯考》徑釋作"殫"。

② 第二個"囂"，原卷脱，《敦煌詩集殘卷輯考》《英藏敦煌社會歷史文獻釋錄》據《文苑英華》《全唐詩》補。

③ "鬐"，《敦煌詩集殘卷輯考》作"𩭣"，據文義校改作"鬐"，不煩校改，可徑釋。

④ "壁"，《敦煌詩集殘卷輯考》據文義校改作"璧"，"壁"為"璧"之借字。"祀"，《敦煌詩集殘卷輯考》據文義校改作"杞"，"祀"為"杞"之借字。

⑤ "寢"，《敦煌詩集殘卷輯考》釋作"寢"，校改作"寢"，不煩校改，可徑釋。

⑥ "何"，《敦煌詩集殘卷輯考》據文義校改作"河"，"何"為"河"之借字。

⑦ "遞"，《敦煌詩集殘卷輯考》據文義校改作"迤"，"遞"為"迤"之借字。

⑧ "綺"，《敦煌詩集殘卷輯考》據文義校改作"騎"，"綺"為"騎"之借字。

次序	行款	作者	原卷詩題	內容
31	4行	王無競	滅胡一首五言	漢軍屢北喪，胡馬遂南駈。羽書夜驚（警）急①，邊柝亂傳呼。鬬軍卻不進，關城勢已孤。黃云塞沙落，白刃斷交衢。朔霧圍未解，鑿山泉尚枯。伏波塞後援，都尉失前途。亭障多墜毀，金鏃無金（全）軀②。獨有山東客，上書圖滅胡。
32	5行	王無競	君子有所思行一首五言	北上登渭原，南下望咸陽。秦帝昔所據，按劍朝侯王。踐山劃郊鄢（郭）③，瀋流固埠隍。左右羅將相，甲館臨康莊。曲臺連閣道，錦幕接洞房。荊國微（徵）艷色④，邯鄲選名倡。一彈入雲漢⑤，再歌斷君腸。自矜青春日，玉顏怜容光⑥。安知綠苔滿，羅袖坐霑霜。聲侈遽衰歇，盛愛且離傷。豈唯毒身世，朝國亦淪亡。物（惡）盈道先忌⑦，履謙福允臧。獨有東陵子，種瓜青門旁。

---

① "驚"，《敦煌詩集殘卷輯考》據文義校改作"警"，"驚"為"警"之借字。

② "金"，《敦煌詩集殘卷輯考》《英藏敦煌社會歷史文獻釋錄》據《補全唐詩》校改作"全"，形近致誤。

③ "鄢"，《敦煌詩集殘卷輯考》據文義校改作"郭"，形近致誤，《英藏敦煌社會歷史文獻釋錄》徑釋作"郭"。

④ "微"，《英藏敦煌社會歷史文獻釋錄》據文義校改作"徵"，《敦煌詩集殘卷輯考》徑釋作"徵"。"艷"，《敦煌詩集殘卷輯考》釋作"顏"。

⑤ "入"，《敦煌詩集殘卷輯考》釋作"人"，校改作"入"，不煩校改，可徑釋。

⑥ "玉"，《敦煌詩集殘卷輯考》釋作"王"，校改作"玉"，敦煌文獻中的"玉"字，常有缺筆，可徑釋作"玉"。

⑦ "物"，《敦煌詩集殘卷輯考》《英藏敦煌社會歷史文獻釋錄》據《〈補全唐詩〉二種續校》校改作"惡"，"物"為"惡"之借字。

第四章 歸義軍時期文人詩歌在敦煌地區的傳播(上)

续表

次序	行款	作者	原卷詩題	内容
33	3行	王無競	銅爵妓一首五言	北登鋼（銅）爵上①，西望青松郭。總帷空蒼蒼，陵田紛漠漠。平生事已變，歌吹宛猶昨。長袖拂玉塵（塵）②，遺情結羅幕。妾怨在朝露，君恩豈中薄。高臺奏曲終，潺湲淚橫落。
34	2行	王無競	鳳臺曲一首五言	鳳臺何逶迤，贏（嬴）女管參差③。一旦綵云至，身去還無時。遺曲此臺上，世人多學吹。一比（吹）一落淚④，至今憐玉姿。
35	4行	馬吉甫	秋晴過李三山池五言⑤	山遊［□］未狎，朝隱遂為群。地僻煙霞異，心閑出處分。褰開弄晴景，披拂喜朝聞。野興浮黃菊，林栖臥白云。窺臨苔壁古，歌嘯竹亭曛。回想幽巖路，知予復解紛。
36	3行	馬吉甫	秋夜懷友一首	故人在天末，空庭明月時。白云勞悟（寤）寐⑥，芳樹歇華滋。蟋蟀鳴秋草，蜘蛛弄曉絲。菊花應可汎，留興待［□□］。
37	1行	馬吉甫	同獨孤九秋閨一首	閨樹紅滋變，庭蕉白［□□］。

---

① "鋼"，《敦煌詩集殘卷輯考》《英藏敦煌社會歷史文獻釋錄》據《全唐詩》校改作"銅"。

② "塵"，《敦煌詩集殘卷輯考》據文義校改作"塵"。

③ "贏"，《英藏敦煌社會歷史文獻釋錄》據《全唐詩》校改作"嬴"，"贏"為"嬴"之借字，《敦煌詩集殘卷輯考》釋作"贏"，據《全唐詩》校改作"嬴"。

④ "比"，應作"吹"，據《全唐詩》校改。

⑤ 原卷中，此詩的前一行和首行書有："太子文學扶風馬吉甫三首。"可知，本表第35到第37首詩的作者均為"馬吉甫"。

⑥ "悟"，《敦煌詩集殘卷輯考》校改作"寤"，"悟"為"寤"之借字。

原卷在三首馬吉甫詩前，題有"珠英集第五"五字。可見，此卷即為宋元兩代即已散佚的崔融《珠英學士集》。其中，馬吉甫詩3首為《珠英學士集》卷五的內容，馬吉甫詩前面的34首，為《珠英學士集》卷四的內容。

S. 2717v在王無競《鳳臺曲一首五言》後，有一行筆跡相同的題記："今年天梁。"① "天梁"中的"天"字，應為"大樑"中"大"字的訛寫。吳其昱據此認為，此卷37首文人詩的抄寫時間，是在後梁時期（907—923）②。後梁時期的敦煌，先後處於張承奉、曹議金的治下。

5. S. 4359v抄寫的《送盧潘尚書之靈武》。此詩原卷抄寫四行，無題無署，詩曰："賀蘭山下果圓（園）城③，塞北江南別有名。水北（木）萬家珠（朱）戶暗④，弓刀千隊鐵衣名（鳴）⑤。心願（源）落落能為將⑥，膽氣唐唐（堂堂）善用兵⑦。卻血（使）河西之（諸）子等（弟）⑧，馬前不信是儒生。"

此詩的末行，斷續書有"奉送盈""尚書盧潘""撰"等字。《斯坦因劫經錄》未予著錄，《敦煌遺書總目索引新編》《英藏敦煌文獻》著錄作"奉送盈尚書詩"。據柴劍虹先生考證，此詩為韋蟾送盧潘之作，詩題

---

① 中國社會科學院歷史研究所等編：《英藏敦煌文獻》第4卷，四川人民出版社1991年版，第214頁。
② 吳其昱：《敦煌本〈珠英集〉兩殘卷考》，《法國學者敦煌學論文選粹》，中華書局1993年版，第477頁。
③ "果"，《敦煌詩集殘卷輯考》釋作"杲"，校改作"果"。"圓"，《敦煌詩集殘卷輯考》據文義校改作"園"，"圓"為"園"之借字。
④ "北"，《敦煌詩集殘卷輯考》據文義校改作"木"。"珠"，《敦煌詩集殘卷輯考》據文義校改作"朱"，"珠"為"朱"之借字。
⑤ "名"，《敦煌詩集殘卷輯考》據文義校改作"鳴"，"名"為"鳴"之借字。
⑥ "願"，《敦煌詩集殘卷輯考》據文義校改作"源"，"願"為"源"之借字。
⑦ "唐唐"，《敦煌詩集殘卷輯考》據文義校改作"堂堂"，"唐"為"堂"之借字。
⑧ "血"，應作"使"，據文義校改，《敦煌詩集殘卷輯考》徑釋作"使"。"河"，《敦煌詩集殘卷輯考》釋作"何"，校改作"河"。"之"，《敦煌詩集殘卷輯考》據文義校改作"諸"。"等"，《敦煌詩集殘卷輯考》據文義校改作"弟"，形近致誤。

第四章　歸義軍時期文人詩歌在敦煌地區的傳播（上）　95

為《送盧潘尚書之靈武》①。

原卷在此詩後，書有筆跡與之相同的紀年題記："維大樑貞明九年（923）四月日押衙厶乙首（手）寫流□。"②可見，此詩應為923年曹氏歸義軍政權某位管理儀仗侍衛的武官所抄。

6. S.4654抄寫的《薩訶上人寄錫雁閣留題並序呈獻》。此詩原卷抄寫23行，無作者署名，詩曰："卜齋郊右地非常，槩絕幽奇百代強。五郡真身安兩處，一如來子作三光。苦思勇戰將軍福，翻喜神明靜國殃。萬里烏煙征雁閣，更忝（添）流水潤敦煌③。"

原卷在此詩的詩文前有長篇序文，序文前三句為："粵惟周之有天，廣順應兆之伐（代）④。撓之以甲寅四載，律之於仲侶（呂）圓彩⑤，埵薩（薩埵）誕跡⑥，堯裳垂芳於八葉。安居竟知⑦，旦（且）又之於清旬⑧，寔（實）辛酉乙（之）次也⑨。"可知，此詩是廣順四年（954）浴佛節前夕創作的吟詠劉薩訶遺跡"雁閣"之作。汪泛舟先生認為，此詩的作者為西行求法僧人法宗⑩。

7. S.4654v抄寫的十首文人詩。此十首詩原卷共計抄寫34行，且筆跡相同。這十首詩，詳見下表：

---

① 柴劍虹：《〈敦煌遺書總目索引〉重印記》，《出版工作》1987年第6期；收入柴劍虹：《敦煌吐魯番學論稿》，浙江教育出版社2000年版，第391頁。
② 中國社會科學院歷史研究所等編：《英藏敦煌文獻》第6卷，四川人民出版社1992年版，第43頁。
③ "忝"，《敦煌詩集殘卷輯考》校改作"添"，"忝"為"添"之借字。
④ "伐"，應作"代"，據文義校改，《敦煌詩集殘卷輯考》逕釋作"代"。
⑤ "侶"，《敦煌詩集殘卷輯考》據文義校改作"呂"，"侶"為"呂"之借字。
⑥ "埵薩"，《敦煌詩集殘卷輯考》據文義校改作"薩埵"。"跡"，《敦煌詩集殘卷輯考》釋作"跑"，校改作"跡"，不煩校改，可逕釋。
⑦ "知"，《敦煌詩集殘卷輯考》未能釋讀。
⑧ "旦"，《敦煌詩集殘卷輯考》據文義校改作"且"，形近致誤。
⑨ "寔"，應作"實"，據文義校改，"寔"為"實"之借字。"乙"，《敦煌詩集殘卷輯考》據文義校改作"之"，形近致誤。
⑩ "法宗"之名，見於DB2062v。DB2062號寫卷的背面，書有"大周廣順八年（958）七月十一日西川善興大寺西院法主大師法宗往西天取經，流與郡主太傅"。

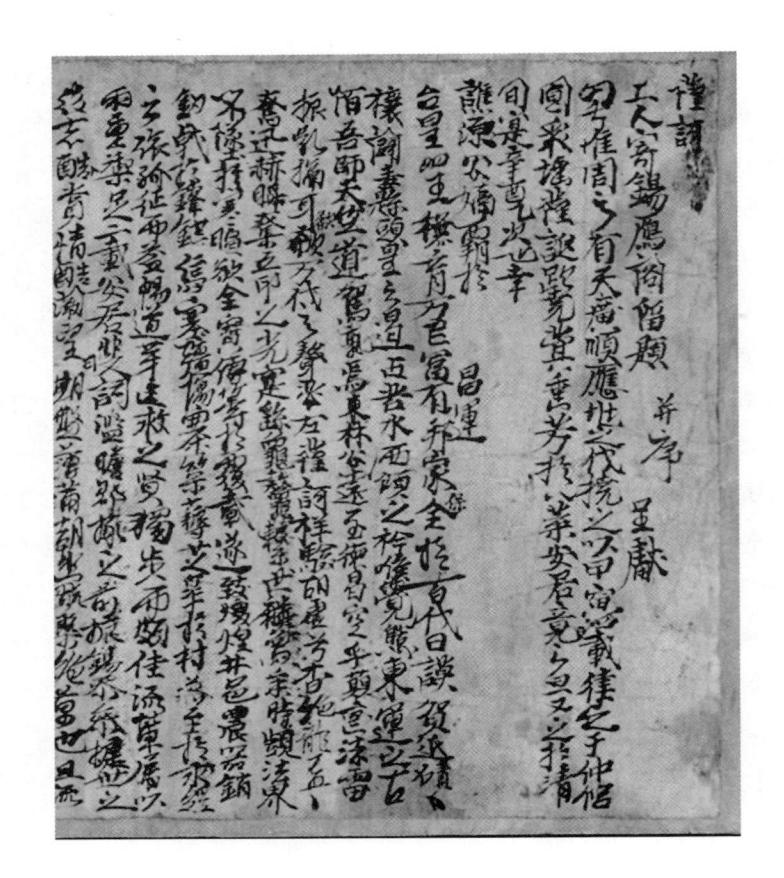

次序	行款	作者	原卷詩題	內容
1	2行	釋彥楚①	原卷無題	□□論②，學富早成功。大教從西□，□□□□□。□□承聖旨③，起座沐天風④。

---

① 此詩原卷無題無署，又見於 P. 3720、P. 3886v。P. 3720、P. 3886v 中，此詩的詩題為"五言述瓜沙州僧獻款詩一首"，作者署名為"右街崇先寺內講論兼應制大德彥楚"，據補。

② "論"，原卷中此字漫漶難識，據 P. 3720 補。

③ "承"，原卷中此字僅存下半部，據 P. 3720 補。

④ "座"，P. 3720 作"坐"，"座"為"坐"之增旁后起字。

第四章　歸義軍時期文人詩歌在敦煌地區的傳播（上）　97

续表

次序	行款	作者	原卷詩題	內容
2	4行	釋子言①	詩一首	□□來自遠方②。願移戎虜地，卻作禮□□。□□詞多雅，清譚義更長③。名應恩意重，□□□□光。
3	5行	釋建初④	感聖皇之化有敦煌都法師悟真□□□□朝因成四韻	□□□□郡⑤，身遊日月宮⑥。柳煙清古塞，邊草□□□。皷舞千年聖，車書萬里同。褐衣持獻疏⑦，不戰四夷空。
4	4行	釋太岑⑧	又五言四韻奉贈大德	蕭蕭空門客，洋洋藝行全。解投天上日，不住［□□］禪。飛錫登云露，摳衣拂戍煙。喜同清靜教，樂我太平年。
5	5行	釋棲白⑨	又奉贈河西真法師	知師遠自敦煌至，藝行兼通釋與儒。還似法蘭趨上國，仍論博望獻新圖。已聞關隴春長在，更說河湟草不枯。郡去五天多小（少）地⑩，西瞻得見雪山無？

① 此詩至本表第6首，又見於 P. 3886v、S. 4654 中，此詩的首行，書有："右街千福寺沙門子言。"可知，此詩的作者即為"釋子言"。

② "遠"，原卷中此字漫漶難識，據 P. 3886v 補。

③ "譚"，原卷中此字漫漶難識，據 P. 3886v 補。

④ 此詩的首行，接抄在前詩的末尾，且原卷第二行書有："報聖寺賜紫僧建初。"可見，此詩的作者即為"釋建初"。

⑤ "郡"，原卷中此詩僅存下半部分，據 P. 3886v 補。

⑥ "宮"，原卷中此字漫漶難識，據 P. 3886v 補。

⑦ "持"，原卷中此字僅存左半邊，據 P. 3886v 補。"獻"，原卷中此字僅存左半邊，據 P. 3886v 補。

⑧ 此詩的首行，接抄在前詩的末尾，且原卷第二行書有："報聖寺內供奉沙門太岑。"可知，此詩的作者即為"釋太岑"。

⑨ 此詩的首行，接抄在前詩的末尾，且原卷第二行書有："京薦福寺內供奉大德棲白。"可知，此詩的作者即為"釋棲白"。

⑩ "小"，應作"少"，據 P. 3886v 及文義改，形近致誤。

续表

次序	行款	作者	原卷詩題	內容
6	4行	釋有孚①	又立贈河西悟真法師	沙徼虜塵清，天親入帝京。詞華推耀穎，經綸許終（縱）橫②。幸喜乾坤泰，忻逢日月明。還鄉報連師（帥）③，相率賀昇平。
7	4行	釋可道④	又同贈真法師	明王大啟無桓化⑤，萬里塵消世界通。遠國觀光來佛使，邊庭貢籍入王宮。翩翩一鶴沖天闕，歷歷雙眸飲帝風。卻到敦煌傳聖道，常思日月與師同。
8	5行	釋景導⑥	又贈沙州悟真上人兼送歸	何（河）湟舊邑新通後⑦，天外名僧漢地來。經講三乘鶖子辯，詩吟五字惠休才。登山夜（但）振穿云錫⑧，渡水還浮逆浪杯。明日玉皆（階）辭聖主⑨，恩光西邁送書回。

① 此詩的首行，接抄在前詩的末尾，且前兩行書有："內供奉文章應制大德有孚。"可知，此詩的作者即為"釋有孚"。
② "終"，應作"縱"，據文義校改，《敦煌詩集殘卷輯考》徑釋作"縱"，"終"為"縱"之借字。
③ "師"，《敦煌詩集殘卷輯考》據文義校改作"帥"，形近致誤。
④ 此詩的首行，接抄在前詩的末尾，且前兩行書有："內供奉可道上。"可知，此詩的作者即為"釋可道"。
⑤ "桓"，《敦煌詩集殘卷輯考》釋作"私"。
⑥ 此詩的首行，接抄在前詩的末尾，且第二行書有："左街保壽寺內供奉講論大德景導。"可知，此詩的作者即為"釋景導"。
⑦ "何"，《敦煌詩集殘卷輯考》據文義校改作"河"，"何"為"河"之借字。
⑧ "夜"，《敦煌詩集殘卷輯考》據文義校改作"但"。
⑨ "皆"，《敦煌詩集殘卷輯考》據文義校改作"階"，"皆"為"階"之借字。

第四章　歸義軍時期文人詩歌在敦煌地區的傳播（上）　　99

续表

次序	行款	作者	原卷詩題	內容
9	5行	釋道鈞①	又同贈沙州都法師悟真上人	河西舊地清塵虜，獻款真僧入貢來②。譚論妙閑金粟教，詩情風雅逸篇才③。邊廷（庭）望回平沙月④，出塞逢河幾泛杯。丹闕禮儀新奉對，恩深未放使臣回。
10	3行	楊庭貫⑤	謹上沙州專使持表從化詩一首	流沙古塞沒多時，人物雖存改舊儀。再遇明王恩化及，遠將情懇赴丹墀。

　　此十首詩為大中五年（851）悟真入奏長安時，京城兩街大德及朝官寫給悟真的贈詩，其抄寫時間必然是在大中五年以後的歸義軍時期。

　　8. S.6234＋P.5007、P.2672 抄寫的 29 首文人詩⑥。此 29 首詩原卷共計抄寫 89 行，行款嚴謹，筆跡相同。其中，9 首抄寫在 S.6234，3 首抄寫在 P.5007，13 首抄寫在 P.2672 號寫卷的正面，4 首抄寫在 P.2672 號寫卷背面的余白處⑦。

　　S.6234 抄寫的 9 首詩，《斯坦因劫經錄》《敦煌遺書總目索引新編》著錄作"詩"，《英藏敦煌文獻》著錄作"詩十首"；P.5007 抄寫的 3

---

① 此詩的首行，接抄在前詩的末尾，且第二行書有："京城臨壇大德報聖寺道鈞。"可知，此詩的作者即為"釋道鈞"。
② "貢"，《敦煌詩集殘卷輯考》釋作"京"。
③ "篇"，《敦煌詩集殘卷輯考》釋作"遍"，校改作"篇"，"遍"為"篇"之增旁俗字。
④ "廷"，《敦煌詩集殘卷輯考》校改作"庭"，"廷"為"庭"之借字。
⑤ 此詩原卷有作者署名，首行書有"楊廷貫"，即為作者。
⑥ S.6234、P.5007 為同卷殘裂分置者，可前後綴合。P.2672 與 S.6234、P.5007 亦同卷殘裂分置者，但首尾扔有缺失，不能綴合。參見徐俊：《敦煌詩集殘卷輯考》，中華書局 2000 年版，第 650—651 頁。
⑦ S.6234 的背面，書有河西都禦防判官將士郎何成狀二通。何成狀的行間，又書有題為《甘州》的詩作一首，以及無題殘句"英靈有異人間事，□日封公五鳳來"。與 S.6234＋P.5007、P.2672 等卷正面抄寫的 28 首文人詩相比，它們的墨色更淡一些，且筆跡與之有異，其抄寫時段難以判定，流傳時段也無從考知，因此本書未予涉及。

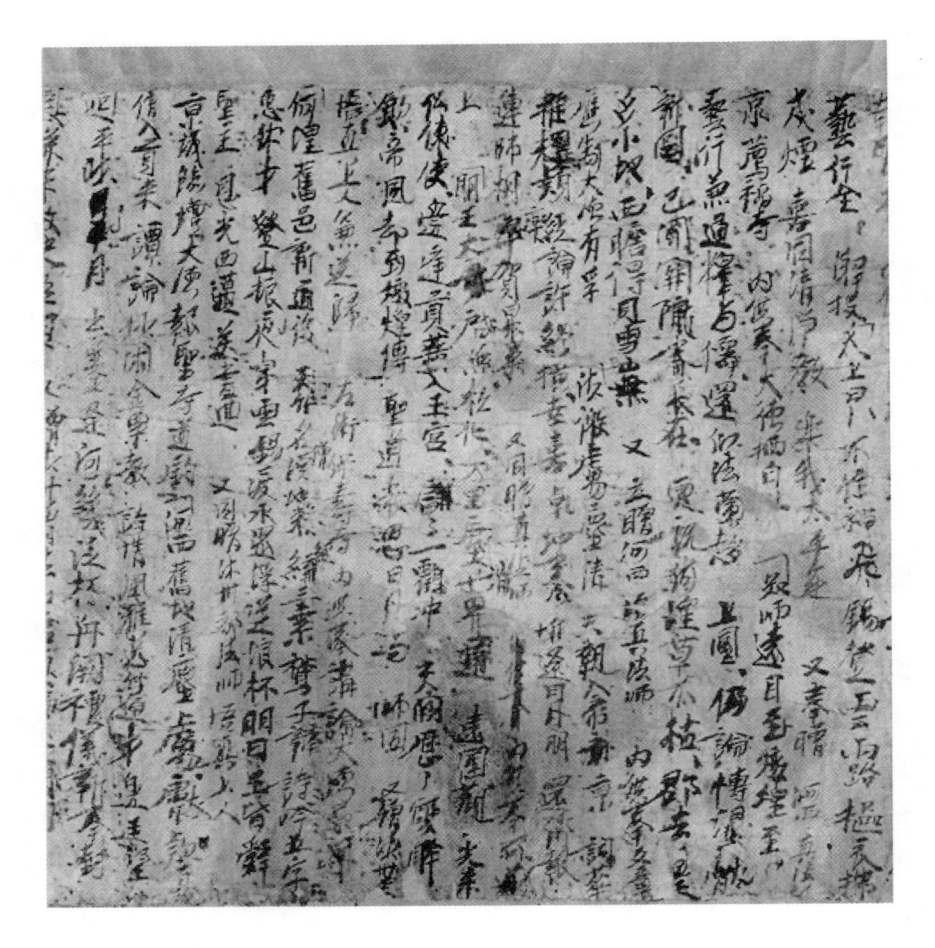

詩，《斯坦因劫經錄》《敦煌遺書總目索引新編》著錄作"詩四首"，《法藏敦煌西域文獻》著錄作"敦煌壽昌等詩四首"，均誤；P. 2672 號寫卷正面抄寫的 13 首詩，《伯希和劫經錄》《敦煌遺書總目索引新編》著錄作"殘詩集"，《法藏敦煌西域文獻》著錄作"唐人詩集"；P. 2672 號寫卷背面抄寫的 4 首詩，《伯希和劫經錄》《敦煌遺書總目索引新編》著錄作"詩數首"，《法藏敦煌西域文獻》著錄作"詩四首"。《敦煌詩集殘卷輯考》將 S. 6234 + P. 5007、P. 2672 抄寫的 29 首詩一併定名作"唐佚名詩集"。這 29 首詩，詳見下表：

第四章　歸義軍時期文人詩歌在敦煌地區的傳播(上)　◀◀　101

次序	行款	所在寫卷	原卷詩題	內容
1	3行	S.6234	原卷無題	□□□□□，□□傳歌□□。□□□□□，□□□□□□。高麗曾破收南界①，迴鶻猶聞在北□。□□□□□□，傾盃樂醉舞筵中。
2	2行	S.6234	原卷無題	□□□□，臨川釣□漚②。□池賓雁過③，悵望杵聲秋。落葉飄寒野，吟風客思愁。長歌明月夜，誰敢恃知州。
3	3行	S.6234	因國十一求幹脯	幾度韶三月，那聞肉味香。更堪思曝脯，遠示好文章。胡越纔為友，秋田網未張。為君出遊獦（獵）④，舞劍向砂（沙）場⑤。
4	3行	S.6234	問友人疾	未季何時疾，輕微免着床。大須飡保藥，少是飲瓊漿。有闕馳書問，親臨俎（詛）路長⑥。塞垣唯委命，無處召醫王。
5	3行	S.6234	酒泉太守	將軍施豹略，仗鉞匣龍泉。皃（貌）質霜威鏡⑦，彎弧覆陣船。平吳愁範蠡，激水笑張騫。控禦西陲靜，封侯賀聖年。
6	3行	S.6234	秋日茂葵	茂葵霜覆逐風斜，落盡紅花與白花。可惜對君無好酒，枉拋顏色弄朝霞。
7	3行	S.6234	翫月⑧	玉兔當空云不遮，雪山西面照長沙。重輪豈是烏孫聖，皎潔分明為漢家。

① "高"，《敦煌詩集殘卷輯考》據殘筆畫及文義補。
② "□"，原卷中此字污漫難識，《敦煌詩集殘卷輯考》釋作"水"。
③ "□"，原卷中此字污漫難識，《敦煌詩集殘卷輯考》釋作"羨"。
④ "獦"，應作"獵"，據文義校改，"獦"為"獵"之借字。
⑤ "砂"，應作"沙"，據文義校改，"砂"為"沙"之借字。
⑥ "俎"，《敦煌詩集殘卷輯考》據文義校改作"詛"，"俎"為"詛"之借字。
⑦ "皃"，《敦煌詩集殘卷輯考》據文義校改作"貌"，形近致誤。
⑧ 此詩的詩題，原卷接抄在前詩末行。

续表

次序	行款	所在寫卷	原卷詩題	內容
8	3行	S.6234	西州	交河雖遠地，風俗易（異）中華①。綠樹參云秀，烏桑戴花□。[□□]居獫狁，蘆酒宴胡笳。大道歸唐國，三年路不賒。
9	3行	S.6234	酒泉	建康磧外酒泉城，御史新收佇甲兵。花柳移風含葉□，戰鼙休攔絕攙槍②。遷渠畎上金河水③，五秄分行玉畔耕。直為唐朝明主聖，感恩多處賀□□。
10	4行	P.5007	敦煌	萬頃平田四畔沙，漢朝城壘屬蕃家。調（歌）謠再復歸唐國④，道舞春風楊柳花。仕女上（尚）採天寶髻⑤，水流依舊種桑麻。雄軍往往施鼙鼓，鬥將徒勞獫狁誇。
11	4行	P.5007	壽昌	會稽磧畔亦壇場，迴（迥）出平田築壽昌⑥。沙漠霧深鳴故雁⑦，草枯猶未及重陽。狐裘上（尚）冷搜紅髓⑧，絺葛那堪臥□霜。鄒曾（魯）不行文墨少⑨，移風徒突托西王。

---

① "易"，《敦煌詩集殘卷輯考》據文義校改作"異"，"易"為"異"之借字。

② "攙"，《敦煌詩集殘卷輯考》釋作"攙"，校改作"攙"，不煩校改，可逕釋。

③ "遷"，《敦煌詩集殘卷輯考》據殘筆畫及文義補。"畎"，《敦煌詩集殘卷輯考》校改作"畝"，文義可通，不煩校改。

④ "調"，《敦煌詩集殘卷輯考》據文義校改作"歌"，"調"為"歌"之借字。

⑤ "上"，《敦煌詩集殘卷輯考》據文義校改作"尚"，"上"為"尚"之借字。

⑥ "迴"，應作"迥"，據文義校改，"迴"為"迥"之借字，《敦煌詩集殘卷輯考》逕釋作"迥"。

⑦ "故"，《敦煌詩集殘卷輯考》據殘筆畫及文義補。

⑧ "上"，《敦煌詩集殘卷輯考》據文義校改作"尚"，"上"為"尚"之借字。

⑨ "曾"，《敦煌詩集殘卷輯考》據文義校改作"魯"。

第四章　歸義軍時期文人詩歌在敦煌地區的傳播（上）　103

续表

次序	行款	所在寫卷	原卷詩題	內容
12	3行	P.5007	僕固天王乾符三年四月廿四日打破伊州□去（中缺）錄打劫酒泉後卻□斷因□□（下缺）	為言迴鶻倚兜□□①
13	1行	P.2672	原卷無題	□□□迴騎此州來。
14	4行	P.2672	胡桐樹	張騫何處識胡桐，元出姑藏赤岸東。條異烏桑陰檳榔②，枝生杏葉密蒙籠。徒勞大夏看筇竹，謾向樓蘭種一叢。為恨玉門關〔舊〕路③，淚痕長滴怨秋風。
15	3行	P.2672	焉　耆④	萬里聘焉耆⑤，奔程踏麗龜。磧深嗟狐媚，山遠象蛾眉。水陸分三郡，風流效四夷。故城依絕域，無日不旋師。
16	4行	P.2672	番禾縣	五柳和風多少年，琴堂壩毀舊山川。城當河口憑石壁，地接沙場種水田。經亂不輸鄉國稅，昔時繁盛起狼煙。夷人相勉耕南畝，願拜乘鳧貢上天。
17	3行	P.2672	金河⑥	縣名標振武，波浪出西涼。直入居延海，分流襲戰場。塞城滋黍稷，地利賴金湯。道性通川瀞（淨）⑦，風濤怨異鄉。

---

① "兜"，《敦煌詩集殘卷輯考》據殘筆畫及文義補。
② "條"，《敦煌詩集殘卷輯考》釋作"篠"。
③ "舊"，原卷脫，據文義補。
④ 此詩的詩題，原卷接抄在前詩末行。
⑤ "聘"，《敦煌詩集殘卷輯考》釋作"騁"，校改作"聘"，按可徑釋。
⑥ 原卷中，此詩的詩題接抄在前詩末行，且題下有小注："亦名鹽呼水。"
⑦ "瀞"，應作"淨"，據文義校改，"瀞"為"淨"之借字。

续表

次序	行款	所在寫卷	原卷詩題	內容
18	3行	P.2672	閑吟	寂寞關山月，蕭條胡渭州①。看朝天莫（暮）黗②，聽取感寒秋。欲打南蠻子，徒嗟望海愁。柘迴征戰罷，共唱播皇猷。
19	4行	P.2672	平涼堡③	魏主曾都擊五涼，天然移國道消亡。殘云瓦解西陲陣，偃月戈鋋入帝鄉。舊日柳營今作鎮，昔時州縣廢封壇。山河上（尚）在猶繁盛④，莫遣將軍更臥墙。
20	4行	P.2672	嘉麟縣	道消堪泣遇嘉麟，縣熾西涼後魏臣⑤。昔日百城曾臥治，如今五柳不沾春⑥。開元□□□□⑦，謾假棗騅坏（坯）戰輪⑧。戶口怨隨羌虜族，思鄉終擬效唐人⑨。

---

① "條"，《敦煌詩集殘卷輯考》釋作"藤"，校改作"條"，可徑釋。
② "莫"，《敦煌詩集殘卷輯考》據文義校改作"暮"，"莫"為"暮"之借字。
③ 原卷中此詩的題下，有後人添注："太延五年拓跋壽伐涼"。按，"壽"，應作"燾"，據文義校改。
④ "上"，《敦煌詩集殘卷輯考》據文義校改作"尚"，"上"為"尚"之借字。
⑤ "西"，《敦煌詩集殘卷輯考》據殘筆畫及文義補。
⑥ "沾"，《敦煌詩集殘卷輯考》據殘筆畫及文義補。
⑦ "開"，《敦煌詩集殘卷輯考》據殘筆畫及文義補。"元"，《敦煌詩集殘卷輯考》據殘筆畫及文義補。第一個"□"，《敦煌詩集殘卷輯考》補作"田"。第三個"□"，《敦煌詩集殘卷輯考》補作"徒"。
⑧ "假"，《敦煌詩集殘卷輯考》據殘筆畫及文義補。"坏"，《敦煌詩集殘卷輯考》據文義校改作"坯"，形近致誤。
⑨ "唐""人"，《敦煌詩集殘卷輯考》據殘筆畫及文義補。

第四章 歸義軍時期文人詩歌在敦煌地區的傳播(上) 105

续表

次序	行款	所在寫卷	原卷詩題	內容
21	4行	P.2672	鐵門關	鐵門關外東西道①，過盡前朝多少人②。客舍丘墟存舊跡，山川猶自疊魚鱗③。掊沙偃水燃刁斗④，黃葉胡桐以代薪。信□彎弧愁虜騎⑤，潛奔不動麝香塵⑥。
22	3行	P.2672	自述	羝羊何事觸西蕃⑦，進退難為出塞垣。毛短更憂刀機苦，哀鳴伏聽主人言。
23	4行	P.2672	塞上逢友人	相逢悲喜兩難任，話舊新詩益寸心。執手更言西域去，塞垣何處會知音⑧。敦煌上計程多少，納職休行更入深。早晚卻迴歸舊業⑨，莫隨蕃醜左衣衿。

---

① "鐵"，《敦煌詩集殘卷輯考》據殘筆畫及文義補。
② "朝"，《敦煌詩集殘卷輯考》據殘筆畫及文義補。"多""少"，《敦煌詩集殘卷輯考》據殘筆畫及文義補。
③ "疊"，《敦煌詩集殘卷輯考》據殘筆畫及文義補。"魚"，《敦煌詩集殘卷輯考》據殘筆畫及文義補。
④ "斗"，《敦煌詩集殘卷輯考》據殘筆畫及文義補。
⑤ "彎"，《敦煌詩集殘卷輯考》據殘筆畫及文義補。
⑥ "香"，《敦煌詩集殘卷輯考》據殘筆畫及文義補。
⑦ "蕃"，《敦煌詩集殘卷輯考》校改作"藩"，"蕃"通"藩"。
⑧ "塞"，《敦煌詩集殘卷輯考》據殘筆畫及文義補。
⑨ "迴"，《敦煌詩集殘卷輯考》據殘筆畫及文義補。

续表

次序	行款	所在寫卷	原卷詩題	內容
24	6 行	P. 2672	述懷寄友人	弱冠忍離家①，螱（屢）曾通消息②。意氣感淩云，假官（宦）向張掖③。私弟少詩書④，公門務差侈。蓬泊轉他鄉，賓鴻可請□。鄙夫映雪山，吾人休割席。豈但要躬耕，高歌為暢適。佐理竭深誠⑤，封侯慕忠赤。東拒劍門開關⑥，西陲嗽肝績（磧）⑦。天地□清濁⑧，乾坤依薄藉。勉力再圖之，修文在踧踖。
25	1 行	P. 2672	特牛沙	孟津河畔路陗峻，特牛沙□起無行⑨□
26	5 行	P. 2672v	重　陽	共登南堡宴重陽，貪（龕）眼顰媚（眉）望故鄉⑩。桑落醑濃傾一酌，斑鳩歌詠兩三狀（行）⑪。飛觴偶聚征西將，捧菊深□御史□。書了未能憑旅雁，不問笳杵響前堂。

① “冠”，《敦煌詩集殘卷輯考》據殘筆畫及文義補。

② “螱”，《敦煌詩集殘卷輯考》據文義校改作“屢”，形近致誤。

③ “官”，《敦煌詩集殘卷輯考》據文義校改作“宦”，形近致誤。“張”，《敦煌詩集殘卷輯考》據殘筆畫及文義補。

④ “弟”，《敦煌詩集殘卷輯考》據文義校改作“第”，二字同。

⑤ “佐”，《敦煌詩集殘卷輯考》據殘筆畫及文義補。

⑥ “拒”，《敦煌詩集殘卷輯考》釋作“柜”，校改作“拒”，可徑釋。

⑦ “績”，應作“磧”，據文義校改，“績”為“磧”之借字，《敦煌詩集殘卷輯考》徑釋作“磧”。

⑧ “□”，《敦煌詩集殘卷輯考》疑作“分”。

⑨ “□”，《敦煌詩集殘卷輯考》補作“風”。“起”，《敦煌詩集殘卷輯考》據殘筆畫及文義補。

⑩ “貪”，《敦煌詩集殘卷輯考》據文義校改作“龕”。“媚”，《敦煌詩集殘卷輯考》據文義校改作“眉”，“媚”為“眉”之借字。

⑪ “狀”，應作“行”，據文義校改，《敦煌詩集殘卷輯考》徑釋作“行”。

第四章　歸義軍時期文人詩歌在敦煌地區的傳播(上)　107

续表

次序	行款	所在寫卷	原卷詩題	內容
27	4行	P.2672v	自述	不衣涕（綈）袍以（已）數秋①，羅巾帔盡繫纏頭。彎弓射虜隨蕃醜，叫皷鳴更宿戍樓。一日悔稱張掖掾，三年功□義陽侯②。辛勤自欲朝鄉道，喜築西陲置此州。
28	3行	P.2672v	原卷無題	塞草凝霜白露濃，征人防城即秋風。塞穹不卷西陲□，虜騎難逃怯駿駃。□髮已曾聞賊號③，□倉未省天□弓。方將竭力陳明主④，不憚沙場立戰功。
29	2行	P.2672v	原卷無題	河湟新復□□城，道路通流隴上清⑤。壘淨雪花迎瑞夕，重輪云齊日遍明。唐覆不易今時聚⑥，□□歸⑦□□□

　　S.6234、P.5007兩件寫卷，可在《酒泉》詩的第四句"戰"字，以及末尾二句處綴合；P.2672與S.6234、P.5007原本是同一寫卷，只是P.2672首尾缺失，與其他兩卷不能前後銜接⑧。榮新江先生推測

---

① "涕"，《敦煌詩集殘卷輯考》據文義校改作"綈"，"涕"為"綈"之借字。"以"，《敦煌詩集殘卷輯考》據文義校改作"已"，"以"為"已"之借字。
② "□"，《敦煌詩集殘卷輯考》疑作"大"。
③ "賊"，《敦煌詩集殘卷輯考》釋作"蛾"，校改作"賊"，不煩校改，可徑釋。
④ "陳"，《敦煌詩集殘卷輯考》釋作"陣"，校改作"陳"，不煩校改，可徑釋。
⑤ "上"，《敦煌詩集殘卷輯考》據殘筆畫及文義補。
⑥ "覆"，《敦煌詩集殘卷輯考》據殘筆畫及文義補。
⑦ "歸"，《敦煌詩集殘卷輯考》據殘筆畫及文義補。
⑧ 徐俊：《敦煌詩集殘卷輯考》，中華書局2000年版，第654、657頁。

P. 5007 最後一首詩的末尾殘句，可能即是 P. 2672 正面的首行殘文①。因此在上表中，本書將 P. 2672 號寫卷，列在了 S. 6234、P. 5007 拼合卷的後面。

　　原卷在不少詩句旁都有改訂的痕跡，且改訂的字跡與詩句相同。詩句旁的改訂，應是作者本人的修訂，這三件寫本是作者的手稿②。那麼，這位作者究系何人呢？根據榮新江先生的研究，這位作者就是曾長年任職河西的中原人士翁郜。翁郜其人，大概是在咸通十二年（871）任河西都防禦判官，乾符三年（876）任甘州刺史，中和四年（884）自甘州轉任河西都防禦招撫押蕃落等使③。因此，這 29 首文人詩的抄寫時間，應系年到張氏歸義軍時期。

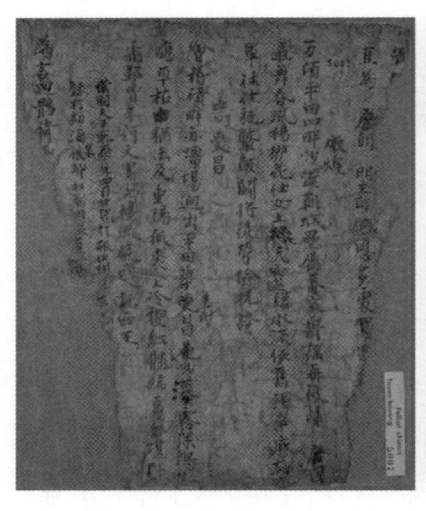

P. 5007　　　　　　　　　　　　P. 2672v 局部

---

① 榮新江：《P. 2672、S. 6234 + P. 5007 唐人詩集的抄本形態與作者蠡測》，四川大學中國俗文化研究所編《第三屆中國俗文化國際學術研討會暨項楚教授七十華誕學術討論會論文集》，2009 年，第 31—51 頁。
② 項楚：《敦煌詩歌導論》，中華書局 2019 年版，第 190 頁。
③ 榮新江：《P. 2672、S. 6234 + P. 5007 唐人詩集的抄本形態與作者蠡測》，載四川大學中國俗文化研究所編《第三屆中國俗文化國際學術研討會暨項楚教授七十華誕學術討論會論文集》2009 年，第 31—51 頁。

9. S. 6537v 抄寫的《武陽送別》。此詩原卷抄寫兩行，詩曰："菊黃蘆白雁南飛，羌笛胡琴淚濕衣。見君長別秋江水，一去東流何日歸①。"《斯坦因劫經錄》《敦煌遺書總目索引新編》《英藏敦煌文獻》均未予著錄。

據王仲聞先生考證，此詩見於《國秀集》卷上、《全唐詩》卷二〇二，實為沈宇所作《武陽送別》②。原卷在此詩前，抄有社條二通。據日本學者竺沙雅章考證，社條系曹氏歸義軍時期淨土寺僧惠信所書③。社條的筆跡與詩相同。因此，此詩亦為淨土寺僧惠信所書，其抄寫時間應是在曹氏歸義軍時期。

二　法藏敦煌文獻所見歸義軍時期抄寫的中原文人詩

法藏敦煌文獻中，共有 203 首抄寫時間可系年到歸義軍時期的中原文人詩。其中，張謂詩1首、岑參詩3首、冷朝光詩1首、李邕詩1首、薛維翰詩1首、劉長卿詩1首、鄭遂初詩1首、上官昭容詩1首、顏舒詩1首、李元紘詩1首、李商隱詩1首、王諲詩1首、孟浩然詩1首、劉希夷詩1首、朱灣詩1首、唐玄宗詩1首、羅隱詩1首、高適詩9首、樊鑄詩1首、釋貫休詩2首、魏奉古詩1首、屈同仙詩1首、馮待徵詩1首、王泠然詩1首、武則天詩1首、姚合詩1首、白居易詩2首、曾庶幾詩1首、楊庭貫詩1首、呂岩詩1首、胡皓詩8首、喬備詩4首、元希聲詩9首、房元陽詩2首、楊齊哲詩2首、李翔詩28首、蘇味道詩1首、王建詩1首、馬云奇詩1首、釋辯章詩1首、釋宗荎詩2首、釋圓鑒詩1首、釋彥楚詩1首、釋子言詩1首、釋建初詩1首、釋太岑詩1首、釋棲白詩1首、釋有孚詩1首，福建鄉侄周某詩3首，中原講經人詩19首，因受吐蕃對河西諸州戰爭影響而不得東返的中原人士所作詩59首，吐蕃攻佔敦煌時被吐蕃俘獲的中原人士所作詩12首，餘下2首詩的作者難以確考。具體如下：

---

① "東"，《敦煌詩集殘卷輯考》據殘筆畫及文義補。"歸"，《敦煌詩集殘卷輯考》據殘筆畫及文義補。
② 陳尚君輯校：《全唐詩補編》，中華書局1992年版，第2頁。
③ 轉引自寧可、郝春文：《敦煌社邑文書輯校》，江蘇古籍出版社1997年版，第44頁。

1. P.2555 抄寫的 92 首中原文人詩。這 92 首中原文人詩可分為兩部分：第一部分為"陷蕃詩"，第二部分為其他中原詩人的作品 21 首。鑒於本書第三章在開展相關論述時，已對"陷蕃詩"進行考察，因此下文僅對其餘 21 首中原文人詩進行討論。

這 21 首中原文人詩中，前 17 首抄寫在 P.2555 號寫卷的正面，後 4 首抄寫在 P.2555 號寫卷的背面。它們共計抄寫 90 行，但正反兩面筆跡不一。這 21 首詩，詳見下表：

次序	行款	原卷詩題	作者	內容
1	5 行	河上見老翁代北之作①	張謂②	負薪老翁住北州，北望鄉關雙淚流。老翁自言有三子，二人已向沙場死。如今小男新長城（成）③，明年還道更徵兵。要君別必零落，不及相過同死生。盡將田宅借鄰呂（里）④，年覆騂零（伶俜）去鄉土⑤。在生本願多子孫，及有誰知更新（辛）苦⑥。
2	2 行	原卷無題	岑參⑦	如（西）行殊未已⑧，東望何時還。終朝風與雪，連天沙復山。二秋領公事，兩度到陽關。相憶不可見⑨，別來頭□斑⑩。

---

① "河"，原作"何"，據文義校改，"何"為"河"之借字。
② 原卷並無作者署名，據《唐詩紀事》卷二五、《全唐詩》卷一九七補。
③ "城"，《敦煌詩集殘卷輯考》校改作"成"，"城"為"成"之借字。
④ "呂"，《敦煌詩集殘卷輯考》據文義校改作"里"。
⑤ "騂零"，《敦煌詩集殘卷輯考》據文義校改作"伶俜"。
⑥ "新"，《敦煌詩集殘卷輯考》據文義校改作"辛"，"新"為"辛"之借字。
⑦ 原卷並無作者署名，據《四部叢刊》本《岑嘉州詩》卷三及《全唐詩》卷二〇〇補。
⑧ "如"，《敦煌詩集殘卷輯考》據文義校改作"西"。
⑨ "不""可""見"，《敦煌詩集殘卷輯考》據殘筆畫及文義補。
⑩ "頭"，《敦煌詩集殘卷輯考》據殘筆畫及文義補。"□"，《敦煌詩集殘卷輯考》補作"已"。

第四章　歸義軍時期文人詩歌在敦煌地區的傳播(上)　◀◀　111

续表

次序	行款	原卷詩題	作者	內容
3	2行	原卷無題	冷朝光①	越王宮裏如花人，日夕紅顏採白蘋(蘋)②。白頭(蘋)未盡[人先盡]③，空見江南春復春。
4	1行	原卷無題	高適④	雪静(淨)胡天牧馬還⑤，月明羌笛戍樓間。借問梅花何處落，風吹一夜滿關山。
5	1行	原卷無題	高適⑥	千里黃云白日勲(曛)⑦，北風吹鴈雪分分(紛紛)⑧。莫愁前路無知己，天下誰人不識君。
6	1行	原卷無題	李邕⑨	明時父(甫)遣別黃州⑩，行至漢陽南度(渡)頭⑪。春風不解傳香(鄉)信⑫，江月偏能照客愁。
7	1行	原卷無題	薛維翰⑬	白玉亭前雙樹梅，今朝政見數花開。兒家門戶尋常閉，春色因何得入來？
8	1行	原卷無題	岑參⑭	故薗東望路漫漫，愁淚朝朝由(猶)不干(乾)⑮。馬上相逢無紙筆，憑君傳語報平安。

　　① 原卷並無作者署名，據《盛唐詩紀》卷一〇七引唐李康成編《玉臺後集》及《全唐詩》卷七七三補。
　　② "頻"，《敦煌詩集殘卷輯考》據《盛唐詩紀》《全唐詩》校改作"蘋"，"頻"為"蘋"之借字。
　　③ "頭"，《敦煌詩集殘卷輯考》據《盛唐詩紀》《全唐詩》校改作"蘋"。"人先盡"，原卷脱，《敦煌詩集殘卷輯考》據《盛唐詩紀》、《全唐詩》補。
　　④ 原卷並無作者署名，據《國秀集》卷下、《河岳英靈集》卷上、《文苑英華》卷二一二、《高常侍集》卷八、《全唐詩》卷二一四補。
　　⑤ "静"，應作"淨"，據文義校改，"静"為"淨"之借字。
　　⑥ 原卷並無作者署名，據《高常侍集》卷八、《全唐詩》卷二一四補。
　　⑦ "勲"，應作"曛"，據文義校改，"勲"為"曛"之借字。
　　⑧ "分分"，應作"紛紛"，據文義校改，"分"為"紛"之借字。
　　⑨ 《補全唐詩》收作李邕詩，茲從之。
　　⑩ "父"，應作"甫"，據文義校改，"父"為"甫"之借字，《敦煌詩集殘卷輯考》校改作"奉"。
　　⑪ "度"，《敦煌詩集殘卷輯考》校改作"渡"，"度"為"渡"之借字。
　　⑫ "香"，《敦煌詩集殘卷輯考》據文義校改作"鄉"，"香"為"鄉"之借字。
　　⑬ 原卷並無作者署名，據《唐詩紀事》卷二〇、《全唐詩》卷一五四補。
　　⑭ 原卷並無作者署名，據《才調集》卷七、《全唐詩》卷二〇一補。
　　⑮ "由"，《敦煌詩集殘卷輯考》據《才調集》《全唐詩》校改作"猶"，"由"為"猶"之借字。"干"，《敦煌詩集殘卷輯考》據《才調集》《全唐詩》校改作"乾"，"干"為"乾"之借字。

续表

次序	行款	原卷詩題	作者	內容
9	21行	高興歌	劉長卿①	王公特達越今古，六尺堂堂善文武。但令朝夕醉如埿，不惜錢財用如土。遠近咸知用度慣，輕棄隨（隋）珠趙玉環②。淥酒長令能漲海，黃金不用積如山。嵇叔夜，阮仲隔（容）③，冰玉琢，成千鐘。為與劉靈（伶）千日酒④，醉臥南山百尺松。一言道合即知音，酒如泉水肉如林。有膽渾論天許大，太山團著小於心。瘦木閟，犀酒角，長哺底（抵）唇聲瀺灂⑤。白日園裏訪山濤，夜向甕前尋畢卓。珊瑚杓，金破（叵）羅⑥，傾酒潾潾如龍渦。酒若懸流注不歇，口如滄海吸黃河。鵝兒黃，鴨頭淥（綠）⑦，桑落蒲桃看不足。相命唯憂日勢斜，吟歡祇怕時光促。挑金燈，爇（爇）玉燭⑧，綠珠恒（姮）娥送歌曲⑨。遮莫酒如黑黯漱，終須欲入醶欽（岭嶔）谷⑩。點清酒，如竹葉。黏著唇⑪，甜入頰，鐏中湛湛傍人怯。酒醺花色赤翩翩，面

---

① 原卷中此詩署名為"江州刺史劉長卿"。
② "隨"，《敦煌詩集殘卷輯考》據文義校改作"隋"，"隨"為"隋"之借字。
③ "隔"，《敦煌詩集殘卷輯考》據文義校改作"容"。
④ "靈"，《敦煌詩集殘卷輯考》據文義校改作"伶"，"靈"為"伶"之借字。
⑤ "底"，《敦煌詩集殘卷輯考》據《敦煌歌辭總編》校改作"抵"，"底"為"抵"之借字。
⑥ "破"，《敦煌詩集殘卷輯考》據《敦煌歌辭總編》校改作"叵"，"破"為"叵"之借字。
⑦ "淥"，《敦煌詩集殘卷輯考》據文義校改作"綠"，"淥"為"綠"之借字。
⑧ "爇"，應作"爇"，據文義校改，"爇"為"爇"之借字。
⑨ "恒"，應作"姮"，《敦煌詩集殘卷輯考》據文義校改，"恒"為"姮"之借字。
⑩ "醶欽"，《敦煌詩集殘卷輯考》據《敦煌歌辭總編》校改作"岭嶔"。
⑪ "黏"，《敦煌詩集殘卷輯考》釋作"黏"，校改作"黏"，不煩校改，可徑釋。

第四章　歸義軍時期文人詩歌在敦煌地區的傳播(上)　　113

续表

次序	行款	原卷詩題	作者	内容
9	21行	高興歌	劉長卿①	上紫光凝槀槀。鳳凰盃（杯）②，瑪瑙盞，左旋右旋大虫眼。千車鹿脯作資財，百隻槍籌是家產。無勞四宇犯章呈③，不明不快酒滿盛。銀椀（碗）渾擎張口瀉④，君聽且作瀺灂聲。箏笛相和聲沸天，更將新曲入繁弦。為聽十拍黃花酒，打折一條白玉鞭⑤。新開九醖氣氛氲⑥，嫌歌（何）昔日孟嘗君⑦。胡楊（壺觴）百盃徒浪飲⑧，章呈不許李稍云⑨。徹曉天明坐不起，酕醄酩酊芳蒁（筵）裏⑩。迴頭吐出連（蓮）花盃（杯）⑪，浮萍草盖汎香水。暖淳淳，本無骨，嚥入喉中聲嗢嗢。納麴酒，勃咄跳，撥醯（醅）嘗却五三瓢⑫。心頭舊酒逢新酒，半始（似）含消半未消⑬。今年九月寒應早，高判百度鐏前倒。

---

①　原卷中此詩署名為"江州刺史劉長卿"。
②　"盃"，應作"杯"，據文義校改，"盃"為"杯"之借字。
③　"宇"，《敦煌詩集殘卷輯考》釋作"家"。
④　"椀"，應作"碗"，據文義校改，"椀"為"碗"之借字。
⑤　"打折"，《敦煌詩集殘卷輯考》釋作"杠析"，校改作"打折"，按敦煌寫卷中"扌""木"形近易混，故可逕釋。
⑥　"氛氲"，《敦煌詩集殘卷輯考》釋作"氲氛"。
⑦　"歌"，《敦煌詩集殘卷輯考》校改作"何"，"歌"為"何"之借字。
⑧　"胡楊"，《敦煌詩集殘卷輯考》據《敦煌歌辭總編》校改作"壺觴"。
⑨　"呈"，《敦煌詩集殘卷輯考》據殘筆畫及文義補。
⑩　"蒁"，《敦煌詩集殘卷輯考》據文義校改作"筵"，"蒁"為"筵"之借字。
⑪　"連"，《敦煌詩集殘卷輯考》校改作"蓮"，"連"為"蓮"之借字。"盃"，應作"杯"，據文義校改，"盃"為"杯"之借字。
⑫　"醯"，《敦煌詩集殘卷輯考》據文義校改作"醅"，"醯"為"醅"之借字。
⑬　"始"，《敦煌詩集殘卷輯考》校改作"似"，"始"為"似"之借字。

续表

次序	行款	原卷詩題	作者	内容
9	21行	高興歌	劉長卿①	人醉何愁不得歸，馬識酒家來去道。入凝冬，香滿室，紅地爐，相厭膝。銀鐺亂點野駞蘇，疊疊酒消魚眼出。戶外多應姪（凍）溧（慄）寒②，蓯（筵）中不若（弱）三春日③。孔夫子，並顏淵，古今稱哲高大賢（高哲稱大賢）④。辯士甲乙魯仲連，何晏馬隔（融）老鄭玄⑤。桃花園裏非無地，走入胡（壺）中却有天⑥。粲然可觀詞賦客，興洽文章光愠（坦）赫⑦。人生一代不榮華，彭祖徒勞年七百。醉臥更有何所憂，衣冠身外復何求。但得清觴消日月⑧，莫緣紅粉老春秋。
10	2行	畫屏怨	鄭遂初⑨	蕩子戍遼東，連年信不通。塵生錦步障，花遶（繞）玉屏風⑩。秖（祇）怨紅顏改⑪，無辭綠簟空。繫書春雁足，早晚到云中。

---

① 原卷中此詩署名為"江州刺史劉長卿"。

② "姪"，《敦煌詩集殘卷輯考》校改作"凍"。"溧"，《敦煌詩集殘卷輯考》據《敦煌歌辭總編》校改作"慄"，"溧"為"慄"之借字。

③ "蓯"，《敦煌詩集殘卷輯考》據文義校改作"筵"，"蓯"為"筵"之借字。"若"，《敦煌詩集殘卷輯考》據《敦煌詩歌導論》校改作"弱"，"若"為"弱"之借字。

④ "稱哲高大賢"，《敦煌詩集殘卷輯考》校改作"高哲稱大賢"。

⑤ "隔"，《敦煌詩集殘卷輯考》據文義校改作"融"。

⑥ "胡"，《敦煌詩集殘卷輯考》據《敦煌歌辭總編》校改作"壺"，"胡"為"壺"之借字。

⑦ "愠"，《敦煌詩集殘卷輯考》據文義校改作"坦"。

⑧ "觴"，《敦煌詩集殘卷輯考》釋作"醐"，校改作"觴"，不煩校改，可徑釋。

⑨ 此詩原卷並無作者署名，據《唐詩紀事》卷一三、《全唐詩》卷一〇〇補。

⑩ "遶"，應作"繞"，據《唐詩紀事》《全唐詩》校改，"遶"為"繞"之借字。

⑪ "秖"，應作"祇"，據《唐詩紀事》《全唐詩》校改，"秖"為"祇"之借字。

第四章　歸義軍時期文人詩歌在敦煌地區的傳播（上）　◄◄　115

续表

次序	行款	原卷詩題	作者	内容
11	2行	彩書怨	上官昭容①	葉下動（洞）庭初②，思君萬里餘。露濃香被冷，月落錦屏虛。欲奏江南曲，貪封薊北書。書中無別意，唯恨久離居③。
12	2行	珠簾怨	顏舒④	佳人名莫愁，珠箔上花鉤。攬（覽）鏡鸞鶩匣⑤，新粧（妝）翡翠樓⑥。擣衣明月夜，吹管白云秋。惟恨金吾子，年年向隴頭。
13	2行	錦詞怨	李元紘⑦	征馬踩（踝）金珂⑧，飄飄在北河。綠堨行跡少（人）⑨，紅粉淚痕多。寶幄粘花絮，銀箏覆網羅。別君如昨日，春鷰已頻過。
14	2行	清夜怨	李商隱⑩	含淚坐春消（宵）⑪，聞君欲度遼。綠池荷葉嫩，紅砌杏花嬌。曙月當窗滿，征云出塞遙。畫樓終日閉，青（清）管為誰調⑫。

---

①　原卷並無作者署名，據《唐詩紀事》卷三、《全唐詩》卷五補。

②　"動"，《敦煌詩集殘卷輯考》據《唐詩紀事》《全唐詩》校改作"洞"，"動"為"洞"之借字。

③　"唯"，《敦煌詩集殘卷輯考》釋作"惟"，二字同。"恨"，《敦煌詩集殘卷輯考》據殘筆畫及《唐詩紀事》、《全唐詩》補。

④　原卷並無作者署名，據《唐詩紀事》卷二○、《全唐詩》卷七六九補。

⑤　"攬"，《敦煌詩集殘卷輯考》據《唐詩紀事》、《全唐詩》校改作"覽"，"攬"為"覽"之借字。

⑥　"粧"，應作"妝"，據《唐詩紀事》、《全唐詩》校改，"粧"為"妝"之借字，《敦煌詩集殘卷輯考》徑釋作"妝"。

⑦　原卷並無作者署名，據《唐詩紀事》卷一○、《全唐詩》卷一○八補。

⑧　"踩"，應作"踝"，《敦煌詩集殘卷輯考》據《唐詩紀事》《全唐詩》校改。

⑨　"少"，應作"人"，據《唐詩紀事》《全唐詩》校改，《敦煌詩集殘卷輯考》徑釋作"人"。

⑩　原卷並無作者署名，據《全唐詩》卷五四一補。

⑪　"消"，《敦煌詩集殘卷輯考》據《全唐詩》校改作"宵"，"消"為"宵"之借字。

⑫　"青"，《敦煌詩集殘卷輯考》據《樂府詩集》《全唐詩》校改作"清"，"青"為"清"之借字。

续表

次序	行款	原卷詩題	作者	內容
15	2行	閨情怨	王諲①	日暮裁縫罷，深嫌氣力微。纔能收篋笥，嬾起下簾帷②。怨坐空然燭，愁眠不解衣。昨來頻夢見，夫壻（婿）莫應歸③。
16	2行	閨情	孟浩然④	自別隔炎涼，君衣忘短長⑤。欲裁無處等，迴尺忖情量。畏瘦傷縫窄，猜寒稍厚裝。伴啼封裹了，知欲寄誰將。
17	7行	白頭老翁	劉希夷⑥	洛陽城東桃李花，飛來飛去落誰家。洛陽女兒惜顏色，行逢落花長歎息。今年花落顏色改，明年花開復誰在。已見松柏摧為薪，更見桑田變成海。古人無復洛成（城）東⑦，今人還對落花風。年年歲歲花相似，歲歲年年人不同。寄語今城（全盛）紅顏子⑧，須憐半死白頭翁。此翁白頭真（甚）可憐⑨，伊昔紅顏美少年。公子王孫芳樹下，清歌妙舞

---

① 原卷並無作者署名，據《國秀集》卷下、《全唐詩》卷一四五補。

② "簾"，《敦煌詩集殘卷輯考》據殘筆畫及《國秀集》《全唐詩》補。

③ "壻"，應作"婿"，據《國秀集》《全唐詩》校改，"壻"為"婿"之借字，《敦煌詩集殘卷輯考》釋作"聟"，校改作"壻"。

④ 原卷並無作者署名，據《全唐詩》卷一六〇補。

⑤ "短"，《敦煌詩集殘卷輯考》釋作"矩"，校改作"短"，可徑釋。

⑥ 原卷並無作者署名，據《搜玉小集》、《文苑英華》卷二〇七、《樂府詩集》卷四一、《唐詩紀事》卷一三、《全唐詩》卷八二補。

⑦ "成"，應作"城"，據《搜玉小集》《文苑英華》《樂府詩集》《唐詩紀事》《全唐詩》校改，"成"為"城"之借字，《敦煌詩集殘卷輯考》徑釋作"城"。

⑧ "今城"，《敦煌詩集殘卷輯考》據《搜玉小集》《文苑英華》《樂府詩集》《唐詩紀事》《全唐詩》校改作"全盛"。

⑨ "真"，《敦煌詩集殘卷輯考》據《搜玉小集》、《文苑英華》、《樂府詩集》、《唐詩紀事》、《全唐詩》校改作"甚"。

续表

次序	行款	原卷詩題	作者	內容
17	7行	白頭老翁	落劉希夷①	花前。光祿池臺文錦繡，將軍樓閣畫神仙。一朝臥病無人識，三春行樂（前朝遊歷）在誰邊②。婉（宛）轉娥（蛾）眉能幾時③，須臾鶴髮（白髮）亂如絲④。但看古來歌舞地，唯有（見）黃昏鳥鵲（雀）悲⑤。
18	5行	江行遇梅花之作	岑參	江畔梅花白如雪，使我思鄉腸欲絕。摘得一枝在手中，無人遠向金闈說。願得青鳥銜此花，西飛直送到吾家。胡姬正在臨窻下，獨織留（硫）黃淺碧沙（紗）⑥。此鳥銜花胡姬前，胡姬見花知我怜。千說萬說由不得⑦，一夜抱花空館眠。
19	4行	詠拗籠籌	朱灣⑧	幸得陪罇俎，良籌復在茲。獻酬君有禮，賞罰我無私。莫恠斜相向，還將正自持。一朝權入手，看取令行時。

---

① 原卷並無作者署名，據《搜玉小集》《文苑英華》卷二〇七、《樂府詩集》卷四一、《唐詩紀事》卷一三、《全唐詩》卷八二補。

② "三春行樂"，《敦煌詩集殘卷輯考》據《搜玉小集》《文苑英華》《樂府詩集》《唐詩紀事》《全唐詩》校改作"前朝遊歷"。

③ "婉"，應作"宛"，據《搜玉小集》《文苑英華》《樂府詩集》《唐詩紀事》《全唐詩》校改，"婉"為"宛"之借字。"娥"，應作"蛾"，據《搜玉小集》《文苑英華》《樂府詩集》《唐詩紀事》《全唐詩》校改，"娥"為"蛾"之借字。

④ "鶴髮"，《敦煌詩集殘卷輯考》據《搜玉小集》《文苑英華》《樂府詩集》《唐詩紀事》《全唐詩》校改作"白髮"，文義均可通。

⑤ "有"，《敦煌詩集殘卷輯考》據《搜玉小集》《文苑英華》《樂府詩集》《唐詩紀事》《全唐詩》校改作"見"。"鵲"，《敦煌詩集殘卷輯考》據《搜玉小集》《文苑英華》《樂府詩集》《唐詩紀事》《全唐詩》校改作"雀"。

⑥ "留"，《敦煌詩集殘卷輯考》據文義校改作"硫"，"留"為"硫"之借字。"沙"，《敦煌詩集殘卷輯考》據文義校改作"紗"，"沙"為"紗"之借字。

⑦ "由"，《敦煌詩集殘卷輯考》在此字後衍一"猶"字。

⑧ 原卷並無作者署名，據《中興間氣集》卷上、《全唐詩》卷三〇六補。

续表

次序	行款	原卷詩題	作者	内容
20	18行	懷素師草書歌	馬云奇	懷素纔年三十餘，不出湖南學草書。大（人）誇義獻將齊德①，切（竊）比鐘繇也不如②。疇昔闍梨名蓋代，隱秀於今墨池在。賀老遙聞怯後生，張巔（顛）不敢稱先輩③。一昨江南投亞相，盡日花堂書草障。含毫勢若斬蛟龍，挫管還同斷犀象。興來索筆蹤（縱）橫掃④，滿坐（座）詞人皆道好⑤。一點三峰巨石懸⑥，長 畫 萬歲枯松倒⑦。叫噉（喊）忙忙禮不拘⑧，萬字千行意 轉 殊⑨。紫塞傍窺鴻雁翼，金盤亂撒水精珠。直為功成歲月多，青草湖中起墨波。醉來祇愛山翁酒，書了寧論道士鵝。醒前猶自記華 章 ⑩，醉後無論絹與墙。眼看筆掉頭還掉⑪，祇 見 文狂心不狂⑫。自倚能書堪入貢，一盞一迴捻筆弄。壁上颼颼風雨飛，行間屹屹龍蛇動。在身文翰兩相宜，還如明鏡對西施。三秋月澹青江水，二月花開綠樹枝。聞道懷書西入秦，客中相送轉相親。君王必是收狂客，寄語江潭一路人。

① "大"，《敦煌詩集殘卷輯考》據文義校改作"人"。
② "切"，《敦煌詩集殘卷輯考》據文義校改作"竊"，"切"為"竊"之借字。
③ "巔"，《敦煌詩集殘卷輯考》據文義校改作"顛"，"巔"為"顛"之借字。
④ "蹤"，《敦煌詩集殘卷輯考》據文義校改作"縱"，"蹤"為"縱"之借字。
⑤ "坐"，《敦煌詩集殘卷輯考》據文義校改作"座"，"坐"為"座"之借字。
⑥ "峰"，《敦煌詩集殘卷輯考》釋作"筆"，校改作"峰"，可徑釋。
⑦ "畫"，《敦煌詩集殘卷輯考》據殘筆畫及文義補。
⑧ "噉"，《敦煌詩集殘卷輯考》據文義校改作"喊"，"噉"為"喊"之借字。
⑨ "轉"，《敦煌詩集殘卷輯考》據殘筆畫及文義補。
⑩ "章"，《敦煌詩集殘卷輯考》據殘筆畫及文義補。
⑪ "掉"，《敦煌詩集殘卷輯考》釋作"棹"，校改作"掉"，可徑釋。
⑫ "見"，《敦煌詩集殘卷輯考》據殘筆畫及文義補。

续表

次序	行款	原卷詩題	作者	內容
21	7行	禦制勤政樓下觀燈	唐玄宗①	明月重城裏，華燈九陌中。開門納和氣，步輦逐微風。鐘鼓連宵合，歌笙達曙雄。彩［□］不為己②，常與萬方同。

20世紀30年代王重民拍攝的敦煌文獻照片上，我們可以看到，在P. 2555卷背《白云歌》處，橫向粘貼有一小殘片，當為原寫本的補襯紙碎片，《法藏敦煌西域文獻》編號為P. 5026B。P. 5026B殘片上有四行文字："（上缺）□□□處處農田，羊馬成／（上缺）萬盈千，皆是府主僕射威福／（上缺）上義弟道真處／（上缺）□法師道真書。"文中提到的"道真"，為晚唐五代敦煌僧人。歸義軍有四位節度使在特定時期稱"僕射"：張議潮（851—858）、張淮深（887—890）、曹議金（920—924）、曹元忠（944—945）③。結合道真的生平，補襯紙上的"僕射"應為曹議金或曹元忠。這21首中原文人詩的抄寫時間，應系年到887—924年間。

2. P. 2566抄寫的《京中正月七日立春》。此詩原卷抄寫在天頭空白處，從右到左，書寫一行，詩曰："一二三四五六七，萬物茲（滋）生於此日④。江南鴻雁負霜迴⑤，水底魚兒帶冰出。"《伯希和劫經錄》未予著錄，《敦煌遺書總目索引新編》著錄作"詩一首"，《法藏敦煌西域文獻》著錄作"七九歌"。此詩見於羅隱《甲乙集》卷九，實為羅隱所作《京中正月七日立春》。原卷在左側空白處有紀年題記："開寶九年（976）正

---

① 原卷並無作者署名，據陳祚龍、饒宗頤等先生考證，為唐玄宗佚詩。參看陳祚龍：《李唐至德以前西京上元燈節景象之一斑》，《敦煌資料考屑》，臺灣商務印書館1979年版，第356頁；饒宗頤：《法藏敦煌書苑精華》第5卷解說，廣東人民出版社1993年版。
② "彩"，《敦煌詩集殘卷輯考》釋作"新"。
③ 榮新江：《歸義軍史研究——唐宋時代敦煌歷史考索》，上海古籍出版社1996年版，第131頁。
④ "茲"，《敦煌詩集殘卷輯考》據文義校改作"滋"，"茲"為"滋"之借字。
⑤ "鴻"，《敦煌詩集殘卷輯考》釋作"鳿"，校改作"鴻"，可徑釋。

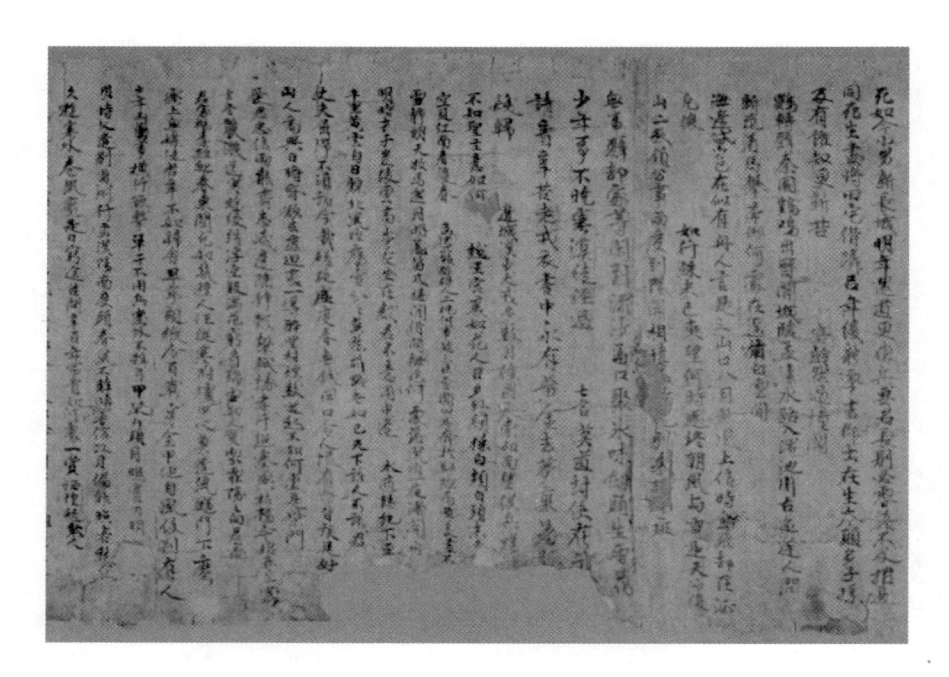

月十六日抄寫《禮佛懺滅寂記》，書手白侍郎門下弟子共押衙董文受記。"① 該題記的筆跡，與此詩相同。可知，此詩的抄寫時間是在開寶九年，即曹氏歸義軍時期。

3. P. 2748v 抄寫的《燕歌行》《長門怨》。此二詩共計抄寫 23 行，且筆跡相同。《伯希和劫經錄》《敦煌遺書總目索引新編》將此二詩著錄為"燕歌行""長門怨"，《法藏敦煌西域文獻》著錄為"燕歌行一首""長門怨一首"。

（1）第一首詩《燕歌行》，原題，原卷抄寫 13 行，無作者署名，詩曰："漢家煙塵在東北，漢將辭家破殘賊。男兒本自重橫行，天子非常賜顏［色］②。擬（摐）金伐樹（鼓）［下］榆關③，旌旆逶迤碣石間。校

---

① 上海古籍出版社、法國國家圖書館等編：《法國國家圖書館藏敦煌西域文獻》第 16 卷，上海古籍出版社 2001 年版，第 25 頁。

② "色"，原卷脫，《敦煌詩集殘卷輯考》據《唐詩紀事》《全唐詩》補。

③ "擬"，應作"摐"，據《唐詩紀事》《全唐詩》校改，《敦煌詩集殘卷輯考》釋作"樅"，校改作"摐"。"樹"，《敦煌詩集殘卷輯考》據《唐詩紀事》《全唐詩》校改作"鼓"。"下"，原卷脫，《敦煌詩集殘卷輯考》據《唐詩紀事》《全唐詩》補。

第四章　歸義軍時期文人詩歌在敦煌地區的傳播（上）　◀◀　121

尉羽書飛瀚海，單於獵火照狼山。山川逍遙（蕭條）極邊土①，胡騎憑陵雜風雨。戰士軍前伴（半）死生②，羨（美）人帳下猶歌儛（舞）③。大漠穹秋塞草桃（腓）④，孤城落日闘兵希（稀）⑤。身當恩遇怕（恆）輕敵⑥，力盡關山未解圍。鐵衣遠戍辛勤久，玉筋恩（應）啼別離後⑦。小（少）婦城南欲斷腸⑧，行人計不（薊北）空迴首⑨。邊庭漂（飄）遙（颻）那可度⑩，絕域蒼茫無所有。煞氣三時作陣云，寒聲一夜傳刁斗。相看白刃血雰雰（紛紛）⑪，死節從來豈顧勳。君不見沙場征戰苦，秪（至）今猶憶李將軍⑫。"此詩見於《河岳英靈集》卷上、《又玄集》卷上、《才調集》卷三、《文苑英華》卷一九六、《唐詩紀事》卷二三、《唐文粹》卷一二、《高常侍集》卷五、《全唐詩》卷二一三，實為高適的詩作，題同。

（2）第二首詩《長門怨》，原題，原卷抄寫10行，無作者署名，詩曰："長門桂殿倚空城，每至黃昏愁轉盈。舊來偏得君王意，今日無端寵

---

①　"逍遙"，《敦煌詩集殘卷輯考》據《唐詩紀事》《全唐詩》校改作"蕭條"。
②　"伴"，應作"半"，據《唐詩紀事》《全唐詩》校改，"伴"為"半"之借字，《敦煌詩集殘卷輯考》徑釋作"半"。
③　"羨"，應作"美"，據《唐詩紀事》《全唐詩》校改，《敦煌詩集殘卷輯考》徑釋作"美"。"儛"，《敦煌詩集殘卷輯考》據《唐詩紀事》《全唐詩》校改作"舞"，"儛"為"舞"之借字。
④　"桃"，應作"腓"，據《唐詩紀事》《全唐詩》校改，《敦煌詩集殘卷輯考》釋作"排"，校改作"腓"。
⑤　"希"，《敦煌詩集殘卷輯考》據《唐詩紀事》《全唐詩》校改作"稀"，"希"為"稀"之借字。
⑥　"怕"，《敦煌詩集殘卷輯考》據《唐詩紀事》《全唐詩》校改作"恆"。
⑦　"恩"，《敦煌詩集殘卷輯考》據《唐詩紀事》《全唐詩》校改作"應"。
⑧　"小"，《敦煌詩集殘卷輯考》據《唐詩紀事》《全唐詩》校改作"少"。
⑨　"計不"，《敦煌詩集殘卷輯考》據《唐詩紀事》《全唐詩》校改作"薊北"。
⑩　"漂"，《敦煌詩集殘卷輯考》據《唐詩紀事》《全唐詩》校改作"飄"，"漂"為"飄"之借字。"遙"，《敦煌詩集殘卷輯考》據《唐詩紀事》、《全唐詩》校改作"颻"，"遙"為"颻"之借字。
⑪　"雰雰"，《敦煌詩集殘卷輯考》據《唐詩紀事》《全唐詩》校改作"紛紛"，"雰"為"紛"之借字。
⑫　"秪"，《敦煌詩集殘卷輯考》據《唐詩紀事》《全唐詩》校改作"至"，"秪"為"至"之借字。

愛輕。窈窕容華為誰惜，長門一閉無行跡。聞道他人更可憐①，懸知欲妬（妒）終無益②。星移北斗露悽悽（淒淒）③，羅慢（幔）襜襜風入閨④。孤燈欲滅留殘焰，明月初圓照夜啼。向月唯須影相逐，不如纔（疇）昔同今（金）屋⑤。云浮彫練此城遊，花綴珠衾紫臺宿。自從捐棄在深宮，君處芳音更不通。黃金買得長門賦⑥，祇為寒床夜夜空。"此詩又見於P.3195，署名"魏奉古"。原卷在此二詩後，抄寫有記載大中四年張議潮遣使入奏事的《大中四年七月廿日狀》，因而此二詩的抄寫時間，應系年到大中四年（850）以後的歸義軍時期⑦。

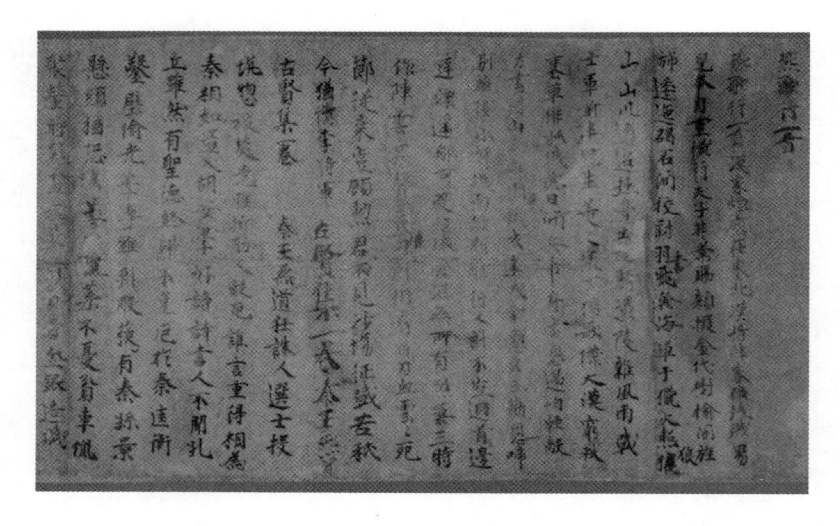

4. P.2976抄寫的《封丘作》《自薊北歸》《宴郭校書因之有別》《題李別駕壁》與《鑄劍本來殺仇人》。此五詩共計抄寫21行，且筆跡相同。

---

① "憐"，《敦煌詩集殘卷輯考》釋作"倂"，校改作"憐"，敦煌文獻中"亻""忄"常混用，故可徑釋。

② "妬"，《敦煌詩集殘卷輯考》據文義校改作"妒"，"妬"為"妒"之借字。

③ "悽悽"，應作"淒淒"，據文義校改，"悽"為"淒"之借字，《敦煌詩集殘卷輯考》釋作"棲棲"，校改作"淒淒"。

④ "慢"，《敦煌詩集殘卷輯考》據文義校改作"幔"，"慢"為"幔"之借字。

⑤ "纔"，《敦煌詩集殘卷輯考》據《〈補全唐詩〉拾遺》校改作"疇"。"今"，《敦煌詩集殘卷輯考》據文義校改作"金"，"今"為"金"之借字。

⑥ "金"，《敦煌詩集殘卷輯考》釋作"今"，校改作"金"，可徑釋。

⑦ 徐俊：《敦煌詩集殘卷輯考》，中華書局2000年版，第144頁。

第四章　歸義軍時期文人詩歌在敦煌地區的傳播(上)　　123

其中，前四首詩抄寫在 P. 2976 號寫卷的正面，末首詩抄寫在 P. 2976 號寫卷的背面。《伯希和劫經錄》、《敦煌遺書總目索引新編》著錄了抄寫在正面的詩作："高適詩數首。"《法藏敦煌西域文獻》著錄了抄寫在背面的詩作："樊鑄七言詩一首。"

（1）第一首詩《封丘作》，原卷抄寫六行，無題無署，詩曰："我本魚（漁）樵孟諸野①，一生自是遊遊（悠悠）者②。乍可狂歌草澤中，誰能（寧堪）作吏風塵下③。祇今（言）小邑無所為④，公門百事皆有期⑤。拜迎官長心欲破，鞭撻黎庶令人悲。悲來向家語妻子⑥，舉家盡道（笑）今如此⑦。生事應須南畝田，世情付與東流水。夢想舊丘（山）安在哉⑧，為銜君命日遲迴⑨。乃知梅福徒為爾，轉憶陶潛歸去來。"此詩見於《河岳英靈集》卷上、《才調集》卷八、《文苑英華》卷三四三、《唐詩紀事》卷二三、《高常侍集》卷五、《全唐詩》卷二一三，實為高適之作，題為"封丘作"。

（2）第二首詩《自薊北歸》，原卷抄寫三行，無作者署名，詩曰："驅馬薊［門］北⑩，北風邊馬哀。蒼芒（茫）遠山口⑪，豁達胡天開。五將已深入，前軍無半回。誰憐不得意，長劍自歸來。"此詩見於《高常侍集》卷六、《全唐詩》卷二一四，實為高適之作，題同。

（3）第三首詩《宴郭校書》，原卷抄寫四行，無作者署名，詩曰：

---

① "魚"，《敦煌詩集殘卷輯考》據《唐詩紀事》《全唐詩》校改作"漁"，"魚"為"漁"之古字。
② "遊遊"，《敦煌詩集殘卷輯考》據《唐詩紀事》《全唐詩》校改作"悠悠"，"遊"為"悠"之借字。
③ "誰能"，《敦煌詩集殘卷輯考》據《唐詩紀事》《全唐詩》校改作"寧堪"。
④ "今"，《敦煌詩集殘卷輯考》據《唐詩紀事》《全唐詩》校改作"言"。
⑤ "皆"，《敦煌詩集殘卷輯考》據殘筆畫及《唐詩紀事》、《全唐詩》補。
⑥ "語"，《敦煌詩集殘卷輯考》校改作"問"，按文義可通，不煩校改。
⑦ "道"，《敦煌詩集殘卷輯考》據《唐詩紀事》《全唐詩》校改作"笑"。
⑧ "丘"，《敦煌詩集殘卷輯考》據《唐詩紀事》《全唐詩》校改作"山"。
⑨ 原卷在"日"字後衍一"日"字。
⑩ "門"，原卷脫，《敦煌詩集殘卷輯考》據《高常侍集》《全唐詩》補。
⑪ "芒"，《敦煌詩集殘卷輯考》據《高常侍集》《全唐詩》校改作"茫"，"芒"為"茫"之借字。

"綵服趨庭罷，貧交載酒過。芸[香]業早著①，蓬轉事仍多。戰勝知機貟（息）②，窮愁奔（奈）別何③。云霄莫相待，年鬢已蹉跎。"此詩見於《高常侍集》卷六、《全唐詩》卷二一四，實為高適之作，題作"宴郭校書因之有別"。

（4）第四首詩《題李別駕壁》，原卷抄寫三行，無題無署，詩曰："去鄉不遠逢知己，握手相歡得如此。禮樂遙傳魯伯禽，賓客爭過魏公子。酒筵莫散明月上，櫪馬[長]鳴春風起④。一生稱意能幾人，今日於君問終始。"此詩見於《高常侍集》卷五、《全唐詩》卷二一三，實為高適之作，據之擬題。

（5）第五首詩《鑄劍本來讎陳人》，原卷抄寫五行，無題無署，詩曰："鑄劍本來讎[陳]人⑤，懷[珠]本來報國士⑥。何知善惡皆相報，如何不肯樹桃[李]⑦。物請翻覆難可論，莫言權勢長頭存⑧。鼎食卻為農桑子，布衣還啟乘（丞）相門⑨。丈夫立身須自性（省）⑩，知禍知福如形影⑪。乍可惠人一飯恩⑫，不得唾人千里井。"此詩又見於 P.3480，署名"樊鑄"。

原卷在正面四首詩前，抄寫有筆跡相同的《下女夫詞》、《溫泉賦》。李正宇先生據《下女夫詞》中的"本是三州遊弈，八水英賢"句，考證出《下女夫詞》的撰寫時間，大約是在中和四年（884）至乾寧元年

---

① "香"，原卷脫，《敦煌詩集殘卷輯考》據《高常侍集》《全唐詩》補。
② "貟"，《敦煌詩集殘卷輯考》據《高常侍集》《全唐詩》校改作"息"。
③ "奔"，《敦煌詩集殘卷輯考》據《高常侍集》《全唐詩》校改作"奈"。
④ "長"，原卷脫，《敦煌詩集殘卷輯考》據《高常侍集》《全唐詩》補。
⑤ "鑄"，《敦煌詩集殘卷輯考》據殘筆畫及 P.3480 補。"陳"，原卷脫，《敦煌詩集殘卷輯考》據 P.3480 補。
⑥ "珠"，原卷脫，《敦煌詩集殘卷輯考》據 P.3480 補。
⑦ "李"，原卷脫，《敦煌詩集殘卷輯考》據 P.3480 補。
⑧ "存"，《敦煌詩集殘卷輯考》釋作"斷"。
⑨ "乘"，應作"丞"，據文義校改，"乘"為"丞"之借字。
⑩ "性"，應作"省"，據文義校改，"性"為"省"之借字。
⑪ 原卷在"福"字之前衍一"禮"字。
⑫ 原卷在"惠"字之前衍一"惡"字。

（894）之間①。那麽，此五首詩的抄寫時間，應系年到中和四年以後的歸義軍時期。

5. P. 2987v 抄寫的《禪月大師懸水精念珠詩》與《趙□不買卜》。此二詩原卷抄寫在《西天大小乘經律論並及見在大唐國內都數目錄》的末尾，共十一行，無作者署名，筆跡相同，書法潦草。《伯希和劫經錄》未予著錄，《敦煌遺書總目索引新編》著錄作"詩兩首"，《法藏敦煌西域文獻》著錄作"七言詩二首"。

（1）第一首詩《禪月大師懸水精念珠詩》，原卷抄寫六行，詩曰："磨琢春冰一樣成，更將紅線貫珠纓。似垂秋露連連滴，不濕禪衣點點清。棄抛乍看簾外雨，轍（散）罷如覷霧中星②。要知奉福明王處，常念觀音水月名。"

（2）第二首詩《趙□不買卜》，原卷抄寫五行，詩曰："雖知八卦聖人材，何必將心河（問）命胎③。或遇吉時虛暗喜，或遇凶時意徘迴（個）④。榮枯已向生前定，福禍從他頭上來。但存五常君子樣，合為災處不為災。"

吳其昱、陳祚龍二氏據第一首詩詩題中的"禪月大師"之名，判定此二詩為釋貫休的詩作⑤。據《宋高僧傳》貫休本傳載，貫休"所長者歌吟，諷刺微隱，存於教化。體調不下二李、白、賀也。至梁乾化二年（912）終於所居，春秋八十一"⑥。大中二年（848），貫休17歲。即便此二詩是貫休17歲前的作品，由於書手在第一首詩的詩題中用了"禪月大師"的尊稱，其抄寫時間必然是在貫休成名以後，應系年到848年以後的歸義軍時期。

---

① 李正宇：《〈下女夫詞〉研究》，《敦煌研究》1987年第2期。
② "轍"，《敦煌詩集殘卷輯考》據文義校改作"散"。
③ "河"，應作"問"，據文義校改，《敦煌詩集殘卷輯考》徑釋作"問"。
④ "迴"，應作"個"，據文義校改，"迴"為"個"之借字，《敦煌詩集殘卷輯考》徑釋作"個"。
⑤ 吳其昱：《禪月集補遺》，《福井博士頌壽紀念東洋文化論集》，早稻田大學出版部1969年版，第77—106頁。陳祚龍：《敦煌古抄中世詩歌一續》，《敦煌學海探珠》，臺灣商務印書館1979年版，第187—188頁。
⑥ （宋）贊寧：《宋高僧傳》，中華書局1987年標點本，第750頁。

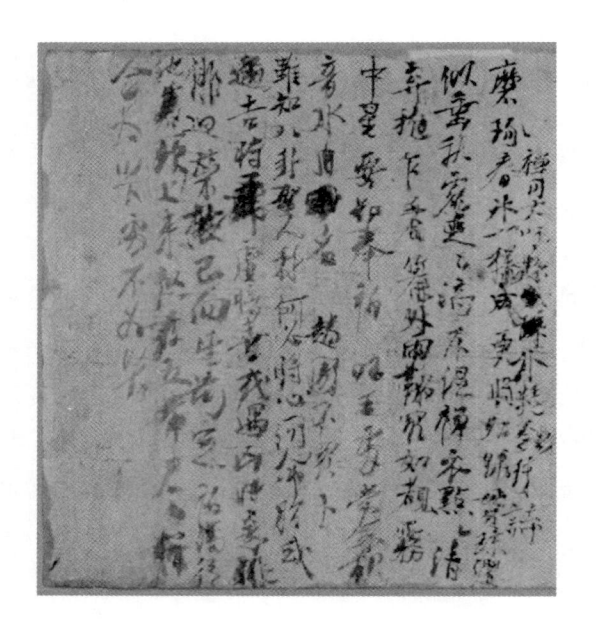

6. P. 3195、P. 2677＋S. 12098 抄寫的 7 首文人詩。此七首詩共計抄寫 53 行，筆跡相同，書法潦草。其中，前五首詩抄寫在 P. 3195，後兩首詩抄寫在 P. 2677＋S. 12098。P. 3195 與 P. 2677＋S. 12098，雖然彼此不能銜接，但可確定為同一寫卷斷裂者①。

P. 3195 抄寫的前五首詩，《伯希和劫經錄》著錄作"詩總集"、《敦煌遺書總目索引新編》著錄作"詩集"，兩者均作"說明"："存四十二行，第一首殘，第二首為馮待徵《美人怨》，第三首魏奉古《長門怨》，第四首《燕歌行》。"它們忽略了高適《送蕭判官賦得黃花戍》。《法藏敦煌西域文獻》著錄作"唐詩叢抄詩七首"，誤。

P. 2677＋S. 12098 抄寫的後兩首詩，《伯希和劫經錄》《敦煌遺書總目索引新編》均未著錄。《法藏敦煌西域文獻》將 P. 2677 抄寫的那部分，著錄作"詩集"。《英藏敦煌文獻》將 S. 12098 抄寫的那部分，著錄作"王顫（泠）然《夜光篇》詩等"。

此七首詩中，有高適詩三首，馮待徵詩一首，魏奉古詩一首，屈同仙詩一首，以及王泠然詩一首。詳見下表：

---

① 徐俊：《敦煌詩集殘卷輯考》，中華書局 2000 年版，第 201—202 頁。

第四章　歸義軍時期文人詩歌在敦煌地區的傳播(上)

次序	行款	作者	原卷詩題	内容
1	8行	高適①	原卷無題	［將軍］族貴兵且強②，漢家已是渾耶王③。［子孫］相承在朝野④，［至］金（今）部曲燕山下⑤。崆（控）弦每［用陰山兒］⑥，［登］陣［常］騎大鷯（宛）馬⑦。金鞍［玉］勒繡鷔狐（蝥弧）⑧，每逐漂姚［破骨都］⑨。李廣猶來先將士，衛［青未肯］學孫吴⑩。傳道［沙場千萬］騎⑪，昨日邊庭羽書紙（至）⑫。［城頭畫］角三五聲⑬，匣里寶［刀晝夜］鳴⑭。意氣能甘萬里去，辛勤動作一年行。黄雲白草無前後⑮，朝望旌旗夕刁斗。塞下應多狄（俠）少年⑯，關西不見春楊柳。從軍但問所從誰，擊劍酣歌當此時。此去無輕繞朝策，平原須寄仲宣詩。

---

① 原卷並無作者署名，據傳世文獻補。
② "將軍"，原卷脱，《敦煌詩集殘卷輯考》據《高常侍集》《全唐詩》補。"族"、"強"，《敦煌詩集殘卷輯考》據殘筆畫及《高常侍集》《全唐詩》補。
③ "漢家已是渾耶王"，原卷脱，《敦煌詩集殘卷輯考》據《高常侍集》《全唐詩》補。
④ "子孫"，原卷脱，《敦煌詩集殘卷輯考》據《高常侍集》《全唐詩》補。"相"，《敦煌詩集殘卷輯考》據殘筆畫及《高常侍集》《全唐詩》補。
⑤ "至"，原卷脱，《敦煌詩集殘卷輯考》據《高常侍集》《全唐詩》補。"金"，《敦煌詩集殘卷輯考》據《高常侍集》、《全唐詩》校改作"今"，"金"為"今"之借字。
⑥ "崆"，《敦煌詩集殘卷輯考》據《高常侍集》《全唐詩》校改作"控"，"崆"為"控"之借字。"每"，《敦煌詩集殘卷輯考》據殘筆畫及《高常侍集》、《全唐詩》補。"用陰山兒"，原卷脱，《敦煌詩集殘卷輯考》據《高常侍集》《全唐詩》補。
⑦ "登"、"常"，原卷脱，《敦煌詩集殘卷輯考》據《高常侍集》《全唐詩》補。"騎"，《敦煌詩集殘卷輯考》據殘筆畫及《高常侍集》《全唐詩》補。"鷯"，《敦煌詩集殘卷輯考》據《高常侍集》《全唐詩》校改作"宛"，"鷯"為"宛"之借字。
⑧ "玉"，原卷脱，《敦煌詩集殘卷輯考》據《高常侍集》《全唐詩》補。"鷔狐"，《敦煌詩集殘卷輯考》據《高常侍集》《全唐詩》校改作"蝥弧"。
⑨ "破骨都"，原卷脱，《敦煌詩集殘卷輯考》據《高常侍集》《全唐詩》補。
⑩ "青未肯"，原卷脱，《敦煌詩集殘卷輯考》據《高常侍集》《全唐詩》補。
⑪ "沙場千萬"，原卷脱，《敦煌詩集殘卷輯考》據《高常侍集》《全唐詩》補。
⑫ "紙"，《敦煌詩集殘卷輯考》據《高常侍集》《全唐詩》校改作"至"，"紙"為"至"之借字。
⑬ "城頭畫"，原卷脱，《敦煌詩集殘卷輯考》據《高常侍集》《全唐詩》補。
⑭ "刀晝夜"，原卷脱，《敦煌詩集殘卷輯考》據《高常侍集》《全唐詩》補。
⑮ "後"，《敦煌詩集殘卷輯考》據殘筆畫及《高常侍集》《全唐詩》補。
⑯ "狄"，《敦煌詩集殘卷輯考》據《高常侍集》《全唐詩》校改作"俠"。

续表

次序	行款	作者	原卷詩題	內容
2	6行	高適①	送蕭判官賦得黃花戍	君不見黃花曲裹黃［花］戍②，［□］日蕭蕭帶寒樹。樓上篇（偏）臨北斗星③，門前直至西州路④。每到爪（早）時更卒來⑤，年年祇對黃花□⑥。樓中幾度哭明月⑦，笛裹何人吹落梅。多君莫不推才榘（傑）⑧，欲奏平戌（戎）赴天闕⑨。轅門有酒別交親⑩，去去云霄羽翼新。知君馬上貂裘暖，須念黃花久戍人。
3	12行	馮待徵	怨美人怨⑪	妾本江南採蓮女，君是江冬學劍人⑫。逢君遊俠英雄日，值妾容華桃李春。年華灼灼豔桃李，結帶簪花配君子。行逢楚漢正相持，辭家上馬從君起⑬。歲歲年年征戰間，侍君帷幕稠（損）紅顏⑭。不惜羅襦裹馬汗，寧辭香粉著刀鐶。相期相許王（定）閑（關）中⑮，鳴鶯（鸞）鳴珮入秦宮⑯。誰悟四面楚歌起，果知五星漢道雄。天時人事有興滅，致（智）窮勢屈心摧折⑰。澤中馬力先戰疲，帳下娥眉隨李結。君王死時遺神彩，賤妾此時容色改。拔山意氣都已無，渡江面目今何在。紛（終）天隔地與君辭⑱，恨似流波無息時。使妾元來不相識，豈見中途懷苦悲⑲。

---

① 原卷並無作者署名，孫欽善《高適集校注》收作高適佚詩，茲從之。
② "花"，《敦煌詩集殘卷輯考》據文義補。
③ "篇"，《敦煌詩集殘卷輯考》據文義校改作"偏"，"篇"為"偏"之借字。
④ "前""直""州"，《敦煌詩集殘卷輯考》據殘筆畫及文義補。
⑤ "爪"，《敦煌詩集殘卷輯考》據文義校改作"早"。
⑥ "花"，《敦煌詩集殘卷輯考》據殘筆畫及文義補。"□"，《敦煌詩集殘卷輯考》釋作"戍"。
⑦ "樓"，《敦煌詩集殘卷輯考》據殘筆畫及文義補。
⑧ "榘"，《敦煌詩集殘卷輯考》據文義校改作"傑"，形近致誤。
⑨ "戌"，《敦煌詩集殘卷輯考》據文義校改作"戎"，形近致誤。
⑩ "有"，《敦煌詩集殘卷輯考》據殘筆畫及文義補。
⑪ 第一個"怨"，《敦煌詩集殘卷輯考》據《全唐詩》校改作"虞"。
⑫ "江"，《敦煌詩集殘卷輯考》據殘筆畫及文義補。
⑬ "起"，《敦煌詩集殘卷輯考》校改作"去"，按《全唐詩》亦作"起"，不煩校改。
⑭ "稠"，《敦煌詩集殘卷輯考》據《全唐詩》校改作"損"，形近致誤。
⑮ "王"，應作"定"，據文義及《全唐詩》校改。"閑"，應作"關"，據文義及《全唐詩》校改，"閑"為"關"之借字，《敦煌詩集殘卷輯考》釋作"問"，校改作"關"。
⑯ "鶯"，應作"鸞"，據文義及《全唐詩》校改，《敦煌詩集殘卷輯考》逕釋作"鸞"。
⑰ "致"，《敦煌詩集殘卷輯考》據文義及《全唐詩》校改作"智"，"致"為"智"之借字。
⑱ "紛"，應作"終"，據文義及《全唐詩》校改，《敦煌詩集殘卷輯考》校改作"分"。
⑲ "苦"，《敦煌詩集殘卷輯考》釋作"若"。

续表

次序	行款	作者	原卷詩題	内容
4	9行	魏奉古	長門怨①	長門桂殿倚空城，每至黃昏愁轉盈。舊來偏得君王意，今日無端寵愛輕。窈窕容華為誰惜，長門一閉五行跡。聞道他人更可憐，懸知欲姤（妒）終無益②。星移北斗露淒淒，羅幔襜襜風入閨③。孤燈欲滅留殘焰，明月初團（圓）照夜啼④。向月唯須影相逐，不如纔（疇）昔同今（金）屋⑤。云浮彤練此城遊，花綴珠衾紫臺宿。自從捐棄在深宮，君處芳音更不通。黃今（金）買得長門賦⑥，祇為寒床夜夜空。
5	8行	高適⑦	燕歌行一首	漢家煙塵在東北，漢將辭家破殘賊。男兒本自重橫行，天子非常賜顏色。摐金伐鼓下榆關⑧，旌旆逶迤碣石間。校尉羽書飛瀚海，單于獵火照狼山。山川蕭迢（條）極邊士⑨，胡騎憑陵雜風雨。戰士軍前半死生，美人根（帳）下猶歌舞⑩。大漠窮秋塞草腓，孤城落日鬭兵稀。身當恩遇恒輕敵⑪，力盡關山未解圍⑫，鐵衣遠戍辛勤久⑬，玉筯［應啼別離後］⑭。［少婦城南欲斷高

---

① 詩題原卷接抄在前詩末行。
② "姤"，《敦煌詩集殘卷輯考》據文義校改作"妒"，"姤"為"妒"之借字。
③ "幔"，《敦煌詩集殘卷輯考》釋作"慢"，校改作"幔"，可徑釋。
④ "團"，應作"圓"，據文義校改，《敦煌詩集殘卷輯考》徑釋作"圓"。
⑤ "纔"，《敦煌詩集殘卷輯考》據《補全唐詩》校改作"疇"。"今"，《敦煌詩集殘卷輯考》據文義校改作"金"，"今"為"金"之借字。
⑥ "今"，《敦煌詩集殘卷輯考》據文義校改作"金"，"今"為"金"之借字。
⑦ 原卷無作者署名，據傳世文獻補。
⑧ "摐"，《敦煌詩集殘卷輯考》作"樅"，校改作"摐"，按"扌""木"形近易混，可徑釋。
⑨ "迢"，《敦煌詩集殘卷輯考》據《唐詩紀事》《全唐詩》等校改作"條"，"迢"為"條"之借字。
⑩ "根"，《敦煌詩集殘卷輯考》據《唐詩紀事》《全唐詩》等校改作"帳"，"根"為"帳"之借字。
⑪ "輕敵"，《敦煌詩集殘卷輯考》據殘筆畫及《唐詩紀事》《全唐詩》補。
⑫ "力盡關山未解圍"，《敦煌詩集殘卷輯考》據殘筆畫及《唐詩紀事》《全唐詩》補。
⑬ "鐵衣"，《敦煌詩集殘卷輯考》據殘筆畫及《唐詩紀事》《全唐詩》補。
⑭ "應啼別離後"，原卷脫，《敦煌詩集殘卷輯考》據《唐詩紀事》《全唐詩》補。

续表

次序	行款	作者	原卷詩題	內容
5	8行	高適①	燕歌行一首	腸]②，[行]人計不（薊北）空迴[首]③。[邊庭飄颻那可度，絕域蒼茫無所有。煞氣三時作陣云，寒聲一夜傳刁斗。相看白刃血紛紛，死節從來豈顧勳。君不見沙場征戰苦，至今猶憶李將軍]④。
6	7行	屈同仙⑤	原卷無題	[君不見漁陽八月塞]草腓⑥，征人相對併思歸。[云和朔氣連天黑]⑦，[蓬雜驚沙散]野飛⑧。是[時]天地陰埃遍⑨，瀚[海龍城皆習戰]⑩。[兩軍鼓角暗]相聞⑪，四面旌旗看不見。昭[君遠嫁已年多]⑫，[戎狄無厭不復和]⑬。[漢兵]候月秋防塞⑭，胡騎[乘冰夜渡河]⑮。[河塞東]西萬[餘里]⑯，[地與]京華不相

① 原卷無作者署名，據傳世文獻補。
② "少婦城南欲斷腸"，原卷脫，《敦煌詩集殘卷輯考》據《唐詩紀事》《全唐詩》補。
③ "行""首"，原卷脫，《敦煌詩集殘卷輯考》據《唐詩紀事》、《全唐詩》補。"人"、"迴"，《敦煌詩集殘卷輯考》據殘筆畫及《唐詩紀事》《全唐詩》補。"計不"，《敦煌詩集殘卷輯考》據文義及《唐詩紀事》《全唐詩》校改作"薊北"。
④ "邊庭飄颻那可度"句至"今猶憶李將軍"句，原卷脫，《敦煌詩集殘卷輯考》據《唐詩紀事》《全唐詩》補。
⑤ 原卷無作者署名，據傳世文獻補。
⑥ "君不見漁陽八月塞"，原卷脫，據《國秀集》《文苑英華》《全唐詩》補。"草腓"，原卷漫漶難識，據《國秀集》《文苑英華》《全唐詩》補。
⑦ "云和朔氣連天黑"，原卷脫，據《國秀集》《文苑英華》《全唐詩》補。
⑧ "蓬雜驚沙散"，原卷脫，據《國秀集》《文苑英華》《全唐詩》補。"野"，據殘筆畫及《國秀集》《文苑英華》《全唐詩》補。
⑨ "時"，原卷脫，據《國秀集》《文苑英華》《全唐詩》補。
⑩ "海龍城皆習戰"，原卷脫，據《國秀集》《文苑英華》《全唐詩》補。
⑪ "兩軍鼓角暗"，原卷脫，據《國秀集》《文苑英華》《全唐詩》補。
⑫ "君遠嫁已年多"，原卷脫，據《國秀集》《文苑英華》《全唐詩》補。
⑬ "戎狄無厭不復和"，原卷脫，據《國秀集》《文苑英華》《全唐詩》補。
⑭ "漢兵"，原卷脫，據《國秀集》《文苑英華》《全唐詩》補。"候"，據殘筆畫及《國秀集》《文苑英華》《全唐詩》補。
⑮ "乘冰夜渡河"，原卷脫，據《國秀集》《文苑英華》《全唐詩》補。
⑯ "河塞東"，原卷脫，據《國秀集》《文苑英華》《全唐詩》補。"西萬"，據殘筆畫及《國秀集》《文苑英華》《全唐詩》補。"餘里"，原卷脫，據《國秀集》《文苑英華》《全唐詩》補。

第四章　歸義軍時期文人詩歌在敦煌地區的傳播(上)　131

续表

次序	行款	作者	原卷詩題	内容
6	7行	屈同仙①	原卷無題	似②。燕支山上少［春輝］③，［黄沙］磧下無流水④。金［戈玉劍十］年［征］⑤，［紅］粉嫁（佳）人多怨情⑥。［厭向殊鄉］久離別⑦，秋來［愁聽］擣衣聲⑧。
7	5行	王泠然⑨	野燒篇一首	遊人夜到［汝陽間］⑩，［夜］色冥朦（蒙）不解顏⑪。誰家闇（暗）裏（起）寒山燒⑫，因此明［中得見山］⑬。［山］頭山下須臾滿⑭，歷險緣崖

①　原卷無作者署名，據傳世文獻補。

②　"地與"，原卷脫，據《國秀集》《文苑英華》《全唐詩》補。"京"、"不"、"相"，據殘筆畫及《國秀集》《文苑英華》《全唐詩》補。

③　"春輝"，原卷脫，據《國秀集》《文苑英華》《全唐詩》補。

④　"黄沙"，原卷脫，據《國秀集》《文苑英華》《全唐詩》補。"磧"，據殘筆畫及《國秀集》《文苑英華》《全唐詩》補。

⑤　"戈玉劍十"，原卷脫，據《國秀集》《文苑英華》《全唐詩》補。"年"，據殘筆畫及《國秀集》《文苑英華》《全唐詩》補。"征"，原卷脫，據《國秀集》《文苑英華》《全唐詩》補。

⑥　"紅"，原卷脫，據《國秀集》《文苑英華》《全唐詩》補。"粉"，據殘筆畫及《國秀集》《文苑英華》《全唐詩》補。"嫁"，《敦煌詩集殘卷輯考》據文義及《國秀集》《文苑英華》《全唐詩》校改作"佳"。

⑦　"厭向殊鄉"，原卷脫，據《國秀集》《文苑英華》《全唐詩》補。

⑧　"愁聽"，原卷脫，據《國秀集》《文苑英華》《全唐詩》補。"擣"，據殘筆畫及《國秀集》《文苑英華》《全唐詩》補。

⑨　詩題接抄在前詩末行，署名作"王顲然"。按，"顲"為"齡"的形訛字，"齡"又為"泠"的音訛字。

⑩　"汝陽間"，原卷脫，據《國秀集》《文苑英華》《全唐詩》補。

⑪　"夜"，原卷脫，據《國秀集》《文苑英華》《全唐詩》補。"色"，據殘筆畫及《國秀集》《文苑英華》《全唐詩》補。"朦"，《敦煌詩集殘卷輯考》據文義及《國秀集》《文苑英華》《全唐詩》校改作"蒙"，"朦"為"蒙"之借字。

⑫　"闇"，應作"暗"，據文義及《國秀集》《文苑英華》《全唐詩》校改，"闇"為"暗"之借字。"裏"，應作"起"，據文義及《國秀集》《文苑英華》《全唐詩》校改。

⑬　"中得見山"，原卷脫，據《國秀集》《文苑英華》《全唐詩》補。

⑭　"山"，原卷脫，據《國秀集》《文苑英華》《全唐詩》補。"頭"，據殘筆畫及《國秀集》《文苑英華》《全唐詩》補。

续表

次序	行款	作者	原卷詩題	內容
7	5行	王泠然①	野燒篇一首	無暫斷。燋聲［散著群樹］明（鳴）②，炎氣傍通（流）一川暖③。［是］時西北［多］海風④，威（吹）上（起）連［天光更雄］⑤。［濁煙熏月黑］⑥，高焰（艷）爇（蓺）［云紅］⑦。［初謂煉丹閑甌裏，還疑鑄劍神谿中。劃為飛電來照物，乍作流星进上空。西山無草光已滅，東頂熒熒猶未絕。沸湯空谷數道水，融盡陰崖幾年雪。兩京貧病若為居，四壁皆成鑿照餘。未得貴游同秉燭，唯將半影借披書］⑧。

　　姜亮夫先生據 P. 3195 的紙張和字體，估計其是五代宋初的寫本⑨。P. 2677 + S. 12098 卷背雜寫中，有筆跡相同的"咸通十年（869）三十

---

　　① 詩題接抄在前詩末行，署名作"王顓然"。"顓"為"齡"的形訛字，"齡"又為"泠"的音訛字。
　　② "散著群樹"，原卷脫，據《國秀集》《文苑英華》《全唐詩》補。"明"，應作"鳴"，據《國秀集》《文苑英華》《全唐詩》校改，"明"為"鳴"之借字。
　　③ "炎氣傍"，據殘筆畫及《國秀集》《文苑英華》《全唐詩》補。"通"，應作"流"，據文義及《國秀集》《文苑英華》《全唐詩》校改。
　　④ "是"、"多"，原卷脫，據《國秀集》《文苑英華》《全唐詩》補。"海風"，據殘筆畫及《國秀集》《文苑英華》《全唐詩》補。
　　⑤ "威上"，應作"吹起"，據文義及《國秀集》《文苑英華》《全唐詩》校改。"連"，據殘筆畫及《國秀集》《文苑英華》《全唐詩》補。"天光更雄"，原卷脫，據《國秀集》《文苑英華》《全唐詩》補。
　　⑥ "濁煙熏月黑"，原卷脫，據《國秀集》《文苑英華》《全唐詩》補。
　　⑦ "高"，據殘筆書及《國秀集》《文苑英華》《全唐詩》補。"焰"，應作"艷"，據文義及《國秀集》《文苑英華》《全唐詩》校改，"焰"為"艷"之借字。"爇"，應作"蓺"，據文義及《國秀集》《文苑英華》《全唐詩》校改，"爇"為"蓺"之借字。"云紅"，原卷脫，據《國秀集》《文苑英華》《全唐詩》補。
　　⑧ "初謂煉丹閑甌裏"至"唯將半影借披書"句，原卷脫，據《國秀集》《文苑英華》《全唐詩》補。
　　⑨ 姜亮夫：《海外敦煌卷子經眼錄》，《敦煌學論文集》，上海古籍出版社 1987 年版，第 21—52 頁。

日"紀年。因此,此七首詩的抄寫時間,應系年到咸通十年。彼時的敦煌,正處於張淮深時期。

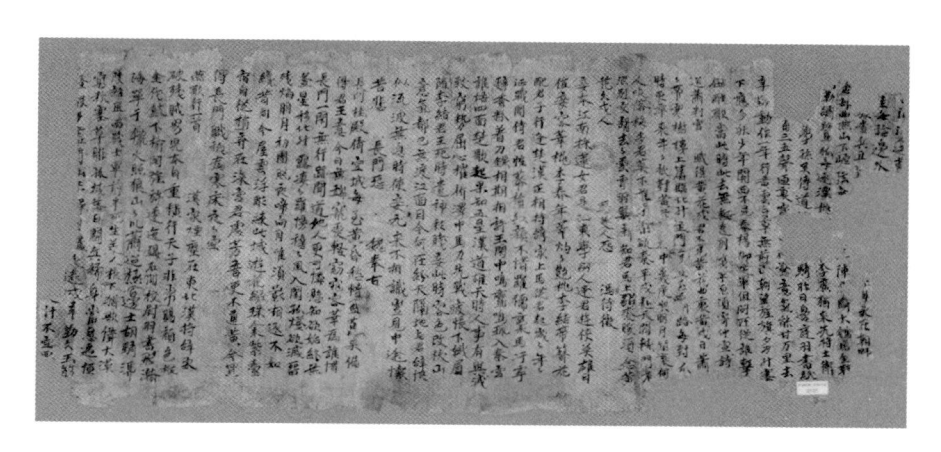

P. 3195

7. P. 3322 抄寫的《臘日宣詔幸上苑》,原卷抄寫兩行,無題無署,詩曰:"明招(朝)遊上遠(苑)①,火急報春知。花須蓮(連)夜發②,莫伐(待)曉風吹③。"《伯希和劫經錄》、《敦煌遺書總目索引新編》、《法藏敦煌西域文獻》未予著錄。此詩見於 S.6537,以及《唐詩紀事》卷三、《全唐詩》卷五。據《唐詩紀事》《全唐詩》,此詩為武則天之作,題為"臘日宣詔幸上苑"。

原卷在此詩前,書有筆跡與此詩相同的紀年題記:"庚辰年正月十七日學生張大慶書記之也。"④ 可見,此詩是"庚辰年"敦煌學士郎"張大慶"所抄。"張大慶"之名,又見於 S.367。S.367《光啟元年(886)十

---

① "招",《敦煌詩集殘卷輯考》據《唐詩紀事》《全唐詩》校改作"朝","招"為"朝"之借字。"遠",《敦煌詩集殘卷輯考》據《唐詩紀事》、《全唐詩》校改作"苑","遠"為"苑"之借字。
② "蓮",《敦煌詩集殘卷輯考》據《唐詩紀事》《全唐詩》校改作"連","蓮"為"連"之借字。
③ "伐",《敦煌詩集殘卷輯考》據《唐詩紀事》《全唐詩》校改作"待"。
④ 上海古籍出版社、法國國家圖書館等編:《法國國家圖書館藏敦煌西域文獻》第 23 卷,上海古籍出版社 2002 年版,第 185 頁。

二月廿五日書寫沙、伊等州地志》末尾，有紀年題記："光啟元年十二月廿五日，張大慶因靈州安慰使朝大夫等來至州，於朝使邊寫得此文書記。"①P.3322 題記中的"庚辰年"，應為距光啟元年最近的咸通元年（860）。

8. P.3597 抄寫的《蒲萄架》、《夜歸》、《柘枝妓》。此三詩共計抄寫 13 行，且筆跡相同。原卷在《蒲萄架》之後、《夜歸》與《柘枝妓》之前，還抄有六首無題無署詩。這六首詩，因傳世文獻失載，且非中原詩人佚詩，因而本書未予釋錄。《伯希和劫經錄》、《敦煌遺書總目索引新編》將此 9 首詩著錄作"詩集"，並作"說明"："第一首題'白侍郎蒲桃架詩'，餘均無題及撰人，但末兩首考知為白居易《夜歸》、《柘枝妓》。"《法藏敦煌西域文獻》則將此 9 首詩著錄作"唐詩叢抄"。

（1）第一首詩《蒲萄架》，原卷抄寫四行，無作者署名，題作"白侍郎桮（蒲）桃架詩一首"②，詩曰："道鄧涢（洞）庭度③，引葉易（漾）盈緐（搖）④。繳結（皎潔）亙高架⑤，朎朧連（影）落遼（寮）⑥。陰暗（煙）奄幽屋⑦，蒙密夢冥苗⑧。七（清）秋青且翠⑨，冬到頓（凍）都彫（凋）⑩。"

---

① 劉銘恕：《斯坦因劫經錄》，《敦煌遺書總目索引》，中華書局 1983 年版，第 116 頁。
② "桮"，《敦煌詩集殘卷輯考》據文義校改作"蒲"，"桮"為"蒲"之借字。
③ "道鄧"，《學齋占畢》《全唐詩》作"萄藤"。"涢"，應作"洞"，據文義及《學齋占畢》《全唐詩》校改。"度"，《學齋占畢》《全唐詩》作"頭"。
④ "易"，應作"漾"，據文義及《學齋占畢》《全唐詩》校改。"緐"，應作"搖"，據文義及《學齋占畢》《全唐詩》校改，"緐"為"搖"之借字。
⑤ "繳結"，應作"皎潔"，據文義及《學齋占畢》《全唐詩》校改，"繳""結"分別為"皎""潔"二字之借字。"亙"，《學齋占畢》《全唐詩》作"鉤"，文義均可通。"架"，《敦煌詩集殘卷輯考》據殘筆畫及文義補，《學齋占畢》、《全唐詩》作"掛"，文義均可通。
⑥ "朎"，《學齋占畢》《全唐詩》作"玲"。"連"，應作"影"，據文義及《學齋占畢》《全唐詩》校改。"遼"，應作"寮"，據文義及《學齋占畢》《全唐詩》校改，"遼"為"寮"之借字。
⑦ "暗"，應作"煙"，據文義及《學齋占畢》《全唐詩》校改，"暗"為"煙"之借字。"奄"，《學齋占畢》《全唐詩》作"壓"。
⑧ "蒙"，《學齋占畢》《全唐詩》作"濛"。"苗"，《敦煌詩集殘卷輯考》據殘筆畫及《學齋占畢》《全唐詩》補。
⑨ "七"，應作"清"，據文義及《學齋占畢》《全唐詩》校改，"七"為"清"之借字。
⑩ "頓"，應作"凍"，據文義及《學齋占畢》《全唐詩》校改，"頓"為"凍"之借字。"彫"，應作"凋"，據文義及《學齋占畢》《全唐詩》校改，"彫"為"凋"之借字。

此詩見於《學齋占畢》卷 4、《全唐詩》卷 502，實為姚合的詩作，且《學齋占畢》中此詩詩題為"洞庭蒲萄架"，原卷詩題中的"白侍郎"，只是詩歌文本在流傳過程中出現的託名。

（2）第二首詩《夜歸》，原卷抄寫四行，無題無署，詩曰："醉後閑行湖岸東①，馬鞭敲鐙響瓏琮（璁）②。萬株松樹青山上，拾里沙隄（堤）明月中③。樓閣漸移當路影④，潮頭欲過滿江風。迴來未放笙歌散⑤，畫戟門開蠟燭紅。"此詩見於《白氏長慶集》卷 20、《全唐詩》卷 443，題作"夜歸"。

（3）第三首詩《柘枝妓》，原卷抄寫五行，無題無署，詩曰："平鋪壹合錦筵開⑥，連擊叁聲盡（畫）皷催⑦。紅臘（蠟）燭移桃葉起⑧，紫羅衫動柘枝求（來）⑨。帶垂鈿跨（胯）花要（腰）重⑩，帽轉金鈴雪面迴⑪。看卻（即）曲終留不住⑫，云飇（飄）雨送向陽臺⑬。"此詩見於《白氏長慶集》卷 23、《全唐詩》卷 446，題作"柘枝妓"。

原卷末尾書有筆跡與此三首詩相同的紀年題記："乾符四年（877）

---

① "醉後"，《白氏長慶集》《全唐詩》作"半醉"，文義均可通。
② "琮"，應作"璁"，據文義及《白氏長慶集》《全唐詩》校改，"琮"為"璁"之借字。
③ "拾"，《白氏長慶集》《全唐詩》作"十"，均可通。"隄"，應作"堤"，據文義及《白氏長慶集》《全唐詩》校改，"隄"為"堤"之借字。
④ "閣"，《白氏長慶集》《全唐詩》作"角"。
⑤ "迴"，《白氏長慶集》《全唐詩》作"歸"。
⑥ "壹"，《白氏長慶集》《全唐詩》作"一"。
⑦ "叁"，《白氏長慶集》《全唐詩》作"三"。"盡"，《敦煌詩集殘卷輯考》據文義及《白氏長慶集》《全唐詩》校改作"畫"，形近致誤。
⑧ "臘"，《敦煌詩集殘卷輯考》據文義及《白氏長慶集》《全唐詩》校改作"蠟"，"臘"為"蠟"之借字。
⑨ "衫"，《敦煌詩集殘卷輯考》釋作"杉"，校改作"衫"，可徑釋。"求"，《敦煌詩集殘卷輯考》據文義及《白氏長慶集》《全唐詩》校改作"來"。
⑩ "跨"，應作"胯"，據文義及《白氏長慶集》《全唐詩》校改，"跨"為"胯"之借字。"要"，應作"腰"，據文義及《白氏長慶集》《全唐詩》校改，"要"為"腰"之借字，原卷在"要"字後衍一"日"字。
⑪ "鈴"，《敦煌詩集殘卷輯考》釋作"釵"。
⑫ "卻"，應作"即"，據文義及《白氏長慶集》《全唐詩》校改，形近致誤。
⑬ "飇"，應作"飄"，據文義及《白氏長慶集》《全唐詩》校改，形近致誤。

二月二十日靈圖寺彌比丘龍□。"① 故此三首詩的抄寫時間，應系年到乾符四年。彼時的敦煌，處於張淮深治下。

9. P. 3629 抄寫的《獻閩中十詠偶成並狀》，原卷抄寫六行，無題無署，詩曰："因寫閩川十首詩，潸然腸斷實堪悲。鄉闕（關）景色分明在②，故業田園半屬誰。骨肉飄零何日會，家僮星散已無依。終願志公垂薦擢，挈我來年衣錦歸。"《伯希和劫經錄》《敦煌遺書總目索引新編》《法藏敦煌西域文獻》均未予著錄。《敦煌詩集殘卷輯考》將此詩定名作"獻閩中十詠偶成並狀"，茲從之。

原卷在此詩前，抄有一封筆跡與之相同的書信，文曰："尚書。昨奉處分，要《閩中十詠》，謹專抄寫呈上，便請留之。因有所思，偶成惡句。"③ 書信的末尾，署名"鄉侄□"。潘重規先生認為："從這一信一詩看來，顯然是滯留敦煌的福建同鄉。一個是官長，一個是屬員。長官懷念家鄉景物，要鄉侄某人抄寫'閩中十詠'呈上，他寫成之後，感觸不禁，附上一詩，流露出懷鄉去國的真情。"④

自唐僖宗廣明中開始，閩中大亂，直到後梁開國，閩中才得以重歸安寧⑤。鍾書林、張磊二氏認為，此詩的作者因閩中大亂而滯留敦煌，詩及詩前的書信應作於唐廣明中至後梁開國間，即 880 年至 907 年間⑥。原卷中，此詩"終願志公垂薦擢"句中的"終"字，為添加之筆，故此卷應為底稿。其抄寫時間，應系年到歸義軍時期。

10. P. 3632 抄寫的《謹奉來韻》《蒙呼命伴鄉人大夫湌偶成並狀》。此二詩原卷共計抄寫五行，每首詩前均有書信一封。其中，《謹奉來韻》前的書信作："（上缺）□臨歧納申留別，伏惟鑒察，謹狀。卅日鄉侄周□狀。"《□卓一椒食》詩前的書信為："尚書。近日特蒙呼命伴

---

① 原卷題記中"比丘"二字以下殘損難識，饒宗頤錄作"龍□"，此處以饒先生校錄本為據。參見饒宗頤：《敦煌曲》，法國科學研究中心 1971 年版，第 232 頁。
② "闕"，應作"關"，據文義校改。
③ 上海古籍出版社、法國國家圖書館等編：《法國國家圖書館藏敦煌西域文獻》第 26 卷，上海古籍出版社 2002 年版，第 152 頁。
④ 潘重規：《敦煌閩人詩篇》，臺灣《自由晚報》1982 年 6 月 12 日。
⑤ （宋）薛居正：《舊五代史》，中華書局 1976 年標點本，第 1791 頁。
⑥ 鍾書林、張磊：《敦煌文研究與校注》，武漢大學出版社 2014 年版，第 406—407 頁。

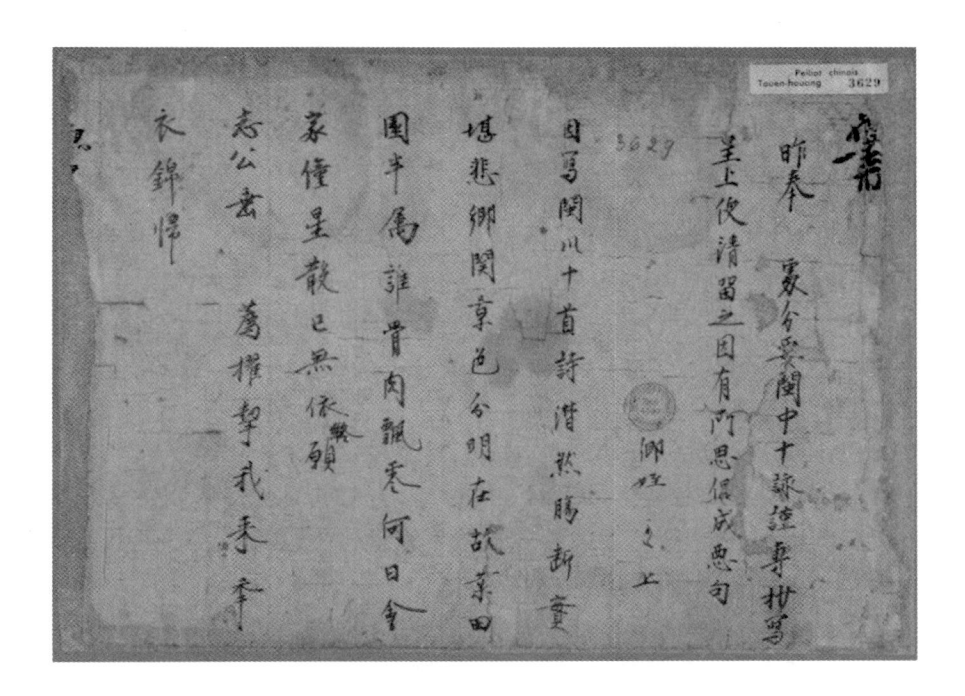

鄉人大夫餐之椒食，芳饌馨馨，莫非飽飽，感激之切，偶成惡章，亦堪附笑林。鄉侄。"此二首詩，《伯希和劫經錄》《敦煌遺書總目索引新編》雖未著錄，但在"說明"中有所提及："詩二首，一全一殘。"《法藏敦煌西域文獻》將詩與詩前的書信，一併著錄作"侄周某信函並和來韻"。

（1）第一首詩《謹奉來韻兼寄曲子名》，抄寫四行，無作者署名，詩曰："昨夜拳養姪最贏①，至今猶慴素中情。賽奉應有傾盃（杯）樂②，老仁爭敢不相迎。"

（2）第二首詩《蒙呼命伴鄉人大夫飡偶成並狀》，抄寫一行，無題無署，詩曰："□卓一椒食，馨□□"《敦煌詩集殘卷輯考》《全敦煌詩》據詩前的書信，將此詩定名作"蒙呼命伴鄉人大夫飡偶成並狀"。

P.3632 與 P.3629 雖不能直接綴合，但筆跡相同。P.3632 在詩前抄

---

① "養"，《敦煌詩集殘卷輯考》疑作"羑"。
② "盃"，應作"杯"，據文義校改，"盃"為"杯"之借字。

寫的兩封書信，與 P. 3629 在詩前抄寫的書信，都是因閩中大亂而滯留敦煌的"鄉侄周某"呈送給某尚書的。據上文對 P. 3629 所見《獻閩中十詠偶成並狀》抄寫時間的考證，P. 3632 所見此二首詩的抄寫時間，也應是在歸義軍時期。

11. P. 3645v 抄寫的《放猿》《謹上沙州專使持表從化詩一首》。此二首詩共計抄寫四行，筆跡相同。《伯希和劫經錄》《敦煌遺書總目索引新編》《法藏敦煌西域文獻》，均未予著錄。

（1）第一首詩《放猿》，原卷抄寫兩行，詩曰："孤猿被禁歲年深，放出成（城）南百尺林①。綠水任君連辟（臂）欽（飲）②，青山休作斷長（腸）吟③。"此詩見於《能改齋漫錄》卷十一、《全唐詩》卷七六八，實為曾庶幾的詩作，題為"放猿"④。

（2）第二首詩《謹上沙州專使持表從化詩一首》，原卷抄寫兩行，無題無署，詩曰："流沙古塞改（沒）多時⑤，人物須（雖）存改舊儀⑥。再遇明王恩化及，遠將情懇赴舟（丹）墀⑦。"此詩又見於 S. 4654。S. 4654 號寫卷中，此詩題作"謹上沙州專使持表從化詩一首"，署名"楊庭貫"。楊庭貫，生平未詳。伏俊璉先生認為，他是悟真出使長安時見到的長安官員⑧。

曾庶幾是五代時期的隱士⑨。此卷所見曾庶幾《放猿》，以及筆跡與之相同的楊庭貫《謹上沙州專使持表從化詩一首》，它們的抄寫時間，應系年到曹氏歸義軍時期。

12. P. 3666v 抄寫的《直上青山望八都》《一到龍沙十五年》。此二詩

---

① "成"，《敦煌詩集殘卷輯考》據文義校改作"城"，"成"為"城"之借字。
② "辟"，《敦煌詩集殘卷輯考》據文義校改作"臂"，"辟"為"臂"之借字。"欽"，《敦煌詩集殘卷輯考》據文義校改作"飲"，"欽"為"飲"之借字。
③ "長"，《敦煌詩集殘卷輯考》據文義校改作"腸"，"長"為"腸"之借字。
④ 項楚：《敦煌文學雜考》，《1983 年全國敦煌學術討論會文集（文史·遺書編）》，1983 年，第 133 頁。
⑤ "塞"，《敦煌詩集殘卷輯考》釋作"賽"。"改"，應作"沒"，據文義及 S. 4654 校改。
⑥ "須"，應作"雖"，據文義及 S. 4654 校改。
⑦ "舟"，應作"丹"，據文義及 S. 4654 校改。
⑧ 伏俊璉：《敦煌文學總論》，甘肅教育出版社 2013 年版，第 175 頁。
⑨ （宋）吳曾：《能改齋漫錄》，中華書局 1985 年標點本，第 291 頁。

共計抄寫五行，筆跡相同，書法拙劣。

（1）第一首詩《直上青山望八都》，原卷抄寫兩行，無題無署，詩曰："直上青山望八都，白云飛盡月輪孤。荒［茫］宇宙人無數①，幾個男兒是丈夫。"此詩見於《弘治黃州府志》、《全唐詩》、重刊道藏輯要室集本《呂帝詩集》。《全唐詩續補遺》卷五據《弘治黃州府志》卷七《藝文》，將此詩收作白居易佚詩，題作"東山寺（在黃梅縣）"；《全唐詩》卷八五八著錄此詩為呂岩《絕句》三十二首中的第十四首；重刊道藏輯要室集本《呂帝詩集》收錄此詩，但無詩題。地方誌中的史料往往來源不明，《弘治黃州府志》不如《全唐詩》《呂帝詩集》可信，故據《全唐詩》《呂帝詩集》，將此詩系於呂岩名下。

（2）第二首詩《一到龍沙十五年》，原卷抄寫三行，無題無署，詩曰："一到龍沙十五年，終日戍云朔河［□］。侍宰得更朝天波，素玉皆（階）前司眾園②。"

原卷在此二詩後，有筆跡相同的雜寫："文德元年（888）十二月十八日。"因此，此二詩的抄寫時間，應是在文德元年十二月十八日。

13. P.3720 抄寫的《依韻奉酬》《七言美瓜沙僧獻款詩二首》等五首詩。此五首詩共計抄寫 22 行，且筆跡相同。《伯希和劫經錄》《敦煌遺書總目索引新編》著錄作"長安名僧贈悟真詩"，《法藏敦煌西域文獻》未予著錄。這五首詩，詳見下表：

次序	行款	作者	原卷詩題	內容
1	4行	釋辯章③	依韻奉酬④	生居忠正地，遠慕鳳凰城。已具三冬孝⑤，何言徒聚螢？

---

① "茫"，原卷脫，《敦煌詩集殘卷輯考》據文義補。
② "皆"，據文義校改作"階"，"皆"為"階"之借字，《敦煌詩集殘卷輯考》徑釋作"階"。
③ 原卷有作者署名，此詩次行書有"辯章大德"。可見，作者即為"釋辯章"。
④ 原卷有題，此詩首行書有"依韻奉酬"，即為詩題。《全唐詩續拾》定名作"依韻奉酬辯章大德"，誤。
⑤ "孝"，《敦煌詩集殘卷輯考》釋作"學"，二字同。

续表

次序	行款	作者	原卷詩題	內容
2	5行	釋宗菆①	七言美瓜沙僧獻款詩二首	沙漠關河路幾程，師能獻土遠輸城（誠）②。因茲螢笑賓獎旅③，史蕆（籍）徒章（彰）貢賦名④。
3	2行			行盡平沙入漢川，手搖金錫竟朝天。如今政是無為代，堯舜聰明莫比肩⑤。
4	5行	釋圓鑒⑥	五言美瓜沙僧獻款詩一首	聖主恩方洽，瓜沙有異僧。身中多種藝，心地幾千燈。面進輪誠款，親論向化能。詔迴應錫賚，殊寵一層層。
5	6行	釋彥楚⑦	五言述瓜沙州僧獻款詩一首	鄉邑雖然異，銜恩萬國同。遠朝來鳳闕，歸順賀宸聰。昌（冒）暑聞鶯（莺）囀⑧，看花落晚紅。辯清能擊（擊）論⑨，李富早成功⑩。大教從西得，敷筵願向東。今朝承聖旨，起坐沐天風。

原卷在此五首詩後，抄有筆跡相同的《河西沙門和尚墓誌銘並序》，以

---

① 此二首詩原卷有作者署名，第一首詩的第二行、第三行依次書有："右街千福寺內道場表白兼應制賜紫""大德宗菆"。可知，此二詩的作者即為"釋宗菆"。
② "城"，《敦煌詩集殘卷輯考》據文義校改作"誠"，"城"為"誠"之借字。
③ "獎"，《敦煌詩集殘卷輯考》釋作"獒"，校改作"獎"，可徑釋。
④ "蕆"，《敦煌詩集殘卷輯考》據文義校改作"籍"，"蕆"為"籍"之借字。"章"，《敦煌詩集殘卷輯考》據文義校改作"彰"，"章"為"彰"之借字。
⑤ "肩"，《敦煌詩集殘卷輯考》釋作"眉"，校改作"肩"，可徑釋。
⑥ 原卷有作者署名，此詩第二行書有："右街千福寺內道場應制大德圓鑒。"可知，作者即為"釋圓鑒"。
⑦ 原卷有作者署名，此詩第二行書有："右街崇先寺內講論兼應制大德彥楚。"可知，作者即為"釋彥楚"。
⑧ "昌"，《敦煌詩集殘卷輯考》據文義校改作"冒"。"鶯"，應作"莺"，據文義校改，"鶯"為"莺"之借字。
⑨ "擊"，應作"擊"，據文義校改，《敦煌詩集殘卷輯考》釋作"擊"，校改作"擊"。
⑩ "李"，《敦煌詩集殘卷輯考》釋作"學"，二字同。

第四章　歸義軍時期文人詩歌在敦煌地區的傳播（上）　◀◀　141

及筆跡亦同的紀年題記。該紀年題記曰："於時清泰元年（934）敦煌胖歲律當應鐘冀彫十五葉書記。"① 此五首詩的抄寫時間，應是在清泰元年。

14. P.3771v 抄寫的 25 首文人詩。此 25 首詩，實為《珠英學士集》卷五的內容②。《伯希和劫經錄》、《敦煌遺書總目索引新編》著錄作"珠英學士集殘卷"，《法藏敦煌西域文獻》著錄作"珠英學士集"。

這 25 首詩包括：胡皓詩 8 首、喬備詩 4 首、元希聲詩 9 首、房元陽詩 2 首、楊齊哲詩 2 首。其中，多有重復抄寫者。包括重復抄寫者在內，此 25 首詩，原卷共計抄寫 94 行，且筆跡相同。詳見下表：

次序	行款	作者	原卷詩題	內容
1	5 行	胡皓③	春悲行一首④	夜鵲南飛倦，鳴雞屢送晨。忽聞芳歲道（首）⑤，今日故園春。試上高臺望，葐蒀（氛氳）江樹新⑥。旳旳韶陽蘀（蕚）⑦，迢迢佳麗人。音容曠不接，景物徒相因。別怨如流水，移恩念積薪⑧。垂淚三危露，心斷二京塵。遠役鴻為伴，荒亭鬼作鄰⑨。吾生殊卉木⑩，憔悴此［江］濱⑪。

---

① 上海古籍出版社、法國國家圖書館等編：《法國國家圖書館藏敦煌西域文獻》第 27 卷，上海古籍出版社 2002 年版，第 115 頁。
② 徐俊：《敦煌本〈珠英集〉考補》，《文獻》1992 年第 4 期；收入徐俊：《敦煌詩集殘卷輯考》，中華書局 2000 年版，第 548—558 頁。
③ 以下五首詩，原卷未見作者署名，《補全唐詩》收於胡皓名下。
④ 此詩原卷抄寫兩遍，第二遍抄寫在本表第 2 首詩《渝州逢故人一首五言》的後面。本表以第一遍為據。
⑤ "道"，《敦煌詩集殘卷輯考》據文義校改作"首"。
⑥ "葐蒀"，應作"氛氳"，據文義校改。
⑦ "旳旳"，《敦煌詩集殘卷輯考》釋作"的的"。"蘀"，應作"蕚"，據文義校改，《敦煌詩集殘卷輯考》校改作"蘂"。
⑧ "薪"，《敦煌詩集殘卷輯考》釋作"新"，校改作"薪"，可徑釋。
⑨ "作"，《敦煌詩集殘卷輯考》釋作"為"。
⑩ "殊"，《敦煌詩集殘卷輯考》釋作"珠"。
⑪ "江"，原卷脫，《敦煌詩集殘卷輯考》據重出詩補。

续表

次序	行款	作者	原卷詩題	內容
2	2 行	胡皓	渝州逢故人一首五言①	共是他鄉客，俱為失路人。自憐蓬髮改，不掩柳條春。
3	3 行	胡皓	感春一首②	試登高臺春，伏檻弄陽旭。紆寂融密思，韶和洗紛矚。林暖花意紅，墀薰草情綠。感物深自負，萋萋楊［花］白③。
4	3 行	胡皓	奉天田明府席餞別一首④	屬城富才雄，文園餞席同。此席何所餞，徭役五原中。疾沙亂飛雪，連車雜轉蓬。雁歸寒塞近，客散祖亭空。旦夕不遑次，簫（蕭）條鳴朔風⑤。
5	2 行	胡皓	答徐四簫（蕭）關別醉後見投一首七言⑥	簫（蕭）關［城］南隴入云⑦，簫（蕭）關城北海生荒⑧。咄嗟塞外同為客，滿酌杯中一送君。
6	3 行	喬備	雜詩一首五言⑨	蹔借金鎚（錘）秤⑩，銜涕訴恩波。君情將妾怨，稱取謂誰多。秋吹凌紈素⑪，空閨生網羅。不期流水引，翻作斷腸歌。

---

① "渝"，《補全唐詩》釋作"滁"。此詩原卷抄寫兩遍，第二遍中的詩題，脫"逢"字。
② 詩題原卷抄寫兩遍。
③ "花"，原卷脫，《敦煌詩集殘卷輯考》據文義補。
④ 本表中的第 4 到第 19 首詩原卷抄寫兩遍，第二遍均抄寫在第 25 首《登灰阪一首五言》之後。本表以第一遍為據。
⑤ "簫"，《敦煌詩集殘卷輯考》據文義校改作"蕭"，"簫"為"蕭"之借字。
⑥ "簫"，應作"蕭"，據文義校改，"簫"為"蕭"之借字。
⑦ "簫"，《敦煌詩集殘卷輯考》據文義校改作"蕭"，"簫"為"蕭"之借字。"城"，原卷脫，《敦煌詩集殘卷輯考》據重出詩補。
⑧ "簫"，《敦煌詩集殘卷輯考》據文義校改作"蕭"，"簫"為"蕭"之借字。
⑨ 原卷中，此詩的前一行和首行書有："蒲州安邑縣令宋國喬備四首。"可知，本表第 6 到第 9 首詩的作者均為"喬備"。
⑩ "鎚"，應作"錘"，據文義校改，"鎚"為"錘"之借字。
⑪ "素"，《敦煌詩集殘卷輯考》釋作"索"，校改作"素"，可徑釋。

第四章　歸義軍時期文人詩歌在敦煌地區的傳播（上）　143

续表

次序	行款	作者	原卷詩題	內容
7	3行	喬備	出塞一首五言	砂（沙）場三萬里①，獨將五千兵②。旌斷冰谿戍，葭思鐵關城。陰云暮成雪，寒日畫無晶。直為懷恩苦，誰知邊塞情。
8	3行	喬備	秋夜巫山一首五言	巫硤徘徊雨，陽臺潭蕩云。江山空窈窕，朝暮自氣（氛）氳③。螢色寒秋露，猿啼清夜聞。唯憐夢魂遠，腸斷思思思（紛紛）④。
9	3行	喬備	長門怨一首	秋入長門殿⑤，木落洞房虛。妾思霄（宵）逾靜⑥，君恩日更踈。墜露清金閣，流營（螢）點玉除⑦。還將閨裏恨，遙［問］馬如相（相如）⑧。
10	3行	元希聲⑨	贈皇甫侍禦赴都一首四言	東南之美，生於會稽。牛卅（斗）之氣⑩，蓄於昆溪。有汜（瑤）者玉⑪，連城是齊。有威者鳳，非梧不棲。
11	2行	元希聲	原卷無題	猗嗟眾珍，以況君子。公侯之胄，必復其始。利器長材，溫儀峻時。顯此元明，於斯備矣。

---

①　"砂"，應作"沙"，據文義校改，"砂"為"沙"之借字。
②　"獨"，《敦煌詩集殘卷輯考》釋作"猛"。
③　"氣"，《敦煌詩集殘卷輯考》據文義及重出詩校改作"氛"。
④　"思思"，《敦煌詩集殘卷輯考》據文義及重出詩校改作"紛紛"。
⑤　"人"，《敦煌詩集殘卷輯考》釋作"人"，校改作"入"，不煩校改，可徑釋。
⑥　"霄"，《敦煌詩集殘卷輯考》據文義校改作"宵"，"霄"為"宵"之借字。
⑦　"營"，《敦煌詩集殘卷輯考》據文義校改作"螢"，"營"為"螢"之借字。
⑧　"問"，原卷脫，《敦煌詩集殘卷輯考》據文義及重出詩補。"如相"，《敦煌詩集殘卷輯考》據文義校改作"相如"。
⑨　原卷中，此詩的前一行書有："太子文學河南元希聲二首。"而原卷中的第一首元希聲詩，實為八首。因此，本表第10到第18首詩的作者均為"元希聲"。
⑩　"卅"，應作"斗"，據文義及《初學記》《全唐詩》校改，《敦煌詩集殘卷輯考》徑釋作"斗"。
⑪　"汜"，《敦煌詩集殘卷輯考》據文義及《初學記》《全唐詩》校改作"瑤"。

续表

次序	行款	作者	原卷詩題	内容
12	2行	元希聲	原卷無題	道心惟微，厥用允塞。德輝不光，而暎邦國。靜以存神，動而作則。九臯（皋）千里①，其聲不忒。
13	2行	元希聲	原卷無題	粵在古者（昔）②，分官厥初。刺邪矯枉，非賢勿居。稜稜直指，烈烈方書。蒼玉鳴珮，繡衣登車。
14	3行	元希聲	原卷無題	綽綽夫君，是膺柱下。准繩有望③，名器無假。寵蓋白山，氣雄公雅。立朝正色，俟我能者。
15	3行	元希聲	原卷無題	載懷朋情，嘗接閑宴。好洽昆弟，官驂州懸（縣）④。如役（彼）松竹⑤，春榮冬蒨。柯葉藹然，不渝霜霰。
16	2行	元希聲	原卷無題	會合非我，關山坐違。離鳴曉引，別葉秋飛。騑驂徐動，樽餞相依。遠情超忽，岐路光暉。
17	3行	元希聲	原卷無題	金石其心，芝蘭其室。謙語方間，音微（徽）自溢⑥。肅子風威，嚴子霜質。贈言歲暮，以保直（貞）吉⑦。

---

① "臯"，應作"皋"，據文義校改，"臯"為"皋"之借字。

② "者"，《敦煌詩集殘卷輯考》據文義校改作"昔"，形近致誤。

③ "准"，《敦煌詩集殘卷輯考》校改作"準"，二字同。"有"，原卷在"有"字後衍一"有"字。

④ "懸"，《敦煌詩集殘卷輯考》據文義校改作"縣"，"懸"為"縣"之借字。原卷在"州"字之前衍一"懸"字。

⑤ "役"，應作"彼"，據文義及重出詩校改，《敦煌詩集殘卷輯考》徑釋作"彼"。

⑥ "微"，《敦煌詩集殘卷輯考》據文義及重出詩校改作"徽"，"微"為"徽"之借字。

⑦ "直"，《敦煌詩集殘卷輯考》據文義及重出詩校改作"貞"，"直"為"貞"為借字。

续表

次序	行款	作者	原卷詩題	內容
18	4行	元希聲	宴盧十四南園得園韻一首五言	超遙乘遐（暇）景①，灑散絕浮喧。寫望峰云出，開襟（襟）夏木繁②。野人憐狎鳥，遊子愛芳蓀。臥條低臨席，驚流注滿園。澹然林下意，琴酌坐忘言。
19	4行	房元陽③	送薛大入洛一首五言	驚年嗟未極，別緒復相依。雁隨春北度，人共水東歸。夜月臨軒盡，殘釵（釭）入曉微④。哀絲（思）一罷曲⑤，幽桂徒芳菲。
20	4行	房元陽	秋夜彈碁鼓琴歌⑥	流月泛豔兮露色圓⑦，拂孤名［□］兮弄清絲⑧。幽態窈窕兮斷復連，驚風中路兮迢流年。浮榮輕薄兮欲何賢，流商激楚兮不能宣。
21	3行	楊齊哲⑨	秋夜譙徐四山亭一首五言	眷言北山岑，非謂麋遠尋。庭際有幽石，自然飫遐心。月下池（池下）涼彩⑩，風竹來清音。樽酒故人意，蒼蒼寒露深。
22	3行	楊齊哲	曉過古函谷關一首五言	地險崤陵北，途經分陝東。邐迤眾山盡，荒涼古塞空⑪。川光流曉月，菊（樹）影散晴風⑫。聖德令無外，何處是關中。

---

① "遐"，應作"暇"，據文義及重出詩校改，"遐"為"暇"之借字。
② "襟"，《敦煌詩集殘卷輯考》據文義及重出詩校作"襟"，形近致誤。
③ 原卷中，此詩的前一行與首行書有："司禮寺博士清河房元陽二首。"可知，本表第19、第20首的作者均為"房元陽"。
④ "釵"，《敦煌詩集殘卷輯考》據文義及重出詩校改作"釭"，形近致誤。
⑤ "絲"，《敦煌詩集殘卷輯考》據《補全唐詩》校改作"思"，"絲"為"思"之借字。
⑥ "歌"，原卷作"哥"，據文義校改，"哥"為"歌"之借字。
⑦ "圓"，《敦煌詩集殘卷輯考》據《補全唐詩二種續校》校改作"團"，不煩校改。
⑧ "名"，《敦煌詩集殘卷輯考》未能釋讀。"□"，據文義，此處應脫一字。
⑨ 原卷中，此詩首行書有："洛陽懸尉弘農楊齊悊二首。"據文義，"懸"應作"縣"。"楊齊悊"應即為本表第21到第22首的作者。
⑩ "下池"，《敦煌詩集殘卷輯考》據文義及《補全唐詩二種續校》校改作"池下"。
⑪ 原卷在"塞"字前衍一"寒"字。
⑫ "菊"，《敦煌詩集殘卷輯考》據文義校改作"樹"，"菊"為"樹"之借字。

续表

次序	行款	作者	原卷詩題	內容
23	3行	胡皓①	奉使松府一首五言	蜀山周地險，漢水接天平。波濤去東別，林嶂隱西傾。露白蓬根斷，風秋草葉鳴。孤舟忽不見，垂淚坐盈盈。
24	4行	胡皓	夜行黃花川一首五言	的的夜綿綿，劍斗歷高天。露浩空山月，風秋洞壑泉。饑鼯啼遠樹，暗鳥宿長川。借問鄉關道②，遙遙復幾年。
25	1行	胡皓	登灰阪一首五言	原卷僅存詩題，並無詩文。

　　原卷在元希聲《宴盧十四南園得園韻一首五言》的行間，反向書有一條筆跡與上表中的詩相同之題記："節度押衙銀青光祿大夫兼校國子祭酒閻□□。""銀青光祿大夫兼校國子祭酒"為虛銜，只有"節度押衙"是實職。在歸義軍軍將職級上，"押衙"僅次於"都指揮使""都押衙"，是節度使的重要輔佐官。此25首詩的抄寫時間，應系年到歸義軍時期。

　　15. P. 3808抄寫的19首文人詩。這19首文人詩，原卷共計抄寫十九行，每行一首詩，行款嚴謹，筆跡相同。《伯希和劫經錄》《敦煌遺書總目索引新編》《法藏敦煌西域文獻》均未予著錄。原卷在此詩前，抄有筆跡與詩相同的《長興四年（932）中興殿應聖節講經文》。《伯希和劫經錄》《敦煌遺書總目索引新編》《法藏敦煌西域文獻》均未予著錄。這19首詩，詳見下表：

---

① 原卷中，此詩的首行書有："恭陵丞安定胡皓七首。"可知，本表第23到第25首的作者均為"胡皓"。
② "鄉"，《敦煌詩集殘卷輯考》釋作"邛"。

第四章　歸義軍時期文人詩歌在敦煌地區的傳播(上)　　147

次序	行款	原卷詩題	內容
1	1行	原卷無題	宋王忠孝奉堯天，算得焚香托聖賢。未得詔宣難入闕，夢魂長在聖人邊①。
2	1行	原卷無題	潞王英特坐岐州②，安撫生靈稱烈（列）侯③。既有英雄匡社稷，開（關）西不在聖人憂④。
3	1行	原卷無題	登□盡節奉明君⑤，數片祥云捧日輪。自古詩書明有語，須知主聖感賢臣。
4	1行	原卷無題	幾家歡樂夢先成，欠負官身勾卻名⑥。煩惱之人皆快活，須交皇帝福田生。
5	1行	原卷無題	此時恩澤徹西東，功德何（河）沙算不窮⑦。不計諸州兼縣鎮，共驚牢獄一時空。
6	1行	原卷無題	既沾恩澤異尋常，夜對星辰焚寶香。何路再申忠孝意，開經一藏報君王。
7	1行	原卷無題	萬生修種行無差，方得身過帝王家。皇帝忽然賜疋馬，交臣騎著滿京誇。
8	1行	原卷無題	何人不解愛榮華，猛利身心又好誇。堪羨忠臣延廣［□］，捨榮剃髮報官家⑧。

---

①　"邊"，原卷書作"前"，旁注作"邊"，雖未見刪除符號，但書手本意應是校改。
②　"潞"，《敦煌詩集殘卷輯考》釋作"路"，校改作"潞"，可徑釋。
③　"烈"，《敦煌詩集殘卷輯考》據文義校改作"列"，"烈"為"列"之借字。
④　"開"，《敦煌詩集殘卷輯考》據文義校改作"關"。
⑤　"□"，《敦煌詩集殘卷輯考》釋作"峰"。
⑥　"身"，《敦煌詩集殘卷輯考》釋作"犭"，校改作"錢"。
⑦　"何"，應作"河"，據文義校改，"何"為"河"之借字，《敦煌詩集殘卷輯考》徑釋作"河"。
⑧　"榮"，《敦煌詩集殘卷輯考》釋作"容"，"榮"為"容"之借字。

续表

次序	行款	原卷詩題	內容
9	1行	原卷無題	聖慈如似日輪開，照燭光明遍九垓。都是皇恩契神佛，感西天僧道場來①。
10	1行	原卷無題	程過十萬里流沙，唐國來朝帝王家。師號紫衣恩賜與，總交將向本鄉誇。
11	1行	原卷無題	江頤（頭）忽見小蛇蟲②，試與捻拋深水中。因此碧潭孝養性③，近來也解使雷風。
12	1行	原卷無題	閔見枯池少水魚，流波涓滴與構（溝）渠④。近來稍似成鱗甲，便道群龍總不如。
13	1行	原卷無題	見伊鶯（鸚）鵡語分明⑤，不惜功夫養得成。近日自知毛羽壯，空中長作怨人聲。
14	1行	原卷無題	可憎猧子色茸茸，擎舉何勞餧飼濃。點眼憐伊圖守護，誰知反吠主人公。
15	1行	原卷無題	鴨兒水上李浮沉⑥，任性略無顧戀心。可惜憨雞腸寸斷，豈知他是負恩禽。
16	1行	原卷無題	蜘蛛夜夜吐絲多，來往空中織網羅。將為一心居舊處，豈知他意別尋窠。

---

① "感西天僧"，《敦煌詩集殘卷輯考》釋作"天感西僧"。原卷在"道場"二字前衍一"赴"字。
② "頤"，應作"頭"，據文義校改，《敦煌詩集殘卷輯考》徑釋作"頭"。
③ "孝"，《敦煌詩集殘卷輯考》釋作"學"，二字同。
④ "構"，《敦煌詩集殘卷輯考》據文義校改作"溝"，"構"為"溝"之借字。
⑤ "鶯"，應作"鸚"，據文義校改，"鶯"為"鸚"之借字。
⑥ "李"，《敦煌詩集殘卷輯考》釋作"學"，二字同。

第四章　歸義軍時期文人詩歌在敦煌地區的傳播(上)　　149

续表

次序	行款	原卷詩題	內容
17	1 行	原卷無題	玉蹄紅耳槽頭時，餧飼真交稱體肥。不望垂疆（繮）兼待部（步）①，近來特地卻難騎。
18	1 行	原卷無題	樗榆凡木繞亭臺，茷（伐）倒何須又卻栽②。只是一場虛費力，終歸不作棟梁材。
19	1 行	原卷無題	人間大小莫知聞，去就昇堂並不存③。既是下流根本劣，爭堪取自伴郎君。

　　P.3808 號寫卷首題"長興四年（932）中興殿應聖節講經文"，尾題"仁王般若經抄"。此 19 首詩，原卷抄寫在尾題之前，且筆跡與首題、尾題相同。講經文的首題表明，講經時間是在長興四年唐明宗誕日（九月九日），講經地點是在京都洛陽宮內中興殿；尾題表明，講經的內容為演繹《仁王護國般若波羅蜜多經》。據楊雄先生的研究，這 19 首詩是某中原講經人臨時添加，內容涉及後唐明宗時人事④。此卷 19 首詩的抄寫時間，應系年到長興四年以後的曹氏歸義軍時期。

　　16. P.3866 抄寫的 28 首《涉道詩》。P.3866 號寫卷的裝幀形態為冊頁裝，殘存五頁。此 28 首詩原卷共計抄寫 141 行，書法介於隸書與楷書之間，每首詩的詩題均單獨書寫一行，詩歌內容均書寫四行。原卷在首頁的首行書有"涉道詩"題名，且在詩題同行空兩字處書有"李翔"署名。可知，此 28 首詩為李翔《涉道詩》。這 28 首詩，詳見下表：

---

①　"疆"，應作"繮"，據文義校改，"疆"為"繮"之借字，《敦煌詩集殘卷輯考》徑釋作"繮"。"部"，應作"步"，據文義校改，"部"為"步"之借字，《敦煌詩集殘卷輯考》徑釋作"步"。

②　"茷"，《敦煌詩集殘卷輯考》據文義校改作"伐"，"茷"為"伐"之借字。"又卻"，《敦煌詩集殘卷輯考》釋作"卻又"。"栽"，《敦煌詩集殘卷輯考》釋作"裁"，校改作"栽"，不煩校改，可徑釋。

③　"堂"，《敦煌詩集殘卷輯考》釋作"常"。

④　楊雄：《長興四年中興殿應聖節講經文研究》，《敦煌研究》1990 年第 1 期。

次序	行款	原卷詩題	內容
1	5行	看縉云山圖	謂見仙都二十年，忽逢圖畫頓欣然。云巖不似人間世，物象翻疑洞裏天。回壓鼇頭當海眼，直侵鵬路倚星躔。頂湖縱去無多地，空見霜流百丈泉。
2	5行	百步橋	亘險淩虛百步橋，古應從此上千霄。不辭宛轉峰千仞，且喜分明路一條。銀漢攀緣知必到，月宮斟酌去非遙。牽牛漫更勞烏鵲，歲歲填河綠頂燋（焦）①。
3	5行	投龍池	虎眼渦盤石窟中，古今俱向此投龍。齋滻不啻深千丈，盼蠁皆應到九重。洞穴昔聞通地府，風云今得遇靈蹤。無因犯世間雷雨，池面連天拔一峰。
4	5行	頂湖	萬仞峰頭鑿一湖，更誰來此用功夫。張霞鱲（鱻）是星河鯉②，濯（燿）火領多日御烏③。往往風波聞下界，時時花雨護仙都。碧蓮洞口人偷說，知似車輪許大無？
5	5行	石鶴	白石孤標逸鶴形，古人隨類巧安名。巖花落處見朱頂，夜雨來時聞唳聲。遼海未曾重寄語，緱山今更請寬程。若教衛懿如今在，也遣軒車到此迎。
6	5行	謝公石磵	康樂云棲跡尚存④，竹亭猶仰古窪罇。苔封四面迷山象，露滴中心認酒痕。巖月舊來曾伴飲，澗泉今咽共誰論，無因訪得逃堯客，求取風瓢挂石門。

①"燋"，《敦煌詩集殘卷輯考》據文義校改作"焦"，"燋"為"焦"之借字。

②"鱲"，《敦煌詩集殘卷輯考》據文義校改作"鱻"，"鱲"為"鱻"之借字。

③"濯"，《敦煌詩集殘卷輯考》據《敦煌本李翔涉道詩考釋》校改作"燿"，"濯"為"燿"之借字。

④"棲"，《敦煌詩集殘卷輯考》釋作"捿"，校改作"棲"，按敦煌文獻中"木""扌"常混用，故可徑釋。

第四章 歸義軍時期文人詩歌在敦煌地區的傳播(上)

续表

次序	行款	原卷詩題	內容
7	5行	童子山	童子山形也不孤，勢疑高拱從（聳）僷（僎）都①。云生石肘如擎帔，月到巖心似捧壺。豈可繞壇操鳳節，爭教侍燭康（秉）麟鬚②。桑田若更成東海，始肯隨師化此蚯（軀）③。
8	5行	嚴尚書重浚橫泉井	古甃千尋鎖綠苔，老蛟曾邂此中來。厭聆羽客提鐸入，喜見將軍抶（仗）節開④。玉液洞通甘似醴，金瓶輪下殿如雷。更聞堪療群生疾，願倚崇欄飲一杯。
9	5行	許真君鐵柱	恐老蛟重作患深，獨理鐵柱至如今⑤。根牢直下蟠江底，勢壯長留鎮郡心。神鬼每聞趍夜後，風雷不敢犯塘陰。無因更走橫泉窟，壓斷祈精氣永沉。
10	5行	題麻姑山廟	險翠峨霄壓上游，大仙曾向此幽求。云埋三級壇空在，月照千尋水自流。偃蓋鶴還清露滴，古池龍睡碧蓮秋。桑田未必翻為悔（海）⑥，香火何人解繼修。
11	5行	軍山前馬退石	山亘南豐石亘山，石橫山路馬登難。非論蹇步須迴駕，縱使追風亦解鞍。恐是龍宮通洞府，莫應猿嶺建星壇。何因不許超驥輩，踏着連云大麓端。
12	5行	馬明生遇王婉羅	徹骨金瘡分已休，謝神妃護到靈丘。供丞（承）洞府知何地⑦，灑掃云房不記秋。金鐎玉函雖照燿，寶書真篆敢規求。龍胎未肯傳初學，又逐安期萬里游。

---

① "從"，《敦煌詩集殘卷輯考》據文義校改作"聳"，"從"為"聳"為借字。"僷"，應作"僎"，據文義校改，《敦煌詩集殘卷輯考》徑釋作"僎"。
② "康"，應作"秉"，據文義校改，《敦煌詩集殘卷輯考》徑釋作"秉"。
③ "蚯"，應作"軀"，據文義校改，"蚯"為"軀"之借字。
④ "抶"，《敦煌詩集殘卷輯考》據文義校改作"仗"，"抶"為"仗"之借字。
⑤ "至"，《敦煌詩集殘卷輯考》釋作"到"。
⑥ "悔"，應作"海"，據文義校改，《敦煌詩集殘卷輯考》徑釋作"海"。
⑦ "丞"，《敦煌詩集殘卷輯考》據文義校改作"承"，"丞"為"承"之借字。

续表

次序	行款	原卷詩題	內容
13	5行	登臨川仙臺觀南亭	獨倚危欄愛景晴，古松壇殿半陰橫。東山有路千云嶮，汝水無波到底清。歸洞闘龍收雨腳，拂簷行雁起秋聲。開襟正是忘機處，不覺疎鐘遍郡城。
14	5行	謝梁尊師見訪不遇	曉酾黃精晝未還，豈知仙老降柴關。一聲歸鶴唳江口，數片白雲遺竹間。悵望有慙勞羽駕，差池不得禮冰顏。秋風獨倚書齋（齋）立①，遙想真暉對暮山。
15	5行	魏夫人歸大霍山	受錫南歸大霍宮，眾真同會絳房中。裘披鳳錦千花麗，旆綽龍霞八景紅。羽帔儼排三洞客，仙歌凝韻九天風。元君未許人先起，更待云璈一曲終。
16	5行	馮雙禮珠彈云璈以答歌	王母詞終薦碧桃，答歌仙子奏云璈。調凌空洞音初起，曲麗鈞天韻更高。霞斷已翔煙際鶴，風生欲抃海心鼇。瑤池侍女爭迴首，無限（限）琅英墜節毛②。
17	5行	魏夫人受大洞真經	太極仙公降上清，為傳三十九章經。先教稽首丞（承）明詔③，次遣齋心向冥冥。妙句祇令巖下讀，真丈（文）不許世間聽④。寶函鈿軸披尋遍，始駕龍車謁帝庭。
18	5行	衛叔卿不賓漢武帝	鑾殿閑卿頓紫云，武皇非意欲相臣。便迴太華三峰路，不喜咸陽萬乘春。涉險漫勞中禁使，投壺多是上清人。猶教度世依方術，莫戀浮榮悞爾身。

---

① "齊"，《敦煌詩集殘卷輯考》據文義校改作"齋"，形近致誤。
② "限"，《敦煌詩集殘卷輯考》據《補全唐詩二種續校》校改作"限"，形近致誤。
③ "丞"，《敦煌詩集殘卷輯考》據文義校改作"承"，"丞"為"承"之借字。
④ "丈"，《敦煌詩集殘卷輯考》據文義校改作"文"，形近致誤。

第四章　歸義軍時期文人詩歌在敦煌地區的傳播（上）　153

续表

次序	行款	原卷詩題	內容
19	5行	獻龍虎山張天師	東漢天師直下孫，久依科戒住玄門。寰中有位逢皆拜，世上無人見不尊。三洞吏兵潛稽首，六宮魔幻闇銷魂。可能授與長生籙，浩劫銘肌敢忘恩。
20	5行	小有王君別西城總真	從事明真入洞臺，便袪秋骨致仙材。絳宮玄圃皆尋遍，龜岫龍洲盡到來。開啟玉皇過九奏，教詔金液語千迴。謂言得道輕離別，重感師恩泣更哀。
21	5行	寄題尋真觀	見說尋真地勢雄，面臨湖北倚高峰。奔濤入夏雷聲迅，險嶂凌秋黛色濃。壇上步虛頻降鶴，洞中投簡數驚龍。何勞更訪桃源路，水曲云深千萬重。
22	5行	題金泉山謝自然傳後	蹔謫歸天固有程，虛皇還召赴三清。簫歌近向峰頭合，羽駕低臨洞口迎。自換玉衣朝上帝，豈關金格注生名。門人未得隨師去，云外空聞好住聲。
23	5行	宿西山淩云觀	掩映真居不易求，自驚何路到蓬丘。庭心月近石壇古，海面風微山殿秋。控鶴嶺高星半隔，伏龍崗轉水分流。胡尊縱使如今在，誰繼花姑問事由？
24	5行	秋日過龍興觀墨池	獨登仙館欲從誰？聞者（有）王君舊墨池①。苔蘚已侵行履跡，窪坳猶是古來規。竹梢聲認揮毫日，殿角陰疑洗硯時。欹倚壇邊紅葉樹②，霜鐘欲盡下山遲。
25	5行	寄麻姑山喻供奉	羽客乘風下九天，撥云親自揀林泉。簹吞海魄迎真氣，路繞岩根謁古仙。道勝早為三洞伏，詩成曾被六宮傳。如今萬事皆輕棄，只待還丹駐鶴年。

---

① "者"，《敦煌詩集殘卷輯考》據文義校改作"有"，形近致誤。
② "欹"，《敦煌詩集殘卷輯考》釋作"嗽"，校改作"欹"，不煩校改，可徑釋作"欹"。

次序	行款	原卷詩題	內容
26	5行	覽煉師張殷儒詩	石井峰高劈曙云，云開山露見張君。心藏定遠握中策，袖貯懷沙江上文。巨壑波翻鯨少敵，老松巢迴鶴難群。無端示我青霞句，吟斷秋風到日矄。
27	5行	西林寺與樵煉師賦得階下泉	迴廊折漩（旋）繞空階①，闇想翻霜瀉峭崖。蕙帶客尋經遠澗，麻衣僧引到高齋。流分曉月光難駐，響入清琴韻易諧。時有真官訪衰病，每同觀聽盪（荡）幽懷②。
28	5行	舞鳳石	遠見麻姑戲瑞禽，每來教舞此壇心。基離地面三千丈，勢倚云根一萬尋。烟海日搖雙翅影，洞天風散九韶音。自從越叟分明說，便想羅浮直至今。

吳其昱先生認為，此28首詩的作者，為曾官至莆田尉的唐高祖九世孫李翔③。據《新唐書·宗室世系》載，唐高祖的九世孫李翔，懿宗咸通年間（860—874）在世④。此28首詩中的"世""虎""建""軒""殷""玄"等字，均不缺筆。林聰明據這種避諱特徵，認為其抄寫時間是在五代之際⑤。彼時的敦煌，已進入曹氏歸義軍時期。

17. P. 3886v 抄寫的《五言美瓜沙僧獻款詩一首》《感聖皇之化有敦煌都法師悟真上人持疏來朝因成四韻》《五言四韻奉贈河西大德》《奉贈河西真法師》《立贈河西悟真法師》等七首詩。此七首詩原卷共計抄寫33行，且筆跡相同。《伯希和劫經錄》《敦煌遺書總目索引新編》著錄作

---

① "漩"，《敦煌詩集殘卷輯考》據文義校改作"旋"，"漩"為"旋"之借字。
② "盪"，《敦煌詩集殘卷輯考》據文義校改作"荡"，"盪"為"荡"之借字。
③ 吳其昱：《李翔及其涉道詩》，吉岡義豐編《道教研究》，日本昭森社1965年版，第271—291頁。
④ （宋）歐陽修、宋祁等：《新唐書》，中華書局1975年標點本，第2075頁。
⑤ 林聰明：《敦煌本李翔涉道詩考釋》，《敦煌學》1984年第7輯。

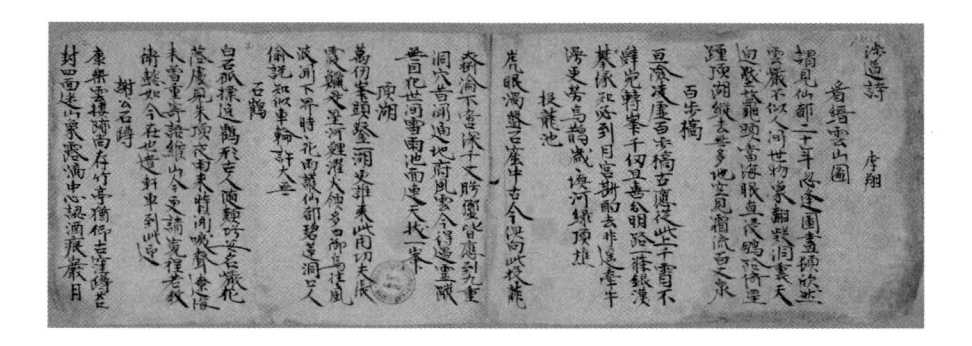

第四章　歸義軍時期文人詩歌在敦煌地區的傳播(上)　◀◀　155

"京城各寺大德美悟真獻款詩七首",《法藏敦煌西域文獻》著錄作"兩街大德贈悟真法師詩七首"。這七首詩,詳見下表:

次序	行款	作者	原卷詩題	內容
1	5行	釋圓鑒①	五言美瓜沙僧獻款詩一首	聖主恩方洽,瓜沙有異僧。身中多種藝,心地幾千燈。面進輸城款,親論嚮化能。詔迴應錫賚,寵殊一層層。
2	6行	釋彥楚②	五言述瓜沙州僧獻款詩一首	鄉邑雖然異,銜恩萬國同。遠朝來鳳闕,歸順賀宸聰。冒暑聞鶯囀(囀)③,看花落晚紅。辯清能擊論④,學富早成功。大教從西得,敷筵願向東。今朝承聖旨,起坐沐天風。

---

① 原卷有作者署名,此詩的第二行書有:"右街千福寺內道場應制大德圓鑒。"可知,作者即為"釋圓鑒"。
② 原卷有作者署名,此詩的第二行書有:"右街崇先寺內講論兼應制大德彥楚。"可知,作者即為"釋彥楚"。
③ "冒",《敦煌詩集殘卷輯考》釋作"昌",校改作"冒",不煩校改,可徑釋。"轉",應作"囀",據文義及 S.4654 校改,"轉"為"囀"之借字。
④ "辯",《敦煌詩集殘卷輯考》釋作"辨","辯"為"辨"之借字。"擊",《敦煌詩集殘卷輯考》釋作"擊",校改作"擊",不煩校改,可徑釋。

续表

次序	行款	作者	原卷詩題	內容
3	4行	釋子言①	五言美瓜沙僧獻款詩一首	聖澤布遐荒，僧來自遠方。願移戎虜地，却作禮儀鄉。博笑詞多雅，清譚義更長。名應恩意重，歸路轉生央（光）②。
4	5行	釋建初③	感聖皇之化有敦煌都法師悟真上人持疏來朝因成四韻	名出燉煌郡，身遊日月宮。柳煙清古塞，邊草靡春風。皷舞千年聖，車書萬里同。褐衣持獻疏，不戰四夷空。
5	4行	釋太岑④	五言四韻奉贈河西大德⑤	肅肅空門客，洋洋藝行全。解投天上日，不住[□□]禪。飛錫登云路，摳衣拂戍烟。喜同清靜教，樂我太平年。
6	5行	釋棲白⑥	奉贈河西真法師	知師遠自燉煌至，藝行兼通釋與儒。還似法蘭起上國，仍論博望獻新圖。已聞[關]隴春長在⑦，更說河湟草不枯。郡去五天多少地，西瞻得見雪山無？

---

① 原卷有作者署名，此詩的第二行書有："右街千福寺沙門子言。"可知，作者即為"釋子言"。

② "央"，《敦煌詩集殘卷輯考》據文義及 S.4654 校改作"光"，"央"為"光"之借字。

③ 原卷有作者署名，此詩的第二行書有："報聖寺賜紫僧建初。"可知，作者即為"釋建初"。

④ 原卷有作者題署，此詩的第二行書有："報聖寺內供奉沙門太岑。"可知，作者即為"釋太岑"。

⑤ 首行接抄在前詩的末尾。

⑥ 原卷有作者題署，此詩的第二行書有："京薦福寺內供奉大德棲白上。"可知，作者即為"釋棲白"。

⑦ "關"，原卷脫，《敦煌詩集殘卷輯考》據文義及 S.4654 補。

第四章　歸義軍時期文人詩歌在敦煌地區的傳播(上)　　157

续表

次序	行款	作者	原卷詩題	內容
7	5行	釋有孚①	立贈河西悟真法師	沙徹虜塵清，天親入帝京。詞華推耀穎，經綸許縱橫。幸喜乾坤泰，忻逢日月明。還鄉報連師（帥）②，相率賀昇平③。

P.3886號寫卷的正面，抄有一件《書儀》，《書儀》的末尾有紀年題記："維大周顯德七年（960）歲次庚申七月一日大云學郎鄧清子自書記。"但《書儀》的筆跡，與此七首詩不同。按照正面先寫、後面後寫的慣例，此七首詩的抄寫時間，應是在顯德七年（960）七月一日以後。

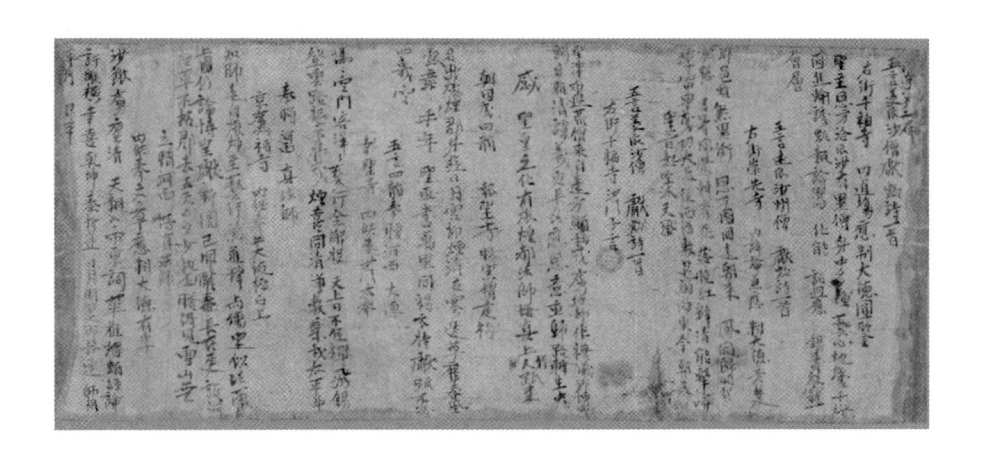

18. P.3906抄寫的《讚碎金》。此詩原卷抄寫三行，有題有署，詩曰："一軸零書則未多，要來不得那人何。從頭至尾無閑字，勝看真珠一百鐸（鍱）④。"《伯希和劫經錄》《敦煌遺書總目索引新編》未予著錄，

---

① 原卷有作者題署，此詩的第二行書有："內供奉文章應制大德有孚。"可知，作者即為"釋有孚"。
② "師"，《敦煌詩集殘卷輯考》據文義校改作"帥"，形近致誤。
③ "賀"，《敦煌詩集殘卷輯考》據殘筆畫及文義補。
④ "真"，《敦煌詩集殘卷輯考》釋作"珍"，文義均可通。"鐸"，應作"鍱"，據文義校改，《敦煌詩集殘卷輯考》釋作"蝶"，校改作"鍱"。

《法藏敦煌西域文獻》著錄作"七言詩"。

原卷首行書有"吏部郎中王建"①，即為作者；首行在詩題的後面書有"同前"，而原卷在此詩前抄有沈侍郎《讚碎金》，故此詩的詩題應作"讚碎金"②。原卷在此詩後，有筆跡相同的紀年題記："天福七年（942）壬寅歲四月二十日，伎術院學郎、知慈慧鄉書手呂均書。"③故此詩是在天福七年抄寫，彼時的敦煌正處於曹元深治下。

19. P. 3910 抄寫的《正月十五夜》。此詩原卷抄寫三行，無題無署，詩曰："火樹銀花合，星橋鐵鑵開。闇陳（塵）隨馬去④，明君（月）逐人來⑤。"《伯希和劫經錄》《敦煌遺書總目索引新編》《法藏敦煌西域文獻》均未予著錄。此詩又見於《搜玉小集》、《唐詩紀事》卷六、《初學記》卷四、《文苑英華》卷一五七、《全唐詩》卷六五，實為蘇味道《正月十五夜》的前四句。

原卷卷首抄寫有筆跡相同的紀年題記："己卯年正月十八日陰奴兒買策子。"題記中的"陰奴兒"之名，又見於 S. 5441。S. 5441 卷首雜記中有："太平興國三年（978）戊寅歲二月廿五日陰奴兒書記。"可見，P. 3910 卷首題記中的"己卯年"，應為太平興國四年（979）。此詩的抄寫時間，應系年到太平興國四年正月十八日。彼時的敦煌，正處於曹延祿治下。

20. P. 4985 抄寫的《菊》。此詩原卷抄寫四行，有題有署，詩曰："鋤下霜前偶得存，忍教辛苦避蘭蓀。也銷造化無多事，未休陽和一點恩。生處不容依玉砌，要時還許近金罇。陶潛沒後誰為主，泣淚幽藂見淚痕。"原卷在此詩後，還抄寫有另外三首詩，惜其作者和抄寫時段，均無從考證。《伯希和劫經錄》將此四首詩一併著錄作"詩四首（共十四

---

① "吏"，原卷作"史"，據文義校改，形近致誤。
② "沈侍郎"為詩歌作品在流傳過程中出現的託名，難以判定其為中原詩人還是敦煌本地詩人，因此本書未予收錄。
③ 上海古籍出版社、法國國家圖書館等編：《法國國家圖書館藏敦煌西域文獻》第 29 卷，上海古籍出版社 2003 年版，第 179 頁。
④ "陳"，《敦煌詩集殘卷輯考》據文義校改作"塵"，"陳"為"塵"之借字。
⑤ "君"，《敦煌詩集殘卷輯考》據文義校改作"月"。

行)"，並作"說明"："第一首為菊，下題荀鶴二字，殆即杜荀鶴撰。"《敦煌遺書總目索引新編》《法藏敦煌西域文獻》均將此四首詩系於杜荀鶴名下，著錄作"杜荀鶴詩四首"，此說可待商榷。

此詩首行書有"菊"，即為詩題；詩題同行空一字處，署名"荀鶴"，可見在抄寫此詩的書手看來，杜荀鶴即為作者。《全唐詩》兩次載錄此詩，作者均非"杜荀鶴"，其中，《全唐詩》卷六五七作羅隱詩、卷六四三作李山甫詩。"杜荀鶴""羅隱""李山甫"三人中，生年最早者是"羅隱"。據傅璇琮先生考證，羅隱生於唐文宗太和七年（833）[1]。大中二年（848），羅隱年僅11歲，即便此詩是羅隱的作品，其創作時間也應在大中二年以後。此詩的抄寫時間，應系年到歸義軍時期。

歸義軍時期抄寫的中原文人詩，除了見於英藏、法藏外，北京大學圖書館藏敦煌遺書中也保留了一首，即北大D185抄寫的缺題詩《多幸遭逢處》。具體如下：

北大D185抄寫的《多幸遭逢處》。此詩原卷抄寫兩行，無題無署，詩曰："多幸遭逢處，知交信有恩。偏承相見重，頻沐厚光榮。眷戀常推許，人情每普平。"原卷在此詩前有序，序文曰："夫以因於閒暇，採集巴句，幸寄孔目五言二十韻，伏惟不阻為幸。寄靈圖寺沙門道猷上。"[2] 可見，"釋道猷"即為此詩作者。

"道猷"之名，還見於BD1904v。抄寫在BD1904背面的《奉宣往西天取經僧道猷等牒稿》云："奉宣往西天取經僧道猷等。右道猷等謹詣衙祇候起居，伏聽處分。牒件狀如前，謹牒。至道元年十一月二十四日靈圖寺寄住。"[3] 可知，道猷為羈留敦煌的西行求法僧，他曾寄住在靈圖寺。因此，缺題詩《多幸遭逢處》，應被視作中原文人詩。

北大D185在缺題詩《多幸遭逢處》後，接抄有道猷因與金光明寺令狐僧正相諍致犯條令事，上沙州歸義軍節度使曹延祿牒狀，牒狀與詩筆

---

[1] 傅璇琮：《唐才子傳校箋》，中華書局1987年版，第112—113頁。
[2] 北京大學圖書館、上海古籍出版社社編：《北京大學圖書館藏敦煌文獻》第2卷，上海古籍出版社1995年版，第201頁。
[3] 劉銘恕：《敦煌遺書雜記四篇》，《敦煌學論集》，甘肅人民出版社1985年版，第48—49頁。

跡相同。因此，此詩的抄寫時間，應是在曹延祿任節度使的曹氏歸義軍時期，即 976—1002 年間。

第二節　敦煌文獻所見歸義軍時期抄寫的敦煌本地文人詩

抄寫時間可系年到歸義軍時期的敦煌本地文人詩共有 45 首。其中，英藏敦煌文獻中有 8 首、法藏敦煌文獻中有 31 首、國圖藏敦煌文獻中有 5 首、上海圖書館藏敦煌文獻中有 1 首。下文即依次對這 45 首敦煌本地文人詩進行考釋。

一　英藏敦煌文獻所見歸義軍時期抄寫的敦煌本地文人詩

英藏敦煌文獻中，共有 8 首抄寫時間可系年到歸義軍時期的敦煌本地文人詩。其中，杜太初詩 2 首、馬文斌詩 1 首、釋悟真詩 1 首、張延鍔詩 2 首、氾瑭彥詩 1 首、薛彥俊詩 1 首。具體如下：

1. S.1655v 抄寫的《白鷹呈祥詩二首》。此二詩原卷抄寫 7 行，詩前有序，序文曰："蓋聞君臣道泰，所感異瑞呈祥，尚書秉節龍沙，潛膺數彰，多現理人安邊之術。萬张（章）卒不盡言①。且說目下靈通，自古不聞者矣。時當無射之月，感得素潔白鷹。設僧俗中筵，齊聲賀之寶樣（祥）②。自從五使（史）③，世上相傳，只是耳聞。我尚書道亞先賢④，現得白鷹眼見。太初小吏，瑣劣不材，奉命驅馳，倍增戰汗，謹上白鷹詩一首。"⑤

（1）第一首詩，原卷抄寫四行，無題無署，詩曰："奇哉白昌（晶）

---

① "张"，《敦煌詩集殘卷輯考》據文義校改作"章"，"张"為"章"之借字。
② "樣"，《英藏敦煌社會歷史文獻釋錄》據文義校改作"祥"，"樣"為"祥"之借字，《敦煌詩集殘卷輯考》釋作"祥"，校改作"樣"。
③ "使"，《敦煌詩集殘卷輯考》據文義校改作"史"，"使"為"史"之借字。
④ "道"，《敦煌詩集殘卷輯考》據殘筆畫及文義補。
⑤ 中國社會科學院歷史研究所等編：《英藏敦煌文獻》第 3 卷，四川人民出版社 1990 年版，第 117 頁。

靈聖峰①，所感逞（呈）祥世不同②。尚書德備三邊靜，八方四海盡歸從。白鷹異俊今來現，雪羽新成力更雄。平源（原）狡兔深藏影③，爭能路上出其蹤。"

（2）第二首詩，原卷抄寫三行，無題無署，詩曰："白鷹玉爪膺靈祇，筆盡難成聖所稀。遠眺碧霄鵬鳥動，攪羽搦落雪花飛。"

此二詩原卷序文中有："太初小吏，瑣劣不材，奉命驅馳，倍增戰汗，謹上白鷹詩一首。"可見，此二首詩的作者名為"太初"，即"杜太初"。

此二首詩的創作時間，學界尚存爭議，有"919年前後"說，也有"金山國建立以前"說。前者榮新江先生首倡，他據第一首詩中"尚書德備三邊靜，八方四海盡從歸"句，認為這兩首詩"應作於919年前後，所稱頌的尚書應即曹議金"④；後者李正宇先生提出，他認為此二首詩作於西漢金山國建立之前，是"為承奉建金山國、稱白衣天子進行鼓吹"⑤。但不論創作時間究竟是在919年前後，還是西漢金山國建立以前，此二首詩的抄寫時間，無疑應系年到歸義軍時期。

2. S.2973抄寫的《希奇寶象獸中王》。此詩原卷抄寫5行，無題無署，詩曰："希奇寶象獸中王，猛毅雄心世不當。四足端然如玉柱，雙牙利劍若金鋥。立觀峭峻成山岳，動必搖形見者慌。但以聲名告醜類，從今何敢作災殃。"原卷中此詩之前有呈詩狀，狀文曰："節度押衙知司書手馬文斌⑥。右文斌陪從臺駕，以住此莊，乃覩壁間綵圖像寶。雖無才調，輒述短辭，聊制七言，乃成四韻。謹隨狀逞（呈）上⑦，特乞鈞慈，

---

① "昌"，《敦煌詩集殘卷輯考》據文義校改作"晶"，形近致誤。
② "逞"，《敦煌詩集殘卷輯考》據文義校改作"呈"，"逞"為"呈"之借字。
③ "源"，《敦煌詩集殘卷輯考》據文義校改作"原"，"源"為"原"之借字。
④ 榮新江：《歸義軍史研究——唐宋時代敦煌歷史考索》，上海古籍出版社1996年版，第98頁。
⑤ 顏廷亮：《敦煌文學概論》"敦煌文學本地作者勾稽"章節，甘肅人民出版社1993年版，第99頁。
⑥ 《英藏敦煌社會歷史文獻釋錄》疑在"司"字前有一"上"字。
⑦ "逞"，《敦煌詩集殘卷輯考》據文義校改作"呈"，"逞"為"呈"之借字。

希垂睬覽①。謹錄狀上。牒狀如前，謹牒。開寶三年八月日節度押衙知司書手馬文斌牒②。"據詩前狀文可知，此詩為開寶三年歸義軍節度押衙知司書手馬文斌吟詠壁間寶象之作，其抄寫時間自應是在開寶三年（970）以後的曹氏歸義軍時期。

3. S.4654v 抄寫的《悟真輒成韻句》。此詩原卷抄寫六行，有題無署，詩曰："燉煌昔日舊時人，虜醜隔絕不復親。明王感化四夷靜，不動干戈萬里新。春景氛氳乾坤泰，□煌披縷無獻陳③。禮則菀（宛）然無改處④，藝業德（得）傳化塞鄰⑤。喨（羌）山雖長思東望⑥，蕃渾自息不動塵。迢迢遠至歸帝關（闕）⑦，口口聽教好博聞。莫辭往返來投日，得覩京華荷聖君。"此詩原卷首行書有"悟真輒成韻句"，即為詩題。徐俊先生認為，此詩為大中五年悟真入奏長安期間，寫給京城兩街大德或朝官的答詩⑧。其抄寫時間，應系年到大中五年以後的歸義軍時期。

4. S.4654v 抄寫的《延鍔奉和》二首與《又瑭彥不揆荒蕪聊申長句五言口號》。此三首詩原卷抄寫七行，且筆跡相同。《斯坦因劫經錄》《敦煌遺書總目索引新編》均未予著錄，《英藏敦煌文獻》將前兩首詩著錄作"延鍔和詩"、第三首詩著錄作"又瑭彥不揆第無聊申長形五言口號"。《英藏敦煌文獻》對第三首詩的著錄有誤，"第"實為"荒"，"無"應作"蕪"。

（1）第一首《延鍔奉和》，原卷抄寫兩行，詩曰："南陽一張應天恩，石壁題名感聖君。功臣古跡居溪內，燉煌伊北已先聞。"此詩又見於該卷正面，但筆跡不同。

（2）第二首《延鍔奉和》，原卷抄寫兩行，且首行接抄在前一首詩的末尾，詩曰："東流一帶凝秋水，略盡橫山地色分。從此穿涉無虜騎，五

---

① "睬"《敦煌詩集殘卷輯考》釋作"睬"，校改作"睬"，不煩校改，可徑釋。
② 《英藏敦煌社會歷史文獻釋錄》疑在"司"字前有一"上"字。
③ "□"，原卷漫漶難識，《敦煌詩集殘卷輯考》疑作"啓"。
④ "菀"，《敦煌詩集殘卷輯考》據文義校改作"宛"，"菀"為"宛"之借字。
⑤ "德"，《敦煌詩集殘卷輯考》據文義校改作"得"，"德"為"得"之借字。
⑥ "喨"，《敦煌詩集殘卷輯考》據文義校改作"羌"，"喨"為"羌"之借字。
⑦ "關"，應作"闕"，據文義校改，《敦煌詩集殘卷輯考》徑釋作"闕"。
⑧ 徐俊：《敦煌詩集殘卷輯考》，中華書局 2000 年版，第 339 頁。

年勒（勤）苦掃風塵①。"此詩亦見於該卷正面，且筆跡不同。

（3）第三首詩《又瑭彥不揆荒蕪聊申長句五言口號》，原卷抄寫四行，且首行接抄在前一首詩的末尾，詩曰："寶閣蔔云崖，靈龕萬戶開。澗深流水急，林迥葉風催。香露凝空下，祥花雪際來。諸公燃聖燭，廌（薦）福益三臺②。"

第一、第二首詩，原卷中的詩題為"延鍔奉和"，這兩首詩的作者，應即為"張延鍔"。第三首詩，原卷中的詩題為"又瑭彥不揆荒蕪聊申長句五言口號"，其作者應即為"氾瑭彥"。原卷在此三首詩前有序，序文中有"巡禮仙岩，經宿□此""偶有所思，裁成短句"之語③。可見，這三首詩為張延鍔、氾瑭彥巡禮莫高窟時所作題詠詩。

此三首詩原卷抄寫在S. 4654號寫卷背面的末尾。S. 4654號寫卷背面的開頭，抄有京城兩街大德及朝官寫給悟真的僧詩10首，以及悟真寫給京城兩街大德或朝官的答詩一首。卷末所抄這三首詩的筆跡，與卷首所抄上述11首詩的筆跡不同。既然此三首詩抄寫在上述11首詩的後面，那麼它們必然是在上述11首詩抄寫完畢後，才由另外一個人在卷末空白處抄寫。故此三首詩的抄寫時間，應系年到大中五年以後的歸義軍時期。

5. S. 6204抄寫的《童兒學業切殷勤》。此詩原卷抄寫四行，無題無署，詩曰："童兒學業切殷懃，累習誠聖（望）德（得）人欽④。但似如今常尋誦，意智逸出盈金銀。不樂利閏（潤）願成道⑤，君子煩道十憂貧。數季讀誦何得曉⑥，孝養師父求立身。"《斯坦因劫經錄》《敦煌遺書總目索引新編》著錄作"薛彥俊七律一首"，《英藏敦煌文獻》著錄為"薛彥俊七言詩一首"。此詩抄寫在卷末，詩前有序，序文曰："同光貳

---

① "勒"，《敦煌詩集殘卷輯考》據文義校改作"勤"，形近致誤。
② "廌"，《敦煌詩集殘卷輯考》據文義校改作"薦"，形近致誤。
③ 中國社會科學院歷史研究所等編：《英藏敦煌文獻》第6卷，四川人民出版社1992年版，第218頁。
④ "聖"，應作"望"，據文義校改，《敦煌詩集殘卷輯考》徑釋作"望"。"德"，《敦煌詩集殘卷輯考》據文義校改作"得"，"德"為"得"之借字。
⑤ "閏"，《敦煌詩集殘卷輯考》據文義校改作"潤"，"閏"為"潤"之借字。
⑥ "季"，《敦煌詩集殘卷輯考》校改作"年"，文義可通，不煩校改。

載，沽（姑）洗之月①，實（寔）生壹拾貳葉②，迷愚小子汝南薛彥俊，殘水之魚，不得精妙之詞，略詠七言。"據詩前序文可知，此詩為同光二年（924）薛彥俊所作。此詩的抄寫時間，應系年到924年以後的曹氏歸義軍時期。

二　法藏敦煌文獻所見歸義軍時期抄寫的敦煌本地文人詩

法藏敦煌文獻中，共輯得31首抄寫時間可系年到歸義軍時期的敦煌本地文人詩。其中，釋願榮詩3首、張永詩2首、張盈潤詩1首、翟奉達詩2首、釋悟真詩13首、張文徹詩1首、竇驥詩1首、李顗詩1首、張定千詩1首、釋道真詩5首，以及某位張姓貧士詩1首。具體如下：

1. P. 2187抄寫的《自從僕射鎮一方》《觀音示現宰官身》《聖德臣聰四海傳》。此三詩共計抄寫六行，《伯希和劫經錄》《敦煌遺書總目索引新編》《法藏敦煌西域文獻》均未予著錄。

（1）第一首詩《自從僕射鎮一方》，原卷抄寫2行，無題無署，詩曰："自從僕射鎮一方，繼統旌幢左（佐）大梁③。致（至）孝人（仁）慈起舜禹④，文萌（明）宣略邁殷湯⑤。分茅烈（列）土憂三面⑥，肝（旰）食臨朝念一方⑦。經上分明親說着，觀音菩薩作仁王。"

（2）第二首詩《觀音示現宰官身》，原卷抄寫2行，無題無署，詩曰："觀音世（示）現宰官身⑧，府主唯為鎮國君。玉塞南邊消珍（沴）氣⑨，黃河西面靜煙塵。封壇（壝）再政（整）還依舊⑩，牆壁重修轉更

---

① "沽"，《敦煌詩集殘卷輯考》據文義校改作"姑"，"沽"為"姑"之借字。
② "實"，應作"寔"，據文義校改，《敦煌詩集殘卷輯考》釋作"實"，校改作"寔"。
③ "左"，《敦煌詩集殘卷輯考》據文義校改作"佐"，"左"為"佐"之借字。
④ "致"，《敦煌詩集殘卷輯考》據文義校改作"至"，"致"為"至"之借字。"人"，《敦煌詩集殘卷輯考》據文義校改作"仁"，"人"為"仁"之借字。
⑤ "萌"，《敦煌詩集殘卷輯考》據文義校改作"明"，形近致誤。
⑥ "烈"，《敦煌詩集殘卷輯考》據文義校改作"列"，"烈"為"列"之借字。
⑦ "肝"，應作"旰"，據文義校改，《敦煌詩集殘卷輯考》徑釋作"旰"。
⑧ "世"，《敦煌詩集殘卷輯考》據文義校改作"示"，"世"為"示"之借字。
⑨ "珍"，《敦煌詩集殘卷輯考》據文義校改作"沴"，"珍"為"沴"之借字。
⑩ "壇"，《敦煌詩集殘卷輯考》據文義校改作"壝"。"政"，《敦煌詩集殘卷輯考》據文義校改作"整"，"政"為"整"之借字。

新。君聖臣賢菩薩化，生靈盡作太平人。"

（3）第三首詩《聖德臣聰四海傳》，原卷抄寫 2 行，無題無署，詩曰："聖德臣聰四海傳，蠻夷向化靜風塵。鄭封發使和三面，航海餘深到九天。大洽生靈垂雨露，廣敷釋教讚花偏（篇）①。小僧願講經功德，更祝僕射萬萬年。"

此三首詩原卷抄寫在《破魔變文》尾題之前，筆跡相同，且詩前有序："但某乙禪河嫡派，勇猛晚修，學無導化之能，謬處讚揚之位。身心戰灼，悚惕何安？輒述荒蕪，用申美德。"② 可見，此三詩的作者，應是某位僧人。第三首詩《聖德臣聰四海傳》的末聯中有"小僧願講經功德"語，可見，此三詩為該僧人在講經後所作，講經內容應即為《破魔變文》。

原卷在《破魔變文》尾題之後，書有兩行題記："天福九年（944）甲辰祀黃鐘之月冀生十葉，冷凝呵筆而寫記。""居淨土寺釋門法律沙門願榮寫。"《破魔變文》尾題後的這兩行題記，筆跡與尾題前所抄三首詩相同。由此可見，這三首詩應是 944 年淨土寺僧人釋願榮講經時所作。

2. P.2594v + P.2864v 抄寫的《白雀歌》與《白銀槍懸太白旗》③。此二詩共計抄寫 57 行，筆跡相同。《伯希和劫經錄》《敦煌遺書總目索引新編》均未予著錄，《法藏敦煌西域文獻》僅將第一首詩著錄作"白雀歌"。

（1）第一首詩《白雀歌》，原卷抄寫 52 行，無題無署，詩曰："白雀飛來過白亭，鼓翅飜（翻）身入帝城④。深向後宮呈寶瑞，玉樓高處送嘉聲。白衣白鞾白紗巾，白馬銀鞍珮白纓。自古不聞書不載⑤，一劍能卻百

---

① "偏"，《敦煌詩集殘卷輯考》據文義校改作"篇"，"偏"為"篇"之借字。
② 上海古籍出版社、法國國家圖書館等編：《法國國家圖書館藏敦煌西域文獻》第 8 卷，上海古籍出版社 1998 年版，第 180 頁。
③ 王重民對 P.2594、P.2864 兩個寫卷作了綴合。參看王重民：《金山國墜事零拾》，《國立北平圖書館館刊》1936 年第 9 卷第 6 號；後收入王重民：《敦煌遺書論文集》，中華書局 1984 年版，第 90 頁；又收入陳國燦、陸慶夫主編：《中國敦煌學百年文庫·歷史卷（一）》，甘肅文化出版社 1999 年版，第 29 頁。
④ "飜"，應作"翻"，據文義校改，"飜"為"翻"之借字。
⑤ "古"，《敦煌詩集殘卷輯考》釋作"右"，校改作"古"，不煩校改，可徑釋。

萬兵。王母本住在崑崙，為貢白環來入秦。漢武遙指東方朔，朕感白霞天上人。紫亭南嶺白狼遊，為效禎祥屆此州。昔日周王呈九尾，爭似如今耀斗牛。白旗白紱白旄頭，白玉雕鞍白瑞鳩。築壇待拜天郊後，自有金星助冕旒。白巖聖迹（跡）俯王都①，玉女乘虛定五湖。白廣山巔云繚繞，人歌聖德滿長衢。金鞍山上白犛牛，擺撼霜毛始舉頭。遶泉百匝騰空去，保王社稷定微（徵）獸②。白隄（堤）下白澄津③，一道長河挾岸春。白雪梨花連萬朵，王向東樓擁白云。東菀西園池白穤（蘋）④，白渠流水好陽春。六宮盡是名家子，白羅婥約玉顏新。平河北澤白龍宮，賀拔為王此處逢。昨來再起興云雨，為讚君王瑞一同。嵯峨萬丈聳金山，白云凝霜古聖壇。金鞍長掛湫南樹，神通日夜助王歡。山出西南獨秀高，白霞為蓋繞周遭。山腹有泉深萬丈，白龍時復震波濤。白樓素殿白銀鉤，砌玉龍墀對五侯。雉尾扇移香案出，似月如霜復殿幽。白牙歸子白鐐鑪，倚障蚪蟠銜白珠。青衣童子携白紱，宮官執持銀涶盂。應須築殿白金欄⑤，上稟金［方］頂蓋圓⑥，白玉壘階為蹬道，工輸化出大羅天。白衣殿下白頭臣，廣運籌謀奉一人。白帝化高千古後，猶傳盛德比松筠。白衣居士寫金經，誓弼人王不出庭。八大金剛持寶杵，長當護念我王城。白壇白獸白蓮花，大聖携持薦一家。太子福近（延）千萬葉⑦，王妃長降五香車。樓成白璧鉆珠珍，五部龍軒倚桷新。萬拱白牙紅鏤頂⑧，白龍行雨灑埃塵。白旌神纛樹龍墀，白象銜珠盡合儀。春光駕幸東城苑，雅樂前臨日月旗。百官在國總酋僚，白刃交馳未告勞。為感我王洪澤厚，盡

---

① "迹"，應作"跡"，據文義校改，"迹"為"跡"之借字，《敦煌詩集殘卷輯考》徑釋作"跡"。

② "微"，《敦煌詩集殘卷輯考》據文義校改作"徵"，"微"為"徵"之借字。

③ "隄"，應作"堤"，據文義校改，"隄"為"堤"之借字。

④ "穤"，《敦煌詩集殘卷輯考》據文義校改作"蘋"。

⑤ "欄"，原卷在"欄"字前有一"欄"字，該字右側殘損，頗疑有減刪符號。

⑥ "金"，《敦煌詩集殘卷輯考》據殘筆畫及文義補。"方"，原卷脫，《敦煌詩集殘卷輯考》據《金山國墜事零拾》補。

⑦ "近"，《敦煌詩集殘卷輯考》據文義校改作"延"，形近致誤。

⑧ "萬"，《敦煌詩集殘卷輯考》釋作"葛"，校改作"萬"，可徑釋。

能平虜展戎韜。白裾曳履出眾群①，國舅溫恭自束身。羅公挺拔摧兇敵②，按劍先登渾舍人。白雪山巖澣海清，六戎交臂必須平。我王自有如神將，沙南委付宋中丞。白屋藏金鎮國豐，進達偏能報虜戎。樓蘭獻捷千人喜，敕賜紅袍與上功。文通守節白如銀，出入王公潔一身。每向三危修令得，唯祈寶壽薦明君。寡詞陳白未能休，筆勢相催白汗流。願見金山明聖主，延齡滄海萬千秋。"

詩前有表，表文曰："伏以金山天子殿下，上稟靈符，特受玄黃之冊；下副人望，而南面為君。繼五涼之中興，擁八州之勝地③。十二冕旒，漸覬龍飛之化；出警入蹕，將城（成）萬乘之彝④。八備簫韶，以像堯階之舞，承白雀之瑞，膺周文之德。老臣不才，輒課《白雀謌（歌）⑤》一首，每句之中，偕以霜雪潔白為詞，臨紙惟汗⑥，伏增戰悚。三楚漁人張永進上。"據表文所述，此詩題作《白雀歌》，是張承奉建立金山國伊始，張永進上張承奉者。王重民先生云："此詩前段多採用本地故事，後段則曆敘朝臣之盛，兼及武功及政事，於金山國墜失之餘，得此可作一篇開國史讀矣！"⑦張永在表文中自稱"老臣"，儼然以敦煌本地人士自居。因此，《白雀歌》應被視作敦煌本地文人詩。

（2）第二首詩《白銀槍懸太白旗》，原卷抄寫 5 行，無題無署，詩曰："白銀槍懸太白旗，白虎三旌三戟枝。五方色中白為上，不是我王爭得知。樓成白璧聳儀形，蜀地求才讚聖明。自從湯帝昇霞（遐）後⑧，白雀無因宿帝廷。今來降瑞報成康，果見河西再冊王。韓白滿朝謀似雨，

---

① "曳"，《敦煌詩集殘卷輯考》釋作"皂"。
② "兇"，《敦煌詩集殘卷輯考》釋作"鞄"。
③ "擁"，《敦煌詩集殘卷輯考》釋作"雍"，校改作"擁"，可逕釋。
④ "城"，應作"成"，據文義校改，"城"為"成"之借字，《敦煌詩集殘卷輯考》逕釋作"成"。
⑤ "謌"，應作"歌"，據文義校改，"謌"為"歌"之借字。
⑥ "汗"，《敦煌詩集殘卷輯考》釋作"𢀜"。
⑦ 王重民：《金山國墜事零拾》，《國立北平圖書館館刊》1936 年第 9 卷第 6 號；後收入王重民：《敦煌遺書論文集》，中華書局 1984 年版，第 91 頁；又收入陳國燦、陸慶夫：《中國敦煌學百年文庫·歷史卷（一）》，甘肅文化出版社 1999 年版，第 30 頁。
⑧ "霞"，應作"遐"，據文義校改，"霞"為"遐"之借字，《敦煌詩集殘卷輯考》逕釋作"遐"。

國門長鎮在燉煌。"此詩接抄在張永《白雀歌》之後，且筆跡、口吻與之相同，應亦為張永之作。

P. 2864 號寫卷的背面在此二詩後有雜寫："敕歸義軍節度使押衙陽音久銀青。"此雜寫原卷書寫兩行，惜其筆跡與詩不同，故不能作為判定此二首詩抄寫時間的依據。不過，金山國立國的時間，是在後梁開平四年（910）七月末以後不久①。故此二詩的成文時間當在同年八月前後，其抄寫時間應系年到開平四年八月以後。

3. P. 2623v 抄寫的《拙將愚意獻題吟》，原卷抄寫四行，無題無署，詩曰："拙將愚意獻題吟②，不隱輕才露寸心。奚歟藏中亭片璧，贈言相染勝千金。應時業就佳名遠，他日傳流德行深。先許滄瀛垂點滴，近瞻彌嶽陳（隙）塵沉③。"

原卷在此詩前抄有一封書信，《伯希和劫經錄》、《敦煌遺書總目索引新編》將它們一併著錄作"啟一件，附詩一首"，《法藏敦煌西域文獻》也一併著錄作"四月某日貧士張某啟並獻七言詩一首"。書信的筆跡相同，與此事相同，兩者為同一人所書。該書信的末尾署名"貧士張厶"，並言："謹題七言之吟獻上，厶伏垂覽。"從漢晉時期開始，敦煌就已有張姓，此詩的作者應該就是這位姓"張"的貧士④。

P. 2623 正面所抄內容為"顯德六年（959）乙未歲"具注曆日，且有署名："朝議郎檢校尚書工部員外行沙州經學博士兼殿中侍御史賜緋魚袋翟奉達。"⑤ 故卷背所抄闕題詩《拙將愚意獻題吟》的抄寫時間，應是在顯德六年以後的曹氏歸義軍時期。

4. P. 2641v 抄寫的《重修南大像北古窟題壁》《某人述》《依韻》《上

---

① 榮新江：《金山國史辨正》，《中華文史論叢》第 50 輯，上海古籍出版社 1991 年版，第 73—85 頁。

② "拙"，《敦煌詩集殘卷輯考》釋作"杣"，校改作"拙"，按敦煌文獻中"木"、"扌"形近易混，故可徑釋。

③ "陳"，應作"隙"，據文義校改，形近致誤。

④ 上海古籍出版社、法國國家圖書館等編：《法國國家圖書館藏敦煌西域文獻》第 16 卷，上海古籍出版社 2001 年版，第 326 頁。

⑤ 上海古籍出版社、法國國家圖書館等編：《法國國家圖書館藏敦煌西域文獻》第 16 卷，上海古籍出版社 2001 年版，第 325 頁。

曹都頭詩》等五首詩。此五首詩共計抄寫 18 行，且筆跡相同。《伯希和劫經錄》《敦煌遺書總目索引新編》均未予著錄；《法藏敦煌西域文獻》將此五首詩依次著錄為"重修南大像北古窟題壁""某人述二首""依韻""上曹都頭詩並序"。

（1）第一首詩《重修南大像北古窟題壁》，原卷抄寫四行，無題無署，詩曰："人生四大總是空，何箇不覓出煩（樊）籠①。造罪人多作福少，所以眾生長受窮。堅修苦行仍本分，禁戒奢華並不同。今生努力勤精練②，冥路不溺苦海中。日逐持經強發願，佛道迴去莫難逢。唯（為）報往來游禮者③，這迴巡謁一層層。"

原卷在此詩前有序，序文曰："偶因團聚，思想仙巖，詣就觀瞻，龕龕禮謁，推砂掃窟之次④，忽覩南大像北邊一所古窟，摧殘歲久，毀壞年深。去戊申歲末發其心願，至己酉歲中方乃修全，以咨（茲）推砂掃窟⑤，崇飾功德。所申意者，先奉為龍天〔八〕部⑥，擁護河湟，梵釋四王，安人靜塞。伏願當今帝王，永坐蓬萊，十道爭欽，八方慕化。次為我府主令公，長隆寶位，命壽延年，為絕塞之人王，作蒼生之父母。榮同舜日，化布堯時，繼葉臨人，承祧秉世⑦。觀音院主釋道真等十人⑧，悟四大而無實，覩丘井以懸騰，慮地以火風，恐強象而煎逼。道真等唯（為）見牛車⑨，火宅空然，勸時侶發無上之善心，誓堅修於勝果。今因作罷，略述數行，拙解鋪舒，用留於壁。餘才虧翰墨，學寡三墳，不但（憚）荒蕪⑩，輒成蕪句。"

（2）第二首詩《某人述》，原題，原卷抄寫三行，無作者署名，詩

---

① "煩"，《敦煌詩集殘卷輯考》據文義校改作"樊"，"煩"為"樊"之借字。
② "練"，《敦煌詩集殘卷輯考》校改作"煉"，文義可通，不煩校改。
③ "唯"，《敦煌詩集殘卷輯考》據文義校改作"為"，"唯"為"為"之借字。
④ "推"，《敦煌詩集殘卷輯考》釋作"椎"，校改作"推"，可逕釋。
⑤ "咨"，《敦煌詩集殘卷輯考》據文義校改作"茲"，"咨"為"茲"之借字。
⑥ "八"，原卷脫，《敦煌詩集殘卷輯考》據文義補。
⑦ "祧"，《敦煌詩集殘卷輯考》釋作"桃"，校改作"祧"，按敦煌文獻中"礻"、"木"形近易混，故不煩校改，可逕釋。
⑧ "釋"，《敦煌詩集殘卷輯考》漏錄。
⑨ "唯"，《敦煌詩集殘卷輯考》據文義校改作"為"，"唯"為"為"之借字。
⑩ "但"，《敦煌詩集殘卷輯考》據文義校改作"憚"，"但"為"憚"之借字。

曰："白壁從來好丹青，無知箇箇亂題名。三塗地獄交誰忍，十八湢銅灌一瓶。鐫龕必定添福利，鑿壁多層證無生①。唯（為）報往來遊翫者，輒莫於此騁書題。"

（3）第三首詩《依韻》，原題，原卷抄寫三行，無作者署名，詩曰："白壁雖然好丹青，無簡（間）迷愚難悟醒②。縱有百般僧氏巧，也有文徒書號名。空留佳妙不題宣，卻入五趣陷塵境。唯（為）報往來遊觀者③，起聽前詞□□□。"

（4）第四首詩《某人述》，原題，原卷抄寫四行，無作者署名，詩曰："能將淨意作聲家④，解駕牛羊白鹿車。嫌鬧砌前栽樹少，怕空不種後園花。菩提上路因修得，佛果無生證有涯。此處涅槃觀境□，自然捷路到龍花。"

（5）第五首詩《上曹都頭詩》，原卷抄寫三行，無題無署，詩曰："譙國門傳縉以紳，善男子即是帝王孫。文高碑背題八字，武盛弓弦重六鈞。既出四門觀生老，便知六賊不相親。夜迨將心登峻嶺，心定[菩]提轉法輪⑤。"

原卷在此詩前有序，序文曰："偶因閑日，家事無牽，蒙王氏以呼招，乃書題於窟記。伏見僧俗等五人，箇箇苦行，不異檀特山邊；各各談空，有似釋迦園內。且曹都頭門傳閥閱，帝子王孫，衣上惹勳（薰）郁之香⑥，顏前裴桃花之色。念讓寶之存寶，行越前賢；思知足而常足，來救善友。聽經不倦，制意馬以停嘶；戀寂有誠，撥心燈而更耀。既有斯願，必上羊車，更多奇功，興譽不盡，輒上詩一首。"《敦煌詩輯殘卷輯考》《全敦煌詩》均據詩序擬題作"上曹都頭詩"。

徐俊認為，這五首詩的作者，是曹氏歸義軍時期的敦煌名僧釋道

---

① "層"，《敦煌詩集殘卷輯考》校改作"曾"，文義可通，不煩校改。
② "簡"，《敦煌詩集殘卷輯考》據文義校改作"間"，"簡"為"間"之借字。
③ "唯"，《敦煌詩集殘卷輯考》據文義校改作"為"，"唯"為"為"之借字。
④ "聲"，《敦煌詩集殘卷輯考》未能釋讀。
⑤ "菩"，原卷脫，據文義補。
⑥ "勳"，《敦煌詩集殘卷輯考》據文義校改作"薰"，"勳"為"薰"之借字。

真①。後漢乾祐元年（948），道真任三界寺觀音院主以後，曾參與重修莫高窟南大像（第130窟）北一所古窟。乾祐二年（949）竣工時，道真曾賦詩紀念，此卷所見前四首詩即為當時所賦之詩。此五首詩的抄寫時間，應系年到乾祐二年以後的曹氏歸義軍時期。

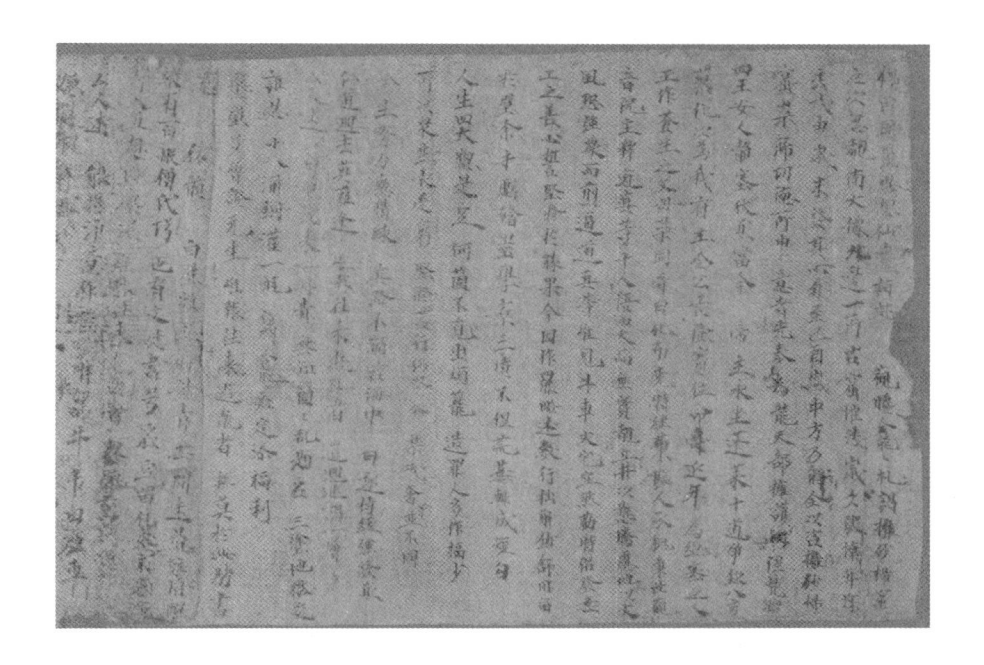

5. P. 2660v 抄寫的《天人怒作桀紂形》，原卷抄寫三行，無題無署，詩曰："無事尊□不著鞭②，恥罪恤□黎葦杖。□□而傳韜府主，賊行何自夷□□。天人怒作桀紂刑（形）③。"《伯希和劫經錄》《敦煌遺書總目索引新編》《法藏敦煌西域文獻》均未予著錄。

原卷在此詩前有序，序文曰："（上缺）況盈潤邊方淺學，塞表微儒，昨乃參觀，幸允而見天人發怒，今述七言芭詞獻上④。"可見，"盈潤"即為此詩的作者。由於此詩末句完整，故據之定名。

---

① 徐俊：《敦煌詩集殘卷輯考》，中華書局2000年版，第113—118頁。
② "無""尊"，《敦煌詩集殘卷輯考》未能釋讀。
③ "刑"，《敦煌詩集殘卷輯考》據文義校改作"形"，"刑"為"形"之借字。
④ "詞"，《敦煌詩集殘卷輯考》據殘筆畫及文義補。

盈潤，應即"張盈潤"，為曹氏歸義軍時期的敦煌人物。他的母親，是曹議金的第十六妹，和曹元德、曹元深、曹元忠為表兄弟關係。根據張盈潤的生活年代判斷，此詩的抄寫時間應是在曹氏歸義軍時期。

6. P. 2668 抄寫的《三危聖跡實嵯峨》《龕龕聖瑞接云霞》。此二詩共計抄寫六行，且筆跡相同。《伯希和劫經錄》未予著錄；《敦煌遺書總目索引新編》著錄作"翟奉達七言詩一首"，失收一首；《法藏敦煌西域文獻》著錄作"乙亥年四月八日翟奉達七言詩二首"。

（1）第一首詩《三危聖跡實嵯峨》，原卷抄寫四行，無題無署，詩曰："三峞聖跡實嵯峨，至心往禮到彌陀。宕谷號為仙巖寺，亦言漠（莫）高異名多①。"

（2）第二首詩《龕龕聖瑞接云霞》，原卷抄寫三行，且首行接抄在前一首詩的末行，無題無署，詩曰："燉煌人人憑此活②，龕龕聖瑞接云霞。願其再同堯舜日，使主黎人拜國家。"

原卷在此二首詩前，有筆跡相同的紀年題記："乙亥年四月八日布衣翟奉達因施主清恙，故造經句，而述七言，如男、慶豐同來執硯。"③ 可見，此二首詩是翟奉達"已亥年四月八日"所作。

翟奉達，是敦煌著名的曆法家，後梁開平二年（908）至乾化四年（915）年居家為布衣。翟奉達在此二首詩前的紀年題記中自稱"布衣"，那麼題記中的"乙亥年"，應以 915 年為是。

7. P. 2748v 抄寫的《國師唐和尚百歲詩》10 首。此十首詩原卷共計抄寫 21 行，且筆跡相同。原卷在這十首詩前，有總題："國師唐和尚百歲書。"《伯希和劫經錄》《敦煌遺書總目索引新編》《法藏敦煌西域文獻》均據原卷總題，將此十首詩著錄作"國師唐和尚百歲書"。據文義，原卷總題中的"書"，應作"詩"，故此十首詩應被著錄作"國師唐和尚百歲詩"。這十首詩，詳見下表：

---

① "漠"，《敦煌詩集殘卷輯考》據文義校改作"莫"，"漠"為"莫"之借字。
② "活"，《敦煌詩集殘卷輯考》釋作"法"。
③ 上海古籍出版社、法國國家圖書館等編：《法國國家圖書館藏敦煌西域文獻》第 17 卷，上海古籍出版社 2001 年版，第 156 頁。

第四章　歸義軍時期文人詩歌在敦煌地區的傳播（上）　173

次序	行款	原卷詩題	內容
1	2行	原卷無題	幼齡割愛預投真，未報慈顏乳哺恩。子欲養而親不待，孝虧終始一生身。
2	2行	原卷無題	從師陶染向空門，惟忻溫故樂知新。冰謹專行入正路①，猶恐辜負一生身。
3	2行	原卷無題	迷情顛倒起貪嗔，還曾自讚毀他人。口過閒談輕小罪，如今追悔一生身。
4	2行	原卷無題	豐衣足食固辭貧，得千望萬費心神。徒勞蓄積為他有，呼嗟役到一生身②。
5	2行	原卷無題	情埃往往顯名聞，奢心數數往來親。衣著綺羅貪錦繡，矜裝坯器一生身。
6	2行	原卷無題	盛年耽（耽）讀騁風云③，披檢車書要略文。學綴五言題四句，務存遍計一生身。
7	2行	原卷無題	男兒發憤建功勳，萬里崎嶇遠赴秦。對策聖明天子喜，承恩至立一生身。
8	2行	原卷無題	紹繼傳燈轉法輪，三車引駕詺迷津。智海常流功德水，希須浮泛一生身。
9	2行	原卷無題	圓明正覺覺無塵，罪根福性性齊均。參羅動植皆非相，無過返照一生身。
10	2行	原卷無題	歲有榮枯秋復春，千般老病苦相奔。從此更奚迴顧戀，好去千萬一生身。

　　原卷在這十首詩前有筆跡相同的序，序文曰："敕授河西都僧統賜紫沙門悟真，年逾七十，風疾相兼，動靜往來，半身不遂。思憶一生所作，有為實事，雖競寸陰，無為理中，功行闕少，猶被習氣，系在輪迴，自責身心，裁詩十首。雖非佳妙，狂簡斐然，散慮攄懷，暫時解悶，鑑識

---

　　①　"入"，《敦煌詩集殘卷輯考》釋作"八"，校改作"入"，不煩校改，可徑釋。
　　②　"役"，《敦煌詩集殘卷輯考》釋作"伇"，校改作"役"，不煩校改，可徑釋。
　　③　"耽"，應作"耽"，據文義校改，"耽"為"耽"之借字。

君子,矜勿誚焉。"

據此可見,此十首詩的作者為敦煌高僧悟真。悟真在序文中,自稱"敕授河西都僧統"。據抄寫在 P. 3720 號寫卷的《悟真充河西都僧統敕牒》知,悟真接任河西都僧統的時間,是在咸通十年(869)十二月二十五日以後。此十首詩的抄寫時間,必然是在咸通十年十二月二十五日以後的歸義軍時期。

8. P. 2807v 抄寫的《三五年來復聖唐》。此詩原卷抄寫在《佛教問答》與《釋門文範》之間,共計兩行,詩的前後,尚有空白。此詩無題無署,文曰:"三五年來復聖唐,去年新賜紫羅裳。千華坐(座)上宣佛敕①,萬歲樓前讚我皇。談始(士)休誇登禦昔(席)②,道門虛設坐龍床。聖眾莫慕靈山會,只是眉間未放光。"③《伯希和劫經錄》《敦煌遺書總目索引新編》均未予著錄,《法藏敦煌西域文獻》著錄作"七律詩一

---

① "坐",《敦煌詩集殘卷輯考》據文義校改作"座","座"為"坐"之增旁後起字。
② "始",《敦煌詩集殘卷輯考》據文義校改作"士","始"為"士"之借字。"昔",《敦煌詩集殘卷輯考》據文義校改作"席","昔"為"席"之借字。
③ 上海古籍出版社、法國國家圖書館等編:《法國國家圖書館藏敦煌西域文獻》第 18 卷,上海古籍出版社 2001 年版,第 336 頁。

第四章　歸義軍時期文人詩歌在敦煌地區的傳播(上)　◀◀　175

首"。從詩的內容上看，作者應為張議潮率眾驅蕃歸唐後，派往長安向唐宣宗獻款使團中的某位僧人。李正宇認為，該僧人即為悟真①。悟真為張氏歸義軍時期的敦煌高僧，此詩的抄寫時間應系年到歸義軍時期。

9. P. 3633v 抄寫的《龍泉神劍歌》，原題，原卷抄寫 39 行，詩曰："龍泉寶劍出豐城，彩氣衝天上接辰。不獨漢朝今亦有，[金]鞍山下是長津②。天符下降到龍沙，便有明君膺紫霞。天子猶來是天補，橫截河西作一家。堂堂美貌實天顏，□德昂藏鎮玉關。國號金山白衣帝，應須早築拜天壇。日月雙旌耀虎旗，禦樓寶砌建丹墀。出警從茲排法駕，每行青道要先知。我帝金懷海量寬③，目似流行鼻筆端④。相好與堯同一體，應知天分數千般。一從登極未逾年，德比陶唐初受禪。百靈效祉賀鴻壽，□踏坤維手握乾。明明聖日出當時，上膺星辰下有期。神劍新磨須使用，定疆廣宇未為遲。東取河蘭廣武城，西取天山瀚海軍。掃定燕然蔥嶺鎮⑤，南盡戎羌邏莎平。三軍壯，甲馬興，萬里橫行河湟清。結親只為圖長國，永霸龍沙截海鯨。我帝威雄人未知，叱吒風云自有時。祁連山下留名跡，破卻甘州必□遲⑥。金風初動虜兵來，點齻干戈會將臺。戰馬鐵衣鋪雁翅，金河東岸陣云開。慕良將，揀人材，出天入地選良枚⑦。先鋒委付渾鷂子，須向將軍劍下摧。左右衝突搏虜塵⑧，疋馬單槍淪會人⑨。前衝虜陣渾穿透，一段英雄遠近聞。前日城東出戰場，馬步相兼一萬強。

---

① 李正宇：《敦煌文學本地作者勾稽》，《敦煌文學概論》，甘肅人民出版社 1993 年版，第 96 頁。
② "金"，原文脫，《敦煌詩集殘卷輯考》據文義補。"鞍"，《敦煌詩集殘卷輯考》據殘筆畫及文義補。
③ "寬"，《敦煌詩集殘卷輯考》據殘筆畫及文義補。
④ "目"，《敦煌詩集殘卷輯考》據殘筆畫及文義補。
⑤ "掃定"，《敦煌詩集殘卷輯考》釋作"北定"。"蔥"，《敦煌詩集殘卷輯考》據殘筆畫及文義補。
⑥ "□"，《敦煌詩集殘卷輯考》補作"不"。
⑦ "選"，《敦煌詩集殘卷輯考》據殘筆畫及文義補。
⑧ "突"，《敦煌詩集殘卷輯考》據殘筆畫及文義補。
⑨ "淪"，《敦煌詩集殘卷輯考》釋作"陰"。"會"，《敦煌詩集殘卷輯考》釋作"舍"。

我皇親換黃金甲①，周遭匝布陰沈槍。着甲匈奴活捉得，退去醜豎劍下亡②。千渠三堡鐵衣明，左繞無窮援四城。宜秋下尾摧兇醜③，當鋒入陣宋中丞。內臣又有張舍人，小小年內則伏勤。自從戰伐先登陣，不懼危亡□□身④。今天迴鶻數侵壃（疆）⑤，直到便橋列戰場。當鋒直入陰仁貴，不使戈鋋解用槍。堪賞給，早商量，寵拜金吾超上將。急要名聲貫帝鄉，軍都日日更英雄。□由東行大漠中，短兵自有張西豹，遮收過後與羅公。蕃漢精兵一萬強，打卻甘州坐五涼。東取黃河第三曲，南取雄威及朔方。通同一個金山國，子孫分付與坐燉煌⑥。□番從此永歸投，撲滅狼星壯斗牛。北庭今載和□□，兼獲瀚海與西州。改年號，掛龍衣，築壇拜卻南郊後，始號沙州作京畿。嗣祖考，繼宗枝，七廟不封何饗拜。祖父丕功故尚書，冊□□□□尊姻。北堂永須傳金印，天子猶來重二親。臣獻□歌流萬古，金山繚繞起秦云。今朝明日羅公至，拗起紅旗似躍塵。今年收復甘州後，白寮（僚）舞蹈賀明君⑦。"

此詩原卷有作者署名。第二行書有"大宰相江東吏部尚書臣張厶乙"，即指作者。"張厶乙"，李正宇先生考為張文徹⑧。據盧向前、榮新江二位先生研究，《龍泉神劍歌》的創作時間，是在張承奉建立西漢金山國的次年（911）七月⑨。因此，此詩的抄寫時間，應系年到911年七月以後的歸義軍時期。

10. P. 3681v 抄寫的《奉酬判官》，原題，詩題下注有"七言"二字。此詩原卷抄寫五行，有作者署名，詩曰："姑臧重別到龍堆，屢瞰星河轉

---

① "我""皇"，《敦煌詩集殘卷輯考》據殘筆畫及文義補。
② "醜""豎"，《敦煌詩集殘卷輯考》據殘筆畫及文義補。
③ "兇"，《敦煌詩集殘卷輯考》釋作"軛"。
④ "身"，《敦煌詩集殘卷輯考》據殘筆畫及文義補。
⑤ "壃"，應作"疆"，據文義校改，"壃"為"疆"之借字。
⑥ "與"，《敦煌詩集殘卷輯考》漏錄。
⑦ "寮"，應作"僚"，據文義校改，"寮"為"僚"之借字。
⑧ 李正宇：《敦煌文學雜考二題》，《敦煌語言文學研究》，北京大學出版社 1988 年版，第 92—99 頁。
⑨ 盧向前：《金山國立國之我見》，《敦煌學輯刊》1990 年第 2 期。榮新江：《金山國史辨正》，《中華文史論叢》第 50 輯，上海古籍出版社 1992 年版，第 76—77 頁。

第四章　歸義軍時期文人詩歌在敦煌地區的傳播(上)

四（西）迴①。十里獮戎多狡猾，九壟山河杜往來。幸沐堯風威化被，征騎稀蹤漸以開。結好闍梨□□②"《伯希和劫經錄》《敦煌遺書總目索引新編》《法藏敦煌西域文獻》均著錄作"悟真詩一首"。

原卷在詩題後，有筆跡相同的題記："維歲次赤奮若律申中宮蕤調捌葉，釋□□□靈岩九紀悟真謹上。"③可知，此詩的作者，為敦煌高僧悟真。此詩首聯作："姑臧重到龍堆，屢瞰星河轉西迴。" "姑臧"乃涼州治所。張議潮收復涼州的時間是在咸通二年（861），咸通二年以後的第一個"赤奮若（醜年）"，恰是悟真升遷都僧統的咸通十年（869）④。因此，悟真創作此詩的時間，應該是在咸通十年。此詩的抄寫時間，應是在咸通十年以後的歸義軍時期。

11. P. 3720 抄寫的《悟真未敢酬答和尚故有辭謝》，原題，原卷抄寫三行，無作者署名，詩曰："生居狐佰（狛）地⑤，長在磧邊城。未能孝⑥吐鳳，徒事聚飛螢。" 《伯希和劫經錄》《敦煌遺書總目索引新編》《法藏敦煌西域文獻》均未予著錄。

從詩題看，此詩的作者，應是張氏歸義軍時期的敦煌名僧悟真。原卷在此詩後，抄有筆跡相同的《河西沙門和尚墓誌銘並序》與紀年題記。其中，紀年題記的內容是："於時清泰元年（934）敦煌詳歲律當應鐘蕤彤十五葉書記。"⑦ 因此，此詩的抄寫時間，應系年到清泰元年。

12. P. 4640v 抄寫的《往河州蕃使納魯酒迴賦此一篇》，有題有署，原卷夾抄在《歸義軍己未至辛酉年布紙破用曆》第 258 行到第 262 行之間

---

① "四"，應作"西"，據文義校改，《敦煌詩集殘卷輯考》徑釋作"西"。
② "好"，《敦煌詩集殘卷輯考》釋作"約"。
③ 上海古籍出版社、法國國家圖書館等編：《法國國家圖書館藏敦煌西域文獻》第 26 卷，上海古籍出版社 2002 年版，第 303 頁。
④ 齊陳駿：《河西都僧統唐悟真作品和見載文獻系年》，《敦煌學輯刊》1993 年第 2 期；收入齊陳駿：《枳室史稿》，甘肅文化出版社 2005 年版，第 422—441 頁。
⑤ "佰"，《敦煌詩集殘卷輯考》據文義校改作"狛"，形近致誤。
⑥ "孝"，《敦煌詩集殘卷輯考》釋作"學"，二字同。
⑦ 上海古籍出版社、法國國家圖書館等編：《法國國家圖書館藏敦煌西域文獻》第 27 卷，上海古籍出版社 2002 年版，第 115 頁。

的位置，共計四行，且筆跡與其前後所抄歸義軍時期布紙破用曆相同①。因此，其抄寫時間，應系年到歸義軍時期。錄文詳見本書第三章第三節。

13. P. 4660 抄寫的《夙植懷真智》。P. 4660 號寫卷的正面，還抄有悟真等其他敦煌名人名僧邈真讚，其中在《前河西節度押衙沙州都押衙張諱興信邈真讚》末尾，書有筆跡與此詩相同的紀年題記："乾符六年（879）九月一日題於真堂。"② 因此，此詩的抄寫時間，應系年到乾符六年以後的歸義軍時期。錄文詳見本書第三章第三節。

14. P. 4889 抄寫的《況說龍沙最邊陲》，原卷抄寫五行，無題無署，詩曰："況說龍沙最邊陲，關河阻隔遠明時。蕃戎把隘當路坐，何日申奏聖人知。今遇司空來宣問，枯林滋潤再生枝。四面六蕃多圍遶，伏恐尋常失朝儀。若不遠仗天威力，只怕河隍（湟）陷戎夷③。請須司空奏論事，封冊加官莫改移。比至來秋新恩降，山林草木總光輝。塞上艱莘（辛）無說處④，一心目斷望龍墀。"《伯希和劫經錄》、《敦煌遺書總目索引新編》、《法藏敦煌西域文獻》均未予著錄。

原卷詩前有序，序文曰："⬜⬜聖明御位，感得九有以通歡。皇澤垂恩，遂使八宏而仰化。今則我當今皇帝⑤，臨軒西顧，照絕塞之黎民。遠遣使臣，宣皇猷於於邊上。自從遝宣遠至，草木猶自生歡。徒以昔著微勞，世承睿眷。荷絲綸之特異，感錫齎以殊常。受紀賜逾涯⑥，莫有朝天之便。伏限地遙紫塞，路隔丹墀，難托朝衷（宗）之期⑦，空有迴翔之懇。俯弘建樹，一方之物量皆蘇；萬里王人，降帝澤、布祝珧之潤。定千雖無才學，遇會龍門，不憚荒蕪，敢呈口號。"

---

① 上海古籍出版社、法國國家圖書館等編：《法國國家圖書館藏敦煌西域文獻》第 32 卷，上海古籍出版社 2005 年版，第 266 頁。
② P. 4660v 在此詩後有"敕授河西歸義軍節度留後使檢校司空兼御史大夫曹□寫此大佛明經一部"題記，亦可佐證此詩為歸義軍時期所抄。圖版見於上海古籍出版社、法國國家圖書館等編：《法國國家圖書館藏敦煌西域文獻》第 33 卷，上海古籍出版社 2005 年版，第 29 頁。
③ "隍"，《敦煌詩集殘卷輯考》據文義校改作"湟"，"隍"為"湟"之借字。
④ "莘"，《敦煌詩集殘卷輯考》據文義校改作"辛"，"莘"為"辛"之借字。
⑤ 《敦煌詩集殘卷輯考》疑"我"字后漏一字。
⑥ "紀"，《敦煌詩集殘卷輯考》未能釋讀。
⑦ "衷"，《敦煌詩集殘卷輯考》據文義校改作"宗"，"衷"為"宗"之借字。

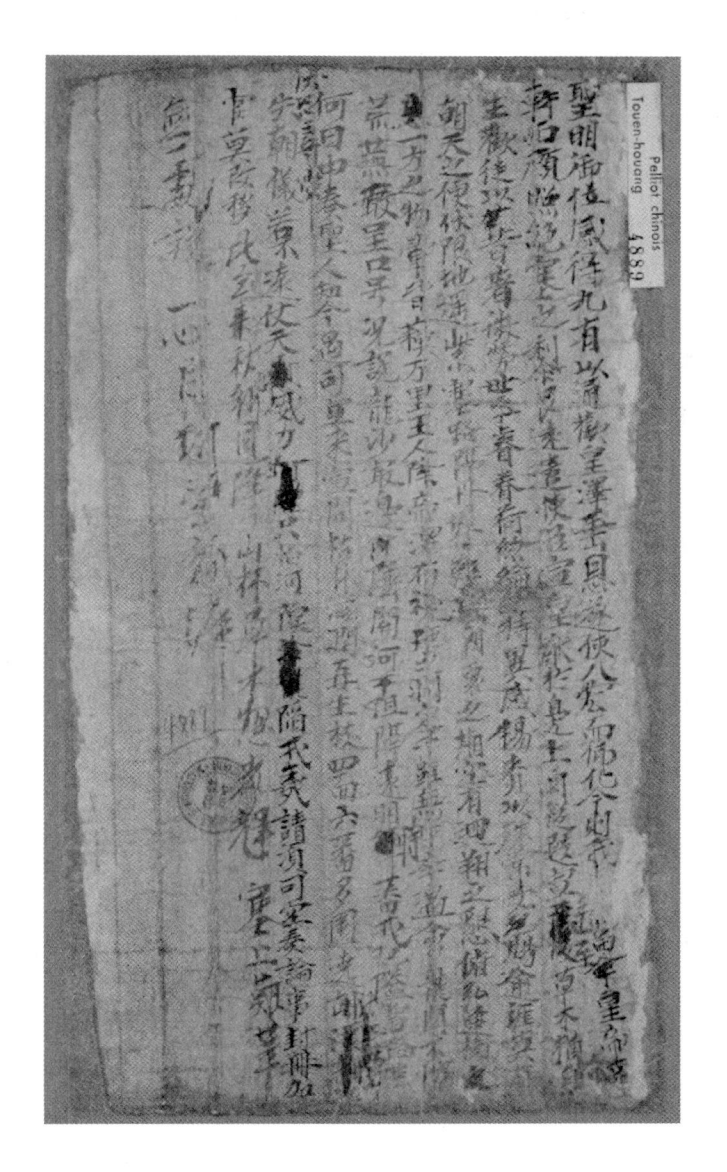

據詩前序文可知，此詩為"定千"寫給某使節的獻詩。李正宇先生認為，此詩的作者"定千"，即為北宋淳化五年（994）前後任歸義軍節度都頭的"張定千"（見於 S.4700、S.4121、S.4643）①。因此，此詩的

---

① 李正宇：《敦煌遺書宋人詩輯校》，《敦煌研究》1992 年第 2 期。

抄寫時間，應系年到曹氏歸義軍時期。

三　其他館藏敦煌文獻及莫高窟題壁所見歸義軍時期抄寫的敦煌本地文人詩

1. 國家圖書館藏敦煌文獻所見歸義軍時期抄寫的敦煌本地文人詩，僅有張議潭所作以下五首：BD9343 抄寫的《高坐星文掩》《憶別西涼日》《香鏁郁金袍》《巢閣方瞻風》《七載朝金殿》。此五首詩原卷共計抄寫 19 行，且筆跡相同。《北京圖書館藏敦煌遺書簡目》、《敦煌遺書總目索引新編》均未予著錄，《國家圖書館藏敦煌遺書》著錄作"張議潭撰宣宗皇帝挽歌五首"。

（1）第一首詩《高坐星文掩》，原卷抄寫三行，無題無署，詩曰："高坐星文掩，人寰巷市忙。三臺投劍珮，四海哭煙霜。夕殿震號永，秋風曉更長。龍顏不可見，燒盡月支香。"

（2）第二首詩《憶別西涼日》，原卷抄寫四行，無題無署，詩曰："憶別西涼日，來朝北闕時。千官捧鑾殿①，獨召上龍墀。寵極孤臣懼②，恩深四表知。無由殉靈駕，血淚自雙垂。"

（3）第三首詩《香鏁郁金袍》，原卷抄寫四行，無題無署，詩曰："香鏁鬱金袍，求衣不重勞。方張洞庭樂，休種閬山桃。鶴駕丹陵遠，龍驤碧落高。胡髯攀斷處，空抱高弓號。"

（4）第四首詩《巢閣方瞻風》，原卷抄寫四行，無題無署，詩曰："巢閣方瞻風，鳴郊忽酬麟。六宮悲晏駕，四嶽罷來巡。璽綬傳當璧，河山委大臣。自傷蒲柳質，不得扈龍輴。"

（5）第五首詩《七載朝金殿》，原卷抄寫四行，無題無署，詩曰："七載朝金殿，千秋遇聖君。九夷瞻北極，萬國靡南熏。盛烈排軒後，崇凌壓漢文。豈知河隴士③，哭斷高鄉云。"

---

① "鑾"，《敦煌詩集殘卷輯考》據殘筆畫及文義補。
② "孤"，《敦煌詩集殘卷輯考》釋作"狐"，校改作"孤"，可徑釋。
③ "隴"，《敦煌詩集殘卷輯考》釋作"瀧"，校改作"隴"，可徑釋。

徐俊先生據詩的內容判斷，這五首詩應是張議潭寫給宣宗皇帝的挽歌①。原卷在此五首詩前，抄寫有筆跡相同的序，序文曰："□□請假，不獲隨例拜賀臺庭，無任兢惕戰越之至，進上挽歌。"徐俊先生據序文殘存内容判斷，此卷五首詩的創作時間，應是在咸通元年（860）二月宣宗入葬之時②。因此，此卷五首詩的抄寫時間，應系年到咸通元年二月以後的歸義軍時期。

2. 上圖114v 抄寫的《七言詩一首》，原卷抄寫四行，有題有署，詩曰："樂花飛上散空虛，一寺紅花入火池。將為山高千里外，海水波來是無其（期）③。"《上海圖書館藏敦煌吐魯番文獻》著錄為"比丘海晏撰七言書一首"。

此詩原卷首行書有"比丘海晏"，第二行書有"七言書一首"，即為作者與詩題。據文義，原卷詩題中的"書"，應作"詩"，詩題應作"七言詩一首"。釋海晏為歸義軍時期的敦煌僧人④。故此詩的抄寫時間，應系年到歸義軍時期。

3. 莫高窟第108窟窟簷南壁外側題壁上，有兩首歸義軍時期抄寫的敦煌本地文人詩：《三危山内枭世賢》、《久事公門奉馳驅》。

（1）第一首詩《三危山内枭世賢》，無題無署，詩曰："三危山内枭世賢⑤，結此道場下停閑⑥。侍送門人往不絕，聖是山谷水未寬。一旬之間僧久住，感動三神賜霜樹。□值牟尼□（威）力重，此山本□住□（僧）□（田）。"

原卷詩前均有序，序文："□因從臺駕，隨侍□□（政）□（道）□（舍）□，道真等七人就三危聖王寺□（安）下霸道場記。□（維）□（天）□（福）十五年五月八日遊記之耳。"⑦

---

① 徐俊：《敦煌詩集殘卷輯考》，中華書局2000年版，第922頁。
② 徐俊：《敦煌詩集殘卷輯考》，中華書局2000年版，第922頁。
③ "其"，《敦煌詩集殘卷輯考》據文義校改作"期"，"其"為"期"之借字。
④ 陈祚龙：《中华佛教文化史散策二集》，臺北新文豐出版公司1979年版，第19—20頁。
⑤ "賢"，《敦煌詩集殘卷輯考》據殘筆畫及文義補。
⑥ "閑"，《敦煌詩集殘卷輯考》據殘筆畫及文義補。
⑦ 敦煌研究院：《敦煌莫高窟供養人題記》，文物出版社1986年版，第54頁。

據徐俊先生考證，這首題壁詩為天福十五年（950）道真任沙州釋門僧政後，隨歸義軍節度使曹元忠巡禮莫高窟時所作，並題寫在第108窟窟簷南壁外側題壁上的①。

（2）第二首詩《久事公門奉駈馳》，無題無署，詩曰："久事公門奉駈馳，累沐鴻恩納效微。昨登長坡上大阪，走下深谷觀花池。傍通重開千龕窟，此谷昔聞萬佛輝。瑞草芳芬而錦繡，祥鳥每常繞樹飛。愚情從今歸真教，世間濁濫誓不歸。"

原卷詩前有序，序文曰："潤忝事臺輩，戴佐蚯蚓。登峻嶺而驟謁靈岩，下深谷而欽禮聖跡。傍通閣道，巡萬像如同佛國；重開石室，禮千尊似到蓬萊。遂聞音樂梵響，清麗以徹碧霄；香煙滿鼻，極添幽冥罪苦。更乃遊玩祥花，誰不割捨煩喧？觀看珍果，豈戀世間恩愛。潤前因有果，此身得凡類之身，休為色利，無端牽徙於火宅之內。今見我佛難量，擬將肝腦塗地，雖則未可碎體，誓歸釋教。偶因訟從，輒題淺句。"且詩後有紀年題記："乾祐二年（949）六月廿三日節度押衙張盈潤題。"② 據此可知，此詩是曹氏歸義軍節度押衙張盈潤，乾祐二年六月二十三日巡禮莫高窟時所作，並書寫在第108窟窟簷南壁外側題壁上的。

如果算上上述2首抄寫在莫高窟題壁上的敦煌本地文人詩，抄寫時間可系年到歸義軍時期的敦煌本地文人詩，總數就達到了47首。

這47首敦煌本地文人詩，均不見於傳世文獻。這就是說，從現有材料看，我們只發現了歸義軍時期中原文人詩向敦煌流傳的現象，並沒有找到能夠證明歸義軍時期敦煌本地文人詩向內地流傳的實例。因此，歸義軍時期敦煌地區文人詩歌的流傳問題，本質上就是中原文人詩如何傳入敦煌，以及敦煌本地人士如何接受中原文人詩的問題。

---

① 徐俊：《敦煌詩集殘卷輯考》，中華書局2000年版，第113頁。
② 敦煌研究院：《敦煌莫高窟供養人題記》，文物出版社1986年版，第54頁。

第 五 章

歸義軍時期文人詩歌在敦煌地區的傳播（下）

從大中二年張議潮率眾起義，成功推翻吐蕃的統治開始，敦煌地區進入到一個完全不同的新時期。在新的歷史時期裏，中原文人詩向敦煌的傳播，要比以往暢通的多。雖然我們在敦煌文獻中僅輯得286首歸義軍時期抄寫的中原文人詩，但歸義軍時期實際傳入敦煌的中原文人詩，在數量上肯定要遠遠超過這個數字。由於目前所見歸義軍時期抄寫的中原文人詩只有這286首，因此我們以這286首中原文人詩為樣本開展研究。

第一節 敦煌地區具備接受中原文人詩的條件

我們在敦煌文獻或莫高窟題壁中，沒有找到任何吐蕃時期傳入敦煌的中原文人詩。可以大膽的推測，在吐蕃時期，中原文人詩向敦煌的傳播極有可能是中斷的。不過，到了歸義軍時期，中原文人詩就能夠暢通的傳入敦煌地區。這兩種截然相反的傳播現象，固然是敦煌重歸中原懷抱的結果，也與敦煌具備接受中原文人詩的條件息息相關。這種條件，可以總結為以下兩點。

一 敦煌建立了與內地相一致的地方行政制度

歸義軍時期的敦煌地區，中原文人詩之所以能夠報復性的快速傳播開來，首先是因為敦煌當地建立了一套與內地相一致的地方行政制度。

這一行政制度，為敦煌地區文人詩歌的傳播，提供了可靠的政治保障。

大中二年張議潮率眾在敦煌起義。大中五年（851），唐廷設立歸義軍，張議潮不僅擔任了歸義軍節度使、十一州觀察使，還兼領了支度使、營田使、押蕃落使等職。歸義軍設立以後，張議潮依照唐朝制度，建幕府、設僚佐，在敦煌地區建立了與內地相一致的藩鎮制度。張氏歸義軍時期敦煌地區的藩鎮制度，被曹氏歸義軍所繼承。它們的政權性質，在唐代是一個邊遠的藩鎮，五代、宋初則成為一個實際的外邦[1]。

歸義軍時期敦煌地區在行政制度上與內地的一致性，還體現在縣、鄉、里制的恢復上。貞元二年吐蕃佔領敦煌以後，吐蕃統治者廢除了唐朝統治時期的縣鄉里制，代之以吐蕃的部落制。大中二年驅蕃歸唐以後，張議潮在其治下的諸州，廢除了吐蕃管轄時期的部落制，恢復了縣鄉里制[2]。

總之，張氏歸義軍時期、曹氏歸義軍時期，敦煌地區在行政制度上參照內地，在政治社會的發展上與之並行不悖。中間雖然有一個短暫的西漢金漢國時期，但敦煌地區的基層行政組織，依然沿襲了張氏歸義軍時期，大體上保持了與內地的同步。歸義軍時期，敦煌地區能夠不受政局變化的影響，對內地行政制度進行了不間斷的繼承，使得漢文化在當地得以持續發展。

教育制度，是與詩歌關係最為密切的行政制度。伴隨著歸義軍時期敦煌地區對內地行政制度的不間斷繼承，與內地高度一致的教育制度，成為敦煌地方社會的重要組織基礎。敦煌地區在教育制度上與內地的一致性，保障了中原文人詩歌作品在敦煌地區能夠無所扞格的傳播開來。據李正宇先生在《唐宋时代的敦煌学校》[3]一文中的輯考，歸義軍時期的敦煌地區，不僅建立了與內地相一致的州、縣、鄉三級官學教育，還建立了私學教育與寺學教育。

唐代的教育制度，是以科舉為旨歸的。歸義軍時期敦煌建立的上述

---

[1] 榮新江：《歸義軍史研究——唐宋時代敦煌歷史考索》，上海古籍出版社1996年版，第2頁。

[2] 陳國燦：《唐五代敦煌縣鄉里制的演變》，《敦煌研究》1989年第3期。

[3] 李正宇：《唐宋時代的敦煌學校》，《敦煌研究》1986年第1期。

與內地一致的教育制度，自然也包括"詩賦取士"的文學訓練。因此，在敦煌文獻中除了大量蒙學教材和經典訓練的材料之外，對於本書第四章中輯得的那些有學郎題記的中原文人詩寫本，我們也絲毫不應該感到意外。它們實際上為我們認識歸義軍時期敦煌當地民眾在教育制度的影響下，對於中原文人詩的接受，提供了絕好的詮釋。

二 敦煌當地民眾存在對於中原文人詩的需求

貞元二年（786）吐蕃管轄敦煌以後，出於加強自身統治的需要，吐蕃統治者採取了一些不利於當地漢文化發展的舉措。比如，禁用唐朝紀年，強制推行吐蕃文字，強迫漢人辮髮易服等。這種消極的文化政策，給敦煌當地的漢文化帶來了較大衝擊。但這些倒行逆施的行為，並沒有撼動早在唐以前就已紮根於敦煌的漢文化，也沒有泯滅當地漢族民眾對於唐廷的留戀。吐蕃統治下的漢族民眾，依然心懷故國，延續著漢文化。張議潮之父張謙逸的內心世界，就是當時敦煌漢族民眾心態的典型代表。

P.3556《張氏墓誌銘並序》是張淮深之女、索勳之妻的墓誌銘，文中是這樣追述張謙逸的："高祖諱謙逸，贈工部尚書。高蹤出俗，勁節冠時。譽滿公卿，笑看榮辱。屬以羯胡屯集，隴右陷腥俗之風；縠（國）恥邦危，塵外伴逍遙之客。"① 如果說"屬以羯胡屯集，隴右陷腥俗之風；縠（國）恥邦危，塵外伴逍遙之客"之語尚顯隱晦的話，那麼《張淮深碑》中對於張謙逸的追述，就顯得真切形象。

《張淮深碑》在追述張謙逸的事跡時言："賜部落之名，占行軍之額。由是形遵辮髮，體美織皮。左衽束身，垂肱跪膝。祖宗銜怨，含恨百年。未遇高風，申屈無路。"② 《張淮深碑》雖是歸義軍時期的作品，但碑文中"祖宗銜怨，含恨百年。未遇高風，申屈無路"之語，也從后世人的視角，對吐蕃佔領敦煌時期張謙逸之心態作了評述。張謙逸彼時始終以唐朝子民自居，其內心飽含了對於故國留戀的心態，應符合歷史之真實。

---

① 鄭炳林：《敦煌碑銘讚輯釋》（增訂本），甘肅教育出版社2019年版，第951頁。
② 榮新江：《敦煌寫本〈敕河西節度兵部尚書張公德政碑〉校考》，原載《周一良先生八十生日紀念論文集》，中國社會科學出版社1993年版；此據榮新江《歸義軍史研究——唐宋時代敦煌歷史考索》，上海古籍出版社1996年版，第399頁。

張謙逸的內心世界，應是吐蕃統治下敦煌漢族民眾的普遍心態。當吐蕃陷入內亂之際，張議潮"知吐蕃之運盡，誓心歸國"，"陰結豪英歸唐"，於大中二年率眾起義。張議潮振臂一呼，應者雲集，成功地驅逐吐蕃節兒、收復了瓜沙二州。其率眾驅蕃歸唐的行為，受到了敦煌僧俗各界的高度評價。這就足以說明當時敦煌的民心所向。

張議潮的兄長張議潭，在大中二年的起義中發揮了重要作用。P.3556《周故南陽郡娘子張氏墓誌銘並序》，是張淮深之女、索勳之妻的墓誌銘。該銘文雖無作者署名，但文中追述其祖張議潭時的文字，可算作是世俗後世對於張議潮、張議潭等人率眾驅蕃歸唐行為的公論，文曰："上知乾象，破蕃醜而七郡塵清；下愛黎民，傳漢號於四方世界。"[①] P.3804《釋門雜文》則是來自於敦煌釋門的評價，文曰："我河西節度使、司空、開國公，伏願天祿彌厚，福命崇高，常為大唐之忠臣。"[②]

敦煌僧俗各界將張議潮率眾起義、驅蕃歸唐的壯舉，稱為"破蕃醜而七郡塵""傳漢號於四方世界"，讚張議潮為"大唐之忠臣"。這就說明，張議潮率眾驅蕃歸唐的行為，符合敦煌漢族民眾的期待，實現了他們早就想踐行的願望。這種反映當時敦煌漢族民眾渴望回歸故國之心理的例子，還有一些。

比如，在張議潮漸次收復河西諸州的過程中，以收復涼州最為艱難。如果從大中三年（849）收復甘州算起，張議潮用了十二年的時間才最終攻克涼州。在咸通二年（861）張議潮率軍攻下涼州以前，河西走廊東段通往長安的道路還未打通，歸義軍政權派往長安的使節，需走蒙古草原經天德軍的北道，繞路很遠，行走艱難。吐蕃長期佔據的涼州，成為敦煌直通長安道路的關鍵障礙。

日本書道博物館藏 82 號《瑜伽師地論》卷第五十二尾題："大唐大中十三年己卯歲（859）正月廿六日，沙州龍興寺僧明照就賀拔堂，奉為

---

① 上海古籍出版社、法國國家圖書館等編：《法國國家圖書館藏敦煌西域文獻》第 25 卷，上海古籍出版社 2002 年版，第 255 頁。

② 上海古籍出版社、法國國家圖書館等編：《法國國家圖書館藏敦煌西域文獻》第 28 卷，上海古籍出版社 2004 年版，第 105 頁。

皇帝陛下寶位遐長，次爲當道節度，願無災障，早開河路，得對聖顏。"①從發願內容上看，以龍興寺僧明照爲代表的僧界人士，熱切地盼望歸義軍軍隊能夠早日攻佔涼州，"早開河路，得對聖顏"。

敦煌曲子詞作品中，也有類似的情感表達。P. 3128v《曲子菩薩蠻》中就有："敦煌古往出神將，感得諸蕃遙欽仰。效節望龍庭，麟臺早有名。只恨隔蕃部，情懇難申吐。早晚滅狼蕃，一齊拜聖顏。"②這首曲子詞告訴我們，當時的敦煌漢族民衆，其内心世界是複雜的。他們既飽含著對於當下因吐蕃的阻隔而"情懇難申吐"的遺憾，同時又滿懷著對於未來某日，消滅吐蕃的干擾、"一齊拜聖顏"的期許。

敦煌漢族民衆對於唐廷的赤誠之心，還體現在敦煌大族子弟的姓名、事蹟，以及敦煌縣"赤心鄉"的設置上。見於 S. 530 的《沙州釋門索法律窟銘稿》③，在述及曾任沙州釋門都法律的金光明寺僧索義辯家世時，言其兄索清寧有三子。其中：次子忠顒，"用（勇）冠三軍，射穿七札，助收六郡，毗讚司空，爲前矛之爪牙，作後殿之耳目。飄風鳥陣，決勝先行，虎擲（據）盤蛇，死無旋踵，誓腸羂於錄草，而不顧於生還，許國之稱已彰，攻五涼而尅復，駐軍神烏，鎮守涼城，積祀累齡，長衝白刃，俄然枕疾，殂殞武威。"小子忠信，"天資秀異，神假英靈，孝悌於家，忠盡於國，登鋒履刃，猛氣超群，鐵辟（臂）攢槍，先衝八陣，提戈從事，每立殊勳，葵心向陽，兢兢使主。奉元戎而歸闕，臣子之禮無虧；回駕朔方，被羈孤而日久。願捉（投）桑梓，未遂本情。"④

《沙州釋門索法律窟銘稿》的撰寫時間是在咸通十年（869），索義辯所造之窟爲莫高窟第 12 窟⑤。據《沙州釋門索法律窟銘稿》中的記載，索義辯有兩位名爲"忠顒""忠信"的侄子，前者"許國之稱已彰，攻

---

① ［日］池田溫：《中國古代寫本識語集錄》，東京大學東洋文化研究所 1990 年版，第 418 頁。
② 上海古籍出版社、法國國家圖書館等編：《法國國家圖書館藏敦煌西域文獻》第 21 卷，上海古籍出版社 2002 年版，第 352 頁。
③ 此件文書又見於 P. 4640、P. 2021v。
④ 郝春文主編：《英藏敦煌社會歷史文獻釋錄》第 3 卷，社會科學文獻出版社 2003 年版，第 81—82 頁。
⑤ 鄭炳林：《敦煌碑銘讚輯釋》（增訂本），甘肅教育出版社 2019 年版，第 332 頁。

五涼而克獲",後者"孝悌於家,忠盡於國"。其姓名與事蹟,充分體現了敦煌大族子弟願意盡忠唐廷的內心世界。

在推翻吐蕃的統治以後,張議潮恢復了唐代的縣鄉里制度,並在敦煌縣新設了一個"赤心鄉"。"赤心鄉"的地理範圍,大致相當於今敦煌市五墩鄉西境,西起東河利子口,南至今安敦公路,北到利子渠南①。根據陳國燦先生的研究,赤心鄉可能是由懸泉鄉改名而來,"赤心"為赤膽忠心、赤心為國之意。改"懸泉"為"赤心",或許與張議潮起兵,以懸泉鄉為基地,以該鄉大族為基幹,擎舉反蕃義旗,赤心向國有關②。

由於受到地理位置的局限,敦煌地區遠離長安、洛陽等唐朝文化中心。歸義軍時期,對唐廷滿懷赤誠的敦煌漢族民族,在驅蕃歸唐、重回漢家以後,自然會對漢文文學產生需求。其直接表現,就是漢文文學作品在敦煌的流傳。這一點,已被為數不少的歸義軍時期所抄敦煌漢文文學寫本所證實。中國是詩歌的國度,唐代又是詩歌發展的頂峰。作為中國古代文學史上的一顆明珠,敦煌漢族民眾對中原文人詩的需求,無疑也是存在的。

歸義軍時期敦煌的民族結構,依然是以漢族為主,雜以粟特、吐谷渾、龍家、回鶻、嗢末等少數民族。正如S.5697《申報河西蕃情狀》所言:"同緣河西諸州,蕃、渾、嗢末、羌、龍狡雜,極難調伏。"③那麼在歸義軍時期,中原文人詩是否有可能在敦煌地區的胡族民眾中流傳呢?

其實早在河西創復之初,歸義軍政權就開始在胡族民眾中,施行與漢族民眾相同的漢文化復興政策。《張淮深碑》載曰:"河西創復,猶雜蕃、渾,言音不同;羌、龍、嗢末,雷威慴伏。訓以華風,咸會馴良,軌俗一變。"④ "訓以華風"的漢文化重建政策,在胡族民眾中取得了

---

① 李正宇:《敦煌歷史地理導論》,臺北新文豐出版公司1997年版,第50頁。
② 陳國燦:《唐五代敦煌縣鄉里制的演變》,《敦煌研究》1989年第3期。
③ 中國社會科學院歷史研究所、英國國家圖書館等編:《英藏敦煌文獻》第9卷,四川人民出版社1994年版,第80頁。
④ 錄文參見榮新江:《敦煌寫本〈敕河西節度兵部尚書張公德政碑〉校考》,載《周一良先生八十生日紀念論文集》,中國社會科學出版社1993年版;此據榮新江:《歸義軍史研究——唐宋時代敦煌歷史考索》,上海古籍出版社1996年版,第402頁。

"咸會馴良，軌俗一變"的良好效果。

比如，在敦煌僧俗兩界頗具影響的悟真和尚，在其為康通信撰寫的《大唐前節度押衙康公諱通信邈真讚》（P.4660）中，就稱讚這位粟特後裔"懿哉哲人，與眾不群。剛柔相伴，文質彬彬。盡忠奉上，盡孝安親。葉和眾事，進退俱真"①。從上述讚語上看，康通信其人，儼然是一位文化水準較高的漢族人士。由此可見，部分漢化程度較深的胡族人士，也開始以忠孝相標榜。他們在受到漢文化浸染與洗禮的同時，完全有可能接觸到中原文人詩，並對中原文人詩產生文化需求。

歸義軍時期的時間跨度，長達154年②。在這154年的時間里，除了短暫的西漢金山國（909—914）以外，敦煌在其餘時間均奉中原王朝正朔。從名義上講，絕大多數的時間里，敦煌胡漢民眾始終是中原王朝治下的子民。歸義軍初期，敦煌胡漢民眾尚且已經產生了對於中原文人詩的需求，那麼隨著時間的推移，敦煌與內地之間文化交流會日漸增多，敦煌受漢文化的影響也會逐步加深，敦煌胡漢民眾對於中原文人詩的需求自然也是不斷增長的。

第二節 中原文人詩傳入敦煌的途徑

當歸義軍時期的敦煌地區具備了接受中原文人詩的條件以後，中原文人詩也就有了傳入敦煌的可能。那麼，在歸義軍時期，中原文人詩究竟是通過何種途徑傳入敦煌的呢？從敦煌文獻提供的線索看，至少有以下兩種。

一 因西行求法僧的駐足而傳入敦煌

敦煌扼據絲綢之路要衝。在歸義軍政權的保護和支持下，歸義軍時期的敦煌佛教保持興盛。西行求法的僧人，在西行或東歸時，極有可能

---

① 上海古籍出版社、法國國家圖書館等編：《法國國家圖書館藏敦煌西域文獻》第33卷，上海古籍出版社2005年版，第24頁。

② 本文借鑒伏俊璉先生觀點，將"歸義軍時期"界定在唐大中二年（848）到北宋咸平五年（1002）間，故言時間跨度為154年。

會在敦煌駐足。那些曾經駐足敦煌的西行求法僧，成為中原文人詩傳入敦煌又一載體。劉銘恕、榮新江二位先生在敦煌文獻中共計輯得 8 位曾駐足敦煌的西行求法僧，他們分別是：智嚴、歸文、法宗、道猷、彥熙、法堅、道圓、志堅①。

歸義軍時期駐足敦煌的西行求法僧，肯定不止這八人。只是，這八人幸賴敦煌文獻而為世人所知而已。那些駐足敦煌的西行求法僧中，不乏受過文學訓練者。他們極有可能會出於自己閱讀的目的，隨身攜帶著一些中原文人詩歌作品。當他們駐足敦煌時，也就將中原文人詩帶到了敦煌。

有的西行求法僧，甚至會在駐足敦煌期間，從事於文人詩歌創作。這一點，已被敦煌文獻所證實。S.4654 抄寫的《薩訶上人寄錫雁閣留題並序呈獻》，即為法宗駐足敦煌期間吟詠敦煌劉薩訶遺跡"雁閣"之作②；北大 D185 抄寫的《多幸遭逢處》，即為道猷寄住敦煌靈圖寺期間創作的詩歌作品；P.3808 抄寫的 19 首《長興四年中興殿應聖節講經文附詩》，就有可能是某西行求法僧在駐足敦煌期間，為敦煌僧俗人士講經時創作的。

二　隨官方使團的往來而傳入敦煌

除了短暫的西漢金山國時期以外，歸義軍時期的敦煌，其政權性質始終是中原王朝的一個藩鎮。對於歸義軍時期的敦煌地區而言，入奏與朝貢，就自然地成為維繫其與中央關係的重要政治活動。實際上，入奏與朝貢，也確實貫穿了張氏歸義軍政權與曹氏歸義軍政權的各個歷史時期。

---

① 劉銘恕先生在《敦煌遺書雜記四篇》一文中，輯得"智嚴""歸文""法宗""道猷""道圓""志堅"等六人。榮新江先生在《敦煌文獻所見晚唐五代宋初的中印文化交往》一文中又輯得"彥熙""法堅"等二人。參看劉銘恕：《敦煌遺書雜記四篇》，《敦煌學論集》，甘肅人民出版社 1985 年版，第 45—67 頁；榮新江：《敦煌文獻所見晚唐五代宋初的中印文化交往》，《季羨林教授八十華誕紀念論文集》，江西人民出版社 1991 年版，第 958 頁；收入榮新江：《絲綢之路與東西文化交流》，北京大學出版社 2015 年版，第 105 頁。

② 汪泛舟：《〈薩訶上人寄錫雁閣留題並序呈獻〉再校與新論》，《敦煌研究》1997 年第 1 期。

第五章　歸義軍時期文人詩歌在敦煌地區的傳播（下）　◀◀　191

　　據楊寶玉、吳麗娛二位先生爬梳，張氏歸義軍重要的入奏活動有：大中二年（848）以高進達為使的首次入奏（S. 6161 + S. 3329 + S. 11564 + S. 6973 + P. 2762《張淮深碑》、P. 2748v)①；大中五年（851），悟真赴京入奏（P. 2748、P. 3720、P. 3770、P. 4660）、張議潭入京獻圖（《資治通鑑》卷249)②；咸通七年（866），張議潮赴京入奏（《舊唐書·懿宗紀》、P. 3730v、S. 6405v)③；光啟三年（887），派遣宋潤盈、高再盛、張文徹等三般專使到興元駕前求授旌節（S. 1156)④；開平二年（908），派遣張保山入奏後梁（P. 3518）等⑤。

　　而曹氏歸義軍重要的入奏活動有：同光二年（924），派遣安懷恩入奏後唐（S. 4276)⑥；同光四年（926），派遣以張保山為正使、梁幸德為副使入奏後唐（P. 3016v)⑦；長興元年（930）、清泰元年（934），先後遣使入貢後唐（P. 2992v、P. 3718)⑧；清泰二年（935），派遣宋□入奏後唐（P. 3197v)⑨。

　　在上述歸義軍政權的入奏活動中，除了咸通七年張議潮入質長安並終老斯地、清泰元年梁幸德在回到張掖時遇難等特殊情況外，其他出使中原王朝的敦煌使節，都能夠安全地回到敦煌。

　　這些被派往中央並平安回到敦煌的歸義軍使節，自然是經過遴選的。

---

　①　楊寶玉：《大中二年張議潮首次遣使入奏活動再議》，《蘭州學刊》2010年第6期。
　②　楊寶玉、吳麗娛：《悟真於大中五年的奉使入奏及其對長安佛寺的巡禮》，《吐魯番學研究》2011年第1期。
　③　楊寶玉、吳麗娛：《P. 3804咸通七年願文與張議潮入京前夕的慶寺法會》，《南京師範大學學報》2007年第4期。
　④　榮新江：《歸義軍史研究——唐宋時代敦煌歷史考索》，上海古籍出版社1996年版，第10頁。
　⑤　楊寶玉、吳麗娛：《歸義軍朝貢使張保山生平考察與相關歷史問題》，《中國史研究》2007年第4期。
　⑥　楊寶玉、吳麗娛：《敦煌文書S. 4276〈管內三軍百姓奏請表〉索隱》，《出土文獻研究》第10輯，中華書局2011年版。
　⑦　楊寶玉、吳麗娛：《P. 3016v〈厶乙致令公狀考釋〉》，《敦煌研究》2006年第3期。
　⑧　楊寶玉、吳麗娛：《P. 2992v書狀與清泰元年及長興元年歸義軍政權的朝貢活動》，《敦煌學輯刊》2007年第1期。
　⑨　楊寶玉、吳麗娛：《P. 3197v〈曹氏歸義軍時期甘州使人書狀〉考釋》，《敦煌學輯刊》2005年第4期。

他們在逗留長安、洛陽或開封期間，完全有可能接觸到在內地風行的中原文人詩歌作品，並根據自己的詩歌喜好或敦煌的現實需求，在返程時將一些中原文人詩帶回敦煌。本書第四章所輯，長安兩街高僧及朝官（共計13人）寫給敦煌高僧悟真的15首贈詩（見於P.3720、P.3886v、S.4654v）即是實證。

　　悟真是張氏歸義軍時期敦煌地區的著名高僧，俗姓唐，約生於唐憲宗元和六年（811），十五歲出家，二十歲受具足戒，後任靈圖寺寺主。張議潮起事後，"隨軍驅使，長為耳目，修表題書"（P.3720），積極參與了驅逐吐蕃、收復瓜沙二州的軍事行動。大中五年（851），曾作為使團主使入奏唐廷。大中十年（856）升任都僧錄，咸通三年（862）又任河西副僧統，咸通十年（869）繼任都僧統。晚年患病，半身不遂。卒於乾寧二年（895）三月，終年八十有餘[①]。

　　大中五年，悟真等人到達長安後，頗受唐廷禮遇。唐宣宗親自召見了悟真，並授悟真為京城臨壇大德並賜紫。唐宣宗召見悟真之事，見於P.3720、P.3770v、P.4660。P.3720《受牒及兩街大德贈答詩合抄序》言："大中五年，入京奏事，面對玉階，特賜章服。"P.3770v《僧悟真改補充沙州釋門義學都法師牒》曰："入京奏事，為國赤心。面對龍顏，申論展效。"P.4660《都僧統唐悟真邈真讚並序》亦言："入京奏事，履踐丹墀。"

　　唐宣宗授悟真為京城臨壇大德並賜紫之事，見於莫高窟第17窟西壁所嵌《洪辯受牒碑》、P.3720。《洪辯受牒碑》上段，以及P.3720所抄第一件黃牒，均記有："悟真可京城臨壇大德，仍並賜紫。"悟真晚年追憶此事時，在其所作《百歲詩》10首中的第七首中，頗為自豪地說："男兒發憤建功勳，萬里崎嶇遠赴秦。對策聖明天子喜，承恩至立一生身。"[②]

　　由於悟真的僧人身份，唐宣宗下詔特許他巡禮了千福寺、崇先寺、報聖寺、薦福寺、保壽寺等長安左右街佛寺。悟真也因此得以與京城朝

[①] 李正宇：《敦煌文學本地作者勾稽》，載顏廷亮《敦煌文學概論》，甘肅人民出版社1993年版，第95—96頁。

[②] 徐俊：《敦煌詩集殘卷輯考》，中華書局2000年版，第157頁。

官及兩街大德相互贈詩酬答。根據 P.3720、P.3886v、S.4654v 三個寫卷中所見贈詩的作者署名，與悟真相互贈詩酬答者，至少有下列 13 人：朝官楊庭貫，千福寺的釋辯章、釋宗苣、釋圓鑒、釋子言，崇先寺的釋彥楚，報聖寺的釋建初、釋太岑、釋道鈞，薦福寺的釋棲白，保壽寺的釋景導，以及內供奉大德釋有孚、釋可道。而在 12 位長安兩街大德中，有些是聲譽頗隆的著名高僧。比如，釋辯章，僧團領袖；釋彥楚，曾任右街僧錄；釋棲白，宣宗大中年間為內供奉，歷數朝①。

悟真自青年時起，就喜好詩文。"年逾七十，風疾相兼，動靜往來，半身不遂"之時，悟真"恩憶一生"，創作了《百歲詩》（P.2748v）10 首。其中，他在第六首詩中，就追憶了自己盛年時潛心詩文的往事："盛年耽讀騁風云，披檢車書要略文，學綴五言題四句，務存篇計一生身。"②

在出使長安期間，這些高僧以及朝臣楊庭貫，與悟真相互贈詩酬答，並給予他很高的評價。比如，釋辯章在《依韻奉酬》中，讚其"生居忠正地""已具三冬學"；釋圓鑒在《五言美瓜沙僧獻款詩一首》中，讚其"身中多種藝，心地幾千燈"；釋太岑在《五言四韻奉贈河西大德》中，讚其"肅肅空門客，洋洋藝行全"；釋棲白在《奉贈河西真法師》中，讚其"藝行兼通釋與儒"；釋有孚在《立贈河西悟真法師》中，讚其"詞華推耀穎，經綸許縱橫"；釋景導在《又贈沙州悟真上人兼送歸》中，讚其"經講三乘鶖子辯，詩吟五字惠休才"；釋道鈞在《又同贈沙州都法師悟真上人》中，讚其"譚論妙閑金粟教，詩情風雅逸篇才"。

或許，在出使長安期間，悟真與京城朝官、兩街大德，建立了深厚的情誼。他晚年在收錄自己的重要官告時，還不忘將大中五年長安朝官、兩街大德寫給自己的贈詩編入其中，並在《自序》（P.3720）中言："大中五年入京奏事，面對玉階，特賜章服。前後重受官告四通，兼諸節度使所賜文牒，兩街大德及諸朝官各有詩上，累在軍營所立功勳，題之於後。"③

---

① 伏俊璉：《唐代敦煌高僧悟真入長安事考略》，《敦煌研究》2010 年第 3 期。
② 徐俊：《敦煌詩集殘卷輯考》，中華書局 2000 年版，第 157 頁。
③ 上海古籍出版社、法國國家圖書館等編：《法國國家圖書館藏敦煌西域文獻》第 27 卷，上海古籍出版社 2002 年版，第 113 頁。

P.3720、P.3886v、S.4654v 三個寫卷，集中保留了當時長安朝官、兩街高僧贈給悟真的 15 首詩篇。P.3720、P.3886v、S.4654v，雖然不能前後相接，且抄寫筆跡不同，但贈詩卻相互補充、排列有序。可見，三者應是據同一母本輾轉抄寫而來。該母本應是大中五年悟真本人或其他使團成員，據當時長安朝官、兩街高僧的贈詩記錄而來。當悟真等人離開長安西返時，該母本也被帶回了敦煌，並在敦煌被抄寫流傳開來。

在歸義軍時期敦煌與中央之間的政治交往中，不僅歸義軍政權會選派使團入奏中央，中央也會向敦煌派出使團。其中，尤以張氏歸義軍時期最為頻繁。

張氏歸義軍時期，唐朝中央政府的出使活動中，較為重要的有：大中五年，派使團到敦煌傳達唐宣宗給張議潮的授官敕書（S.11345）；大中年間，派安、姚二御史到敦煌，並參加了當地的祈福法會（S.1164）；咸通年間，派使團到敦煌，賜張議潮檢校司空，特賜征馬、衣甲槍旗，並立德政碑（P.3715 + P.2729 + P.5015）；乾寧元年（874），派左散騎常侍李眾甫、供奉官李全偉、品官楊繼瑀等到敦煌，將張淮深的檢校官由散騎常侍升遷為戶部尚書，並在開元寺拜謁了唐玄宗聖容塑像（P.3451）；文德元年（888），派遣押節大夫宋光庭、朔方押牙康元誠等二十人到敦煌，授賜旌節（京都藤井有鄰館藏敦煌文獻）；大順元年（890），派遣常侍、大夫到敦煌，授予沙州官吏加官、賜章服。張淮深之子張延鍔，就被加官為御史中丞，兼賜章服（P.2854v）；大順年間，派遣河西道宣諭告哀使獨孤播到敦煌，獨孤播曾在肅州給歸義軍政權的某中丞寫了一封書狀（P.3812v）；乾甯元年（894），派遣內常侍康玉裕、大夫齊珙、判官陳大夫思回到敦煌，宣諭聖旨，並授張承奉歸義軍節度副使、權知兵馬留後（P.4640）；光化四年（901），派遣朝廷天使與朔方使麻大夫到敦煌，授予張承奉歸義軍節度使旌節①。

在唐朝中央政府派往敦煌的上述使團中，除了大順年間獨孤播一行的出使任務不明以外，其餘使團均是到敦煌頒佈中央詔敕或授予旌節。

---

① 以上關於唐朝中央政府五次出使活動的文字，參看王使臻、王使璋、王惠月：《敦煌所出唐宋書牘整理與研究》，西南交通大學出版社 2016 年版，第 80—83 頁。

這些出使敦煌的使節，必然是經過遴選的。他們中的一部分人，應該就受到過文學訓練，有著一定的詩歌審美，極有可能出於隨身閱讀的目的，將一些自己喜愛的中原文人詩歌作品帶到敦煌。

歸義軍時期中原文人詩向敦煌的流傳，當然並不僅僅只有"因西行求法僧的駐足而傳入敦煌""隨官方使團的往來而傳入敦煌"兩種途徑。但從現有材料看，這兩種途徑是最具說服力的。

第三節　歸義軍時期敦煌本地文士對中原文人詩的接受

行政制度與民眾需求的雙重因素，為中原文人詩在敦煌地區的流傳提供了土壤；官方使團的往來與西行求法僧的駐足，為中原文人詩向敦煌的流傳提供了載體。中原文人詩傳入敦煌地區以後，首先會在敦煌本地文士群體中被輾轉傳抄。在中原文人詩的長期影響下，一些敦煌本地文士也會從事到詩歌創作中去。因此，歸義軍時期敦煌本地文士對於中原文人詩的接受，一方面體現在敦煌本地文士對於中原文人詩的抄寫上，另一方面也表現在敦煌本地文士的詩歌創作行為中。

一　敦煌本地文士對中原文人詩的抄寫

與刻本時代詩歌作品署名的定型化特徵不同，歸義軍時期在敦煌地區以寫本形態流傳的中原文人詩，在署名上有著較強的隨意性，有的有署，有的無署。其中，無作者署名的現象，最為常見。比如：《武陽送別》（S.6537v）、《京中正月七日立春》（P.2566）、《燕歌行》、《長門怨》（以上兩首見於P.2748v）、《封丘作》、《自薊北歸》、《宴郭校書因之有別》、《題李別駕壁》、《鑄劍本來讎陳人》（以上五首見於P.2976）、《燕歌行》（P.2677＋S.12098）、《臘日宣詔幸上苑》（P.3322）、《獻閩中十詠偶成並狀》（P.3629）、《正月十五夜》（P.3910）、《多幸遭逢處》（北大D185）等。

這些中原文人詩歌作品之所以未見作者署名，有可能是由於抄寫者的馬虎大意而漏抄，有可能是因為抄寫者所據底本本來就沒有署名，也有可能是由於手寫紙本形態的詩歌文本，在流傳過程中因殘損而遺失了作者署名。第一種可能性，是抄寫者主觀上的失誤所致；第二種可能性，是由於受到了現實條件的限制。這兩種可能性，我們雖然找不到依據，但從常理上推斷，也是成立的。不過，對於第三種可能性，我們是可以找到實物依據的。

P.3771《珠英學士集卷五》以官職的等級位元次為序，依次抄寫了無署詩 5 首、喬備詩 4 首、元希聲詩 9 首、房元陽詩 2 首、楊齊哲詩 2 首、胡皓詩 3 首。喬備、元希聲分別為正六品下的安邑縣令與太子文學，房元陽為從七品上的司禮寺博士，楊齊哲為從八品下的洛陽縣尉，胡皓為從九品下的恭陵丞。按理說，抄寫在喬備詩前的 5 首無署詩，不應系於官職低於喬備的胡皓名下。但是，喬備詩前的 5 首無署詩，原卷均抄寫兩遍。其中，第四首詩、第五首詩的第二遍，接抄在 3 首胡皓詩以後。可見，第四首詩、第五首詩也是胡皓的作品，只是 P.3771 號寫卷由於卷首殘損而遺失了作者署名而已。

而有作者署名者，其署名方式也多有不同。咸曉婷先生在《論中古寫本文獻的署名方式——以唐詩寫本為核心的考察》① 一文中，對中古寫本的署名方式作了系統梳理，並將中古時期寫本文獻中有作者署名的署名方式分為以下四種：署名中"姓""名"兼具，署名中有"名"而無"姓"，在姓名前冠以非官方頭銜，在姓名前冠以官銜。

歸義軍時期抄寫的 286 首中原文人詩，是以寫本的形態呈現在世人面前的。這些實際形態與刻本詩歌迥異的 286 首中原文人詩，其抄寫者可知的，有如下 11 人：金光明寺學士郎張龜、安友盛，學士郎馬富德、張大慶、陰奴兒，淨土寺沙彌趙員住、淨土寺僧惠信，押衙董文受，伎術院學士郎呂均。這 11 位抄寫者，有 6 人為學士郎（金光明寺學士郎張龜、安友盛，學士郎馬富德、學士郎張大慶、伎術院學士郎呂均、學士郎陰奴兒），3 人為寺院僧人（淨土寺沙彌趙員住、淨土寺僧惠信、靈圖寺比丘龍□），2 人為歸義軍政權官吏（押衙董文受、曹氏歸義軍政權某押衙）。

---

① 咸曉婷：《論中古寫本文獻的署名方式——以唐詩寫本為核心的考察》，《浙江大學學報》2015 年第 5 期。

二 敦煌本地文士的文人詩歌創作

歸義軍時期抄寫的敦煌本地文人詩，共有47首。這47首詩，分別出自18位敦煌本地文士之手。這18位敦煌本地文士，分別為：杜太初、馬文斌、張延鍔、氾瑭彥、薛彥俊、釋願榮、張永、張盈潤、翟奉達、釋悟真、張文徹、竇驥、李顒、張定千、釋道真、張議潭、釋海晏，以及某位張姓貧士。除了"竇驥""李顒"二人以外，其餘16人均為歸義軍時期的敦煌人物。

這16位歸義軍時期從事詩歌創作的敦煌本地文士，從身份上看，1人為學士郎（薛彥俊）、4人為寺院僧人（釋願榮、釋悟真、釋道真、釋海晏）、1人為家道中落的貧士（某位張姓貧士）、2人為平民（張永、翟奉達）、8人為官吏（杜太初、馬文斌、張延鍔、氾瑭彥、張盈潤、張文徹、張定千、張議潭）。

若加上11位中原文人詩的抄寫者，我們可考知的，歸義軍時期中原文人詩的具體接受者已達27人。其中，學士郎7人、寺院僧人7人、官吏10人、貧士1人、平民2人。與唐前期以及吐蕃時期相比，歸義軍時期中原文人詩的接受者，遍及社會各個階層，有學校的學士郎、有寺院的僧人、有歸義軍政權的官吏，甚至還有貧士、平民。這就說明，歸義軍時期，中原文人詩的傳播範圍更廣，也更加地被敦煌本地人士所接受。

結　　語

　　以中原政權在敦煌建立郡縣為標誌，敦煌地區開始接觸漢文化。經過從漢到隋長達760餘年的發展，敦煌地區被牢牢的納入漢文化圈。這就為中古時期文人詩歌在敦煌地區的傳播，提供了厚重的漢文化土壤。

　　本書主要依據敦煌文獻中保存的材料，對中古時期中原文人詩歌在敦煌的傳播情況試作探索。從目前掌握的材料看，中古時期，敦煌與內地之間的文人詩歌交流是自東向西的單向流傳。我們只發現了中原文人詩向敦煌流傳的現象，卻沒有找到能夠證明敦煌本地文人詩向內地流傳的實例，而且吐蕃時期中原文人詩向敦煌的流傳，極有可能是中斷的。

　　不過，在中古時期敦煌地區的不同歷史時期里，敦煌本地文士對中原文人詩的接受始終沒有停止，甚至呈現出了不同的階段性特徵。

　　唐前期，敦煌地區的學校建置，與內地州縣完全一致，不僅有官方的州學、縣學，而且還有民間的義學。在唐朝"科舉取士"的制度安排，"詩學教育"極有可能成為敦煌學校的重要教學內容。中原文人詩傳入敦煌以後，被敦煌學校的學士郎群體所接受。學士郎們不僅會抄寫中原文人詩，而且會在中原文人詩的薰陶下，從事詩歌創作。由於未能找到其他身份的接受者，因此唐前期中原文人詩的流傳範圍，可被限定在學士郎的日常活動場所——學校與家庭。

　　吐蕃時期中原文人詩向敦煌的傳播，極有可能是中斷的。不過，一些受戰亂影響而流寓敦煌的中原人士，他們在滯留敦煌期間創作的詩歌作品，成為此時期在敦煌地區流傳之中原文人詩的新來源。如果說，貞元二年吐蕃佔領敦煌前，敦煌本地文士對於中原文人詩的接受，尚且與唐前期無異的話，那麼，吐蕃管轄敦煌以後，敦煌本地文士對於中原文人詩的接受，則進入一個新階段。

吐蕃佔領敦煌以後，敦煌地區原有的文化制度遭到破壞，州學、縣學、義學等，都銷聲匿跡了。寺學代替它們，承擔了各項文化教育職能。僧人群體，成為此時期中原文人詩最主要的接受者。不過，僧人群體並不是唯一的接受者。僧人群體以外，還有平民、吐蕃官吏。與此前的時期相比，吐蕃管轄敦煌時期，中原文人詩的接受群體有所擴大，其傳播範圍也有所擴展。

歸義軍初期，張議潮就以恢復唐朝制度為中心開始了內政建設，敦煌地區的教育制度也恢復了與內地的一致。歸義軍時期敦煌地區的學校建置，不僅有州學、縣學、鄉學，還有坊巷之學、私人學塾、寺學。歸義軍時期中原文人詩的接受者，遍及社會各階層，不僅有學士郎、僧人、歸義軍官吏，而且還有貧士、平民。與吐蕃管轄敦煌時期相比，歸義軍時期中原文人詩的接受群體又擴大了，其傳播範圍又擴展了。

總之，中古時期，敦煌本地文士對於中原文人詩的接受，在程度上是一個不斷加深的過程。中原文人詩的接受群體不斷擴大，其傳播範圍也不斷擴展。可以說，中原文人詩是敦煌本地文人詩的母體。正是在中原文人詩的孕育下，敦煌本地文人詩才能夠像小樹苗一樣不斷的茁壯成長。

附錄一

敦煌 S.373 號寫卷敘錄與系年

敦煌文獻 S.373 號寫卷，正反兩面抄詩 10 首。其中，正面抄詩 5 首，《斯坦因劫經錄》著錄為"李存勖詩五首"：①《皇帝癸未年膺運滅梁再興（缺）迎太后七言詩》。②《題北京西山童子寺七言》。③《題南嶽山七言》，原卷題旁注"直在江南"。④《題幽州盤山七言》，原卷題旁注"在幽州北"。⑤《題幽州石經山》，原在題旁注"在南"。背面抄詩 5 首，《斯坦因劫經錄》著錄為"大唐三藏詩五首"，並說明"顯系後人所作，偽託玄奘"：①《大唐三藏題西天舍眼塔》，原卷題旁注"在西天"。②《題尼蓮河七言》，原卷題旁注"在西天"。③《題半偈捨身山》，原卷題旁注"在西天"。④《題童子寺五言》，原卷題旁注"在太原，便是北京"。⑤《題中嶽山七言》，原卷題旁注"在京南"。本寫卷所見十首詩的主要校錄本有：陳尚君《全唐詩續拾》、徐俊《敦煌詩集殘卷輯考》、汪泛舟《敦煌石窟僧詩校釋》、張錫厚《全敦煌詩》等。

鄭炳林認為這 10 首詩既不是李存勖所作，也不是玄奘所作①，可能是後唐時期河北地區（或定州一帶）的僧人范海印所作，他曾遊歷全國並於後唐末年經敦煌去印度求經②。徐俊同意《皇帝癸未年膺運滅梁再興（缺）迎太后七言詩》為李存勖所作，而後四首詩"詩中涉及的地域和詩中流露的思想、情緒等看，與李存勖生當戰亂之世，戎馬一生的君王身份、生平經歷等亦不相符，顯非李存勖之作"，將這四首詩斷為后唐時期

---

① 鄭炳林：《敦煌文書 S.373 號李存勖唐玄奘詩誤證》，《敦煌學輯刊》1991 年第 1 期。
② 鄭炳林：《敦煌碑銘讚輯釋》，甘肅教育出版社 1992 年版，第 420 頁。

的僧人範海印所作，則缺乏根據①。關於《大唐三藏詩五首》，巴宙認為："'大唐三藏'為玄奘法師之尊稱，但亦可以用於其他譯經高僧。故此詩是否為玄奘之作品則待考。"② 徐俊認為，"其作者應即'大唐三藏'，至於'大唐三藏'是否指玄奘，需要做進一步的考察。即使'大唐三藏'指玄奘，亦不排除其詩仍有依託的可能"③。陳尚君《全唐詩續拾》把這五首詩收入玄奘名下，我們姑且將其算作玄奘的作品。

第一首《皇帝癸未年膺運滅梁再興（缺）迎太后七言詩》還見於P. 3644 號寫卷，題作《今當聖人詩歌一首》，"今當聖人"和 S. 373 寫卷之"皇帝"，都指後唐莊宗李存勖。《全唐文》卷一〇四李存勖《親至懷州奉迎太后敕》，謂天下已定，理應到汾州親迎太后，不得已只到懷州迎接。所寫的內容，與此詩相類似。所以本詩為李存勖所作，當無異議。詩題"癸未年"即同光元年（923）。P. 3644 為類書習字殘卷，內有《禮五臺山詩四首》、《今當聖人詩歌一首》。另有詩二首，李正宇定名為《店鋪招攬叫賣口號二首》，並考定為同光年間（923—926）抄。黃永武定此卷為《俗名要務林》。李存勖（885—926），沙陀部人，本姓朱耶氏，小字亞子，鹽州（今陝西定邊）人。唐昭宗乾寧後，曾遙領隰、汾、晉三州刺史。天祐五年（908）李克用死後，嗣位晉王。同光元年（923）即後唐皇帝位，同光四年（926）死於亂中。《全唐詩》卷 889 存其詩 4 首，《全唐詩續拾》卷 41 補詩 5 首，《全唐文》卷 103—105 存其文 78 篇，《全唐文補編》補文 19 篇。生平事蹟見《舊五代史》卷二七—三四，《新五代史》卷四—五。本詩以一久經戰陣的兒子的口吻，述說了自己為安邦定國而長期在外征戰，故未能對慈親盡孝的遺憾，同時表達了自己在終得安定之際，思憶慈親兩鬢斑白，奉迎慈親以盡孝道的急切心情。

第二首《題西山童子寺七言》，《斯坦因劫餘錄》將其歸為後唐莊宗李存勖的作品。由於敦煌詩卷傳抄的複雜性和題署方式的多樣性，很多例證證明，不能將無署名詩作簡單地歸之於其前署名詩作者之下，從內

---

① 徐俊：《敦煌詩集殘卷輯考》，中華書局 2000 年版，第 490 頁。
② 巴宙：《敦煌韻文集》，臺灣佛教文化服務處 1965 年版，第 30 頁。
③ 徐俊：《敦煌詩集殘卷輯考》，中華書局 2000 年版，第 490 頁。

容看此詩也不可能是李存勖的作品。鄭炳林認為此詩的作者為後唐時期（923—935）的僧人，該作品反映的時間正是範海印遊五嶽及五臺山時間（920—925），因此疑範海印和尚為本詩作者①。范海印，五代後晉、後唐時濟北郡（今山東）人，幼年出家於敦煌，弱冠之初，就在釋俗界有較大影響。曾遊歷五臺山等全國佛教聖跡，並到西域、印度等地尋普賢神蹤，詢求如來聖會。敦煌遺書P.3718載錄有張靈俊撰寫的《唐河西釋門故僧政京城內外臨壇供奉大德兼闡揚三教大法師賜紫沙門範和尚寫真讚並序》。題名中的"北京"即今太原，唐初為並州，天授元年（690）置北都，天寶元年（742），改北都為北京，上元二年（761）罷，代宗寶應元年（762）復為北都。後唐同光元年（923）建都洛陽後，又改太原為北京，後晉、後漢、後周繼之。宋太平興國四年（979）復置並州。"童子寺"，北齊天保七年建，位於晉陽城西十裏龍山之上。《法苑珠林》卷14："並州城西有山寺，寺名童子，有大（佛）像，坐高一百七十餘尺。皇帝（唐高宗李治）崇敬釋教，顯慶末年巡行並州，共皇后（武則天）親到此寺。"② 唐五代置"北京"的時間是天寶元年至上元二年（742—761）、同光元年至太平興國四年（923—979），故以下四首詩的寫作時間應當是923—925。本詩描寫了童子寺周邊的清幽環境，述說了自己遊覽時的喜悅之情。

第三首《題南嶽山七言》，原卷題旁注"直在江南"。《斯坦因劫經錄》將本篇歸入後唐莊宗李存勖的作品，徐俊認為非是，鄭炳林以為是范海印和尚所作。本詩描繪了南嶽山地勢的高峻奇絕、環境的清幽和古寺禪音。

第四首《題幽州盤山七言》，又見於S.529寫卷，S.373寫卷題旁注"在幽州北"。S.529寫卷正反面抄寫，正面抄寫《同光二年（924）定州開元寺僧歸文牒》五通：①《致某和尚牒》，末署"五月廿九日定州開元寺三學比丘歸文狀上"。②《問候某令公牒》，末署"同光二年（924）六月日定州開元寺僧歸文牒"。③《致某評事牒》。④《致某人牒》。⑤

---

① 鄭炳林：《敦煌碑銘讚輯釋》，甘肅教育出版社1992年版，第420頁。

② （唐）釋道世：《法苑珠林校注》，中華書局2003年標點本，第486頁。

《致某和尚牒》。末署"同光二年（924）五月日定州開元寺僧歸文牒"。背面為《諸山聖跡志（擬題）》，向達擬題"失名行記"。《諸山聖跡志》："第三盤山，在幽州。寺院五十餘所，僧尼一千餘人。業行孤高，碩德盛弘，律席博學情憂，十經五論，餘餘濟濟，重風光而拂幽林□，愛山水而附帶煙霞。為□季之宗師，作□中之領袖。詩曰：（即本詩）。"按《諸山聖跡志》記載："西行七百里至廬州，其城周圍三十里，僧尼千餘人。州主張相公篤信僧□，彌崇福祐，瞻樂之外，以作南禪院。……至今見在矣。"據考證，此張相公是張崇，他曾任廬州刺史、廬州觀察使、德勝軍節度使，時間是在後梁開平元年到後唐長興三年（907—932）。《諸山聖跡志》當作於這段時間內。鄭炳林認為 S.373 所抄 10 首詩為同一作者，可能是後唐時期河北地區（或定州一帶）的僧人范海印，他曾遊歷全國並於後唐末年經敦煌去印度求經①。但是，徐俊對此持否定態度，認為兩個寫卷不可能是一人的作品，《諸山聖跡志》作者所記並非出於自己的創作，而是對前人相關詩文的轉錄②。幽州，在今北京市，隋唐時北方的軍事重鎮、交通中心和商業都會。盤山，在幽州西北。明王士性《廣志繹》卷二："盤山在薊城西北，透迤沉邃，百果所出，山北數峰陡絕，絕頂有大石，搖之輒動，二龍潭據其上，下有潮井。傍京之地山谷龍嵷有致者，近稱西山，遠稱盤山。"③ 本詩以一遊方僧人的口吻，述說了自己歷經艱苦，終達幽州盤山的喜悅，同時，描寫了幽州盤山優美的自然景觀，闡發了自己的喜愛之情。

　　第五首《題幽州石經山》，又見於 S.529 寫卷。《斯坦因劫經錄》將本篇歸入後唐莊宗李存勖的作品。鄭炳林以為是範海印和尚所作④。徐俊認為非是，"詩中'五馬'為用漢太守五馬駕轅之典，'遠公'用名僧慧遠尊指被訪僧人。顯然不是遊歷聖跡的僧人口吻"⑤。S.529v《諸山聖跡志》："南行百餘裏至石經寺，大藏經文並鐫石上。云軒（旁注'皇龕'）

---

① 鄭炳林：《敦煌文書 S.373 號李存勖唐玄奘詩誤證》，《敦煌學輯刊》1991 年第 1 期。
② 徐俊：《敦煌詩集殘卷輯考》，中華書局 2000 年版，第 491 頁。
③ （明）王明性撰，呂景琳點校：《廣志繹》，中華書局 1997 年標點本，第 19 頁。
④ 鄭炳林：《敦煌碑銘讚輯釋》，甘肅教育出版社 1992 年版，第 420 頁。
⑤ 徐俊：《敦煌詩集殘卷輯考》，中華書局 2000 年版，第 492 頁。

月殿,迥若天宮,律部洋洋,禪流濟濟。詩曰(即本詩)。"石經山,在太行山東部,即今河北房山縣房山。清談遷《北遊錄》:"房山縣西南四十裏石經山,生芯題草,他處所無,曰芯題山。"① 本詩寫遊歷幽州石經山並拜謁高僧,古寺的清幽、寧靜,使作者對"佛境"與"人境"、"佛心"與"人心"等有了更為辯證的思考。

第六首《大唐三藏題西天舍眼塔》,旁注"在西天"。此首詩以下5首,《斯坦因劫經錄》著錄為"大唐三藏詩五首",但又認為是後人的偽託。巴宙認為:"'大唐三藏'普通為玄奘法師之尊稱,但亦可以用於其他譯經高僧。故此詩是否為玄奘之作品則待考。"② 徐俊認為,"其作者應即'大唐三藏',至於'大唐三藏'是否指玄奘,需要做進一步的考察。即使'大唐三藏'指玄奘,亦不排除其詩仍有依託的可能"③。陳尚君《全唐詩續拾》把這五首詩收入玄奘名下。按,這五首中的前三首,與玄奘遊歷西天所經之地相符,詩的佛偈味很濃。可算作玄奘的作品。後兩首詩(《題童子寺五言》、《題中嶽山七言》)與《題北京西山童子寺七言》、《題南嶽山七言》、《題幽州盤山七言》、《題幽州石經山》等詩風格相似,姑系於後唐僧人范海印名下。玄奘(602—664),俗姓陳氏,名褘,洛州緱氏(今河南偃師)人。世稱唐三藏法師,唐三藏。少時隨兄出家。隋大業八年(612),與兄同至長安,住莊嚴寺,唐武德五年(622)受具足戒。貞觀元年(627),往印度留學(另有貞觀二年、三年說),貞觀十九年(645)回到長安。歸國後,朝廷敬禮特隆,與其弟子譯經75部,凡1338卷。《全唐詩續拾》卷三存其詩5首,《全唐文補編》卷九存其文22篇。生平事蹟見《大唐西域記》、《大唐故三藏玄奘法師行狀》、《續高僧傳》、《大慈恩寺三藏法師傳》、《舊唐書》卷一九一等。舍眼塔,為佛家聖跡。《大唐西域記》卷二《健馱羅國》:"伽藍側有嘿堵波高數百尺,無憂王之所建也,彫木文石,頗異人工。是釋迦佛昔為國王,修菩薩行,從眾生欲,惠施不倦,喪身若遺,於此國土千生為王,

---

① (清)談遷撰,汪北平點校:《北遊錄》,中華書局1997年版,第321頁。
② 巴宙:《敦煌韻文集》,臺灣佛教文化服務處1965年版,第30頁。
③ 徐俊:《敦煌詩集殘卷輯考》,中華書局2000年版,第490頁。

即斯勝地千生捨眼。"① 捨眼，指釋迦牟尼佛為普度眾生而捨眼之本生故事。本詩描寫自己親見捨眼塔時的虔誠敬畏之心，釋迦牟尼心懷慈悲，為普度眾生而捨棄一切，因此才佛光普照。本篇作品應為玄奘西行求法過程中，巡禮健陀羅捨眼塔時所作，故其寫作時間應為玄奘行至健馱羅國的貞觀三年（629）。

　　第七首《題尼蓮河七言》，原卷題旁注"在西天"。尼蓮河，即尼連禪河，《大唐西域記》卷八《摩揭陀國上》記："戒賢伽藍西南行四五十裏，渡尼連禪河，至伽耶城。"② 釋迦牟尼佛出家後，於此河畔靜坐思惟，修苦行六年。後捨苦行而入此河沐浴，淨身後接受牧牛女難陀波羅之乳糜供養，尋至河對岸之菩提樹下發願而成道。本詩寫作者親臨尼連禪河時的虔誠之心，同時，抒發了希望修成正果的願望。本篇作品應為玄奘西行求法過程中，巡禮尼連禪河時所作，故其寫作時間應為玄奘行至摩揭陀國的貞觀五年（631）。

　　第八首《題半偈捨身山》題旁注"在西天"。半偈捨身山，即醯羅山。《大唐西域記》卷三《烏仗那國》記："瞢揭厘城南四百餘裏，至醯羅山，穀水西派，逆流東上。雜花異果，被澗緣崖，峰岩危險，溪谷盤紆，或聞喧語之聲，或聞音樂之響。方石如榻，宛若工成，連延相屬，接布崖谷。是如來在昔為聞半頌之法，於此捨身命也。"③ 一偈共32言，分成兩半；半偈為16言。此處半偈指"諸行無常，是生滅法。生滅滅已，寂滅為樂。"《大般涅槃經》卷十四記載，釋迦牟尼修菩薩行時，從羅剎處聽得前半偈。因羅剎終不言後半偈，釋迦牟尼捨身於此山，即"為求八字故，棄所愛身"。本詩描述身臨醯羅山時激動心情，表達了對釋迦摩尼為聞八字半偈，捨身此山的敬仰。本篇作品應為玄奘西行求法過程中，巡禮時醯羅山時所作，故其寫作時間應為玄奘行至烏仗那國的貞觀三年（629）。

　　第九首《題童子寺五言》，題旁注"在太原，便是北京"。這首詩與

---

① （唐）玄奘，辯機著：《大唐西域記校注》，中華書局2000年版，第252頁。
② （唐）玄奘，辯機著：《大唐西域記校注》，中華書局2000年版，第662頁。
③ （唐）玄奘，辯機著：《大唐西域記校注》，中華書局2000年版，第278頁。

前《題北京西山童子寺七言》《題南嶽山七言》《題幽州盤山七言》《題幽州石經山》等詩風格相似，當為同一個人所作。詩寫登臨童子寺的所見和愉悅心情。

第十首《題中嶽山七言》，又見於 S. 529v，S. 373 卷題旁注 "在南京"。S. 529V《諸山聖跡志》云："中嶽山，在東京東南一百五十里，其山周圍三百里。僧寺六所，道觀六所，僧道三百餘人。禪律同居，威儀蕭穆，山多聖跡，林木浮疏。實道人棲息之所，乃釋子修行之地。詩曰：照宇天極於此山，則天立□□□。（後四句即本詩）"這首詩與前《題北京西山童子寺七言》《題南嶽山七言》《題幽州盤山七言》《題幽州石經山》等詩風格相似，當為同一個人所作。本詩描寫了中嶽山的高峻及山上寺院的清幽，同時，表達了策杖攀蘿終登山頂，見到寺院、僧人時，內心的恬淡愉悅之情。

附錄二

敦煌 S.555 號寫卷敘錄與系年

　　敦煌文獻 S.555 號寫卷，正反兩面抄寫。其中，正面抄《李嶠雜詠注》，據王重民《巴黎敦煌殘卷敘錄》"李嶠雜詠注"條，此殘片為雜詠注之詠銀、布二詩。卷背抄《唐人選唐詩》，起自李義府《侍宴詠烏》，訖於樊鑄《磚道》"人用因埏埴，時行任比方。連階［以下未抄］"。卷背存詩 37 首，著錄作者 22 人，其中見於《全唐詩》者 11 人，不見於《全唐詩》者亦 11 人：李義府、韋承慶、劉元濟、李福業、宋之問詩各一首，均見於《全唐詩》；王勃二首，蘇晉一首，李行言一首，閻朝隱二首，蔡孚一首，不見《全唐詩》；東方虯四首，三首見於《全唐詩》，一首佚失；侯休祥、梁去惑、房旭、樂仲卿、嚴疑、孟翼、□嘉惠、鄭韞玉等詩各一首，鄭願、李□□各二首，樊鑄詠物詩十首（存九首），均不見《全唐詩》。

　　見於《全唐詩》的作者均為開元以前人。對於未見《全唐詩》的作者及本卷的抄寫年代，王重民認為，不見《全唐詩》者"其事蹟雖無考，疑為開元（713—741）以前人"，殘卷為天寶間（742—755）選本①。徐俊認為非是，"此卷作者非皆開元以前人，選本及抄寫時代當已入中晚唐"②。按，未見《全唐詩》的作者並非均為開元以前人，生平可考者，至遲為大曆、貞元間（766—820）人。此時間亦可作為選本時間的上限。貞元二年（786）時，敦煌已經在吐蕃答應"勿徙他境"的條件下，"尋

---

① 王重民：《敦煌寫本跋文》，《敦煌吐魯番文獻研究論集》，中華書局1982年版，第2頁。

② 徐俊：《敦煌詩集殘卷輯考》，中華書局2000年版，第505頁。

盟而降",處於吐蕃統治之下。所以,本寫卷的抄寫年代當在歸義軍時期。寫卷主要校錄本有:陳尚君《全唐詩補編》、徐俊《敦煌詩集殘卷輯考》、郝春文《英藏敦煌社會歷史文獻釋錄》、張錫厚《全敦煌詩》等。

寫卷所抄第一首李義府《侍宴詠烏》見於 S.555,又見於 P.2621。《全唐詩》卷三五將此詩題作《詠烏》。P.2621,正面抄《事森》,並有學郎題記:"戊子年四月十日學郎員義寫書故記。寫書不飲酒,恒日筆頭幹,且作隨疑(宜?)過,即興後人看。"卷背抄:①《子靈賦》。②《貳師泉賦》。③《漁父滄浪賦》、《占耳鳴耳熱心動法》、《驚面熱目潤等法》。④《雜寫"甲辰年五月十三"》。⑤《啟、狀、殘契約》。其中,佚名《子靈賦》引《侍宴詠烏》,作"日裏陽朝暎,禽聲向夜啼。上林多詩樹,不借一枝棲"。李義府(614—666),瀛洲饒陽(今河北饒陽縣)人。貞觀八年(634),應薦對策中第,補門下省典儀,轉監察禦史。高宗為太子時,轉太子舍人、崇賢館直學士。高宗立,遷中書舍人,兼修國史,進弘文館學士。因請立武則天為後,行寵於後。永徽六年(655),拜中書侍郎、同中書門下三品。顯慶元年(656),又兼太子右庶子。明年,進中書令,檢校禦史大夫,加太子賓客。龍朔三年(663),遷右相。後獲罪流巂州。其貌似溫良,而實陰險奸詐,人稱"笑中刀""李貓"。

《全唐詩》卷三五存其詩 8 首,《補全唐詩》補詩 1 首,《全唐文》卷一五三存其文 6 篇,《全唐文補編》補文 6 篇。生平事蹟見《舊唐書》卷八二、《新唐書》卷二二三、《唐詩紀事》卷四。《大唐新語》卷七:"李義府僑居於蜀,……安撫使李大亮、侍中劉洎等連薦之,召見,試令詠烏,立成,其詩曰:'日裏揚朝彩,琴中半夜啼。上林許多樹,不借一枝棲。'太宗深賞之曰:'我將全枝借汝,豈唯一枝。'自門下典儀超拜監察禦史。"① 可知,本篇作品為李義府受唐太宗召見時所作,受召見後,即自典儀超拜監察禦史。《全唐詩》卷一有唐太宗《詠烏代陳師道》、卷三四有楊師道《應詔詠巢烏》,或為彼時太宗君臣唱和之作②。又,《舊唐書》卷八二:"貞觀八年,劍南道巡察大使李大亮以義府善屬文,表薦

---

① (唐)劉肅撰,許德楠、李鼎霞點校:《大唐新語》,中華書局1984年版,第13頁。
② 賈晉華:《唐代集會總集與詩人群研究》,北京大學出版社2001年版,第13頁。

之。對策擢第，補門下省典儀。黃門侍郎劉洎、侍書禦史馬周皆稱薦之，尋除監察禦史。"① 據此可知，李義府於貞觀八年（634）超拜監察禦史。則李義府受太宗召見而作《侍宴詠烏》的時間當在貞觀八年。

第二首詩為王勃《幽居》。王勃（647—675），字子安，絳州龍門（今山西河津）人。六歲解屬文，構思無滯，詞情英邁。未冠應幽素舉及第，授朝散郎。沛王賢聞其名，召為沛府修撰。是時諸王鬥雞，因作《檄英王雞文》。高宗覽之，怒斥出府。久之，補虢州參軍。上元二年（675），渡南海墮水而卒，時年28。《全唐詩》卷五五—五六存其詩76首，《補全唐詩》補詩2首，《全唐文》卷一七七—一八二存其文82篇，《全唐文補編》補文33篇。生平事蹟見《舊唐書》卷一九〇、《新唐書》卷二〇一、《唐詩紀事》卷七，《唐才子傳》卷一。《幽居》為抒懷詩，"澗戶風前竹，山空月下琴"二句，奠定了全詩清幽綿長的感情基調；"唯餘兩□□，應盡百年心"二句，雖缺兩字，但"應盡百年心"一句，將作者積極進取情懷表達得淋漓盡致。計有功評王勃諸詩"最有餘味"，"餘味"即在於此②。王勃生於貞觀二十七年（647），"六歲（永徽四年653）解屬文"，卒於上元二年（675），故可以判定包括《幽居》在內的以下三首詩的寫作時間當在永徽四年至上元二年間（653—675）。

第三首詩《寺中觀臥像》為抒懷詩。"淨宇流金□，真儀翳寶床"二句，烘托出寺中的莊嚴氣氛。"自應歸寂滅，非是倦津梁"二句，作者借寺中臥佛之表像，表達了自己心欲歸寂的精神狀態。《王子安集》卷三有《遊梵宇三覺寺》詩："杏閣披青磴，雕臺控紫岑。葉齊山路狹，花積野壇深。蘿幌棲禪影，松門聽梵音。遽忻陪妙躅，延賞滌煩襟。"從內容看，《遊梵宇三覺寺》與本篇作品同樣表達了作者煩亂的內心情感，且均以寺院景物為描寫對象，故疑本篇作品與《遊梵宇三覺寺》為同一時間所作。據王勃生平事蹟，此詩或作於王勃被斥出沛王府後，時間當在上元二年（675）前數年。

第四至七首詩為東方虯《昭君怨》四首。東方虯《昭君怨》傳世本

---

① （後晉）劉昫：《舊唐書》，中華書局1975年標點本，第2765頁。
② （南宋）計有功：《唐詩紀事》，上海古籍出版社2008年版，第98頁。

均作 3 首，本篇作品即為其中一首。《文苑英華》卷二〇、《全唐詩》卷一〇〇題作《昭君怨》；《樂府詩集》卷二九、《全唐詩》卷一九題作《王昭君》。《搜玉小集》僅收第一首，題作《王昭君》。東方虯，生卒年不詳。武周時曾任左史、禮部員外郎等職。嘗云百年後可與西門豹作對。武則天遊洛陽龍門，令從官賦詩。東方虯詩先成，則天以錦袍賜之。及宋之問詩成，奪虯錦袍以賞之問。曾作《孤桐篇》（今已佚），陳子昂極為讚美，於《與左史東方修竹篇序》中，稱其"骨氣端翔，音情頓挫，光英朗練，有金石聲。……可使建安作者相視而笑"。《全唐詩》卷 19 存其詩 4 首，《補全唐詩》補詩 1 首，《全唐文》存其文 3 篇。

關於東方虯的史料甚少，從作者活動僅見於武周時期來看，第四至七首詩的寫作時間當在武周時期（690—704）。其中，第五首詩中"淹（掩）涕辭丹鳳，［銜悲］向白龍"二句中，"丹鳳"指鳳闕（漢宮殿名），"白龍"即白龍堆沙漠（此處指匈奴之地），"淹（掩）涕"、"銜悲"兩詞，述說了昭君出塞，遠嫁異域時的哀怨、淒苦之情。"單于浪驚喜，無復舊時容"兩句，通過匈奴單于的驚喜，反襯出昭君和親匈奴所付出的艱辛，表達了作者對昭君悲慘命運的同情和憐憫；第六首詩以昭君的口吻，抒發了昭君遠嫁匈奴後，對大漢故國的思念之情。"自然衣帶緩，非是為腰身"兩句，與"衣帶漸寬終不悔，為伊消得人憔悴"有異曲同工之妙，抒發了昭君不喜北地，思念故國之心，將昭君為和親匈奴而遠嫁他鄉的淒苦之情表達得入木三分。

第八首詩為韋承慶《南中望歸雁》。《文苑英華》卷三二八、《唐詩紀事》卷九及《全唐詩》卷四六，題作《南中詠雁》。《萬首唐人絕句》卷 11 題作《南行別弟》。以上均署作者韋承慶，與敦煌寫本相同。但是，《全唐詩》卷四六《南中詠雁》題下注："一作季子詩，題作《南行別弟》。"《全唐詩》卷八〇於季子下重出此詩，亦題作《南行別弟》，並題注："一作楊師道詩。"但楊詩道下未收此詩。《全唐詩》卷四六《南中詠雁》題下注，源自《國秀集》，洪炯在對照《國秀集》目錄後，認為人和題的混淆，是由於《國秀集》在傳抄、傳刻中的脫漏，或舊刻殘缺造成的①。徐俊認為，應為《全唐詩》編撰誤注②。

韋承慶（639？—707），字延休，鄭州陽武（今河南原陽）人。性謹畏，事繼母篤孝。第進士。累遷鳳閣舍人，在朝屢進讜言。轉天官侍郎，凡三掌選，銓授平允。長安（701—705？）中，拜鳳閣侍郎，同平章事。張易之誅，承慶以素附離，流嶺表。歲餘，以秘書員外少監召，兼修國史，封扶陽縣子。遷黃門郎，未拜卒。《全唐詩》卷四六存其詩 7 首，《全唐詩續拾》卷七補詩 2 句，《全唐文》卷一八八存其文 10 篇，《全唐文補遺》補文 1 篇。生平事蹟見《舊唐書》卷八八、《新唐書》卷一一六、《唐詩紀事》卷九。

詩中用對比的手法，抒發了作者深切的貶謫之痛。"萬里人南去，三〔春〕雁北飛"，春暖花開，群雁北歸之時，自己卻被貶離長安，奔赴萬裏之外的異地。"不〔知〕何歲月，得共爾同歸"，凝望著歸雁，自己卻不知何時得歸故鄉。通過與北飛之雁的對比，反襯出作者彼時落寞與孤苦的心境。《舊唐書》卷八八《韋思謙附韋承慶傳》："神龍初，坐附推張易之弟張宗昌失實，配流嶺表。"③由"萬里人南去，三〔春〕雁北飛"推知，本篇作品當為神龍元年（705）春天，韋承慶"配流嶺表"途中所作。

第九首詩為劉允濟《道邊詠死人》。《全唐詩》卷六三題作《見道邊死人》，並注："一本別作劉元濟詩，《統籤》併入允濟詩內。"劉允濟，生卒年月不詳，河南南鞏（一作洛州鞏縣）人。與絳州王勃早齊名，特相友善。弱冠本州舉進士，累除著作左郎，嘗采魯哀公以後至戰國史實，為《魯侯春秋》，表上之。遷左史，兼直弘文館。垂拱四年（688），明堂初成，允濟奏上《明堂賦》以諷。武后甚嘉歎，手制褒美，拜著作郎。後貶授大庚尉。長安（701—705）中，累遷著作佐郎，兼修國史，擢拜鳳閣中舍人。坐與張易之款狎，左授青州長史，為吏清白。尋丁母憂，服終而卒。《全唐詩》卷六三存其詩 4 首，《全唐文》卷一六四存其文 5

---

① 洪炯：《關於韋承慶〈南中詠雁〉》，《文學遺產》1984 年第 2 期。
② 徐俊：《敦煌詩集殘卷輯考》，中華書局 2000 年版，第 517 頁。
③ （後晉）劉昫：《舊唐書》，中華書局 1975 年標點本，第 2865 頁。

篇。生平事跡見《舊唐書》卷一九〇、《新唐書》卷二〇二、《唐詩紀事》卷一〇。《舊唐書》卷一九〇："（劉允濟）天授中，為來俊臣所構，當坐死，以其母老，特許終其餘年，仍留系獄。久之，會赦免，貶授大庾尉。"本詩所反映思想內容應與此事有關，因此可將本篇作品的創作時間系於天授年間（690—691）。

第十首詩為侯休祥《□鏡》。侯休祥，生平無考。《補全唐詩》存其詩1首。此詩中，作者抒發了歲月催人老、物是人非的人生感慨。本卷所載作者生平可考之詩歌，均為唐前期（618—755）作品，因此姑將侯休祥生平無考作品均系為唐前期作品。

第十一首詩為梁去惑《塞外》。梁去惑，生平無考。《補全唐詩》存其詩1首。詩中通過對塞外苦寒的描寫，抒發了自己濃烈的思鄉之情。從內容看，本篇作品的寫作時間應為唐前期（618—755）的某個冬天。

第十二首詩為李福業《守歲》。《文苑英華》卷一五八、《唐詩紀事》卷六、《萬首唐人絕句》五言卷一五、《全唐詩》卷四五，均題作《嶺外守歲》。同時，《全唐詩》卷五《嶺外守歲》題下注："一作李德裕詩。"徐俊認為，《全唐詩》將此詩寄入李德裕名下，應為傳誤。李福業，生卒年月不詳。調露二年（680）登第，後為侍禦史。五王誅二張，亦與謀。放於番禹，匿吉州參軍敬元禮家，吏捕之，就刑。《全唐詩》存其詩1首，即為本篇作品。生平事跡見《唐詩紀事》卷六。詩中以謫人的口吻，述說了作者嶺外守歲時的淒苦心境。《新唐書》卷一二〇："李福業者，嘗與彥範謀，及被殺，福業亦流番禹。"神龍元年（705），桓彥範等率兵誅張易之、宗昌兄弟，桓彥範被殺，李福業被流放至嶺外番禹。從題名和內容看，《守歲》當為李福業赴番禹途中守歲之作，創作時間當在神龍元年（705）除夕。

第十三首詩為房旭《春夜山亭》。房旭，生平無考。《補全唐詩》存其詩1首。詩中通過對春夜景物的描寫，抒發了自己對故鄉的思念之情。從詩題和內容看，《春夜山亭》的寫作時間當為唐前期（618—755）的某個春天。

第十四首詩為樂仲卿《詠螢》。樂仲卿，生平無考。《補全唐詩》存其詩1首。詩中借物抒情，以螢火蟲自比，表達了自己高潔的人生態度。

從詩題和內容中有關螢火蟲的描寫看，《詠螢》的寫作時間當在唐前期（618—755）的某個仲夏。

第十五首詩為蘇音《詠螢》。蘇音，生平無考。《補全唐詩》存其詩1首。蘇音通過對螢火蟲的描寫，抒發了自己不屈不撓、勇敢堅強的精神狀態。從詩題和內容看，本篇作品亦應創作於唐前期（618—755）的某個仲夏。

第十六首詩為宋之問《詠壁上畫鶴》。《唐詩紀事》卷一一題作《詠省壁畫鶴》。宋之問（？—713左右），字延清，一名少連，虢州弘農（一作汾州）人。偉儀貌，雄於辯。尤善五言詩，當時無能出其右者。年甫冠，武后召與楊炯分直習藝館。張易之兄弟雅愛其才，之問亦傾附之。及易之等敗，左遷瀧州參軍。中宗增置修文館學士，之問首應其選。睿宗即位，配徙欽州，賜死於徙所。《全唐詩》存其詩187首，《補全唐詩》補詩1首。生平事跡見《舊唐書》卷一九〇、《新唐書》卷二〇二、《唐詩紀事》卷一一、《唐才子傳》卷一。詩中通過對尚書省壁上所畫之鶴的描寫，抒發了自己眷戀皇恩、重歸朝堂的內心感受。《封氏聞見記》卷五："則天朝，薛稷亦善畫，今尚書省側考功員外郎廳有稷畫鶴，宋之問為讚。"① 所作之讚應即為本篇作品。宋之問景龍二年（708）冬至三年（709）秋為考功員外郎，本詩應當在此期間作。

第十七首詩為嚴嶷《別宋禦史》。嚴嶷，生平無考。岑仲勉疑《元和姓纂》卷五"方巎戶部郎中"中"方巎"，即為［嚴］方巎，並認為沈佺期《別侍禦嚴凝》中"嚴凝"，與"嚴嶷"為同一人②。《補全唐詩》存其詩1首。本詩為離別詩，抒發了作者對友人的依依惜別之情。《全唐詩》卷八七有張說《送王尚一、嚴嶷二侍禦赴司馬都督軍》詩一首，司馬都督為司馬逸客，約於神龍二年至景龍四年（706—710）間任涼州都督。可知嚴嶷中宗時官至侍禦，曾赴涼州都督司馬逸客幕。本篇作品當創作於神龍二年至景龍四年（706—710）間。

第十八首為鄭愔《七夕臥病》。鄭愔，生卒年月不詳。《新唐書》卷

---

① （唐）封演撰，趙貞信校注：《封氏聞見記校注》，中華書局2005年版，第47頁。
② （唐）林寶撰，岑仲勉校記：《元和姓纂》，中華書局1994年版，第782頁。

六二《宰相世系表》載其為鄭氏南祖房清河令文睿子。《唐尚書省郎官石柱題名》兩見其名，司勳員外郎在盧象後、李嘉祐前，金部郎中在裴眺、鄭楚客之間。徐俊從諸人世代推測，認為鄭願應為天寶、大曆人（742—779）①。《全唐詩》未見其詩，《補全唐詩》補詩1首。從詩題和內容看，本篇作品當為天寶至大曆間（742—779）某個七夕節所作。詩中借"郝隆曬書"之典故，表現了作者學富五車、博學多聞。

  第十九、二十首為李休烈《過王濬墓二[首]》。王濬（206—286），字士治，弘農湖縣（今河南靈寶）人。西晉著名將領，曾指揮水軍，參加滅吳之役。王濬墓位於潞州城東北柏穀山。《晉書》卷四二："（王濬）太康七年（286）卒，時年八十，諡曰武。葬柏穀山，大營塋域，葬垣週四十五里，面別開一門，松柏茂盛。"② 李休烈，生卒年月不詳。開元（713—741）中官洛陽尉。《全唐詩》卷一二〇存其詩1首，《補全唐詩》補詩2首，《全唐文》卷三〇一存其文1篇。生平事跡見《唐詩紀事》卷一三。本寫卷所見李休烈兩篇作品為詠懷詩，抒發了時光荏苒、世事滄桑的人生感慨。唐開元十一年（723）正月己巳，玄宗過王濬墓，有詩作，扈從均有和作。《張燕公集》卷三有玄宗《過王濬墓》及張說《應制奉和》詩，《全唐詩》卷四九張九齡有《奉和聖制過王濬墓》詩。李休烈時官洛陽尉，應為扈從之一，此二篇作品或為和作，其創作時間應在開元十一年正月。

  第二十一首為孟嬰《詠暗》。孟嬰，生平無考。《補全唐詩》存其詩1首。本卷所載作者生平可考的詩歌均為唐前期作品，本篇作品作者生平雖不可考，但其創作時間亦當在唐前期（618—755）。第二十二首為□嘉惠《詠鵲》。原卷作者姓氏模糊不辨，闕字下部為"吊"形，徐俊認為應為"常"字③。姑且將本詩系於常嘉惠名下。常嘉惠，生平無考。《補全唐詩》存其詩1首。此詩為詠物詩，吟詠了喜鵲繞樹難棲、填河未期和語報歸時。本篇作品應為唐前期（618—755）創作。

---

① 徐俊：《敦煌詩集殘卷輯考》，中華書局2000年版，第505頁。
② （唐）房玄齡：《晉書》，中華書局1974年版，第1216頁。
③ 徐俊：《敦煌詩集殘卷輯考》，中華書局2000年版，第514頁。

第二十三首為蔡孚《九日至江州問王使君》。《王子安集》卷三、《全唐詩》卷五六將此詩收為王勃名下，題作《九日》。王重民認為："王使君疑指王勃，所以《全唐詩》二函一冊把這首詩編入王勃名下"①；項楚認為，唐代"使君"乃是對刺史的尊稱，王勃並未擔任過這類官職，故"王使君"當另有其人，此詩可能是王勃道出江州時，寫給王姓刺史的②。徐俊據題署極謹嚴，認為當作蔡孚詩可信③。按，王勃未曾擔任刺史官職，"王使君"當另有所指，此詩題署嚴謹，應為蔡孚路過江州時所作。蔡孚，生卒年月不詳。玄宗開元（713—741）初任左（一作右）拾遺，開元八年（720）官至起居舍人。《全唐詩》卷一二、75 存其詩 2 首，《補全唐詩》補詩 1 首，《全唐文》卷三〇四存其文 1 篇。作者於重陽節之際，走訪江州王使君，本詩表現了作者渴盼見王使君的急切心情。《全唐文》卷二八有唐玄宗文《答蔡孚請宣示禦制春雪春臺望詩手詔》。可知，蔡孚主要活動於開元年間，故本篇作品的寫作時間當在 713—741 年。

第二十四首為李行言《成（城）南宴》。李行言，生卒年月不詳。唐中宗時，為左司員外郎，遷給事中，兼文學幹事。能唱《步虛歌》。景龍（707—710）中，中宗引近臣宴集，行言唱《駕車河西》。其《函穀關》詩為時人所稱許。《全唐詩》卷一〇一存其詩 1 首，《補全唐詩》補詩 1 首，《全唐文》卷三〇一存其文。生平事跡見《唐詩紀事》卷一一，《唐尚書省郎官石柱題名考》卷二。詩中通過描寫隨駕宴飲時的熱鬧場景，表達了作者對此種遊樂無度行為的反感與無奈。"鬥雞走馬□□□，樂煞長安遊俠兒"兩句，將作者此種心境表現得淋漓盡致。《資治通鑒》卷二〇八神龍元年（705）十一月："己丑，上禦洛城南樓，觀潑寒胡戲。"④從詩內容看，本篇作品當為神龍元年（705），扈從唐中宗禦洛城南樓，觀戲後，宴飲時所作。

第二十五、二十六首詩為閻朝隱《度嶺二首》。閻朝隱，生卒年月不

---

① 陳尚君：《全唐詩補編》，中華書局 1992 年版，第 12 頁。
② 項楚：《〈補全唐詩〉二種補續校》，《四川大學學報》1983 年第 3 期。
③ 徐俊：《敦煌詩集殘卷輯考》，中華書局 2000 年版，第 515 頁。
④ （北宋）司馬光等編：《資治通鑒》，中華書局 1956 年標點本，第 6596 頁。

詳，字友倩，趙州欒城人。連中進士、孝悌廉讓科。性滑稽，屬辭奇詭，為武後所賞。累遷給事中，預修《三教珠英》。聖曆（698—700）中，轉麟臺少監，坐附張易之徙嶺外。景龍（707—710）時，還為著作郎。先天（712—713）中，除秘書少監，後貶通州別駕。《全唐詩》卷二三、61存其詩 13 首，《補全唐詩》補詩 2 首，《全唐文》卷二〇七存其文 2 篇。生平事跡見《舊唐書》卷一九〇，《新唐書》卷二〇二，《唐詩紀事》卷八一。王重民認為，以下二首詩為閻朝隱自嶺外遇赦還時作①。王仲聞認為，閻朝隱這兩首詩，當為端州題壁，是其南徙時所作。項楚認為非是，"此二詩為南徙時所作是對的，但端州在大庾嶺南數百里，中隔韶州、廣州，端州題壁當是另有所作"②。按，從"嶺北遊人望嶺頭"和"回首俛眉但下淚"兩句看，以下兩首詩，應為景龍元年（707），易之伏誅後，朝隱坐徙嶺外，過大庾嶺時所作。

第二十七首詩為鄭願《守歲》。鄭願，生平無考。《新唐書》卷六二《宰相世系表》載其為鄭氏南祖房清河令文睿子。《唐尚書省郎官石柱題名》兩見其名，司勳員外郎在盧象後、李嘉祐前，金部郎中在裴眺、鄭楚客之間。徐俊據諸人世代，推測鄭願應為天寶、大曆人（742—779）③。《補全唐詩》存其詩 1 首。從詩題和內容看，本篇作品當為天寶至大曆間（742—779）某個除夕所作。詩中抒發了作者除夕守歲時的歡愉之情。第二十八首詩為鄭韞玉《送陳先生還嵩山》。鄭韞玉，生平無考。《新唐書》卷六二《宰相世系表》鄭氏北祖有其名，為侍禦史歡子，鄭珣瑜、鄭餘慶為其從昆，應為大曆、貞元間（766—820）人。故本篇作品的創作時間當在貞元、元和間。本詩抒發了作者對友人的依依惜別之情。

第二十九至三十七首詩為前鄉貢進士樊鑄《及第後讀書院詠物十首上禮部李侍郎》。題稱十首詩，今殘存九首。黃永武據《唐僕尚丞郎表》卷三，認為題中禮部侍郎為李嚴。陳尚君認為，安史亂前任禮部侍郎之

---

① 陳尚君：《全唐詩補編》，中華書局 1992 年版，第 11 頁。
② 項楚：《〈補全唐詩〉二種補續校》，《四川大學學報》1983 年第 3 期。
③ 徐俊：《敦煌詩集殘卷輯考》，中華書局 2000 年版，第 505 頁。

李嚴、李暐、李麟均有可能為題中之李侍郎，不可確指①。樊鑄，生卒年月無考。約為開元、天寶間（713—756）登進士第。《補全唐詩》存其詩10首（其中1首殘），《全唐文》卷三六三均存其文2篇。以下九詩為詠物言志詩，以各種日常器物作比，抒發了作者及第後，對李侍郎啟發、提拔自己的感恩戴德之心。唐開元廿四年（736）始改由禮部侍郎知貢舉，《全唐文》卷三六三有樊鑄《檄曲江水伯文》，記天寶三載（744）事。可知，殘存九首詩的寫作時間當在736—744年間。

---

① 陳尚君：《中國文學叢考》，復旦大學出版社1987年版，第53頁。

附錄三

敦煌本《證道歌》再探討

《證道歌》為南宗六祖慧能門下五大宗匠之一釋玄覺所作，自產生以後，士庶同唱、流被深遠，以通俗的語言成功地宣揚了永嘉禪觀，在中國禪宗史上具有重要地位。莫高窟藏經洞中保存的《證道歌》寫本，是目前所見最早的《證道歌》版本。筆者在普查敦煌本《證道歌》時發現，敦煌文獻中保存有6個寫卷全部或部分抄寫《證道歌》，並不是以往學者認為的3個。這6個寫卷分別為 P. 2104、P. 2105、P. 3360、S. 2165、S. 4037、S. 6000，皆與其他內容雜抄，書法有楷有行。其中，P. 2104 卷背抄寫《證道歌》全文，P. 2105、S. 4037 均抄《證道歌》開首 16 句，P. 3360、S. 2165 從"窮釋子，口稱貧"抄至"但自懷中解垢衣，何勞向外誇精進"，S. 6000 僅抄"窮釋子，口稱貧，實是僧貧道不貧。貧即身常披縷褐"等數句。廣州六榕寺保存有宋刻《證道歌碑》，是現存唯一《證道歌》石刻，具有很高的文獻校勘價值，惜未引起學者關注。因此有必要結合傳世文獻、石刻資料，對敦煌本《證道歌》進行再探討。

一 敦煌本《證道歌》的作者、題署與抄寫時間

《證道歌》的作者和題署問題本無疑問，但由於敦煌文獻的寫本特徵和復雜性，部分學者對這一問題產生了疑慮。20 世紀 20 年代，胡適先生率先對 P. 2104 卷背題署為"禪門秘要訣"的釋氏歌偈叢抄進行研究，並斷定其中第一首即"為世間所謂《永嘉證道歌》的全文"，且"與今本幾乎沒有什麼出入"。但是，胡適僅據寫卷題署便匆忙作出結論，認為"此文並不是玄覺所作，原題也不叫做'證道歌'，本來叫做'禪門秘要

訣'",永嘉玄覺本無其人,"是一位烏有先生"①。此後,趙益先生進行研究時對此也持否定觀點,並進一步認為《禪門秘要訣》包括"今本《信心銘》與《永嘉證道歌》,後人分別題作《信心銘》與《永嘉證道歌》,並且擬托三祖僧燦與永嘉玄覺之名"②。

P. 2104 卷背欄框頂端雖橫抄有"招覺大師一宿覺",但卻與《證道歌》抄寫筆跡不同,應是後人閱讀時補寫,並非作為《證道歌》作者出現。其實,"招"為"真"的訛字,"招覺大師"實為"真覺大師"。P. 2104v 所抄《證道歌》原本未署作者,後來的閱讀者出於個人需要在卷端給予添注,這說明該閱讀者也認為同卷《證道歌》的作者是有"一宿覺"之稱的真覺大師釋玄覺。S. 2165 題有"真覺秂云",P. 3360 亦題有"真覺和尚偈"。"秂"當為"禾""上"二字之合文,即"和尚",說明S. 2165、P. 3360 兩卷《證道歌》書手均認為作者為"真覺和尚"玄覺。因此,即便從書手抄寫《證道歌》寫卷時的主動抄寫意識來看,敦煌本《證道歌》的作者無疑應作真覺大師釋玄覺。作為莫高窟藏經洞遺留下來未經後人改編的原始文獻,敦煌本《證道歌》完整保存了晚唐五代時期《證道歌》在民間流傳的寫本形態。

敦煌本《證道歌》為何題署"禪門秘要訣","禪門秘要訣"與玄覺《證道歌》、神會《信心銘》又是何種關係?要解決這一問題,我們需對題有"禪門秘要訣"的敦煌文獻進行梳理。敦煌文獻共有 P. 2104、P. 2105、S. 4037、S. 5692 四個寫卷題有"禪門秘要訣"或"禪門秘訣"。其中,P. 2104 豎題"禪門秘要訣",下抄《證道歌》全文,又接抄僧燦、本淨、居遁、貫休、行思等歌偈數首和《信心銘》;P. 2105、S. 4037 亦題"禪門秘要訣",抄寫《證道歌》開首 16 句,再下接抄《轉經後回向文》、貫休《禪月大師讚念法華經僧》和《信心銘》。若僅據以上寫卷判斷,"禪門秘要訣"似為《證道歌》與《信心銘》的總稱,胡適、趙益二位先賢的觀點也可成立。但若綜考其他寫卷,就會否定此推斷。

---

① 胡適:《胡適文存》,遠流出版公司 1986 年版,第 207—210 頁。
② 趙益:《敦煌卷子中三種禪宗文獻考辨》,南京大學古典文獻研究所《古典文獻研究》,南京大學出版社 1990 年版,第 483—486 頁。

S. 5692 雖題"禪門秘訣",但所抄內容卻為《亡名和尚絕學箴》①；P. 4638 所抄《信心銘》,題署卻是"大潙警策和尚集"②。不難看出,所謂"禪門秘要訣"者,並不專指《證道歌》或《信心銘》,而是寫卷書手對所抄釋氏歌偈的總稱。

解決敦煌本《證道歌》的抄寫時間問題,我們可以從寫卷題記中找到線索。P. 2104 卷背除抄寫《證道歌》以外,還抄有"太平興國五年(980)歲次庚辰朔"雜寫③。目前所見最晚的一件藏經洞出土文書是俄藏Ф032 號,其題記曰:"施主敦煌王曹宗壽與濟北郡夫人氾氏,同發信心,命當府匠人,編造帙子及添寫卷軸,入報恩寺藏訖,維大宋咸平五年(1002)壬寅歲五月十五記。"④ 從現存敦煌文獻的累積來看,藏經洞的封閉時間應在 1002 年以後不久。P. 2104 卷背雜寫中的"太平興國五年"這一紀年,可被視作敦煌本《證道歌》抄寫時間的下限⑤。

S. 4037 卷背不僅抄寫了《證道歌》開首十六句,還抄有"乙亥年正月十日春座局席社司轉帖"⑥。帖中的"主人樊佛奴",也見於住田智兒藏《金剛經讚》,住田智兒藏《金剛經讚》有如下題記:"丁卯年三月十一日三界寺學士郎樊佛奴請金剛讚記"⑦。該題記為判斷 S. 4037《證道歌》抄寫時間的上限提供了極有價值資訊。三界寺雖然規模較小,但卻是辦有寺學的敦煌官寺。敦煌寺學學生曾有"學生""學郎""學士"

---

① 中國社會科學院歷史研究所等編:《英藏敦煌文獻(漢文佛經以外部分)》第 9 卷,四川人民出版社 1994 年版,第 76 頁。

② 上海古籍出版社、法國國家圖書館等編:《法國國家圖書館藏敦煌西域文獻》第 32 卷,上海古籍出版社 2002 年版,第 226—227 頁。

③ 上海古籍出版社、法國國家圖書館等編:《法國國家圖書館藏敦煌西域文獻》第 5 卷,上海古籍出版社 2002 年版,第 243—245 頁。

④ 上海古籍出版社、俄羅斯科學院聖彼得堡分所等編:《俄藏敦煌文獻》第 1 卷,上海古籍出版社 1992 年版,第 321—322 頁。

⑤ 藏經洞的封閉時間存有爭議,斯坦因、伯希和、藤枝晃、姜亮夫、方廣錩、榮新江均有不同觀點,但均認為當在 11 世紀初,此處採用榮新江先生觀點。參看榮新江:《敦煌學十八講》,北京大學出版社 2001 年版,第 91—96 頁。

⑥ 中國社會科學院歷史研究所等編:《英藏敦煌文獻(漢文佛經以外部分)》第 5 卷,四川人民出版社 1990 年版,第 233 頁。

⑦ [日]池田溫:《中國古代寫本識語集錄》,東京大學東洋文化研究所 1990 年版,第 500 頁。

"學仕""學士郎""學仕郎"等多種稱謂。張氏歸義軍時期始稱"學士郎""學仕郎",西漢金山國時期開始專指學生①。三界寺學生有文書記載者,均自稱"學士郎"或"學仕郎"。比如:S.0173《蘇武李陵往還書》後題記:"乙亥年六月八日三界寺學士郎張英俊書記之也。"② S.0707《孝經》後題記:"同光三年乙酉歲十一月八日三界寺學仕郎郎君曹元深寫記。"③ P.3189《開蒙要訓》卷末題記:"《開蒙要訓》一卷,三界寺學士郎張彥宗寫記。"④ P.3393《雜抄》末署:"辛巳年十一月十一日三界寺學士郎梁流慶書記之也。"⑤ 其中,S.0707《孝經》題記中的學士郎"曹元深",即是敦煌曹氏歸義軍政權第三任節度使⑥。考慮到敦煌歸義軍史實和敦煌文獻紀年特徵,S.4037"乙亥年正月十日春座局席社司轉帖"中的"乙亥年"紀年,極有可能是曹議金始任歸義軍節度使的915年。S.4037同卷所抄《證道歌》的抄寫時間亦應在此前後,可將915年視為敦煌本《證道歌》抄寫時間的上限⑦。綜上所述,敦煌文獻《證道歌》六個寫卷的抄寫時間跨度較大,大致與晚唐五代敦煌曹氏歸義軍時期

---

① 李正宇對敦煌學郎題記進行搜集,自敦煌遺書得139條,自敦煌遺畫得2條,自莫高窟題記得2條,共計144條。發覆之功,不可隱沒。此後,徐俊、巨虹二位先生在此基礎上對學郎詩內容和作者問題進一步考略。參看李正宇:《敦煌學郎題記輯注》,《敦煌學輯刊》1987年第1期;徐俊:《敦煌學郎詩作者問題考略》,《文獻》1994年第2期;巨虹:《敦煌學郎詩內容考略》,《晉中學院學報》2003年第1期。

② 中國社會科學院歷史研究所等編:《英藏敦煌文獻(漢文佛經以外部分)》第1卷,四川人民出版社1990年版,第67頁。

③ 中國社會科學院歷史研究所等編:《英藏敦煌文獻(漢文佛經以外部分)》第2卷,四川人民出版社1990年版,第123頁。

④ 上海古籍出版社、法國國家圖書館等編:《法國國家圖書館藏敦煌西域文獻》第22卷,上海古籍出版社2002年版,第110頁。

⑤ 上海古籍出版社、法國國家圖書館等編:《法國國家圖書館藏敦煌西域文獻》第24卷,上海古籍出版社2002年版,第62頁。

⑥ 曹元深大約在後晉天福四年(939)冬,繼其兄元德任歸義軍節度使統治瓜沙地區,卒於天福九年(944)三月。P.2692、P.4046寫卷即為曹元深疏,莫高窟第256窟為曹元深窟。參看譚嬋雪:《曹元德曹元深卒年考》,《敦煌研究》1988年第1期。

⑦ 曹議金於後梁乾化四年(914)始取代張承奉西漢金山國,掌歸義軍政權。後唐清泰二年(935)去世,曹元德繼任歸義軍節度使。參見賀department省身:《〈瓜沙曹氏年表補正〉之補正》,《甘肅師大學報》1980年第1期;榮新江:《歸義軍史研究——唐宋之際敦煌歷史考索》,上海古籍出版社1996年版,第107頁;馮培紅:《敦煌的歸義軍時代》,甘肅教育出版社2013年版,第229—230頁。

（914—1002）相一致。

從相同的題署編次和抄寫內容來看，敦煌本《證道歌》6個寫卷應該抄自同一母本。同時，與敦煌文獻中有嚴謹抄寫體例的佛經和儒典相比，敦煌本《證道歌》異文俗字較多、抄寫格式隨意，應是敦煌寺學學生或稍識翰墨的佛教信眾，出於自身閱讀需要信手傳抄而來。

二　《證道歌》在唐宋時期的廣泛流傳

日本來華僧人圓仁於唐宣宗大中元年（847）所撰《入唐新求聖教目錄》，是最早著錄玄覺《證道歌》的書目。該書目詳細著錄了日僧圓仁在長安城興善、青龍等寺院巡訪抄寫所得經論念誦法門，其中就有"《曹溪禪師證道歌》一卷，真覺述"①。但直到五代南唐靜、筠二禪師所作《祖堂集》，才最早詳細記載了釋玄覺生平行狀，並言"所有歌行偈頌皆是其姊集也"。由此可見，釋玄覺《證道歌》應是其姊玄機所集，且《證道歌》在晚唐五代時期僅在寺院民間廣為流傳，尚未進入文化水準較高的文人視野②。敦煌位於河西走廊西段的絲綢之路重鎮，莫高窟藏經發現的《證道歌》寫本，恰是晚唐五代時期中原文化向西傳播的實例。

隨著雕版印刷技術在北宋以後的普遍使用，《證道歌》在兩宋時期風靡民間蕭寺。北宋知訥《蘇州靈岩妙空佛海和尚注證道歌序》對《證道歌》的盛行景象有如下精闢描繪："餘嘗覽吾家，漁獵文字語言極多。而騰耀古今、膾炙人口者亦少。至於永嘉著歌以證道，慳於二千言，往往乳兒灶婦亦能鑽仰此道，爭誦遺章斷稿，況在士夫衲子蟻慕云駢，不待云後諭。"③ 即便是文化水準較低的"乳兒灶婦"，也會"鑽仰此道，爭誦遺章斷稿"。《證道歌》在兩宋時期已有諸多注本。《宋史·藝文志》道家類附釋氏："僧原白注《證道歌》一卷。"《秘書省續編到四庫闕目》

---

① （日）圓仁原著，白化文校注：《入唐求法巡禮行記校注》，花山文藝出版社2007年版，第551頁。《入唐新求聖教目錄》之所以在"證道歌"前加"曹溪禪師"，著錄作"曹溪禪師證道歌"，或因玄覺被視作曹溪嫡傳之故。

② （南唐）靜筠二禪師編撰，孫昌武點校：《祖堂集》，中華書局2007年版，第188頁。

③ 轉引自許明編：《中國佛教經論序跋記集》，上海辭書出版社2002年版，第742—743頁。

卷二"釋書"亦載："靈子注《證道歌》一卷。"不見書目者，另有葛密《證道歌注》一卷、法泉《證道歌頌》一卷、彥琪《證道歌注》一卷、知訥《證道歌注》一卷①。

北宋法眼宗禪僧道原所撰《景德傳燈錄》（以下簡稱《景德錄》），是最早全文引錄《證道歌》的傳世文獻。《證道歌》在兩宋時期被士宦文人所接受，與《景德錄》的入藏與刊刻密不可分。根據馮國棟先生的研究，《景德錄》於大中祥符四年被宋真宗詔編入藏②。其刊刻印行當在此後不久。《景德錄》一經刻印流通，即成為兩宋文人參禪的常用讀本。宋代士大夫在閱讀此書時，甚至將心得體會抄集成書，《傳燈玉英集》就是王隨根據《景德錄》刪節而來。《景德錄》卷三十收錄的《真覺大師證道歌》也隨之廣泛刻印流傳，歷代大藏經、各寺刻經處或私人均有刊刻。

那麼，《景德錄》卷三十所收錄《真覺大師證道歌》的材料來源在哪裏呢？楊億《佛祖同參集序》有助於解答此問題。序謂："東吳道原禪師，乃覺場之龍象，實天人之眼目。慨然以為，祖師法裔，頗論次之未詳；草堂遺編，亦嗣續之孔易。乃駐錫輦轂，依止王臣，購求亡逸，載離寒暑，自飲光尊者，迄法眼之嗣，因枝振葉，尋波討源，乃至語句之對酬，機緣之契合，靡不包舉，無所漏脫，孜孜纂集，成二十卷。理有未顯，加東里潤色之言；詞或不安，用《春秋》筆削之體。或但存名號而蔑有事跡者，亦猶乎《史記》之闕文；或兼采歌頌，附出編聯者，頗類夫載籍之廣記。大矣哉，禪師之用心，蓋述而不作者矣。"③ 又據元釋念常所著《佛祖歷代通載》卷十九，道原編撰《景德錄》乃"續後梁開平以來宗師機緣，統集《寶林》、《聖冑》等傳"④。據此可知，鑒於以往

---

① 北宋葛立方《韻語陽秋》言，其曾祖葛密，"自號草堂逸老，參佛日、契嵩，遂悟真諦"，"有注證道歌、方外言銓行於世。"見於葛立方：《韻語陽秋》卷十二，中華書局，1985年，頁94。釋法泉《證道歌頌》在中土早已失傳，鄰邦韓國卻迭加翻刻，直到1925年才傳回中國，現存首都圖書館。參看楊之峰、范猛：《高麗刻本〈證道歌頌〉考述》，《圖書館學刊》2012年第2期。
② 馮國棟：《〈景德傳燈錄〉研究》，中華書局2014年版，第149頁。
③ （宋）楊億：《武夷新集》，福建人民出版社2007年版，第124頁；又見於四川大學古籍整理研究所編：《全宋文》，上海辭書出版社1990年版，第724—725頁。
④ （元）釋念常：《佛祖歷代通載》，北京圖書館出版社2005年標點本，第171頁。

禪宗史籍在論述編次師祖傳法世系時多有紕漏，道原留居京城，購求亡逸典籍，潤色、刪減歷代禪師機緣語句，將《證道歌》等偈頌簽歌也編於書後。道原所"購求亡逸"者，應為北宋初年流行於都城開封一帶的《寶林傳》《玄門聖胄集》等記載南宗傳法世系唐代禪宗燈錄。《景德錄》卷三十收錄的《真覺大師證道歌》應來源於此①。

廣州六榕寺宋刻《證道歌碑》是現存唯一《證道歌》石刻，碑體嚴謹、有篆有楷，需經選石、模勒、上石、攜刻等工序才能完成，碑正面篆額題"皇宋廣州重開永嘉"，碑陰楷書"證道歌碑"四字，是兩宋時期《證道歌》流傳於寺院民間的實證②。原已裂為六塊碎石，散亂堆放在廣州六榕寺"補榕亭"側。清代廣東學政翁方綱首先注意到其中額題"皇宋廣州重開永嘉"的殘碑，並將六塊碑石復而為一。碑文雖然漫漶不清，但從首句至"龍象蹴蹋潤無邊，三乘五性皆醒悟"句仍可以識讀，文末跋有"丙子"紀年。六榕寺還存有北宋蘇軾"六榕"題字石額，小字楷書"眉山軾題並書"，並有陽刻印文"東坡居士"。翁方綱《粵東金石錄》據以推斷《證道歌碑》為蘇軾貶謫惠州途徑此處時所書，並認為跋語中"丙子"紀年應是紹聖三年（1096）③。該碑有較高的文獻校勘價值，應引起學界關注。

三　敦煌本《證道歌》商校

徐俊《敦煌詩集殘卷輯考》以 P.2104 為底本，以 P.2105（簡稱"甲卷"）、S.4037（簡稱"乙卷"）、《景德傳燈錄》卷三十《永嘉真覺大師證道歌》為參校，對敦煌本《證道歌》進行了全面校錄。然而，白璧微瑕，徐俊先生未見廣州六榕寺宋刻《證道歌碑》，也僅部分參校了《景

---

①　惜《玄門聖胄集》今已不存，《寶林傳》雖存第一至六卷和第八卷，但未見玄覺及《證道歌》記載。

②　今有《廣州寺庵碑銘集》《廣州碑刻集》二家錄文。筆者前往六榕寺比勘原碑，發現《廣州寺庵碑銘集》誤校漏校者較多，而《廣州碑刻集》校錄精審可靠。冼劍民、陳鴻鈞等編：《廣州碑刻集》，廣東高等教育出版社 2006 年版，第 158—169 頁。

③　翁方綱著，歐廣勇、伍慶祿補注：《粵東金石略補注》，廣東人民出版社 2012 年版，第 33—34 頁。

德錄》。本文以徐氏校錄本為參照本，同時校以《景德錄》卷三十《真覺大師證道歌》、廣州六榕寺宋刻《證道歌碑》，祈盼方家批評指教。

1. 五蔭（陰）浮云空去來，三毒水泡空出沒。

按，五蔭，《景德錄》作"五陰"，《證道歌碑》作"五蘊"。"五蔭"，與"五蘊"形近異訛。"五陰""五蘊"為佛教常用語，兩者同義，包括色、受、想、行、識，與下句"三毒"相對應，均為佛教魔障。《增一阿含經》："色如聚沫，受如浮泡，想如野馬，行如芭蕉，識為幻法。"《毗婆屍佛經》："五蘊幻身，四相遷變。"此處當作"五陰"或"五蘊"。

2. 證實相，無人法，剎那滅卻僧祇業。

按，僧祇業，《景德錄》《證道歌碑》均作"阿鼻業"。"僧祇"，梵語"大眾"之意，僧尼共用之物皆稱僧祇物，如"僧祇業""僧祇律"。"阿鼻"，即阿鼻地獄之省稱，佛教八熱地獄之一。"剎那滅卻"當為魔障之業，此處當以"阿鼻業"為是。

3. 無罪福，無損益，寂滅性中不勞覓。

按，不勞覓，《景德錄》作"莫問覓"，《證道歌碑》作"不問覓"。三者同義。

4. 決定說，表真僧，有人不許任情徵。

按，真僧，《景德錄》《證道歌碑》均作"真乘"。丁福保《佛學大辭典》："真乘：真實之教法也。"敦煌本《證道歌》的"真僧"實乃"真乘"之誤，書手直錄作"僧"，文意不通。

5. 鏡裏看刑（形）見不難，水中捉月怎捻得。

按，刑，《景德錄》《證道歌碑》均作"形"。怎捻得，《景德錄》《證道歌碑》均作"爭拈得"。"爭"即有"怎"意。敦煌本《證道歌》下有"饑逢玉膳不能食，病遇醫王爭得差"，書手即錄作"爭得"。"拈"為本字，"捻"為後起俗字。此處當為"爭拈得"。

6, 常獨行，常獨步，達者同行涅槃路。

按，同行，《景德錄》《證道歌碑》均作"同遊"。細審原卷，亦作"同遊"。

7. 三身四知體中圓，八解六通心地印。

按，四知，《景德錄》《證道歌碑》均作"四智"。敦煌文獻中

"知"、"智"通用。"四智"為佛教術語。丁福保《佛教大辭典》:"四智:(名數)或開佛智為四種,一大圓鏡智,二平等性智,三妙觀察智,四成所作智。是轉凡夫之第八識第七識第六識及餘之五識,如其次第與成就佛心相應之智慧也。"

8. 不因仙(訕)謗起怨親,何表無生慈忍力。

按,仙,《景德錄》《證道歌碑》均作"訕"。"仙"為"訕"之形訛。

9. 自從認得曹溪路,了知生死不相干。

按,相干,《景德錄》《證道歌》均作"相關"。兩者同義。

10. 行亦禪,座(坐)亦禪,語嘿動淨體輕安。

按,語嘿,《景德錄》《證道歌碑》均作"語默"。"嘿"為"默"之形訛。

淨,《景德錄》《證道歌碑》均作"靜"。"淨"為"靜"之音訛。"體輕安",《景德錄》、《證道歌碑》均作"體安然"。兩者同義。

11. 縱遇刀峰(鋒)常怛怛,更饒毒藥也閑閑

按,刀峰,原卷作"刀鋒",《景德錄》《證道歌碑》均作"鋒刀",當從之。常怛怛,《景德錄》、《證道歌碑》均作"常坦坦"。"怛怛"為"坦坦"之形訛。

更饒,《景德錄》《證道歌碑》均作"假饒"。更饒,意為再加上;假饒,意為假如、縱使。據文意,此處當作"假饒"。

12. 我師得是燃燈佛,多劫曾為忍辱仙。

按,得是,《景德錄》《證道歌碑》均作"得見"。承前文意,"我師"應是上文"自從認得曹溪路,了知生死不相干"中的"曹溪路",此處當作"得見"。

13. 幾迴生,幾迴死,覺後空空無定止。

按,覺後空空,《景德錄》作"生死悠悠",《證道歌碑》作"覺後悠悠",可備一說。

14. 優遊靜座(坐)野僧家,闃寂安俱實霄(瀟)灑。

按,座,《景德錄》《證道歌碑》均作"坐"。敦煌文獻中"座"、"坐"通用。實,《景德錄》、《證道歌碑》均作"居"。此處當以"居"

為是。

　　霄灑，《景德錄》作"瀟灑"，《證道歌碑》作"蕭灑"。"瀟灑"為"蕭灑"後出字。"霄"為"瀟"、"蕭"的音訛字。

　　15. 住相佈施生天福，還如仰箭射虛空。

　　按，還如，《景德錄》《證道歌碑》均作"猶如"。據文意，當作"猶如"。

　　16. 但得本，不愁末，如靜瑠離（琉璃）含寶月。

　　按，不愁末，《景德錄》《證道歌碑》均作"莫愁末"。兩者同義。

　　17. 既能解此如意珠，自利利他終不歇。

　　按，既能，《景德錄》作"既能"，《證道歌碑》作"我了"。據文意，此處當作"既能"。歇，《景德錄》、《證道歌碑》均作"竭"。"歇"為"竭"的音訛字。此處當作"竭"。

　　18. 降龍缽，解虎錫，兩鈷金鐶明歷歷。

　　按，明，《景德錄》《證道歌碑》均作"鳴"。據文意，此處當作"鳴"。"明"、"鳴"同音通假。

　　19. 不是標刑（形）虛事持，如來寶杖真蹤跡。

　　按，如來寶杖真蹤跡，《景德錄》作"如來寶杖親蹤跡"，《證道歌碑》作"如來寶仗親蹤跡"。備考。

　　20. 心鏡明，鑒無㝵，廓然瑩（瑩）徹同沙界。

　　按，㝵，《景德錄》作"碍"，《證道歌碑》漫漶難辨。大藏經中"㝵"與"礙"（碍）通用。

　　螢，《景德錄》《證道歌碑》均作"瑩"。同，《景德錄》《證道歌碑》均作"周"，"同"為"周"的形訛字。

　　21. 萬像（象）森羅影現中，一相圓通非內外。

　　按，像，《景德錄》《證道歌碑》均作"象"。一相圓通，《景德錄》作"一顆圓明"，《證道歌碑》作"一顆圓光"。上文有"六般神用空不空，一顆圓光色非色"。《大正藏》第80冊《鐵舟和尚閻浮集》亦有："一顆圓光非內外，燦然耀古亦輝今。"此處無疑應作"一顆圓光"。

　　22. 學人不了用修行，真成認賊僭為子。

　　按，真成，《景德錄》同，《證道歌碑》作"深成"。王鍈《詩詞曲語辭例釋》云："真成，等於說真是、真個。"此處當作"真成"。儜為子，《景德錄》《證道歌碑》均作"將為子"。敦煌本《證道歌》中"儜為子"或為"將為子"之音訛。

23. 是以禪門了卻心，頓入無生慈忍力。

按，慈忍力，《景德錄》作"智見力"，《證道歌碑》作"知見力"。"知見"為神會修行法門，也與其"立南北宗"時期的言論相符。《是非論》曰："三十餘年所學功夫，唯在見字。"《菏澤神會禪師語錄》亦言："眾生見性成佛道，又龍女須臾發菩提心，便成正覺。又欲令眾生入佛知見，不許頓悟，如來即合遍說五乘。今既不言五乘，唯言入佛知見。"釋玄覺在《永嘉集》中雖也偶有用到"知"或"見"字，但理念不同。此處當以"慈忍力"為是。

24. 大丈夫，秉惠劍，般若鋒刀金剛焰。

按，惠劍，《景德錄》《證道歌碑》均作"慧劍"。"惠"為"慧"的音訛字，此處作"慧劍"更符合文意。般若鋒刀，《景德錄》《證道歌碑》均作"般若鋒兮"。此處當以"般若鋒兮"為是。"般若鋒"為大藏經常用語。下文有"布慈云兮灑甘露"句，此句用"兮"字更為妥當。

25. 彈指圓成八萬門，剎那滅卻阿毗業。

按，阿毗業，《景德錄》作"阿鼻業"。此處"阿毗"與"阿鼻"同，敦煌願文中多有"大阿毗獄""大阿鼻獄"互用的例子。

26. 建法幢，堅宗旨，明明佛敕曹溪是。

按，堅，《景德錄》作"立"。兩者同義。敦煌文獻書手在抄寫時將兩者作為同義詞替代使用。

27. 第一迦葉首傳燈，二十八祖西天記。

按，二十八祖，《景德錄》作"二十八代"。細審原卷，此處實作"二十八代"。

28. 廿空門元不著，一性如來體自通。

按，廿空門，《景德錄》作"二十空門"。"廿空門"即"二十空門"，兩者同義，為佛教術語。

29. 不是山僧騁人我，修行恐落斷常坑。

按，騁，《景德錄》作"逞"。文中"山僧"為僧人的謙稱。"人我"

意為較量爭勝、是己非人，"斷常"為佛教認為的兩種邪見。全文大意是：不是我逞強好勝、與人爭辯，而是怕以後的修行者不慎墮入斷、常二種邪見中。此處作"逞"更合文意。

30. 是即龍女頓成佛，即非（非即）善星生陷墜。

按，即非，《景德錄》作"非即"。細審原卷，"即非"二字旁有倒乙符，此處應徑錄作"非即"。

附錄四

唐宋時期釋玄覺《證道歌》的版本與傳播

——以敦煌文獻、石刻資料為中心

永嘉玄覺（665—713），俗姓戴，字明道，溫州永嘉（今浙江溫州）人，南宗六祖慧能門下五大宗匠之一。生於唐高宗麟德元年（664），早歲與其兄同出家，住邑龍興寺。遍習三藏，與左溪玄朗交好，精通天台止觀法門。後往曹溪謁六祖慧能，言問之下，頓有所悟，勉留一宿而去，時號"一宿覺"。玄覺回鄉後名聲大噪，學者云集，號"真覺大師"。於先天二年（713）卒於龍興別院，僅後六祖兩月。唐睿宗敕諡"無相大師"，塔曰"淨光"。北宋淳化（990—994）中，太宗詔於本州重修龕塔。《祖堂集》卷三、《宋高僧傳》卷八、《景德傳燈錄》卷五、《五燈會元》卷二皆有傳，唐魏靖《禪宗永嘉集序》、宋楊億撰《無相大師行狀》亦載其生平行狀。

釋玄覺不僅有唐魏靜輯《禪宗永嘉集》傳世，另有其姊所集"歌行偈頌"流傳，《證道歌》即其一。《證道歌》以通俗語言宣揚永嘉禪觀，"詠播天下"，聲譽卓於《永嘉集》，在中國禪宗史上具有重要地位[①]。該詩傳播廣泛，多有注本。由於傳世文獻記載較詳，《證道歌》在元、明、清各代的版本與傳播情況已然清楚。然而，《證道歌》在唐宋時期的版本與傳播情況，傳世文獻記載甚為簡略，學界尚未有專文予以探討。筆者

---

① （北宋）善卿撰、佛光大藏經編修委員會編：《佛光大藏經 禪藏 雜集部 祖庭事苑二》，佛光出版社1994年版，第780頁。

不揣淺陋，詳細考察目前所見《證道歌》出土文獻、傳世文獻及石刻資料，以梳理確定其在唐宋時期的版本及傳播。不當之處，祈請方家指正。

一　從傳世文獻看《證道歌》的版本與傳播

雕版印刷技術雖產生時間較早，但至唐中葉以後始以其法雕刻諸書，至五代而行，至宋而盛。"唐末宋初，鈔錄一變而為印摹，卷軸一變而為書冊，易成、難毀、節費、便藏，四善具焉。"① 不僅文人選擇雕版刻印作為文集編纂傳播方式，朝廷也在國子監設置官職專掌雕印事宜。有論者言："南北兩宋三百年間，刻書之多，地域之廣，規模之大，版印之精，流通之寬，都堪稱前所未有，後世楷模。"② 蘇軾《李氏山房讀書記》一文對此有生動描述："餘猶及見老儒先生，自言其少時，欲求《史記》、《漢書》而不可得，幸而得之，皆手自書，日夜誦讀，惟恐不及。近歲市人轉相摹刻，諸子百家之書，日傳萬紙，學者之於書，多且易致如此。"③ 雕版印刷的普遍使用，改變了之前典籍傳播多賴借閱或傳抄之窘境，也標誌著中國古代文獻傳播體制進入了印刷階段。

北宋道原《景德傳燈錄》（以下簡稱《景德錄》）最早引錄了《證道歌》全文。玄覺《證道歌》在宋、元、明各代的廣泛傳播與《景德錄》的入藏、刊刻息息相關。道原編成《佛祖同參集》後，楊億為其撰寫序言，然而《佛祖同參集序》未言是書刊刻之事，僅在文末曰："新集既成，咨予為序，聊攄梗概，冠於篇首云耳。"④ 此書大概在初成之時並未刊刻，僅以寫本形態抄寫傳播。景德元年，道原攜其書詣闕奉進，宋真宗命楊億、李維、王曙等人進行修訂。大中祥符二年（1009）正月完成時，書名遂改為《景德傳燈錄》。《大中祥符法寶錄》卷二十"東土聖賢著撰二之三"在簡要介紹《景德錄》後云："有東吳僧道原，采摭成編，

---

① （明）胡應麟：《少室山房筆叢》卷四《經籍會通四》，上海書店出版社2009年版，第45頁。
② 李致忠：《古書版本學概論》，北京圖書館出版社1990年版，第55—56頁。
③ （北宋）蘇軾撰，孔凡禮點校：《蘇軾文集》，中華書局1986年版，第359頁。
④ （宋）楊億：《武夷新集》，福建人民出版社2007年版，第125頁；又見於四川大學古籍整理研究所編：《全宋文》，上海辭書出版社1990年，第725頁。

詣闕獻上。乃詔翰林學士左司諫知制誥楊億、兵部員外郎知制誥李維、太常丞王曙同加刊定，勒成三十卷。大中祥符四年詔編入藏。"① 馮國棟先生據此考證出，《景德錄》於大中祥符四年被宋真宗詔編入藏②，其刊刻印行之時日當在此後不久。由於後世版本不一之故，諸多刻印文本雖然個別文字有異，但也改變了手寫紙本形態傳抄時訛誤繁多之景象。《證道歌》注本較多，始自北宋。《宋史·藝文志》道家類附釋氏："僧原白注《證道歌》一卷。"《秘書省續編到四庫闕目》卷二"釋書"亦載："靈子注《證道歌》一卷。"不見書目者，另有葛密《證道歌注》一卷、法泉《證道歌頌》一卷、彥琪《證道歌注》一卷、知訥《證道歌注》一卷。傳世文獻雖然未見《證道歌》無注之單本，但諸多注本已經能夠呈現出《證道歌》在兩宋時廣泛傳播的景象。

　　《證道歌》不僅在中土僧俗各界廣為傳播，而且被日本入唐求法僧人攜至東瀛。圓仁《入唐新求聖教目錄》中即有"《曹溪禪師證道歌》一卷，真覺述"的記載，這說明《證道歌》在唐代大中年間就已經被海內外僧人普遍傳播與接受③。該書目之所以在"證道歌"前加"曹溪禪師"，將其著錄作"曹溪禪師證道歌"，或因玄覺被視作曹溪嫡傳之故。此外，圓仁所撰其他兩個入唐求法目錄中，還有關於玄覺《佛性歌》一卷的著錄。《日本國承和五年（838）入唐求法目錄》著錄曰："最上乘佛性歌一卷，沙門真覺述。"④《慈覺大師在唐送進錄》著錄曰："佛性歌一卷，沙門真覺述。"⑤ "最上承佛性歌""佛性歌"二者，名雖有別，實則為一，應是與《證道歌》同時流行於當世的玄覺所作其他歌行偈頌。

---

　　① 此錄在傳世文獻中早已軼失，1933年山西趙城廣勝寺發現《金版大藏經》時，此錄又重現於世，後被收入《宋藏遺珍》之中。近年由中華大藏經編輯局編纂的《中華大藏經》第73冊亦收錄有《大中祥符法寶錄》。
　　② 馮國棟：《景德傳燈錄研究》，中華書局2014年版，第148—149頁。
　　③ ［日］圓仁原著，白化文校注：《入唐求法巡禮行記校注》，花山文藝出版社2007年版，第551頁。
　　④ ［日］圓仁原著，白化文校注：《入唐求法巡禮行記校注》，花山文藝出版社2007年版，第526頁。
　　⑤ ［日］圓仁原著，白化文校注：《入唐求法巡禮行記校注》，花山文藝出版社2007年版，第532頁。

又據《入唐新求聖教目錄》中"伏蒙國恩隨使到唐，遂於揚州五臺及長安等處尋師學法，九年之間，隨分訪求得者"，及《日本國承和五年入唐求法目錄》"巡曆城內諸寺，寫取如前"、"所求法門，雖未備足，且錄卷帙，勘定如前"等數語，圓仁入唐求法目錄對於玄覺偈頌的著錄，說明至晚在大中元年（847）之前，已有《證道歌》等玄覺歌偈以寫本形態，在揚州、五臺山、長安等地抄寫流傳。這個時間早於敦煌本《證道歌》可能的傳抄時間近70年。即便經歷了會昌法難，《證道歌》仍然在晚唐五代時期以寫本形態廣泛而持續的傳播著。

二　敦煌寫本《證道歌》：《證道歌》以手寫紙本形態傳播之實例

莫高窟藏經洞發現《證道歌》文本，完整保留了其手寫紙本文獻特徵，便於考察晚唐五代之際敦煌歸義軍政權治下《證道歌》傳播之狀況。同時，筆者在綜合考察敦煌本《證道歌》時發現，共計 P. 2104v、P. 2105、P. 3360、S. 2165、S. 4037、S. 6000 等 6 個卷號全部或部分抄寫《證道歌》。由於書手抄寫目的、文化水準或所據底本不同，六個寫卷抄寫內容多寡不同，輾轉傳抄時雖有訛誤也是難免。

敦煌本《證道歌》雖然抄有"禪門秘要訣"題署，卻不是作為隨後所抄《證道歌》的題署出現的。筆者綜考敦煌文獻相關寫卷，發現共有四個寫卷抄有"禪門秘要訣"題名，它們分別是 P. 2104、P. 2105、S. 4037、S. 5692。其中，法藏敦煌文獻 P. 2104 雖然題署為"禪門秘要訣"，但該寫卷不僅下抄釋玄覺《證道歌》文本內容，還抄寫了三祖僧燦所所《信心銘》及其他高僧大德所作釋氏歌偈；英藏敦煌文獻 S. 5692 雖然題署為"禪門秘訣"，但所抄內容是釋亡名和尚的《亡名和尚絕學箴》，而《亡名和尚絕學箴》還見於 S. 2165 寫卷。P. 2105、S. 4037 雖然亦題"禪門秘要訣"，但不僅抄寫有《證道歌》開首 16 句，而且接抄有《轉經後回向文》《禪月大師讚念法華經僧》和《信心銘》等內容。從抄寫內容和抄寫順序判斷，P. 2105、S. 4037 兩個寫卷或應抄自同一個母本。綜考敦煌本《證道歌》各寫卷題署與文本內容，釋玄覺《證道歌》前的"禪門秘要訣"題署，應是作為寫卷所抄全部釋氏歌偈的總稱出現的，完全不能被看作是《證道歌》的題名。

对於敦煌本《證道歌》的抄寫時間問題，我們可以從寫卷題記中尋找到答案。P. 2104v 不僅抄寫了《證道歌》文本內容，而且還接抄有"太平興國五年（980）歲次庚辰朔"紀年題記①。P. 2104v 所抄《證道歌》的抄寫時間應在"太平興國五年"之前。鑒於敦煌藏經洞的封閉時間，"太平興國五年"基本上可以被作為敦煌文獻發現《證道歌》寫卷的抄寫時間下限。S. 4037 卷背又抄有"乙亥年正月十日春座局席社司轉帖"②。帖中之"主人樊佛奴"還見於住田智兒藏《金剛經讚》，該寫卷有如下題記"丁卯年三月十一日三界寺學士郎樊佛奴請金剛讚記"。③ 考慮到敦煌歸義軍史實和敦煌文獻紀年特徵，S. 4037"乙亥年正月十日春座局席社司轉帖"之"乙亥年"，應為曹議金始任歸義軍節度使的 915 年，S. 4037 存見《證道歌》文本的抄寫時間應距此不遠。雖然我們還沒有更直接的證據判斷出敦煌本《證道歌》抄寫時間的上限，但敦煌文獻存見《證道歌》寫本無疑是目前所見最早的《證道歌》文本。

由於抄寫目的多為自我閱讀或書手文化水準較低，敦煌文獻所見釋氏歌偈銘叢抄廣泛存在俗字或訛字現象。P. 2104v 欄框頂端橫抄有"招覺大師一宿覺"，且抄寫字跡與同卷所抄《證道歌》文本內容不同，應是敦煌寺學學士郎在閱讀《證道歌》文本時補寫時，誤將"真覺大師"抄成了"招覺大師"。徐俊先生頗疑敦煌本《證道歌》抄自同一母本④。如果此說成立，我們可以進一步大膽的推測，敦煌文獻《證道歌》6 個寫卷所據母本，署名即是"真覺和尚"，只是該母本未被能保存至今。作為莫高窟藏經洞遺留手寫紙本文獻，敦煌本《證道歌》不能完整呈現不同文本介質下傳播之狀貌，只有將其與傳世文獻、石刻史料綜合考察，才能

---

① 上海古籍出版社、法國國家圖書館等編：《法國國家圖書館藏敦煌西域文獻》第 5 卷，上海古籍出版社 2002 年版，第 243—245 頁。

② 中國社會科學院歷史研究所等編：《英藏敦煌文獻（漢文佛經以外部分）》第 5 卷，四川人民出版社 1990 年版，第 233 頁。

③ ［日］池田溫：《中國古代寫本識語集錄》，東京大學東洋文化研究所 1990 年版，第 500 頁。

④ 徐俊：《關於"禪門秘要訣"——敦煌釋氏歌偈寫本三種合校》，《慶祝吳其昱先生八秩華誕敦煌學特刊》，文津出版社 2000 年版，第 223 頁；又見於徐俊：《敦煌詩集殘卷輯考》，中華書局 2000 年版，第 2 頁。

獲得真實。

三　廣州六榕寺宋刻《證道歌碑》：現存唯一《證道歌》石刻史料

玄覺及其《證道歌》碑銘史料，傳世文獻多有記載。《宋高僧傳》載，括州刺史李邕曾"列覺行錄為碑"①。李元陽《崇聖寺重器可寶者記》云，云南大理崇聖寺有元刻"《證道歌》二碑"，"為寺僧圓護手書。其用筆與趙孟頫同三昧，為世所爭"②。惜今均已不傳。目前所見存世者，僅有廣州六榕寺宋刻《證道歌碑》。

此碑正面篆額題"皇宋廣州重開永嘉"，碑陰楷書"證道歌碑"四字，惜未引起學界關注。此碑原已裂為六塊碎石，散亂堆放在該寺"補榕亭"側。清代廣東學政翁方綱首先注意到其中額題"皇宋廣州重開永嘉"之殘碑，並將六塊碑石復而為一，澤被後世，嘉惠學林。碑文雖漫漶不清，但從首句至"龍象蹴踏潤無邊，三乘五性皆醒悟"句大部仍可識讀，且文末跋有"丙子"紀年。六榕寺另有唐王勃《廣州寶莊嚴寺舍利塔碑》和北宋蘇軾"六榕"題字石額，且"六榕"題字石額小字楷書"眉山軾題並書"，又有陽刻印文"東坡居士"，翁氏《粵東金石錄》在所撰提要中推斷《證道歌碑》為蘇軾貶謫惠州途徑此書時所書，跋語之"丙子"應是紹聖三年（1096）③。雖缺乏可靠依據，但也可備一說。此後，道光《廣東通志‧金石略》、同治《廣州府志》、光緒《廣東考古輯要》均承襲《粵東金石略》，對《證道歌碑》予以敘錄，惜未錄文④。未刊本《廣州六榕寺志》亦載有題署"淨慧寺證道歌碑"者，但與《證道歌碑》字句有異。"淨慧寺"為六榕寺原稱，"淨慧寺證道歌碑"錄文疑

---

① 《宋高僧傳》玄覺傳實本自李邕所撰碑銘。陳垣先生對此曾有專論："古人著書，除類書外，多不注出典。此書所本，多是碑文，故每傳恒言某某為立碑銘或塔銘，此即本傳所據，不啻注明出處。"參看陳垣：《中國佛教史籍概論》卷二《宋高僧傳》，中華書局1997年版，第40頁。

② （明）李元陽：《李元陽集 散文卷》，雲南大學出版社2008年版，第77頁。

③ 翁方綱著，歐廣勇補注：《粵東金石略補注》，廣東人民出版社2012年版，第33—34頁。

④ 阮元主修，梁中民點校：《廣東通志‧金石略》，廣東人民出版社2011年版，第242頁；周廣：《廣東考古輯要》，《石刻史料新編》第二輯，臺北新文豐出版公司1977年，第11369頁。

經後人補改。今有《廣州寺庵碑銘集》《廣州碑刻集》二家錄文，筆者親往六榕寺比勘原碑，發現《廣州寺庵碑銘集》誤校漏校者較多，而《廣州碑刻集》校錄精審可考，有興趣的學者可以參看①。

　　文獻典籍在傳抄、刻印、整理過程中，不免發生一些脫衍訛誤，乃至"書三寫，魚成魯，虛成虎"②。作為寫本時代遺留的敦煌本《證道歌》，輾轉傳抄時錯訛失誤較多，且存在著作者誤署和詩題異名現象。《景德錄》經刊削裁定，奉詔入藏後付諸刊印，後世翻刻時由於版本不一，《證道歌》文字歧異之處尚存。若要理清《證道歌》唐宋之際的文本和傳播，就要秉承"歸其真正""克復其就"的校勘觀念，改訛文、補脫文、去衍文，恢復《證道歌》之本來面貌，為禪詩傳播研究提供定本③。正如胡適先生所言："檔越古，傳寫的次數越多，錯誤的機會也越多。校勘學的任務是要改正這些傳寫的錯誤，恢復一個檔的本來面目，或使它和原本相差最微。"④ 廣州六榕寺宋刻《證道歌碑》，是目前所見唯一《證道歌》石刻史料，文獻校勘價值極高。

　　由於抄寫習慣和知識水準的差異，敦煌文獻之書手在抄寫過程中不存在"定本"概念，抄寫隨意、異文叢生。敦煌本《證道歌》自然錯抄、俗寫較為突出，進而產生不同的寫本形態。而廣州六榕寺宋刻《證道歌碑》之刊刻，石工需經選石、摹勒、攜刻等流程方能完成。雖然有的文字刻石作品沒有書丹，由工匠直接攜刻；有的是先由書家書丹上石，用朱砂直接寫於碑石之上，然後由人完成攜刻。但《證道歌碑》既為寺院供養之物，且碑體嚴謹、有篆有楷，自然是經過摹勒、上石，最後完成攜刻，碑文攜刻底本應是當時流行於廣州寺院叢林的《證道歌》版本。筆者將敦煌本《證道歌》、宋刻《證道歌碑》和《景德錄》卷三十《永嘉真覺大師證道歌》進行對校後發現，宋刻《證道歌碑》殘存內容與敦

---

　　① 冼劍民、陳鴻鈞：《廣州碑刻集》，廣東高等教育出版社2006年版，第158—169頁。李仲偉、林子雄：《廣州寺庵碑銘集》，廣東人民出版社2008年版，第76—78頁。
　　② 王明：《抱樸子內篇校釋》，中華書局1985年標點本，第335頁。
　　③ （漢）班固：《漢書》，中華書局1962年標點本，第2頁。
　　④ 胡適：《校勘學方法論——序陳垣先生的〈元典章校補釋例〉》，《胡適精品集（七）》，光明日報出版社1998年版，第151頁。

煌本《證道歌》有別者多，與《景德錄》卷三十《真覺大師證道歌》有異者少，應分屬三個不同的版本系統。為更好呈現文本內容之異同，列表如下①：

敦煌本《證道歌》、廣州六榕寺宋刻《證道歌碑》、《景德錄》卷三十《永嘉真覺大師證道歌》對校表

敦煌文獻 P. 2104v、P. 2015、S. 4037 等卷	廣州六榕寺宋刻《證道歌碑》	《景德傳燈錄》卷三十《永嘉真覺大師證道歌》	考釋
"五蔭浮云空去來"句之"五蔭"	五蘊	五陰	"蔭"与"蘊"形近易訛。"五陰"即"五蘊"，新譯曰"蘊"，舊譯曰"陰"。《毗婆屍佛經》："五蘊幻身，四相遷變。""五蘊"為佛教之魔障，包括色蘊、受蘊、想蘊、行蘊、識蘊。《增一阿含經》27："色如聚沫，受如浮泡，想如野馬，行如芭蕉，識如幻法。"此處用"五陰"或五蘊當確。
"刹那滅卻僧祇業"句之"僧祇業"	阿鼻業	阿鼻業	"僧祇"，梵語"大眾"之意，僧尼共用之物皆稱僧祇物，如"僧祇業"、"僧祇律"。"阿鼻"，即阿鼻地獄之省稱，佛教八熱地獄之一。"刹那滅卻"當為魔障之業，因而當以"阿鼻業"為是。
"決定說，表真僧"句之"真僧"	真乘	真乘	《佛學大辭典》："真乘：（術語）真實之教法也。"可知，敦煌文獻中"真僧"乃"真乘"之誤，書手直錄作"僧"，文意不通。

---

① 徐俊先生以 P. 2104 為底本，校以 P. 2105、S. 4037 等卷，已對敦煌本《證道歌》進行精審校勘，可作定本。參看徐俊：《關於"禪門秘要訣"——敦煌釋氏歌偈寫本三種合校》，《慶祝吳其昱先生八秩華誕敦煌學特刊》，文津出版社 2000 年版，第 229—233 頁；又見於徐俊：《敦煌詩集殘卷輯考》，中華書局 2000 年版，第 11—16 頁。

续表

敦煌文獻 P. 2104v、P. 2015、S. 4037 等卷	廣州六榕寺宋刻《證道歌碑》	《景德傳燈錄》卷三十《永嘉真覺大師證道歌》	考釋
"水中捉月怎捻得"句之"怎捻得"	爭拈得	爭拈得	"爭"即有"怎"意。敦煌本《證道歌》下有"饑逢玉膳不能食，病遇醫王爭得差"，書手即錄作"爭得"。"拈"為本字，"捻"為後起俗字。此句當為"爭拈得"。
"三身四知體中圓"句之"四知"	四智	四智	敦煌文獻"知""智"通用。"四智"為佛教術語。《佛教大辭典》："四智：（名數）或開佛智為四種，一大圓鏡智，二平等性智，三妙觀察智，四成所作智。是轉凡夫之第八識第七識第六識及餘之五識，如其次第與成就佛心相應之智慧也。"
"一相圓通非內外"句之"一相圓通"	一顆圓光	一顆圓明	《大正藏》第 80 冊《鐵舟和尚閻浮集》"一顆圓光非內外，燦然耀古亦輝今。"又，尋上文"六般神用空不空，一顆圓光色非色"此處無疑作"一顆圓光"。
"真成認賊僵為子"句之"真成""僵為子"	深成、將為子	真成、將為子	《詩詞曲語辭例釋》云："真成，等於說真是、真個。"此處當作"真成"。敦煌文獻"僵為子"或為"將為子"之音訛。

附錄四　唐宋時期釋玄覺《證道歌》的版本與傳播　239

续表

敦煌文獻 P. 2104v、P. 2015、 S. 4037 等卷	廣州六榕寺宋刻 《證道歌碑》	《景德傳燈錄》 卷三十《永嘉真覺 大師證道歌》	考釋
"頓入無生慈忍力" 句之"慈忍力"。	知見力	智見力	"知見"為神會修行法門，符合其"立南北宗"時期的言論。《是非論》："三十餘年所學功夫，唯在見字。"《菏澤神會禪師語錄》："眾生見性成佛道，又龍女須臾發菩提心，便成正覺。又欲令眾生入佛知見，不許頓悟，如來即合遍說五乘。今既不言五乘，唯言入佛知見。"玄覺在《永嘉集》中雖也偶有用到"知"或"見"字，但理念不同。此處當以"慈忍力"為是。

（以上表格僅為涉及《證道歌》文本義理者，訛字、俗字、同音假借、同音異譯之類未納入列表。）

綜上所述，唐釋玄覺《證道歌》自產生以後，不論在輾轉抄寫為主要傳播方式的寫本時期，還是在雕版刻印得到普遍應用的刻本時代，都以其易誦上口的語言形式成功宣揚了永嘉禪觀。敦煌本《證道歌》抄寫時間跨度較大，幾與敦煌曹氏歸義軍同期，保留了《證道歌》在晚唐五代時期以寫本傳抄的真實形態，是目前所見最早的《證道歌》文本。北宋道原《景德傳燈錄》是最早全文引錄《證道歌》的傳世文獻。《證道歌》在兩宋時期的刊刻與傳播，和北宋道原《景德傳燈錄》的修編與入藏密不可分。廣州六榕寺宋刻《證道歌碑》是現存唯一的《證道歌》石刻，所據底本應是傳播於兩宋時期民間寺院的另一《證道歌》版本。敦煌本《證道歌》、宋刻《證道歌碑》、傳世文獻所見《證道歌》及其注本，彼此文本內容互有異同，分別屬於唐宋時期三個不同的版本系統。《證道歌》不僅風靡於中原地區文人士子、民間蕭寺，而且傳播範圍西達敦煌、南到廣州、東至韓國和日本，我們甚至可以從中勾勒出一條文化傳播的"絲綢之路"。同時，從版本與傳播的視角，詳細考察敦煌文獻、傳世文獻、石刻史料所見《證道歌》各版本，既能梳理出玄覺《證道歌》在不同書寫介質下的傳播過程，也讓我們感受到不斷流淌著的文化脈絡，進而喚醒版本學較為靜止的研究狀態，使其呈現出更為真實而流動的文化面相。

參考文獻

（一）古籍類

［唐］高適：《高常侍集》，中華書局 1985 年版。
［唐］韓愈：《韓昌黎文集校注》，上海古籍出版社 1986 年版。
［唐］釋慧立：《大慈恩寺三藏法師傳》，中華書局 2000 年版。
［唐］釋玄奘：《大唐西域記校注》，中華書局 2000 年版。
［唐］釋道世：《法苑珠林校注》，中華書局 2003 年版。
［唐］釋道宣：《續高僧傳》，中華書局 2014 年版。
［宋］計有功：《唐詩紀事》，上海古籍出版社 2013 年版。
［宋］釋志磐：《佛祖統紀校注》，上海古籍出版社 2012 年版。
［宋］釋贊寧：《大宋僧史略校注》，中華書局 2015 年版。
［元］辛文房：《唐才子傳箋證》，中華書局 1990 年版。
［清］彭定求：《全唐詩》，中華書局 1999 年版。

（二）图版类

俄羅斯科學院東方研究所聖彼得堡分所：《俄藏敦煌文獻》（1—17 冊），上海古籍出版社 1992—2001 年版。
法國國家圖書館：《法藏敦煌西域文獻》（1—34 冊），上海古籍出版社 1995—2005 年版。
方廣錩、［英］吳芳思：《英國國家圖書館藏敦煌遺書》（1—40 冊），廣西師範大學出版社 2011—2016 年版。
河南省文物研究所：《千唐志齋藏志》，文物出版社 1984 年版。
武田科學振興財團：《敦煌秘笈》（1—9 冊），杏雨書屋 2010—2013

年版。

中國國家圖書館：《國家圖書館藏敦煌遺書》（1—146 冊），北京圖書館出版社 2005—2012 年版。

（三）著作类

白軍鵬：《敦煌漢簡校釋》，上海古籍出版社 2018 年版。

柴劍虹：《敦煌學與敦煌文化》，上海古籍出版社 2007 年版。

陳寅恪：《隋唐制度淵源略論稿》，生活·讀書·新知三聯書店 2009 年版。

陳尚君：《全唐詩補編》，中華書局 1992 年版。

[法] 陳祚龍：《敦煌學海探珠》，臺北商務印書館 1979 年版。

[法] 陳祚龍：《敦煌學園零拾》，臺北商務印書館 1986 年版。

敦煌研究院：《敦煌遺書總目索引新編》，中華書局 2000 年版。

敦煌研究院：《敦煌莫高窟供養人題記》，文物出版社 1986 年版。

馮培紅：《敦煌的歸義軍時代》，上海古籍出版社 2019 年版。

伏俊璉：《敦煌文學總論（修訂本）》，上海古籍出版社 2019 年版。

郝春文：《英藏敦煌社會歷史文獻釋錄》（第 1 卷修訂本），社會科學文獻出版社 2018 年版。

郝春文：《英藏敦煌社會歷史文獻釋錄》（第 2—18 卷），社會科學文獻出版社 2003 年—2022 年版。

郝春文、陳大為：《敦煌的佛教與社會》，甘肅教育出版社 2013 年版。

黃永武：《敦煌的唐詩》，臺北洪範書店 1987 年版。

黃永武：《敦煌的唐詩續編》，臺北文史哲出版社 1989 年版。

林聰明：《敦煌文書學》，臺北新文豐出版公司 1991 年版。

陸離：《敦煌的吐蕃時代》，甘肅教育出版社 2013 年版。

屈直敏：《敦煌文獻與中古教育》，甘肅教育出版社 2013 年版。

榮新江：《歸義軍史研究——唐宋時代敦煌歷史考索》，上海古籍出版社 1996 年版。

榮新江：《絲綢之路與東西文化交流》，北京大學出版社 2015 年版。

汪泛舟：《敦煌僧詩校輯》，甘肅人民出版社 1994 年版。

王重民、孫望、童養年：《全唐詩外編》，中華書局 1982 年版。

徐俊：《敦煌詩集殘卷輯考》，中華書局 2000 年版。
徐俊：《敦煌吐魯番文學文獻叢考》，中華書局 2016 年版。
項楚：《敦煌詩歌導論》，中華書局 2019 年版。
顏廷亮：《敦煌西漢金山國文學考述》，甘肅人民出版社 2009 年版。
顏廷亮：《敦煌文學千年史》，人民文學出版社 2013 年版。
楊秀清：《敦煌西漢金山國史》，甘肅人民出版社 1999 年版。
楊銘：《吐蕃統治敦煌西域研究》，商務印書館 2012 年版。
楊寶玉、吳麗娛：《歸義軍政權與中央關係研究——以入奏活動為中心》，中國社會科學出版社 2015 年版。
張錫厚：《敦煌本唐集研究》，臺北新文豐出版公司 1995 年版。
張錫厚：《全敦煌詩》，作家出版社 2006 年版。
張湧泉：《敦煌俗字研究導論》，臺北新文豐出版公司 1996 年版。
張湧泉：《敦煌俗字研究》，上海教育出版社 1996 年版。
張湧泉：《敦煌寫本文獻學》，甘肅教育出版社 2013 年版。
趙以武：《五凉文化述論》，甘肅人民出版社 1989 年版。
鄭炳林：《敦煌碑銘讚輯釋》增訂本，上海古籍出版社 2019 年版。
鄭阿財：《敦煌佛教文獻與文學研究》，上海古籍出版社 2011 年版。
周紹良：《全唐文新編》，中華書局 2000 年版。

（四）论文类

柴劍虹：《敦煌唐人詩文選集殘卷（伯二五五五）補錄》，《文學遺產》1983 年第 4 期。
柴劍虹：《研究唐代文學的珍貴資料——敦煌伯二五五五號唐人寫卷分析》，《1983 年全國敦煌學術討論會文集·文史遺書編（下）》，甘肅人民出版社 1987 年版。
柴劍虹：《敦煌藏文 P. t. 1208、1221 號寫卷卷背的唐人詩鈔》，《敦煌吐魯番研究》第 3 卷，北京大學出版社 1997 年版。
陳國燦：《唐五代敦煌縣鄉里制的演變》，《敦煌研究》1989 年第 3 期。
伏俊璉、朱利華：《吐蕃攻佔時期的敦煌文學》，《天水師範學院學報》2012 年第 4 期。
伏俊璉：《歸義軍時期的敦煌文學》，《河西學院學報》2012 年第 6 期。

高明士：《唐代敦煌的教育》，《漢學研究》1986年第2期。
馮培紅：《漢晉大族略論》，《敦煌學輯刊》2005年第2期。
李正宇：《唐宋時代的敦煌學校》，《敦煌研究》1986年第1期。
李正宇：《敦煌學郎題記輯注》，《敦煌學輯刊》1987年第1期。
李正宇：《敦煌遺書宋人詩輯校》，《敦煌研究》1992年第2期。
李智君：《五涼時期移民與河隴學術的盛衰——兼論陳寅恪"中原魏晉以降之文化轉移保存於涼州一隅"說》，《中國史研究》2006年第2期。
劉銘恕：《敦煌遺書雜記四篇》，《敦煌學論集》，甘肅人民出版社1985年版。
潘重規：《補全唐詩新校》，《華岡文科學報》1981年第13期。
潘重規：《敦煌唐人陷蕃詩集殘卷作者的新探測》，《漢學研究》1985年第1期。
榮新江：《敦煌文獻所見晚唐五代宋初的中印文化交往》，《季羨林教授八十華誕紀念論文集》，江西人民出版社1991年版。
榮新江：《敦煌寫本〈敕河西節度兵部尚書張公德政碑〉校考》，《周一良先生八十生日紀念論文集》，中國社會科學出版社1993年版。
榮新江：《初期沙州歸義軍與唐中央朝廷之關係》，《隋唐史論集》，香港大學亞洲研究中心1993年版。
榮新江、徐俊：《新見俄藏敦煌唐詩寫本三種考證及校錄》，《唐研究》第5卷，北京大學出版社1999年版。
榮新江：《貞觀年間的絲路往來與敦煌翟家窟畫樣的來歷》，《敦煌研究》2018年第1期。
榮新江：《P.2672、S.6234＋P.5007唐人詩集的抄本形態與作者蠡測》，《第三屆中國俗文化國際學術研討會暨項楚教授七十華誕學術討論會論文集》2009年。
田衛衛：《〈秦婦吟〉之敦煌傳播新探——學仕郎、學校與詩學教育》，《文獻》2015年第5期。
王重民：《補全唐詩拾遺》，《中華文史論叢》1981年第4期。
王重民：《敦煌唐人詩集殘卷考釋》，《中華文史論叢》1984年第2期。
［法］吳其昱：《李翔及其涉道詩》，《道教研究》，日本昭森社1965

年版。

［法］吳其昱：《敦煌本珠英集兩殘卷考》，《法國學者敦煌學論文選萃》，中華書局 1993 年版。

咸曉婷：《論中古寫本文獻的署名方式——以唐詩寫本為核心的考察》，《浙江大學學報》2015 年第 5 期。

咸曉婷：《從題寫到編集：論唐詩題注的形成與特徵》，《浙江大學學報》2016 年第 5 期。

徐俊：《敦煌本珠英集考補》，《文獻》1992 年第 4 期。

徐俊：《敦煌本張祜詩集二種》，《文獻》1993 年第 2 期。

徐俊：《敦煌學郎詩作者問題考略》，《文獻》1994 年第 2 期。

徐俊：《敦煌伯三五九七唐詩寫卷輯考——兼說白侍郎作品的託名問題》，《文獻》1995 年第 3 期。

徐俊：《敦煌寫本唐人詩歌存佚互見綜考》，《敦煌吐魯番研究》第 1 卷，北京大學出版社 1995 年版。

徐俊：《敦煌寫本〈李嶠雜詠注〉校疏》，《敦煌吐魯番研究》第 3 卷，北京大學出版社 1997 年版。

徐俊：《斯三七三卷諸山聖跡題詠詩鈔輯考》，《敦煌文學論集》，四川人民出版社 1997 年版。

徐俊：《唐五代長沙窯瓷器題詩校證——以敦煌吐魯番寫本詩歌參校》，《唐研究》第 4 卷，北京大學出版社 1998 年版。

徐俊：《俄藏 Dx. 11414 + Dx. 2947 前秦擬古詩殘本研究：兼論背面券契文書的地域和時代》，《敦煌吐魯番研究》第 6 卷，北京大學出版社 2002 年版。

嚴耕望：《唐人讀書山林寺院之風尚——兼論書院制度之起源》，《民主評論》1959 年第 23 期。

張利亞：《唐代河西地區人口遷移對詩歌西傳的影響——以敦煌詩歌寫本為例》，《內蒙古社會科學》2015 年第 6 期。

張利亞：《唐五代敦煌詩歌寫本及其傳播、接受》，博士學位論文，蘭州大學，2017 年。

朱玉麒：《中古時期吐魯番地區漢文文學的傳播與接受——以吐魯番出土

文書為中心》,《中國社會科學》2010 年第 6 期。

朱利華、伏俊璉:《敦煌文人竇良驥生平考述》,《敦煌學輯刊》2015 年第 3 期。

後　　記

　　這本單薄的小書，是我在自己的博士論文基礎上修改而成的。儘管我對自己的這本著作並不滿意，但它卻是我過去十餘年習學敦煌詩歌文獻的一個階段性總結。

　　2010年9月，我進入蘭州大學敦煌學研究所，師從伏俊璉教授攻讀碩士學位。在伏老師的指導下，我得以初識敦煌詩歌文獻。入學之初，伏老師就強調"原典"的重要性，指導我選取一種原典，細細閱讀，然後再旁及其他。2011年春天某日，伏老師建議我用撰寫敘錄的方法，提升自己對於原典的理解。過了幾周，伏老師又鼓勵我具體從撰寫敦煌詩歌敘錄入手。此後一年多的時間裏，我撰寫了英藏敦煌詩歌敘錄。最終成果的一部分，就是我的碩士論文《英藏敦煌詩歌七種敘錄》。本書附錄一、二，就是其中的兩章。

　　2013年傳統新年剛過，伏老師打電話給我，鼓勵我考博。但後來我沒有聽從老師的建議，而是選擇參加工作。當時，我覺得自己在校園裡待得太久，應該去看看外面的世界。2013年7月14日，我來到有著"中國生態環境第一縣"美譽的浙江省慶元縣。慶元縣地處浙西南大山深處，民風古樸，生活閑適。工作之餘，我時常翻閱自己隨身帶來的書籍，而翻閱最多的就是徐俊先生《敦煌詩集殘卷輯考》。松源溪畔、石龍山頂，都是我閱讀的好去處。潺潺的流水、溪中的白鷺、山間的云霧，伴我度過無數愜意時光。

　　2015年考取首都師範大學中國史專業的博士研究生，師從郝春文教授、張廷銀教授。選題環節，張老師建議我站在中古時期絲綢之路詩歌交流的立場上，重新觀察敦煌詩歌文獻。本書附錄三、四，就是其中的一點嘗試。這兩篇文章，張老師和郝老師都提供了很好的修改建議，郝老師甚至從頭到尾審閱了三遍。博士論文初稿形成以後，兩位老師皆通讀全文，郝老師甚至逐字逐句對文稿作了校改。清晰的記得，2019年春節後的某日，我正在江蘇常州高鐵站候車，忽接郝老師電郵來的反饋稿，只見密密麻麻的修改意見和刪改痕跡。老師的無私呵護，讓我感動！

伏老師、郝老師、張老師，都是虛懷若谷、著作等身的知名學者。在求學的不同階段，能夠先後受業於諸位先生，我是何等的幸運！對於這一點，有的朋友，很羨慕我。老人家常說："傻人有傻福。"這句話，在我身上得到了一次又一次的應驗！

入職杭州電子科技大學以後，我斷續地修改自己的博士論文。經過訂補，我認為它已經達到了可以出版的及格線，故不揣淺陋地將其奉獻給讀者。本書附錄中的四篇文章，雖然並非均以敦煌文人詩歌為研究對象，但也體現了我對於敦煌詩歌文獻的理解過程，故將其附於文末。

我是個愚笨的人。這本小書能夠出版，完全歸功於老師的指導、家人的呵護、朋友的关怀：

感謝我的妻子，她深知我不是一個能夠操心的人，故而毫無怨言的擔負了幾乎全部家庭事務！

感謝我的父母，他們不僅陪伴了我的成長，而且始終在努力地為我創造條件，好讓我有機會走出豫東農村！

感謝我的碩導伏俊璉教授、博導郝春文教授與張廷銀教授，他們不僅引領我走上學術研究之路，而且在人格上深深地影響著我！

感谢杭州电子科技大學的諸位領導和同事，由於學院的資助，我得以彌補出版經費上的缺口；由於同事們的爽朗，我得以在愉悅中修改書稿！

此外，我還要感謝在浙江省慶元縣工作期間的諸位領導、同事和朋友，如果沒有他們的提攜與加持，我在慶元期間的經歷，必然不會那麼順利！

要感謝的人，還有許多。他們要麼在我人生的關鍵點上扶了我一把，要麼在我撰寫單篇論文或博士論文時，提供了很好的意見。對於他們的幫助，我銘記於心！

　　我是一個懂得感恩的人，而且深信：只有懂得感恩的人，才能夠行穩致遠。希望每一個人，都懂得感恩！希望每一個人，都能夠平安順利！

2022 年 10 月 31 日　　於杭州下沙家中